OEUVRES

DE

F.-B. HOFFMAN.

TOME VIII.

IMPRIMERIE DE LEFEBVRE,
rue de Lille, n. 11.

ŒUVRES

DE

F.-B. HOFFMAN.

CRITIQUE.

TOME V.

Seconde Édition.

A PARIS,

CHEZ LEFEBVRE, IMPRIMEUR-LIBRAIRE,

RUE DE LILLE, N° 11.

M. DCCC. XXXI.

LITTÉRATURE

ÉTRANGÈRE.

COURS

DE LITTÉRATURE DRAMATIQUE;

Par A.-W. Schlegel; traduit de l'allemand.

Un gros orage, poussé par les vents du Nord, est venu fondre sur le théâtre français. La pluie tombait à torrens, la foudre et la grêle ébranlaient l'édifice ; tout-à-coup le buste du vieux Corneille s'est animé, il a prononcé le terrible *quos ego....*, et les vents épouvantés se sont enfuis en murmurant dans les forêts de la Germanie.

Mais quittons le style figuré qui me conduirait au genre romantique, et opposons quelques pages modestes aux trois gros volumes de M. Schlegel. La partie n'est point égale, j'en conviens ; les amis de Racine et de Molière frémiront en me voyant chargé de défendre notre littérature contre un tel adversaire ; mais qu'ils se rassurent : notre gloire dramatique est assez bien établie pour n'avoir rien à craindre ni de la rigueur de l'assaillant, ni de la faiblesse du défenseur.

Ce que M. Schlegel veut bien nommer un Cours de littérature dramatique, n'est, à proprement parler, qu'un long *factum* contre le théâtre français. Vainement il feint de s'occuper tour-à-tour des différens peuples qui ont cultivé ce bel art : dans toutes ses pages on découvre le dessein de rabaisser notre réputation théâtrale, et dans plusieurs cette intention est clairement énoncée. S'il admire Shakespeare, c'est pour lui faire un piédestal des statues mutilées de Corneille et de Racine ; s'il divinise Caldéron, c'est parce que cet Espagnol a tracé une route tout opposée à celle qu'ont suivie nos poètes ; et lorsqu'il rend hommage au classique Sophocle, il s'efforce en même temps de prouver que nous l'avons imité maladroitement. Il est si pressé d'arriver au but qu'il se propose, qu'il ne peut attendre notre tour pour nous lancer des épigrammes. En s'escrimant contre Euripide, il aiguise déjà les traits acérés qu'il nous destine ; et c'est sur le théâtre d'Athènes qu'il place la batterie avec laquelle il doit foudroyer le théâtre français.

Les intentions de M. Schlegel nous ont été connues avant son livre ; la déesse aux cent bouches avait semé les bruits les plus alarmans pour notre amour-propre : un Allemand vient de prouver que notre Molière n'est qu'un faiseur de farces ; que notre grand Corneille n'est qu'un imitateur emphatique du froid et sentencieux Sénèque ; que notre admirable Racine n'a qu'une tragédie. De timides

amateurs de notre théâtre s'affligeaient d'avance et
déploraient la perte de nos douces illusions ; ils
croyaient déjà voir notre théâtre en cendre et nos
lauriers en poudre : le livre a paru, et nous nous
sommes rassurés sur la gloire future de nos grands
écrivains.

Mais aussi quel projet ! Vouloir persuader des
Français, et leur présenter trois gros volumes,
trois volumes de discussion ! Oh ! certes, c'est mal
les connaître. Heureux encore les gens du monde
qui se contenteront de parcourir cette énorme poétique, et qui aimeront mieux l'approuver que de la
lire ! Mais moi, misérable, que le devoir enchaîne,
il m'a fallu tout dévorer ; il m'a fallu expier mon
admiration pour nos grands modèles en remplis-
sant une tâche si longue et si pénible. J'en ai eu
le courage, et j'ai le droit de m'en vanter ; car une
telle patience est peut-être plus rare que le talent.
Si, dans un autre monde, je suis appelé à compa-
raître devant les ombres illustres de nos grands
auteurs, et s'ils me demandent : Qu'as-tu fait pour
la littérature ? J'ai fait beaucoup, leur répondrai-je ;
j'ai lu M. Schlegel d'un bout à l'autre. Alors un sourire de Molière me paiera de ma peine, et il conviendra que j'ai bien mérité de la république des lettres.

Avant d'en venir aux détails dont cet ouvrage
fourmille, je dois m'occuper des principes généraux que M. Schlegel exprime en forme de reproches, et qu'il adresse non-seulement à la littérature, mais même à la nation française.

1.

Si l'on en croit le critique allemand, les nombreux défauts de notre théâtre proviennent d'un respect aveugle pour Aristote, et d'une servile obéissance aux règles qu'il a prescrites; et malgré ces torts, qui sont très-graves aux yeux de M. Schlegel, nous voulons établir un despotisme littéraire, nous proscrivons tout ce qui n'est pas conforme à nos principes, et notre orgueil national jette à peine un regard dédaigneux sur les productions des autres peuples. A la vérité, ce dernier reproche n'est point direct, mais il est évident qu'il ne peut s'adresser qu'à nous, puisque nous sommes la seule nation moderne qui ait une poétique dramatique et qui ait soumis l'art du théâtre à des règles invariables et imprescriptibles.

D'abord, il est faux que nous ayons un respect aveugle pour Aristote; ce grand nom ne nous impose point; nous avons abandonné la philosophie du précepteur d'Alexandre, et nous aurions de même renoncé à sa poétique, si elle nous avait paru vicieuse. Aristote, Horace et Boileau, quoique leur autorité puisse bien contre-balancer l'influence de M. Schlegel, n'auraient aucun empire sur nous, si l'expérience ne nous avait démontré que les ouvrages les plus durables sont ceux qui se rapprochent le plus de la ligne tracée par ces trois législateurs du Parnasse. Nous voulons de la raison jusque dans nos plaisirs : si c'est un tort, ce n'est au moins ni une folie ni une sottise; et ce qui nous rend incorrigibles sur ce point, c'est l'ob-

servation constante que là où il y a le plus de respect pour les règles, il y a aussi plus de talent.
Si tous les sectateurs d'Aristote avaient été des
hommes médiocres, si Corneille et Racine avaient
dédaigné nos règles dramatiques, M. Schlegel n'aurait pas besoin d'écrire trois volumes pour nous
convertir; mais tant que la licence sera le partage de la médiocrité, tant que là régularité et la
raison seront les compagnes du talent, nous aurons la faiblesse d'écouter Horace que M. Schlegel
estime fort peu, et d'obéir à Boileau que le critique allemand n'estime pas du tout.

Au reste, lorsque les Germains et les Anglais se
plaisent à nous représenter comme des hommes
légers, inconstans, capricieux, aussi peu attachés
aux principes qu'aux modes, n'est-il pas bien
étrange qu'on nous reproche une admiration aussi
constante pour des règles proclamées il y a deux
mille ans? Eh! messieurs, accordez-vous: si nos
têtes sont si légères, une constance aussi longue
doit prouver quelque chose; et les principes qui
ont su nous fixer doivent être d'une vérité incontestable.

Relativement à notre prévention nationale, je
répondrai que M. Schlegel nous fait beaucoup
d'honneur. Le vice dont il nous accuse est précisément la vertu que nous n'avons pas. Sans être
exempts de vanité, nous manquons absolument
d'orgueil national. Rien ne porte bonheur en
France comme de n'être pas Français. Était-il

Français ce docteur, dont le fameux baquet attira
la foule des enthousiastes, et fit une telle sensation que le monarque fut obligé de s'en occuper? Était-il Français cet autre docteur qui faisait
consister le penchant au vice ou à la vertu dans
une protubérance du crâne, et pour lequel tant
d'hommes, tant de femmes, tant de savans se
passionnèrent? Est-ce pour soutenir l'excellence
de la musique française que l'on se battit à coups
de plume et à coups d'épée, ou n'était-ce pas plutôt pour démontrer la supériorité des Allemands
ou des Italiens que tous les Parisiens se partagè-
rent en gluckistes et en piccinistes? Ne voyons-nous
pas tous les jours un étranger réussir avec une
somme de talent qui ne serait pas seulement remarquée dans un Français? Et au théâtre même,
était-elle française, cette pièce où la misanthropie
et le repentir firent couler des torrens de larmes,
causèrent des crispations, des évanouissemens, et
presque des convulsions?

Mais où vais-je chercher mes preuves, quand
M. Schlegel lui-même m'en offre une si frappante?
Cet ennemi de nos grands écrivains, ce déprécia-
teur de notre gloire dramatique, est maintenant à
Paris; il y est accueilli, recherché, fêté par tout
ce qu'il y a de distingué dans la capitale. Qu'il me
permette ici un petit écart d'imagination qui aura
quelque chose de romantique : Je me figure ce terrible adversaire se présentant dans le cercle où il
est attendu, et portant le livre sur lequel il fonde

sa réputation ; il me semble lui entendre dire :
« Messieurs, voilà un petit ouvrage en trois gros
» volumes, où j'ai prouvé jusqu'à l'évidence que
» vous avez un mauvais goût en littérature, et que
» vous n'entendez rien à l'art du théâtre. Ces Mo-
» lière, ces Corneille, ces Racine dont vous êtes si
» fiers, ne sont que des hommes médiocres. Le
» premier, né dans une classe inférieure, n'a su
» imiter que le langage des gens du peuple ; il a
» montré une gaîté inépuisable dans les farces où
» domine le comique arbitraire de la bouffonnerie ;
» mais l'amour-propre national a pu seul faire
» prodiguer les éloges outrés dont on l'accable.
» Dans ce fameux *Misanthrope* je ne vois que des
» dissertations dialoguées qui ne mènent à aucun
» résultat, et l'action, déjà pauvre par elle-même,
» s'y traîne encore péniblement. *Tartufe* est une
» satire sérieuse, mais n'est pas une comédie, et
» la réputation classique de Molière est ce qui
» maintient encore ses pièces au théâtre. Les héros
» de votre Corneille ont une volonté forte et des
» sentimens faibles ; ses situations n'ont aucune
» vérité ; elles présentent si souvent des contrastes
» symétriques, que l'on peut les nommer des an-
» tithèses en action ; son éloquence est quelquefois
» emphatique et guindée, et finit par se perdre
» dans de vaines amplifications. Votre inimitable
» Racine a eu le tort d'imiter de préférence Eu-
» ripide le plus médiocre des tragiques grecs ; il a
» prêté la galanterie française aux héros de l'anti-

» quité. S'il garde toujours une juste mesure, il
» ne faut pas évaluer trop haut ce mérite, car il
» n'avait pas surabondance d'énergie ; son pen-
» chant le portait plutôt vers le genre de l'élégie et
» de l'idylle que vers le genre héroïque. Cependant
» voilà vos trois grands hommes, ainsi jugez du
» reste. Quelle différence entre vos petits auteurs
» méthodistes et ce grand Shakespeare, l'orgueil
» de sa nation et le génie des îles Britanniques !
» Toutes ses productions portent le sceau d'un
» génie original ; il est le scrutateur des cœurs ;
» personne ne l'a égalé dans l'art de caractériser
» les individus, et moins encore dans celui de les
» grouper ensemble. En offrant à nos regards les
» traits les plus brillans du caractère des siècles et
» des peuples divers, la hardiesse de l'imagination
» et la profondeur de la pensée, il paraît fait pour
» représenter à lui seul l'esprit humain, dont il
» réunit dans le plus haut degré les qualités les
» plus opposées. Mais si Shakespeare est le génie
» de l'Angleterre, Calderón, le divin Calderón est
» le génie de la poésie romantique ; elle l'a doué
» de toutes ses richesses, et il semble qu'avant de
» disparaître à nos regards, elle ait voulu dans les
» ouvrages de Calderón, comme on le fait dans
» le feu d'artifice, réserver les plus vives couleurs,
» la lumière la plus éblouissante et les plus rapides
» fusées pour la dernière explosion. Et vous mé-
» connaissez des chefs-d'œuvre si admirables, et
» vous n'adorez pas ces dieux du Parnasse drama-

» tique! Ah! messieurs, vous n'avez aucun senti-
» ment des véritables beautés : votre système est
» faux : votre goût est faux : et c'est pour vous don-
» ner cette preuve de mon estime que j'arrive tout
» exprès du fond de la Germanie. »

A ce beau discours qui ne sera point articulé,
mais qui se trouve en substance dans le gros livre,
il me semble entendre quelques-unes de nos jolies
femmes s'écrier en chorus : « Ah! M. Schlegel,
vous avez bien raison, nous avons un goût détestable : ce Corneille est toujours sur des échasses,
Racine est si fade, Molière a si mauvais ton! En
vérité, nous croyons valoir quelque chose, et nous
n'avons pas le sens commun. »

Je suis loin de trouver mauvais qu'on accueille
M. Schlegel avec tous les égards que l'on doit à
son esprit et à sa réputation ; mais il conviendra
du moins qu'il n'y a dans tout cela ni despotisme
ni orgueil national ; et si j'y vois de la partialité,
ce n'est certainement pas le critique allemand qui
a le droit de s'en plaindre.

Je crois avoir répondu aux deux grands reproches qu'il nous fait ; je vais lui en adresser à mon
tour, et j'espère qu'il ne s'en offensera point, car
enfin il est l'agresseur, et je le crois trop galant
homme pour ne pas excuser une défense aussi légitime.

Si nous jetons un coup d'œil sur les richesses
de notre théâtre, nous reconnaissons d'abord que
les chefs-d'œuvre y sont fort rares. En examinant

ces chefs-d'œuvre, nous sommes étonnés d'y trouver encore des défauts assez nombreux, et même
quelquefois des fautes graves. En comparant ces
fautes au génie des écrivains qui les ont commises,
et aux beautés éclatantes qui les rachètent, nous
sommes forcés de convenir que la perfection absolue n'est point le partage de l'homme, et que
ceux qui en ont le plus approché, sont restés à
une grande distance du but qu'ils se proposaient
d'atteindre.

En passant des chefs-d'œuvre aux pièces du second ordre, on voit s'accroître le nombre des
auteurs et des ouvrages; et si l'on descend aux
genres subalternes, les pièces et les auteurs deviennent innombrables. On voit même dans ces
derniers rangs des hommes qui n'ont point fait
d'études, sans littérature, sans goût, et à qui les
succès les plus multipliés n'ont pu donner la réputation d'hommes de lettres. La simple réflexion
m'a fait remarquer aussi que le nombre et la
médiocrité des ouvrages sont dans une proportion
toujours constante; que l'un et l'autre s'accroissent partout où la sévérité des règles se relâche,
tandis que le mérite devient plus éclatant, et le
nombre des productions diminue à mesure que
l'on se rapproche des éternels principes du goût
et de la raison.

Par quel bizarre caprice la nature aurait-elle
établi d'autres proportions chez nos voisins ?
En considérant le théâtre à travers le prisme de

M. Schlegel, on voit au contraire que la perfection y est d'autant plus grande que la licence y est
plus effrénée, et que le mérite s'y accroît avec le
nombre. Le *divin* Caldéron a fait cent vingt chefs-
d'œuvre, et ceux de Shakespeare sont si nombreux, que les commentateurs anglais n'ont pu
encore les compter exactement. Si l'observation
que j'ai faite plus haut n'est pas juste, nous devons
être bien humiliés; et si M. Schlegel ne se trompe
point, nous devons aller chercher nos chefs-
d'œuvre dans les théâtres du Boulevard.

Le critique allemand semble en effet nous donner ce conseil. Après avoir fait un pygmée du
grand Corneille, après avoir réduit Molière au
mérite de la farce, et infligé une correction à Racine, il fait un grand éloge du *Roi de Cocagne*,
de Legrand, il vante notre opéra comique, il jette
des fleurs sur notre vaudeville, il accorde un sourire au *Désespoir de Jocrisse*, et il daigne faire
une mention honorable de ce fameux Brunet,
dont le visage, dit-il, est presque un masque.

D'après les principes de M. Schlegel, tout ce
qui est classique, à l'exception de Sophocle, est
rangé dans la classe médiocre : ainsi Horace est
très-maltraité, parce qu'il a eu le mauvais esprit
de vouloir qu'un art quelconque fût soumis à
des règles. Nous admirons la profonde raison et
l'aimable philosophie de l'ami de Mécène; mais
M. Schlegel ne reconnaît en lui d'autre mérite
que celui du style et de la versification, opinion

bien étrange, puisque la versification est tellement
négligée dans les Satires et les Épîtres d'Horace,
que l'on a souvent peine à y reconnaître des vers.
Par la même conséquence, le Dante est un génie
très-supérieur à Virgile; ainsi cet Enfer, où des
damnés font de longs discours et racontent des
histoires, tandis qu'on les coupe en morceaux et
qu'on les éventre, est une imagination bien plus
poétique et plus raisonnable que le sixième livre
de l'Énéide.

M. Schlegel semble craindre qu'on ne l'accuse
de voir d'un œil jaloux la gloire de nos grands
écrivains. Il dit, il répète même avec affectation,
qu'il n'attaque uniquement que notre système
dramatique; c'est, selon lui, notre respect aveugle
pour des règles arbitaires qui a produit tous les
vices de notre théâtre : il ne s'agit point ici, dit-il,
du mérite des productions, mais des principes
généraux; il blâme Rousseau d'avoir attribué à
l'art théâtral des défauts qui ne sont que les défauts
des auteurs. D'après des déclarations si formelles,
le lecteur est bien rassuré sur les intentions du
critique; on est bien certain que M. Schlegel mettra de la bonne foi dans ses reproches; il prouvera, comme il le promet, que les règles nous
ont fait faire de mauvaises pièces de théâtre; et,
comme il n'en veut pas aux auteurs particulièrement, il ne relèvera dans leurs ouvrages que les
défauts qui proviennent de notre système dramatique, et il se gardera bien de reprocher à nos

règles les fautes que ces règles même ont toujours condamnées : voilà du moins ce que M. Schlegel a promis de faire, et voilà ce qu'il n'a point fait. *Corneille est froid dans l'expression des senti-mens ; ses situations n'ont aucune vérité ; ses plus belles scènes sont des antithèses en action; il a pris pour modèles des auteurs latins du temps de la décadence*, etc. Il est dur de souscrire à cet arrêt; mais M. Schlegel prend tant de plaisir à rapetisser nos grands hommes, qu'il faut lui faire des concessions. Eh bien! soit; Corneille a tous ces défauts ; mais nos règles nous ordonnent-elles d'être froids dans la peinture de l'amour? Notre système exclut-il la vérité? Nos principes nous forcent-ils à présenter une suite d'antithèses en action, et d'aller chercher nos modèles parmi les auteurs médiocres? *Racine prête aux héros de l'antiquité les manières et la galanterie fran-çaises; il pèche contre l'unité d'action, il commet des anachronismes, et tombe dans des inadver-tances choquantes;* passons encore cette boutade de M. Schlegel ; mais qu'est-ce que ces défauts ont de commun avec notre système? Nos règles ne blâment-elles pas au contraire tout ce que le cri-tique reproche à Racine? *Molière descend jusqu'à la farce ; ses caractères ne sont que des opinions personnifiées ; ses pièces ont de mauvais dénoue-mens; il a suivi les conseils de son ami Boileau sur le rire grave et la plaisanterie froide,* etc..... Supportons encore cette diatribe. Mais dans laquelle de nos règles M. Schlegel a-t-il vu qu'une comédie doive se dénouer maladroitement, et qu'on puisse se permettre des plaisanteries froides? Parcourons enfin toutes les pages où l'auteur critique notre théâtre, et nous verrons constamment que les fautes signalées par lui à tort et à travers, sont celles des auteurs, et n'ont rien de commun avec notre système. Il est donc évident que l'intention apparente de M. Schlegel était d'attaquer notre système, et son intention secrète était d'humilier notre amour-propre en rabaissant la gloire des auteurs que nous admirons. Ce secret est près de se trahir, quand il déplore les succès que les pièces françaises obtenaient autrefois en Allemagne, et enfin il lui échappe, lorsqu'en parlant de Voltaire, qui lui plaît sous bien des rapports, il ajoute tristement : « Nous ne pouvons nous empêcher de le ranger parmi *nos adversaires.* » Il est donc notre adversaire cet honnête critique quand il prétend n'attaquer que notre système, et quand il s'apitoie sur les lourdes fautes que nos maudites règles nous font commettre.

Mais si le lecteur veut d'autres preuves de son impartialité, je vais en fournir de plus éclatantes. Lorsqu'il s'est agi de Racine, M. Schlegel a prévu qu'on opposerait à ses minutieuses critiques l'admirable poésie, le style toujours pur, élégant, et presque inimitable de l'auteur de *Phèdre* et d'*Iphigénie.* Le critique allemand a bien senti qu'il ne pouvait pas nous chicaner sur cet article; mais comme il fallait, à tout prix, faire descendre Racine du haut rang où notre admiration l'a placé, M. Schlégel a pris le parti de rabaisser le mérite du style, qu'il ne pouvait pas contester. Il a donc grand soin de déclarer et de répéter que ce mérite n'est que secondaire dans une œuvre dramatique ; et il n'entend pas par *style* la seule correction ; car voici comment il s'exprime à la page 83 du second volume : « *Il est possible que Voltaire n'égale pas ce dernier poète* (Racine) *pour la perfection des vers et la pureté de la diction poétique ; mais le talent du style, qui décide presque seul en France du succès d'un ouvrage, ne doit avoir qu'un rang secondaire dans cette réunion de talens divers qu'exige l'art dramatique.* » Ainsi le style enchanteur de Racine n'étant qu'un mérite secondaire, ne rachètera pas les fautes nombreuses que ce poète a commises dans les autres parties qui sont plus importantes. Jusqu'ici c'est une opinion que l'on peut soutenir comme tout autre ; mais passez à la page 39 du troisième volume : il n'y est plus question d'un poète français ; M. Schlegel y examine l'un des chefs-d'œuvre du grand Shakespeare ; et pour apprécier ses divines productions, il se sert d'autres poids, il emploie une autre mesure ; il parle de *la Tempête ;* pièce où, de son aveu, il y a peu d'action et de mouvement ; mais, ajoute-t-il, *ce défaut est bien compensé par l'étonnante variété des richesses poétiques.* Ainsi les richesses poétiques, dans Racine, ne feront pas excuser de légers défauts ; mais dans Shakespeare, elles *compensent bien* le défaut d'action et de mouvement, qui est cependant très-grave aux yeux de M. Schlegel.

Le pauvre Racine a eu le malheur de faire chanter Néron sur un théâtre, et de lui faire conduire des chars dès les premières années de son règne ; et le critique allemand, qui ne pardonne rien, s'empresse de démontrer que Néron ne fit ces folies que dans un âge plus avancé ; mais quand il s'agit du *génie des îles Britanniques*, il peut faire arriver des vaisseaux dans la Bohême, qui est si loin de la mer ; il peut placer des lions et des bergers d'Arcadie dans la forêt des Ardennes, M. Schlegel dit simplement : *le dessin et le sens de son tableau l'exigent*. Si l'un de nos grands maîtres pèche contre les convenances, il reçoit une réprimande sévère ; mais quand Shakespeare choque la raison, le goût et le simple bon sens, non-seulement il est excusé, mais il obtient des éloges. Une reine est engouée d'un comédien qui a une tête d'âne ? M. Schlegel dit que *c'est la chose du monde la plus comique*. Un prince qui a vécu avant Machiavel, parle de machiavélisme ? On excuse cet anachronisme bien plus choquant que celui de Racine, en disant que les principes machiavéliques existent depuis qu'il y a des tyrans. Nous avons vu à la page 79, combien Corneille a été tancé pour ses antithèses ; mais les poètes anglais ont sans doute un privilége exclusif pour l'emploi de cette figure, car, à la page 380, *le désespoir peut recourir à des*

comparaisons et même à des antithèses, parce
que, dit-on, *la colère donne de l'esprit;* et cependant les héros de Corneille ont beau se désespérer
et se mettre en colère, il leur est défendu de faire
des antithèses et d'avoir de l'esprit. Un jeu de mots
est un crime dans un auteur français; mais Shakespeare peut s'en permettre tant qu'il voudra,
parce que *les peuples dont les mœurs sont les plus
simples, ont toujours manifesté du goût pour les
calembours..... On trouve des jeux de mots dans
Homère, et les livres de Moïse en sont remplis.*
Dans *Peine d'amour perdue*, la fille d'un roi de
France arrive en Espagne comme ambassadeur;
dans *Mesure pour Mesure*, le théâtre représente
un tribunal criminel, on y voit un juge hypocrite,
un criminel endurci et un *bourreau cruel;* dans *le
Marchand de Venise*, une fille est le prix d'une
énigme, et le cinquième acte est étranger à l'action; *Comme il vous plaira* est une pièce, de l'aveu
de M. Schlegel, sans plan, sans action et sans dénoûment, et cependant elle est admirable, et si
vous la blâmez, *on vous reconduira poliment aux
frontières de la prose et de la réalité.* Dans une
autre pièce enfin, l'action rétrograde au lieu d'a-
vancer, et M. Schlegel dit que *cela tient à la nature du sujet.* Tous les traits que je viens de rapporter, et qui révolteraient le Français le moins
délicat, sont excusés ou loués par le critique allemand : son admiration s'échauffe même à un tel
point qu'il va jusqu'à dire que l'effet des tragédies

de Shakespeare *a surpassé tout ce qui a jamais été écrit pour le théâtre.* Mais comme M. Schlegel paraît avoir une mauvaise mémoire, il oublie bientôt cette exclamation ; et, en parlant de Caldéron, qui ne lui est pas moins cher, il déclare qu'il est *le miracle de la nature, et grand poète si jamais ce nom a été mérité sur la terre.* Cette malheureuse inadvertance de M. Schlegel sera cause que les ombres de Caldéron et de Shakespeare vont se battre éternellement pour la préséance ; l'un dira : « Je suis le miracle de la nature, et poète si ja-
» mais ce nom a été mérité sur la terre, donc le
» premier ; » l'autre répondra : « J'ai surpassé tout
» ce qui a jamais été écrit pour le théâtre, donc
» je passe avant vous. » Vraiment, j'en veux à M. Schlegel d'avoir semé la zizanie jusque parmi les morts.

Oh ! si un de nos poètes français nous avait montré l'homme à la tête d'âne, et la princesse ambassadeur, et les vaisseaux en Bohême, et les bergers d'Arcadie dans les Ardennes, et un cinquième acte en épisode, et des pièces sans plan, sans action, sans dénoûment, comme le goût de M. Schlegel serait devenu pur et sévère !.... Mais j'en ai dit assez sur la bonne foi du critique, passons aux détails.

Si j'ai commencé mon examen par le second volume, ce n'est point seulement parce qu'il y est question du théâtre français, qui naturellement nous touche davantage : je n'ai interverti l'ordre

chronologique que pour me rapprocher de la pensée et de l'intention de l'auteur. Le véritable but
de l'ouvrage se manifeste dans toutes les pages, et
partout M. Schlegel laisse deviner ou exprime
clairement l'intention et l'espoir de rabaisser notre
gloire dramatique. Ce grand critique, fier de l'empire qu'il exerce sur les lecteurs de la Germanie,
nous déclare une guerre à mort : il fait marcher
contre nous, comme auxiliaires, les Grecs, les
Romains, les Italiens, les Anglais et les Espagnols;
mais avant d'envahir notre territoire, il commence
les hostilités dans la Grèce et dans l'Italie ; et, s'il
n'appelle pas ses compatriotes à cette croisade
contre Corneille et Molière, c'est que *les Allemands*, dit-il, *sont sujets à rester en chemin*.
Toute l'artillerie de M. Schlegel étant dirigée contre
notre théâtre, j'ai d'abord porté le secours vers le
point menacé, et maintenant que l'ennemi est en
retraite, je vais le suivre dans la Grèce où il se
croit en sûreté sous la protection de Sophocle.

Les personnes qui étaient le plus indignées des
blasphêmes de M. Schlegel contre nos grands poètes,
faisaient cependant l'éloge de la partie de son ouvrage où il parle du théâtre des Grecs. Quoique le
critique allemand n'ait rien fait pour se concilier
notre bienveillance, nous ne pouvons nous empêcher de reconnaître en lui beaucoup d'érudition,
d'esprit et de sagacité ; mais j'y vois encore plus
d'adresse dans la manière de nous opposer le théâtre
grec pour rabaisser et humilier le nôtre. Quiconque

2.

relira ce premier volume après avoir lu le second, portera le même jugement que moi, et y verra des défauts assez bien déguisés pour n'être pas aperçus à une première lecture.

Dès que M. Schlegel s'était fait un système contraire au nôtre, il fallait qu'il nous présentât le théâtre grec autrement que nous ne nous l'étions figuré. Aussi n'a-t-il pas manqué de bouleverser toutes nos idées sur cette belle partie de la littérature ancienne. A l'en croire, lui seul, depuis trois mille ans, aurait connu le génie des Grecs, leurs intentions, l'institution, les principes et même l'architecture de leur théâtre, de même que leurs machines et leur chorégraphie. Horace, qui possédait tous les *exemplaria græca*, dont M. Schlegel n'a pu lire qu'un petit nombre, les aurait moins bien appréciés que le critique allemand. Cela me paraissait fort difficile à croire, et mon doute est devenu de l'incrédulité quand j'ai aperçu les erreurs sur lesquelles M. Schlegel a fondé tout son système.

Pour opposer le génie des Grecs au génie romantique, il a fallu établir une distinction qui ne manque ni d'éclat ni de finesse, et qui n'a que le défaut d'être fausse : car elle est faite pour plaire aux lecteurs qui, réfléchissant peu, se laissent surprendre par tout ce qui a l'air subtil et original. « La religion sensuelle des Grecs, dit M. Schlegel, ne promettait que des biens extérieurs et temporels. » Chez nous, au contraire, « la contemplation de l'infini a révélé le néant de tout ce qui a des

bornes... » De ces deux propositions qu'il développe plus que je ne puis le faire, il conclut que
*le caractère distinctif de la poésie du Nord est la
mélancolie.* Il doute si les anciens ont réellement
cru à l'immortalité de l'âme; il dit que *le culte
des faux dieux se contentait de cérémonies extérieures; et il ne peut assigner à leur culture intel-
lectuelle un caractère plus élevé que celui d'une
sensualité épurée et ennoblie.* » Il n'y a rien de
vrai dans tout cela : si la *mélancolie* est le caractère
distinctif de quelque théâtre, très-certainement ce
caractère est celui de la tragédie grecque. Le dogme
de la fatalité y domine dans tous les ouvrages, et
suffirait seul pour leur donner cette couleur sombre,
cette mélancolie profonde dont M. Schlegel veut
faire l'apanage de la poésie romantique. Cette puissance surnaturelle et irrésistible qui menace l'innocent et le coupable, qui pèse sur les rois comme
sur les peuples, dogme désespérant, mais éminemment tragique, semble avoir inspiré les auteurs de
l'Agamemnon, des *Sept Chefs devant Thèbes*,
des *Coëphores*, de *l'Œdipe Roi*, du *Philoctète*,
de *l'Hécube*, de *l'Hippolyte* et des *Troyennes*. Un
voile funèbre est répandu sur tous leurs tableaux,
même dans les momens les plus calmes ; la grandeur s'y montre toujours près de sa ruine : la majesté y est celle des tombeaux, et il y a quelque
chose de lugubre jusque dans les faibles élans de
joie que les héros tragiques s'y permettent à de
longs intervalles.

M. Schlegel doute si les anciens ont cru à l'immortalité de l'âme! Quoi! ceux qui admettaient un
Tartare, un Elysée, des Furies vengeresses auraient
été des matérialistes! Quand un grand poète a dit :
Sedet ÆTERNUM *que sedebit infelix Theseus*......, il
écrivait pour des lecteurs qui ne croyaient point
à l'immortalité de l'âme! Le culte des faux dieux,
dites-vous, se contentait de cérémonies extérieures;
mais les dieux des Romains étaient ceux des Grecs!
et quand Virgile fait entendre ces paroles qui re-
tentissent sous les voûtes du Tartare :

Discite justitiam moniti, et non temnere divos.

N'est-il question là que de cérémonies extérieures?
Un orateur chrétien, en parlant du supplice des
réprouvés, ne dirait-il pas, comme Virgile : *Ap-
prenez à être juste et à craindre la vengeance
céleste?*

On voit que la distinction de M. Schlegel est si
subtile qu'elle n'a aucune réalité; et les erreurs où
il tombe, quand il examine les ouvrages, ne sont
pas moins évidentes que celles qu'il commet en
exposant la théorie. Des trois tragiques grecs qui
nous restent, Racine n'a imité qu'Euripide : il n'en
fallait pas davantage pour qu'Euripide fût en butte
à la critique sévère de M. Schlegel. Il se passionne
pour Sophocle, il fait à Eschyle *l'honneur* de le
comparer à Shakespeare, mais le pauvre Euripide
a presqu'autant de défauts qu'un auteur français,

parce qu'il a fourni le sujet de notre Phèdre et de notre Iphigénie. S'il m'était permis de supposer qu'un érudit, comme M. Schlegel, ignore quelque chose, je lui causerais bien du regret; je lui apprendrais qu'il a fait une grande faute en louant *Athalie*, la seule pièce de Racine qui obtienne grâce au tribunal de ce critique. Cette Athalie est aussi une imitation d'Euripide : l'enfant élevé dans le temple, la reine, le songe, le prêtre, l'interrogatoire prêté par l'enfant, tout s'y trouve, et

L'homicide acier
Que le traître en mon sein a plongé tout entier,

fait le dénoûment de la pièce grecque, et accomplit le songe plus exactement encore que dans la pièce française. Oh! sans doute, M. Schlegel n'a pas lu l'*Ion* d'Euripide, car il n'aurait pas eu la maladresse de vanter Athalie.

Je sais que des critiques anciens et modernes ont reproché beaucoup de défauts à Euripide ; mais ils ont reconnu dans ce poète des beautés du premier ordre, et une supériorité sur ses rivaux dans plusieurs parties de l'art dramatique. Aristote, qui connaissait les Grecs aussi bien que M. Schlegel, nomme Euripide le tragique par excellence ; Longin, Cicéron et Horace en parlent avec une grande estime ; Racine et Boileau l'admirent ; et M. Schlegel, qui est bien quelquefois forcé de l'admirer aussi, ne peut consentir à le louer qu'en le considérant isolément : car, en le comparant à ses prédécesseurs, il lui trouve mille défauts. Platon avait accusé les poètes tragiques de mettre dans la bouche de leurs héros des plaintes immodérées. M. Schlegel applique ce reproche au seul Euripide : car *ce blâme*, dit-il, *serait trop évidemment injuste si on le faisait tomber sur Eschyle ou sur Sophocle.* Eh bien! je défie M. Schlegel de me citer une pièce, une scène d'Euripide, où les plaintes, les cris, les gémissemens et les exclamations soient plus immodérés que dans le Prométhée d'Eschyle, ou dans le Philoctète de Sophocle.

Euripide est blâmé de vouloir exciter la pitié par des maux physiques et des douleurs corporelles ; je demande si Philoctète n'est pas dans le même cas : tout l'intérêt y repose sur une plaie, et sur la perte des flèches qui donnent le moyen d'exister en tuant des oiseaux.

Euripide veut faire sa cour à ses contemporains en transportant dans des siècles héroïques des usages plus modernes : cette observation est exprimée en forme de reproche à la page 232, mais aux pages 135 et 137, M. Schlegel lui-même convient que tous les poètes tragiques cherchaient à flatter le peuple d'Athènes ; à la page 191, il ne blâme point Sophocle d'avoir célébré dans une tragédie la ville de Colone *qui était son lieu natal;* et enfin à la page 200, il répète, sans reproche, qu'Eschyle et Sophocle avaient célébré la gloire d'Athènes, l'un dans les Euménides, et l'autre dans Œdipe à Colone. Pourquoi donc Euripide n'aurait-il pas le même privilége? Je le répète, M. Schlegel doit se défier de sa mémoire.

L'inflexible critique rapporte tous les contes que l'on a débités sur Euripide pour en faire autant de chefs d'accusation. Si l'un des personnages a proféré quelques mots contraires à la morale et à la religion, il en rend l'auteur responsable : ainsi nous pouvons regarder Racine comme un homme cruel et comme un empoisonneur, parce qu'il a si bien peint et Néron et Narcisse. M. Schlegel oublie encore ici que la plus grande impiété qui ait jamais été proférée sur le théâtre d'Athènes, se trouve dans le Prométhée d'Eschyle, et non pas dans Euripide.

Ce dernier poète a encore le tort d'établir des plaidoyers sur le théâtre. M. Schlegel se divertit beaucoup de ce défaut presque ridicule ; et il oublie encore que les Euménides d'Eschyle, *l'égal de Shakespeare*, ne sont, d'un bout à l'autre, qu'un plaidoyer où il y a des avocats pour et contre, un juge et un jugement.

Enfin le malheureux Euripide a eu la malice de lancer des traits contre les femmes : cela est impardonnable, j'en conviens ; mais la mémoire de M. Schlegel est toujours en défaut, et il ne se rappelle pas ce long chœur des Coëphores, qui est une sanglante satire contre les femmes et contre les désordres auxquels elles s'abandonnent dans leurs passions illégitimes. Mais, ajoute le chœur, *la justice des dieux finit toujours par atteindre les coupables :* ce qui prouve à M. Schlegel que les Grecs croyaient à une vengeance céleste, et que la religion, chez eux, ne se bornait pas *à des céré-monies extérieures.*

Il était très-permis sans doute à un homme aussi instruit que M. Schlegel, de signaler les défauts d'Euripide, comme on l'avait fait cent fois avant lui ; mais il ne fallait pas voir des défauts où il n'y en a point, et reprocher à un seul auteur ce qui est commun à tous les autres. Il eût été bon sur-tout que le critique allemand se rappelât les sages paroles de Quintilien qui critiquait aussi, mais qui n'était pas aussi tranchant que M. Schlegel. Je vais les remettre sous les yeux de *notre adversaire,* et elles lui seront d'autant plus agréables qu'elles se trouvent dans une préface de Racine : « *Modestè tamen et circonspecto judicio de tantis viris pro-nuntiandum est, ne, quod plerisque accidit, damnent quod non intelligunt.* »

M. Schlegel ne s'est pas borné à l'examen des tragédies grecques : il a aussi voulu rectifier nos idées sur l'architecture théâtrale des anciens. D'a-près Vitruve et le père Montfaucon, j'avais cru autrefois y entendre quelque chose, mais depuis le commentaire de M. Schlegel, je n'y conçois plus rien. Il prétend que le théâtre était entièrement découvert : je crains bien qu'il ne confonde ici *la scène* avec *la salle.* Les Grecs employaient beau-coup de machines, et il me paraît impossible qu'on les ait fait mouvoir s'il n'y avait au-dessus *de la scène* aucun comble, aucun support, aucune traverse pour les soutenir. A la largeur immense que devait avoir un théâtre contenant toute la population d'une grande ville, les points d'appui ne pouvaient être placés sur les parties latérales. Il y a plus : un cylindre assez long pour traverser la scène, aurait formé une courbe, et n'aurait pu se maintenir dans la position horizontale, position nécessaire pour le développement des cordages. On peut sur ce point consulter les plus habiles machinistes, et ils seront de mon avis.

M. Schlegel dit aussi que les décorations se composaient de parties peintes et de parties réelles ; j'en doute fort, parce que les spectacles étant fort longs, le mouvement des ombres, occasionné par la marche du soleil, se serait trouvé en contradiction avec les ombres simulées ; et l'on sait que, chez les anciens, les spectacles se donnaient en plein jour.

Les unités dramatiques sont la base sur laquelle repose tous les argumens de notre adversaire ; elles sont le véritable point de la difficulté, la seule cause du schisme qui s'est opéré dans le culte des Muses. Sans cette pomme de discorde qu'un mauvais génie a jetée sur le théâtre moderne, les classiques et les romantiques seraient parfaitement d'accord. Vainement M. Schlegel accumulera les sophismes et les considérations métaphysiques : il sera forcé de convenir que toute la différence qui existe entre les deux écoles, consiste dans les *unités*.

Nous voulons qu'un drame soit intéressant : ces messieurs le veulent aussi ; que l'action y soit vive, rapide, et que l'intérêt s'y accroisse sans cesse : ils ne diront sûrement pas le contraire ; que l'exposition en soit claire, le nœud fort, et le dénoûment imprévu quoique naturel : c'est ce qu'ils n'oseront pas nous contester ; que le style, toujours analogue au sujet, soit aussi conforme aux caractères des personnages : c'est un principe qu'ils ne pourront se dispenser d'admettre. Mais nous exigeons encore qu'il y ait unité d'action, unité de temps et unité de lieu ; et voilà les lois contre lesquelles M. Schlegel se révolte, voilà l'unique pivot sur lequel tournent ses trois volumes, voilà le motif de la grande coalition des Bretons, des Germains et des Ibères contre le théâtre français.

Des trois unités M. Schlegel n'admet que la première, mais il la modifie d'une manière si étrange, qu'il vaudrait autant la rejeter. Selon lui, une action complexe, et même des actions multiples ne nuisent point à l'unité quand elles dépendent d'une première action d'où elles découlent naturellement. Ainsi, dans le *Jules-César* de Shakespeare, il y a unité d'action, quoique la tragédie se prolonge beaucoup après la mort de César, parce que, dit M. Schlegel, le véritable but de Brutus n'était pas de tuer César, mais de rendre la liberté à sa patrie. Mais, en admettant même cette bizarre excuse, il faudrait encore avouer que cette pièce est la tragédie de Brutus, et non pas celle de Jules César.

M. Schlegel va plus loin : il veut prouver que les Grecs ne se sont astreints ni à l'unité de lieu ni à l'unité de temps : et voici comment il le démontre : les *Coëphores* d'Eschyle sont une suite de l'*Agamemnon* du même auteur, et les *Euménides* sont également une suite des *Coëphores*. Ces trois pièces composent une de ces *Trilogies* que les poètes grecs présentaient au concours ; or, ces trois pièces peuvent être considérées comme une seule, et cependant elles se passent dans trois lieux différens ; donc les Grecs n'ont pas admis la règle des unités.

En vérité, je n'ai pas le courage de réfuter un pareil argument. Quoi ! parce qu'une pièce, qui fait suite à une autre, présente un lieu différent de la première, je pourrai changer dix fois le lieu de la scène dans une même pièce ! Oh ! pour cette fois, M. Schlegel s'est moqué de ses lecteurs, et comme je ne me moque pas des miens, je leur épargnerai une discussion où la victoire serait presque aussi ridicule que la défaite.

Les suites d'une action étant considérées, par le critique, comme l'action même, j'ai conçu le beau projet de tracer le plus magnifique plan de tragédie qui ait jamais paru sur aucun théâtre. La pièce sera intitulée : *La Prise de Troie*. Mon exposition commence à l'œuf de Léda, malgré Horace que M. Schlegel m'apprend à mésestimer. Mon premier acte sera consacré à l'éducation d'Hélène, et finira par son mariage avec Ménélas. Dans le second, je ferai arriver Pâris, qui séduira la jeune épouse, et finira par l'enlever. Toute la pièce d'Iphigénie en Aulide remplira mon troisième acte , et certes le lecteur s'aperçoit très bien de la gradation. L'Iliade tout entière formera mon quatrième acte, qui sera terminé par la mort d'Hector ; et le second livre de l'Enéide complétera la tragédie, dont le sac et l'incendie de Troie seront le dénoûment. Personne assurément ne contestera la liaison de tous ces événemens. Toutes les actions de ce beau drame proviennent de l'œuf : elles sont non-seulement une suite d'actions analogues, mais une dépendance, une conséquence naturelle d'une première action. La guerre que soutient Brutus après avoir tué César, la jalousie qu'Othello conçoit dans l'île de Chypre après s'être marié à Venise , la catastrophe d'Imogène dans la tragédie de Cymbeline, sont des actions moins liées, moins bien coordonnées que celles dont je viens de présenter l'heureuse réunion dans mon plan de la prise de Troie ; et, sous ce point de vue , il faut avouer que la poétique de M. Schlegel nous a ouvert une vaste carrière ; car toutes les suites d'une action formant *unité* avec l'action même , rien n'empêche de faire une seule et superbe tragédie de l'histoire universelle.

J'ai déjà dit que ce n'est point par obéissance aux règles d'Aristote que nous avons établi les lois des unités ; et le philosophe de Stagire ne parle pas même de l'unité de lieu, qui, à la vérité, n'est pas exactement observée dans toutes les tragédies

grecques. En nous prescrivant ces règles, nous
n'avons eu d'autres motifs que de rendre l'action
dramatique plus raisonnable, et de lui donner plus
de vraisemblance. Ces règles sont gênantes, j'en
conviens, surtout pour les écrivains médiocres;
elles rendent l'art difficile, et elles empêchent
qu'un même auteur ne produise des centaines de
chefs-d'œuvre comme a fait le grand Shakespeare
et le plus grand Pedro Caldéron de la Barca.
Mais si M. Schlegel trouve qu'il y a peu de mérite dans la difficulté vaincue, il conviendra for-
cément qu'il y a encore moins de mérite à ne
vaincre aucune difficulté. D'ailleurs, qu'importe à
M. Schlegel que nous nous soyons soumis à cette
gêne? Personne ne l'empêche de considérer nos
ouvrages comme si les unités n'y étaient point observées : qu'il les juge d'après l'ensemble et d'après
l'effet qui en résulte. Quand vous m'avez imposé
l'obligation de parcourir une carrière, que vous
importe que je me charge d'un fardeau si j'arrive au
but au moment prescrit? Ne me louez pas de mon
excès de zèle, j'y consens ; mais il serait souverai-
nement injuste de m'en blâmer si d'ailleurs j'ai
bien rempli ma tâche. Athalie est une pièce régulière, et Athalie plaît même à M. Schlegel : les
règles ne font donc pas toujours faire des sottises ;
et voilà tout ce que je veux prouver.

Passons maintenant à l'objection que le critique
emprunte à un docteur anglais, et qu'il considère
comme un argument irrésistible. Le premier acte

d'une tragédie se passe dans la ville d'Alexandrie en Égypte, et le second acte dans Rome. Si vous, habitant de Londres ou de Paris, vous avez bien pu vous transporter en imagination jusqu'en Égypte, pourquoi refuseriez-vous, au second acte, d'aller jusqu'à Rome, et pourquoi cette seconde illusion serait-elle impossible, quand la première vous a semblé naturelle et facile ?

Cette objection qui n'a aucune solidité, est néanmoins assez spécieuse pour mériter l'attention du lecteur ; la réponse à cet argument sera, j'espère, moins usée et moins rebattue que ce que j'ai dit jusqu'à présent.

Les personnes qui fréquentent le théâtre, ont toujours dans la bouche le reproche d'*invraisemblance*, et bien peu de spectateurs ont réfléchi sur ce mot si souvent répété : c'est pourquoi il sera bon d'en donner une courte explication.

Il y a trois sortes d'invraisemblances : 1° celles qui sont nécessaires ; 2° celles qui sont permises ; 3° celles qui sont défendues. Les invraisemblances nécessaires sont celles sans lesquelles l'art dramatique n'existerait pas : il faut que je me suppose transporté dans le lieu où l'auteur a placé la scène, que les personnages me paraissent Grecs ou Romains, quoiqu'ils parlent français, et que des toiles peintes passent à mes yeux pour des palais, des forêts ou des montagnes. Il y a encore beaucoup d'autres illusions que je suis forcé de me faire, sans quoi je dois renoncer à venir au spectacle. Les invraisemblances permises sont les vingt-quatre heures qui sont censées s'écouler pendant les deux heures que dure réellement une tragédie ; des actions considérables qui se passent dans le court intervalle d'un entr'acte, comme une bataille, une conspiration, une nuit entière écoulée en quelques minutes, etc..... tout cela n'est point nécessaire, puisqu'il y a des pièces dont l'action réelle ne durerait pas plus que l'action théâtrale ; mais ces invraisemblances sont permises par une convention tacite qui s'établit entre l'auteur et le spectateur, convention bien naturelle, puisqu'elle existe chez tous les peuples qui ont un théâtre. Les invraisemblances défendues sont les situations trop romanesques et incroyables, la contradiction entre le langage et le caractère des personnages, les actions qui excèdent les limites fixées par les conventions, et des événemens contraires à ceux qui doivent naturellement résulter de l'action exposée par l'auteur.

Appliquons ces principes, qui sont les nôtres, à l'objection du docteur anglais et aux argumens de M. Schlegel.

Vous m'annoncez une pièce dont la scène est placée dans la ville d'Alexandrie. La concession que j'ai faite sur les *invraisemblances nécessaires* me force à me croire transporté en Égypte, mais cette concession, je vous la fais de sang-froid, sans être intéressé, sans être ému par l'action, et je la fais avant que la pièce commence. Si vous

avez l'art d'exciter d'abord ma curiosité, de m'intéresser à votre héros, de m'émouvoir ensuite par
la terreur ou par la pitié, j'oublie ma qualité de
spectateur, je m'attache au personnage qui m'a
touché, mon illusion n'est plus une concession,
mais un plaisir ; je deviens le confident ou l'ami
du héros, je partage ses craintes et ses espérances,
et la preuve qu'il y a illusion, c'est que mes larmes
coulent comme si l'action était réelle.

Mais si, au milieu de ce beau rêve, votre ma-
chiniste fait disparaître *le Bruchium* pour me
montrer le Capitole, mon illusion s'évanouit, je
m'aperçois que je ne suis que spectateur, et ce
changement de décoration me produit le même
effet que si l'auteur s'avançait sur la scène, et
venait me dire : « Ne pleurez pas ; tout ceci n'est
qu'une fable, et, pour en connaître la suite, faites
un nouvel effort, et transportez-vous à Rome, en
attendant que je vous envoie à Byzance. »

La première concession que j'ai faite, n'a point
distrait mon attention, n'a point interrompu l'intérêt puisque l'action n'était pas commencée ; mais
la seconde a fait évanouir le charme, dissipé l'illusion, coupé l'intérêt, et m'a replacé dans une loge
de théâtre, quand je me plaisais à errer dans le
palais des Ptolémées. Que sera-ce donc si le machi-
niste désenchanteur me fait changer de lieu trois
ou quatre fois par acte, et douze ou quinze fois
dans une pièce ? On me répondra que dans les
sujets féeries, ces changemens sont des invraisem-

blances permises : je le sais ; et voilà précisément une des raisons pour lesquelles les Génies et les Fées intéressent fort peu au théâtre.

Tel est cependant le grand argument avec lequel on veut détruire nos unités dramatiques. Mais M. Schlegel pouvait en employer un meilleur : il pouvait dire que la plupart des spectateurs s'inquiètent fort peu des unités et des règles, et il aurait raison. En effet, nous devenons tous les jours plus dignes de plaire à M. Schlegel ; notre *perfectibilité* nous porte au genre romantique, et le goût pour le mélodrame est le précurseur de cette heureuse révolution. Que M. Schlegel ne désespère donc pas de faire des prosélytes ; s'il cherche des amateurs de décorations, de processions, de spectres, de fantômes, de brigands et de cavernes, il s'en présentera, gardons-nous d'en douter.

LES SCRUPULES LITTÉRAIRES

DE Mme LA BARONNE DE STAËL,

OU RÉFLEXIONS SUR QUELQUES CHAPITRES DU LIVRE DE L'ALLEMAGNE.

CE n'est pas seulement en Allemagne que l'on conspire contre notre gloire littéraire : Paris est rempli de prétendus hommes de lettres qui prêchent le

mépris des études qu'ils n'ont point faites, de l'instruction qu'ils n'ont point acquise , et de ces règles
du goût, si gênantes pour la médiocrité. Ces partisans du genre anglo-tudesque , ces renégats littéraires ont abandonné le culte des chastes sœurs pour
se livrer, corps et âme, aux Muses dissolues du Parnasse romantique. Semblables aux débauchés de
Rome, qui désertaient le temple de la Vénus pudique, pour suivre les déesses Cotytto et Volupie, ils
ne voient de génie que dans le mépris des principes ,
dans l'affranchissement de toute gêne , et dans les
écarts d'une imagination déréglée. Ces nouveaux
iconoclastes voudraient briser les statues des grands
hommes dont la gloire les humilie , et , n'ayant
pas la force de les détruire , ils veulent au moins
souiller le temple où ils savent que leurs noms ne
seront jamais inscrits. Aux yeux de ces novateurs,
la critique est odieuse, l'ami des vrais principes
est un pédant, et les admirateurs des immortels
chefs-d'œuvre ne sont que de stupides fanatiques.
Ils nous vantent l'indépendance du génie comme
les *régénérateurs* politiques nous prêchaient la liberté ; nous leur paraissons intolérans , parce que
nous résistons à leur intolérance, et ils se plaignent de notre despotisme , parce que nous refu-
sons de nous soumettre au despotisme des Huns ,
des Goths et des Welches , qui ont envahi notre
littérature et notre théâtre.

Eh! messieurs, leur dirai-je , de quoi vous
plaignez-vous? N'avez-vous pas pour vous délecter

et l'Angleterre, et l'Allemagne, et l'Espagne, et l'Italie; qui font leurs délices de l'irrégularité romantique? La France même n'a-t-elle pas vu des milliers de transfuges s'éloigner de notre Parnasse, qui leur paraissait trop escarpé, pour aller combattre et briller dans vos rangs? Des professeurs romantiques n'ont-ils pas occupé, à l'Athénée, le fauteuil de La Harpe? N'a-t-on pas imprimé à Paris que Boileau était un versificateur exact et froid? Que Racine n'avait que de l'élégance, Voltaire que de l'esprit, Corneille que de l'emphase? N'avons-nous pas couru en foule à des comédies pleureuses, à des tragédies anglaises, à des opéras comiques effrayans? Ne va-t-on pas tous les jours admirer les Shakespeare des boulevards? Et vous nous accusez d'intolérance! Un Français osa-t-il jamais imprimer à Londres ou à Berlin une poétique en trois volumes, pour prouver aux Anglais et aux Allemands qu'ils n'ont pas le sens commun? Parce que nous combattons *pro aris et focis*, parce que nous défendons le petit coin de terre qui nous reste, vous déclamez contre ce que vous nommez notre despotisme littéraire. Ne ressemblez-vous pas à ces conquérans ambitieux qui traitent de brigands et de rebelles les peuples qui ne se soumettent pas assez promptement à l'esclavage? Eh! messieurs, attendez; vous triompherez, j'en suis certain; les choses prennent une tournure qui vous promet les succès les plus brillans; vous êtes les plus nombreux, vous flattez la médiocrité présomp-

tueuse, vous avez en audace ce qui vous manque
en talent ; qui pourrait vous résister? Mais laissez-
nous au moins nous défendre, ne fût-ce que pour
la forme. La barbarie a des charmes, j'en conviens ;
mais encore faut-il s'y habituer.

Le livre que j'annonce est écrit dans les principes de M. Schlegel, mais il a sur l'ouvrage allemand l'inappréciable avantage de la brièveté. Circonscrit en apparence dans des bornes étroites,
il embrasse cependant une matière bien plus vaste;
car il considère tous les genres de littérature,
et même la philosophie. L'auteur a bien senti que
pour séduire des Français, il ne faut pas commencer par les ennuyer. Les Allemands ont une
autre tactique : ils nous endorment pour nous surprendre. *Dans les Scrupules littéraires de madame la baronne de Staël,* le style léger et piquant
contraste d'une manière bizarre avec la gravité du
sujet; mais des chapitres courts, beaucoup de variété, des traits ingénieux et une confiance digne
d'une meilleure cause, en rendent la lecture assez
agréable. On y trouve des absurdités présentées
avec grâce, des erreurs pleines d'esprit et des hérésies de très-bon ton. Les amateurs de pamphlets
ont dû être trompés par le titre. Les *Scrupules
littéraires* de madame de Staël ont une apparence
d'ironie qui semble promettre de la malignité;
mais le lecteur est désabusé dès la première page.
Madame la baronne y est accablée d'éloges que
son grand talent justifie, indépendamment des

égards dus à son sexe, et l'anonyme lui fait des
reproches qui, j'aime à le croire, la flatteront plus
encore que les éloges. Son panégyriste voit avec
peine que madame de Staël, avec un si beau génie, ait tant d'estime pour nos grands écrivains,
tant d'admiration pour leurs chefs-d'œuvre, tant
de ménagement pour les règles classiques. Dans le
livre *de l'Allemagne*, elle ne prononce qu'une
seule fois le mot *romantique*, dont la magique
puissance est le talisman des Sismondi et des Schlegel; elle tremble devant l'ironie et la critique; un
Feuilleton la fait pâlir, et ce *n'est qu'à genoux
qu'elle ose nous supplier d'avoir du génie*. A ces
torts, déjà bien graves aux yeux de l'anonyme,
madame la baronne joint celui d'une extrême timidité; elle n'insiste pas assez sur les récompenses
auxquelles le génie a le droit de prétendre; *peut-
être*, dit l'auteur, *la grande renommée dont jouit
madame de Staël nuit-elle en ceci à sa parfaite
bonne foi; peut-être se trouve-t-elle trop voisine du
temple pour oser parler sans cesse d'offrandes et
d'encens*. Certainement ce n'est point là de la critique acerbe, et cependant l'auteur s'effraie de sa
témérité; il semble se reprocher son audace; il se
félicite d'avoir gardé l'anonyme; *et moins impru-
dent*, dit-il, *que les guerriers d'Homère, je me
perds dans la foule après avoir blessé une immortelle dans le combat*. Ah! qu'il se montre et qu'il
se nomme: l'immortelle a déjà pardonné. Le nouveau Diomède n'a blessé que la modestie de la

déesse, et de pareils outrages n'ont jamais fatigué la clémence des dames.

Le peu de lignes que j'ai tracées suffiraient pour donner une idée du livre, et pour faire deviner les opinions littéraires de l'auteur; mais la critique considère plutôt l'importance du sujet que l'épaisseur du volume, et les principes de l'anonyme sont assez dangereux, assez accrédités aujourd'hui pour m'obliger à une réfutation sérieuse. Il parcourt d'ailleurs une si vaste carrière, qu'il force la critique à le combattre sur chacun des terrains qu'il envahit.

Dès long-temps on a fait l'observation que le siècle du faux esprit et du mauvais goût suivait toujours immédiatement les beaux siècles de la littérature : on a cru voir la cause de cette corruption dans la fatalité qui pèse sur toutes les productions de l'esprit humain, comme sur les ouvrages de la nature dans lesquels on remarque de faibles commencemens, des progrès plus rapides, un certain point de perfection, la décadence et la mort. Cette explication vague ne satisfait pas la raison. Il est une autre cause bien plus agissante et bien plus palpable de cette corruption qui s'attache au génie de l'homme comme pour le punir de son audace; et cette cause, il ne faut la chercher que dans l'ambition et dans l'orgueil de l'esprit humain, comme je vais essayer de le démontrer.

Dans les beaux siècles de la littérature toutes les belles places se trouvent prises; des hommes de génie ont atteint, dans presque tous les genres, le point de supériorité que notre faiblesse nomme perfection. Les hommes d'esprit qui naissent ensuite n'ont plus l'espoir de se placer au premier rang; ils sentent que quand même ils pourraient égaler leurs devanciers, l'antériorité laisserait toujours à ceux-ci les honneurs de la prééminence. Dans le désespoir de faire mieux, on cherche au moins à faire autrement; on trace des routes nouvelles, et l'on tâche d'arriver au temple de la Renommée par des chemins inconnus aux premiers occupans. Pour éviter toute comparaison, on invente de nouvelles formes, auxquelles on donne le nom de *genres*, et l'on se vante d'avoir créé quand on n'a été que novateur. Dans le genre de la fable, La Fontaine est-il regardé comme inimitable : on compose un nouveau genre d'apologues, dont les interlocuteurs sont des êtres de raison et des personnages métaphysiques. On n'ose lutter contre la perfection désespérante de Racine, mais on fait des tragédies à spectacle, à décorations, à processions, et remplies de coups de théâtre. Molière a-t-il posé la borne dans la carrière de la vraie comédie : on imite les Marivaux et les Dorat, dont la perfection n'est point désespérante, ou l'on se jette dans le drame qui n'a rien à démêler avec Molière. Dans l'art des vers, Racine et Boileau paraissent-ils avoir atteint le point de perfection permis à l'homme : on compose des poëmes en prose, on déclare que notre langue n'est point poé-

tique, lorsqu'elle a fourni de trop grands poètes;
on soutient avec M. Schlegel que la prose peut
être de la poésie, ou avec l'auteur des *Scrupules
littéraires*, que les hommes dominés par le sentiment poétique le plus exalté ont dédaigné d'écrire
en vers, ou avec madame de Staël, qu'il faut chercher nos meilleurs poètes lyriques parmi nos prosateurs.

Je ne sais si l'on a déjà observé que dans les
beaux siècles de la littérature il y a peu de genres,
mais beaucoup de bons ouvrages, tandis que dans
les siècles de décadence les bons ouvrages sont
rares et les genres très-nombreux. N'avons-nous
pas le poëme descriptif, les poëmes en prose, la
tragédie anglaise, la comédie de salon, le drame et
le mélodrame, genres inconnus au législateur du
Parnasse? Et cette abondance de genres prouve-
t-elle la perfectibilité indéfinie de l'esprit humain?
Le genre romantique lui-même, genre collectif
qui s'étend sur toutes les branches de la littérature,
n'est-il pas la preuve des efforts que l'on fait chaque
jour pour échapper à toute comparaison avec les
chefs-d'œuvre qu'on désespère d'égaler? Concluons
donc que les causes de corruption se trouvent dans
l'ambition et dans l'impuissance des talens médiocres qui veulent, *per fas et nefas*, se placer au
premier rang, et ravir la palme due au génie;
avouons aussi que les innovations littéraires et la
création de nouveaux genres sont elles-mêmes une
preuve de cette corruption.

On croit nous réduire au silence en nous oppo-
sant l'exemple de l'Angleterre ; parce que cette
nation, qui a produit tant de grands hommes et
tant de bons esprits, admire les prétendus chefs-
d'œuvre de Shakespeare, on veut nous imposer la
servitude d'une égale admiration. On nous reproche
de n'estimer Molière que par orgueil national, et
l'on ne veut pas voir de la prévention nationale
dans l'enthousiasme des Anglais pour leur poète
romantique. Mais supposons que ce génie des îles
Britanniques, ce fameux Shakespeare, soit né en
France, et qu'il y ait composé les tragédies de
Hamlet, de *Macbeth*, d'*Othello* et de *Cymbeline;*
supposons, au contraire, que Racine et Corneille,
nés en Angleterre, y aient produit des chefs-d'œuvre
tels que *Phèdre*, *Athalie* et *Cinna*, les Anglais se
seraient-ils également passionnés pour le genre
romantique, qui ne serait pas alors un fruit de leur
terroir? Reconnaîtraient-ils notre supériorité, et
ordonneraient-ils à leur Melpomène de baisser
pavillon devant la Muse française? Je suis dispensé,
ce me semble, de répondre à cette question.

Je suis loin de blâmer cet esprit public, cet orgueil national qui se manifeste jusque dans les plus
petites circonstances, et dont le gouvernement
anglais sait tirer un si bon parti, je me plais même
à reconnaître la supériorité de l'Angleterre dans
plusieurs branches des connaissances humaines ;
mais est-ce une raison pour céder nos droits sur
les points où notre prééminence est incontestable?

Devons-nous nous humilier devant des hommes qui sont loin d'user envers nous de la même libéralité?

Cessons donc de juger les productions du génie d'après le goût de tel ou tel peuple, et discutons les principes en eux-mêmes, indépendamment de toute prévention nationale. En matière de goût, une nation n'a pas le droit d'imposer des lois à une autre : j'en conviens. C'est pourquoi je trouve fort mauvaise grâce aux docteurs allemands qui veulent nous faire subir le joug du vandalisme, et plus mauvaise grâce encore aux Français qui combattent dans les rangs des Barbares, et qui se croient bien plus honorés comme sicaires de M. Schlegel, que comme disciples de Racine et de Boileau.

Ce n'est pas d'aujourd'hui que l'on attaque, même en France, les principes d'Aristote, d'Horace et de Boileau. L'auteur de l'Art poétique n'avait pas encore fermé les yeux, lorsque de nouveaux Perrault et d'autres Colletet, plus redoutables par leur nombre que par leurs talens, se révoltèrent contre les lois du Parnasse, et proclamèrent audacieusement cette indépendance littéraire si chère aux petits esprits et si favorable à la médiocrité. Le désir de rabaisser les grands hommes au niveau desquels on ne pouvait s'élever, donna de l'importance et du crédit aux déclamations des novateurs. Des écrivains d'un vrai mérite ne surent pas ou ne voulurent pas se préserver de la contagion. Fontenelle, si recommandable sous tant d'autres rapports, fit quelques pas dans la fausse route, et

La Motte s'y jeta tout entier. Voltaire même, à qui
la nature avait donné l'un des plus beaux génies
dont l'homme puisse s'enorgueillir; Voltaire, qui
dans la théorie fut toujours fidèle aux bons principes, s'en écarta dans la pratique, et le désespoir
de se placer au-dessus des Corneille et des Racine,
le fit entrer dans une carrière où il ne craignait
pas de les rencontrer. L'enthousiaste Diderot com-
posait et prêchait avec une chaleur incroyable une
doctrine anti-sociale et des théories anti-littéraires;
son admirateur Grimm les colportait dans Paris,
et les faisait circuler en Allemagne, sous la protection de quelques princes, complices imprudens
des attentats qui devaient un jour les atteindre.
D'Alembert, qui ne permettait aux poètes qu'un
enthousiasme géométrique, voulait des vers *forts
de pensées;* et le précepte *ut pictura, poesis sit,*
lui paraissait une erreur puérile. Si des hommes
supérieurs s'aveuglaient à ce point, quelle horrible
confusion ne vit-on pas régner dans les rangs subalternes de la littérature! J'ai entendu dire très-
sérieusement à un écrivain assez distingué, que la
France n'avait produit que trois génies dont elle
pût s'enorgueillir; et ces trois grands hommes
étaient Mercier, Sedaine, et Rétif de la Bretonne.
Je ne suivrai pas plus loin cette ligne de dégradation; tout le monde sait quels ont été les résultats
de cette *noble indépendance:* les fruits amers qu'elle
a produits dans le champ de la religion et dans
celui de la politique; l'ont un peu décréditée, sous

ces rapports ; mais elle domine encore dans l'empire des lettres ; et, sous le nom séduisant de *genre romantique*, elle continue ses ravages auxquels elle donne le titre de conquêtes.

Il faut bien se garder cependant de confondre les hérétiques littéraires du dix-huitième siècle, avec les schismatiques d'aujourd'hui. Le cri de ralliement de ceux-là était *la nature ;* ceux-ci ont pris pour devise *l'indépendance et l'imagination.* Vers le milieu du siècle dernier, le mot *nature* fit écrire autant de sottises que le mot *liberté* en fit faire quelques années plus tard. L'art ne devait plus être une imitation, mais une copie de la nature. Par une conséquence de ce principe, la tragédie bourgeoise était supérieure à la vraie tragédie, et le drame l'emportait même sur la tragédie bourgeoise. Plusieurs de mes lecteurs se souviendront d'avoir vu des comédies où, pendant les entr'actes, le théâtre était occupé par des valets qui soufflaient des bougies, époussetaient des meubles, ou portaient des coffres et des malles, pour mieux imiter ce qui se passe dans l'intérieur d'une maison. Lorsque Grétry reprochait à Sedaine quelques expressions d'une naïveté un peu triviale, celui-ci s'écriait : « Vous voulez me jeter dans le pathos ! »

Les partisans du genre romantique ont une doctrine tout opposée. Loin de pécher par un excès de naturel, ils trouvent la vérité ignoble, et ils confondent dans leur mépris *la prose et la réalité.* A les en croire, le génie poétique ne consiste que

dans l'ivresse d'une imagination délirante : mêlant
à leur théorie les rêveries de la philosophie Kan-
tienne, ils aiment à s'égarer dans un monde imaginaire; ils l'environnent de prestiges; ils le peuplent
de monstres et de fantômes que leur imagination
chérit parce qu'elle les a créés. Ils disent que *la
contemplation de l'infini leur a révélé le néant de
tout ce qui a des bornes*, que *la poésie des anciens
était celle de la jouissance, et la nôtre celle du
désir; que celle-là s'établissait dans le présent* et
que celle-ci *se balance entre les souvenirs du passé
et le pressentiment de l'avenir* (1). Le docteur qui
fait des définitions si claires, cite ailleurs des passages de Shakespeare, qu'il présente à notre admiration comme le type et le *non plus ultrà* du beau
idéal. Voici deux de ces phrases bien dignes de
passer pour romantiques : « La pâleur de la pen-
» sée attaque les couleurs naturelles de la résolution;
» et des entreprises pleines de nerf et de vigueur,
» détournées de leurs cours par ces considérations
» vaines, perdent jusqu'au nom d'action. » Autre
phrases proposées aux amateurs de logogriphes :
« Entre la première idée d'un objet horrible et son
» accomplissement, le temps se montre sous la
» forme d'un noir fantôme, d'un rêve effrayant.
» L'esprit et les organes mortels tiennent conseil
» ensemble, et la constitution de l'homme est comme
» un petit royaume en proie à la sédition. » Et voilà

(1) Phrases de M. Schlegel.

le style qu'on nous propose comme un exemple
du vrai beau! Et les Cimbres, les Teutons, les
Ostrogoths, les Vandales et les Hérules, auront le
droit de nous nommer intolérans, parce que nous
n'admirons pas des amphigouris que nous ne pouvons comprendre! L'auteur des *Scrupules littéraires* ne va pas, il est vrai, jusqu'à ce point
d'extravagance ; mais puisqu'il adopte les principes des Barbares, il est juste qu'il soit solidaire
pour eux, et qu'il subisse les conséquences d'une
doctrine déplorable à laquelle il veut donner une
énorme extension.

L'anonyme permet aux journalistes *de devancer
l'opinion du public toutes les fois qu'il s'agit de
productions vulgaires ; mais ils doivent consulter
cette même opinion, quand ils ont à parler des
ouvrages supérieurs.* J'aurais assez de docilité pour
me soumettre à cet arrêt; mais l'auteur doit d'abord
me prouver qu'il est excusable. Prenons son livre
pour exemple. Sans doute il n'a pas prétendu mettre
au jour une production vulgaire ; mais comment
dois-je la considérer? Si j'ai assez d'esprit et de
sagacité pour y voir un ouvrage supérieur, l'auteur
s'offensera-t-il de ce que j'aurai devancé l'opinion
publique, et si, ayant reçu son livre, le premier,
je suis le premier à le louer? Si, au contraire, j'ai
trop d'ignorance et trop mauvais goût pour ne pas
apercevoir la supériorité de l'ouvrage, comment
devinerai-je qu'il doit être rangé parmi les chefs-
d'œuvre, et que je dois consulter l'opinion publique

sur son mérite? Oh! sans doute les auteurs auront l'attention de nous prévenir par un modeste *avertissement* quand leurs écrits seront d'un ordre supérieur, et je prévois que nous recevrons fréquemment de pareils avis.

Quoique madame de Staël sacrifie avec plaisir aux Muses romantiques, son culte est exempt de fanatisme et d'intolérance; elle reconnaît formellement la supériorité de nos grands écrivains, et tout le mérite de leurs chefs-d'œuvre. Elle voudrait bien faire admettre dans le temple, des poètes pour lesquels elle a plus d'inclination que d'admiration; mais elle n'a jamais prétendu que l'on dût abattre les statues des Corneille et des Racine pour élever sur leurs débris celles des Calderón, des Shakespeare et des Schiller. L'auteur des *Scrupules littéraires* paraît s'étonner des concessions que madame de Staël fait aux Muses classiques; il voit de la timidité et presque de la dissimulation dans cette condescendance; et, à l'en croire, ces ménagemens de l'auteur de Corinne ne seraient qu'une précaution oratoire conseillée par la crainte de révolter notre goût. Je suis loin d'adopter l'opinion de l'anonyme. Madame la baronne de Staël a trop d'esprit, trop de raison, et trop de goût jusque dans ses aberrations romantiques, pour ne pas admirer de bonne foi ce qui est réellement et sera toujours admirable. Elle montre d'ailleurs trop d'indépendance, de talent et d'opinion, pour qu'on puisse supposer qu'elle s'abaisse jusqu'à

feindre ; il y aurait, ce me semble, de la mauvaise
foi à soupçonner sa franchise, et c'est lui faire injure que d'attribuer à la crainte ce qui est le fruit
de son discernement. Malgré les sophismes de l'a-
nonyme, je regarde comme bien et dûment con-
cédé tout ce que madame de Staël nous accorde,
et j'aime mieux croire à l'excellence de son goût
qu'à sa timidité.

Dans sa tragédie de *Marie Stuart*, Schiller a osé
montrer Marie se confessant sur le théâtre ; madame de Staël dit que cette scène serait blâmée
avec raison par la critique. L'anonyme s'élève
contre cette déclaration pleine de sens et de justesse, et il pense que cette *confession* obtiendrait
au théâtre le plus grand succès. Rien ne me paraît
plus absurde que cette supposition. On a dès long-
temps voulu introduire sur la scène cette innovation aussi indécente que dangereuse, et que je
nomme une véritable profanation. Ce n'est que
par défaut de logique et de réflexion que l'on nous
a proposé l'exemple des Grecs dans l'association
des cérémonies religieuses aux représentations théâtrales.

Ce que nous nommons Mythologie était pour
les Grecs la véritable religion, leur théâtre était
une institution religieuse, leurs comédiens étaient
honorés d'une espèce de sacerdoce, et le Jupiter
qui lançait la foudre au *brontéon* du théâtre, était
le même Jupiter que l'on adorait dans les temples.
Le mélange des jeux scéniques et des cérémonies

religieuses n'avait donc rien alors de dangereux ou
de ridicule. Mais nous qui ne voyons dans la Mythologie qu'un tissu de fables absurdes ou peu dé-
centes, nous qui dès l'enfance sommes habitués à
nous moquer du seigneur Jupiter et de son com-
plaisant Mercure, pourrions-nous sans danger placer l'autel du vrai Dieu sur un théâtre tout païen,
mêler les prédictions des prophètes aux oracles des
sibylles, allier les mystères du christianisme aux
bacchanales et aux saturnales, revêtir d'habits sa-
crés des comédiens tout profanes; et nous inspi-
rerait-on un grand respect pour les ministres de la
religion en nous montrant le cardinal Pasquin ou
l'archevêque Mascarille? Si la police pouvait permettre la *confession* sur le théâtre, nous y verrions
bientôt une parodie de la messe; d'autres auteurs
y transporteraient le colloque de Poissy, ou la
diète de Worms, et l'on finirait par faire danser
le concile de Trente sur le théâtre de l'Opéra.
Rapportons-nous en donc à madame de Staël qui,
cette fois, n'a eu besoin que de son bon sens pour
rejeter une innovation où l'art dramatique ne gagnerait pas ce que la religion et les mœurs pourraient y perdre.

Après avoir établi ses principes romantiques,
l'anonyme veut exciter nos regrets en nous montrant ce qu'il eût été capable de faire dans le genre
classique: il présente modestement un fragment
traduit de la Messiade de Klopstock. L'anonyme
dit que les Français marchent avec trop de crainte

dans les champs de l'imagination, et il nous donne
de la poésie de sa façon pour nous montrer sans
doute comment il faut marcher. Il blâme les vers,
il fait l'éloge de la prose, puis il nous présente ses
vers alexandrins : il s'élève contre la rime, puis il
rime de son mieux. Le sujet qu'il a choisi est une
querelle entre deux diables, sujet romantique s'il
en fut jamais ; et voici quelques-uns de ces vers
qui ont donné à l'auteur le droit de reprocher aux
poètes français trop de faiblesse et de crainte :

Archange dont l'enfer doit oublier le nom ,
Viens ; je te répondrai du sein *d'un tourbillon* ;
Prévenant les malheurs que ta bouche m'annonce ,
Un orage sur toi portera ma réponse :
Il brisera ton front..... Des ombres *du trépas*
Ton immortalité ne te sauvera pas , etc.....
Il dit..... Abadonna, fidèle à son *remord*,
Veut écarter Jésus des piéges de la mort ;
Parmi l'affreux sénat, triste , mais sans alarmes ,
Il s'avance..... il revoit la région des larmes.

Ailleurs, Satan veut parler, il étouffe de rage , et
succombe sous les efforts qu'il veut faire :

Telle , quand du vaisseau trahi par les autans ,
La tempête en courroux brise *les mâts flottans*,
Sur ses vastes contours la voile repliée
A grand bruit se dégonfle et tombe humiliée.

Un pédant classique trouverait beaucoup à reprendre dans ces vers qui marchent hardiment
dans la carrière du génie. Ce pédant dirait que,
pour des diables qui brûlent depuis six mille ans

dans les gouffres de l'enfer, un tourbillon et un
orage ne sont pas des objets bien terribles; qu'un
archange, qui doit croire à l'immortalité, ne peut
pas dire à un autre archange : *Des ombres du trépas ton immortalité ne te sauvera pas;* que les
damnés n'ont pas assez de loisir pour s'amuser à
faire des jeux de mots et des antithèses; que ce
n'est pas le tout d'être *romantiste*, qu'il faut encore parler correctement sa langue; que le mot
remords prend une *s* même au singulier, et qu'il
la conservera jusqu'à ce que nous ayons un dictionnaire romantique; [que la préposition *parmi*
ne se place point devant un nom singulier, fût-il
collectif, et qu'on ne dit point, *parmi la ville,
parmi le sénat;* qu'il ne faut pas peindre une voile
qui se *dégonfle* quand les mâts sont déjà *flottans,*
parce que la voile tient aux mâts, comme il ne faut
pas songer à faire tomber le casque quand la tête
du guerrier est déjà par terre. Ce critique ajoute-
rait......mais je sais combien les pédans sont odieux
aux zélateurs romantiques, et je termine ici toute
observation. L'auteur a voulu prouver qu'il ne
suivait pas la route tracée par Despréaux, et il a
complètement réussi. Oh! sans doute, nos timides
poètes du dix-septième siècle n'auraient pas fait
des vers pareils à ceux de l'anonyme, je les en déclare incapables.

MARIE STUART,

TRAGÉDIE DE F. SCHILLER,

Traduite de l'allemand, par M. J.-G. Hess.

DANS ses *Considérations sur les Mœurs,* Duclos
a dit : « Il y a des principes qu'on ne doit pas
» même mettre en question ; il est toujours à
» craindre que les vérités les plus évidentes ne con-
» tractent, par la discussion, un air de problème
» qu'elles ne doivent jamais avoir. » Ce qui s'entend ici de la religion et de la morale peut très-
bien s'appliquer à la littérature ; et si j'avais senti
plus tôt la justesse de cette réflexion, je n'aurais
pas perdu mon temps à discuter la théorie de
M. Schlegel sur la tragédie romantique. Des plumes
bien autrement exercées que la mienne avaient
depuis long-temps tracé les limites des genres, et
des hommes du plus grand mérite avaient fixé les
règles du goût. Par quel travers d'esprit ai-je donc
eu la prétention de plaider une cause gagnée depuis plus de vingt siècles, et que je ne pouvais
plus qu'affaiblir ? Les meilleurs raisonnemens
échouent contre les sensations, et l'amour-propre

vaincu n'avoue jamais sa défaite : on peut bien former le goût, mais on ne corrige pas le mauvais goût. Ce serait vouloir blanchir un nègre que de parler d'Aristote à l'homme qui pleure au mélodrame et qui bâille aux tragédies de Racine. Un bon Cosaque aimera toujours mieux le *schenapps* que le sorbet le plus parfumé ; les amateurs des tragédies de la Grève doivent trouver bien insipides celles dont le bourreau ne fait pas le dénoûment ; ils prennent en pitié nos héros tragiques qui meurent sans convulsions, et ils leur préféreront toujours quelque voleur de grands chemins, quelque brigand bien féroce, surtout quand ils auront le secret espoir de le voir expirer lentement sur la roue. Si nous en venons jamais à pendre réellement un homme sur la scène, les partisans de la tragédie barbare ne contesteront plus notre supériorité. *Il ne faut pas disputer des goûts ;* c'est un précepte bien ancien, comme je vais le prouver par une petite historiette qui n'est pas sans agrément, et qui date d'un peu loin :

Le célèbre Démocrite, dont nous avons fait un rieur éternel, mais qui était un véritable philosophe, se trouvait un jour en Ionie, au milieu d'un cercle de femmes charmantes : comme Démocrite avait beaucoup voyagé, une de ces dames lui demanda dans quel pays il avait rencontré la beauté la plus parfaite : le philosophe répondit que c'était en Éthiopie. En Éthiopie ! s'écrièrent les belles Grecques. Eh ! quels étaient donc les attraits

de cette Vénus de la Libye? Démocrite reprit :
« Sa peau était noire et luisante, elle avait les
hanches grosses et saillantes, le ventre énorme,
la gorge pendante, le nez écrasé, les lèvres épaisses,
les cheveux gras et crépus. Dans toute l'étendue
de l'Éthiopie, la réunion de ces charmes constitue
la beauté parfaite : or, la beauté n'étant que ce
qui plaît au plus grand nombre, les Éthiopiens
étant incomparablement plus nombreux que les
Grecs, j'ai été forcé d'avouer que la Vénus d'É-
thiopie l'emporte de beaucoup sur la nôtre. »
D'après cette manière de juger en affaire de goût,
il est évident pour moi que Démocrite, s'il revenait en ce monde, se déclarerait pour le genre
romantique : ainsi, le triomphe de la tragédie barbare sur la tragédie policée, la supériorité de
Schiller sur Racine, et de M. Schlegel sur Aristote, seraient confirmés par un grand philosophe.
Laissons donc nos voisins adorer la Vénus au gros
ventre, et soyons satisfaits s'ils daignent avouer
que la Vénus de Médicis n'est pas tout-à-fait un
monstre.

En lisant la tragédie de *Marie Stuart*, j'ai pris
la ferme résolution d'écarter toute comparaison
avec les chefs-d'œuvre des Grecs et les nôtres ;
j'ai laissé de côté les règles d'Aristote, les préceptes d'Horace et de Boileau, et tous les principes raisonnables. Je n'ai voulu voir dans cette
admirable production de Schiller qu'un roman
dialogué, plus ou moins intéressant, et conduit

avec autant d'art qu'on en exige dans un conte de la *Bibliothèque Bleue*. J'ai promis de manifester mon entière satisfaction, si j'y trouvais, pour compensation à l'absence des *unités*, au mépris des règles et au défaut de raison, des événemens préparés avec un peu d'adresse, des situations tant soit peu attachantes, et un intérêt qui ne fût pas trop indigne du sujet. J'aurais bien désiré que les pensées et les sentimens ne fussent pas ignobles; car ce sont deux reines qui figurent comme personnages principaux dans ce drame : je pouvais aussi demander que l'intérêt ne fût pas uniquement celui du sujet; car si la *terreur* ne provient que du bourreau, si une mort violente est la seule cause de la *pitié*, nous n'avons plus besoin d'art, et les juges de notre tribunal révolutionnaire devraient passer pour les plus grands auteurs tragiques qui aient jamais existé ; mais j'ai senti que ce serait être trop exigeant, et les *romantistes* auraient pu me reprocher de juger la tragédie barbare d'après le code de la tragédie policée ; je m'en suis donc tenu aux premières conditions, et je me suis réduit à exiger pour unique mérite dans ce qu'on nomme une tragédie, qu'une des plus grandes catastrophes de l'histoire moderne, et les derniers momens d'une reine mourant sur l'échafaud, me causassent de l'intérêt sans dégoût. Après une pareille capitulation, il fallait que l'auteur tragique poussât la barbarie jusqu'au sublime du genre pour me donner le droit de me plaindre, et le génie de Schiller y a complètement réussi.

Avant d'en venir aux preuves, je veux répondre à une objection qu'on ne manquerait pas de me faire. Je n'ai sous les yeux qu'une traduction ; et quoique M. Hess passe pour avoir reproduit fidèlement les idées de Schiller, une traduction n'est jamais qu'une copie incomplète et décolorée ; et il serait fort injuste, j'en conviens, de porter un jugement d'après cette copie, s'il s'agissait d'apprécier le style. Je prends donc l'engagement de ne faire aucune observation sur les expressions et les tournures ; et, pour réduire au silence les admirateurs des monstres romantiques, je veux supposer que Schiller a écrit sa tragédie avec toute l'élévation de Corneille, toute l'élégance de Racine et tout le brillant de Voltaire. En ajoutant cette concession à celles que j'ai déjà faites, on avouera, j'espère, que je suis un critique de fort bonne composition.

Avant de m'occuper de l'analyse de ce *chef-d'œuvre*, je parlerai de la *Préface* du traducteur. Elle est écrite sagement, pleine de modération, et les principes hétérodoxes y sont présentés avec une timidité qui n'est pas sans adresse. Admirateur de Schiller, M. Hess dissimule son enthousiasme ; il ménage notre fausse délicatesse, il n'ose blâmer la ridicule sévérité de nos principes, il semble nous demander la permission de nous offrir une production admirable, et, malgré toutes ces précautions oratoires, le soin qu'il prend de dorer la pilule, me prouve qu'il en connaît toute l'amertume. Cependant il s'enhardit peu à peu, et se rappelant les élégantes analyses que madame de Staël a faites des tragédies de Schiller, il sent redoubler sa confiance, et il va jusqu'à déclarer que celle de *Marie Stuart* a une grande supériorité sur toutes celles du même auteur. On sent combien ma tâche devient difficile ; je ne puis trop méditer sur une entreprise aussi périlleuse. Comment oserai-je dire que le plus bel ouvrage de l'un des plus grands hommes dont l'Allemagne s'honore n'est qu'un chef-d'œuvre de mauvais goût, que le sens commun y est révolté à chaque scène, que deux reines y sont avilies, que l'histoire y est dénaturée pour produire moins d'effet que l'histoire même, que l'exposition en est grossière et gauche, que l'amour d'un des principaux personnages n'est qu'un satyriasis dégoûtant, et que le cinquième acte tout entier est inutile à la pièce, et commence une autre pièce qui ne finit point. De quelles expressions me servirai-je pour... Mais j'oublie le traducteur. Revenons donc à M. Hess, et relevons quelques erreurs qui lui sont échappées.

Il avoue franchement qu'*il serait impossible de transporter les tragédies de Schiller sur la scène française, sans les dénaturer.* Il se trompe : nous avons trois et peut-être quatre théâtres où *Wallenstein, Jeanne d'Arc, la Fiancée de Messine, Marie Stuart, Guillaume-Tell,* et surtout *les Bri-*

gands de Schiller, obtiendraient le plus brillant
succès. Je ne voudrais pas parier qu'ils l'empor-
tassent sur les mélodrames de M. de Pixérécourt;
ils éclipseraient tous les autres : il y a plus de romantique que l'on ne pense, et M. Hess est trop
modeste quand il doute du triomphe de Schiller
sur nos théâtres. Il y a peut-être en ce moment
quinze ou vingt auteurs qui se disputent les lambeaux de sa traduction pour en orner le théâtre de
la Porte Saint-Martin ou celui de *la Gaîté.*

Il se trompe bien davantage quand il dit : « Le
public du théâtre exige impérieusement l'observation des règles auxquelles il est accoutumé; *mais le
public qui lit est plus indulgent,* et pardonne volontiers au poète ses formes étrangères, etc..... »
Il arrive précisément le contraire : le prestige de
la scène, le jeu d'un acteur adroit, nous font souvent applaudir à des scènes que la réflexion nous
fait trouver très-médiocres. La lecture condamne
souvent l'ouvrage couronné à la représentation,
et l'impression de la pièce est le terme de son succès. M. Hess doit donc être bien persuadé que sa
proposition est fausse, et que la vérité se trouve
dans la proposition contraire. Mais voici le grand
mot, l'argument irrésistible des partisans du romantique : *Les moyens que nous blâmons,* dit-il,
produisent un grand effet. Eh! messieurs, qui
est-ce qui songe à vous contester vos grands effets?
Nous savons aussi bien que vous par quels moyens
on peut faire crisper les nerfs, grincer les dents et

faire horreur à une multitude assemblée ; nous connaissons la magique puissance des gibets, des poisons, des poignards, des voleurs et des brigands. Je conviens que le bourreau est un personnage très-romantique : il ne manque jamais son *effet*, et il n'a pas besoin de la plume de Schiller pour attirer à lui toutes les âmes sensibles d'une grande capitale. Je ne veux pas même entrer en discussion sur la nature des *effets* que le poète tragique doit produire, et sur ceux qu'il doit rejeter avec mépris. Plus je serais raisonnable, plus vous me trouveriez absurde ; vous me réduiriez à dire comme Ovide :

Barbarus hic ego sum quia non intelligor illis.

Mais pensez-vous que notre Racine, ce tragique si faible et si pâle à vos yeux, n'aurait pas eu assez de talent pour produire aussi quelques effets, s'il avait voulu être le jongleur de Melpomène au lieu d'en être le favori? Ne pouvait-il pas mettre en action les dénoûmens d'*Iphigénie* et d'*Andromaque;* faire sortir de la mer un beau monstre de carton qui eût épouvanté les chevaux d'osier d'Hippolyte; montrer Bajazet se débattant entre les muets qui l'étranglent; présenter le festin où Néron fait empoisonner Britannicus, et faire assommer Athalie sur les degrés du temple? Ce serait là du romantique de première qualité; vous eussiez placé Racine au-dessus des Schiller, et il

ne lui aurait manqué que des têtes de mort, des
sorciers et des revenans pour devenir l'égal de
Shakespeare. Voilà tout le secret des grands effets
qui vous charment, et vous êtes un peu piqué de
ne les trouver chez nous que sur les tréteaux de
Nicolet. Il faut être juste, cependant : je dois convenir qu'aucun de nos mélodrames n'a jamais offert rien d'aussi étrange que ce que je trouve dans
la tragédie de *Marie Stuart*. Aucun des quatre
cents auteurs qui font du Schiller au Boulevard
n'a eu l'imagination assez malade pour nous montrer un héros tragique s'introduisant dans la prison
d'une reine condamnée à l'échafaud, lui proposant
de coucher avec lui, lui conseillant d'employer
gaîment le dernier quart-d'heure qui lui reste, et
se disposant à la violer. Cette scène, je le confesse,
a dû produire un très-*grand effet;* je ne suis pas
étonné que des femmes de beaucoup d'esprit l'aient
trouvée admirable ; on sait qu'elles aiment les
hommes extraordinaires : la Vénus d'Éthiopie,
dont j'ai parlé plus haut, aurait vraisemblablement
pensé comme ces dames; et voilà ce qu'on appelle
produire de l'effet.

Mais l'analyse exacte que je vais faire de ce chef-
d'œuvre en fera mieux ressortir les grandes beautés, et mes lecteurs jugeront ensuite s'ils doivent
émigrer en Allemagne pour y connaître la bonne
tragédie.

J'ai promis d'oublier les règles d'Aristote, et
de ne considérer la tragédie de Schiller que comme

un roman dialogué : je n'y rechercherai donc aucune des trois *unités*, pas même celle d'action,
qui cependant serait un mérite même dans un roman ; je ne demanderai pas pourquoi l'auteur a
introduit dans sa tragédie des personnages très-
importans, tels que deux ambassadeurs de France,
pour le seul plaisir de les faire chasser honteuse-
ment, sans que leur arrivée ou leur expulsion in-
flue le moins du monde sur la marche et les situations de la pièce ; je ne m'informerai pas dans
quelle chronique il a vu que Leicester, ce plat favori d'Elisabeth, courtisait à la fois les deux reines,
et comment il s'occupait de sauver Marie, lui qui
venait d'avoir de mauvaises affaires en Hollande,
d'où il a fui méprisé de tout le monde, heureux
d'être appelé au grand conseil à Londres, pour
colorer la honte de sa fuite ; il me sera plus difficile de capituler sur les charmes d'Elisabeth,
brillante de jeunesse et de beauté, puisque nous
sommes ici en l'année 1587, où cette reine avait
cinquante-quatre ans révolus, c'est-à-dire dix de
plus que Marie Stuart ; mais je me ferai une raison, et je ne sourcillerai pas même sur les scènes
où l'on présente Marie comme une autre Hélène,
capable d'enflammer tous les Anglais par l'éclat
de ses charmes, tandis qu'en d'autres scènes on
la montre *flétrie et consumée* : ce qui est plus raisonnable puisqu'elle avait quarante-quatre ans,
dont elle en avait passé dix-huit en prison. Ce n'est
pas tout encore : je vais sauter à pieds joints sur

la scène d'ambassade où les comtes de Bellièvre et d'Aubespine viennent demander la main d'Elisabeth (en 1587 pour le duc d'Anjou, qui était mort à Château-Thierry en 1584.) Certes, voilà un assez bon nombre de concessions à réunir à toutes celles que j'ai déjà faites; on ferait de belles tragédies avec tout ce que je n'exige pas : ainsi la Melpomène de Marbach (1) ne se plaindra pas du méchant critique des bords de la Seine; je lui laisse ses coudées franches; et pourvu qu'en violant toutes les règles, en méprisant tous les principes de l'art, elle m'offre des situations tant soit peu raisonnables, je ferai des vœux sincères pour qu'on lui élève un temple sur notre boulevard du Temple, où elle aura de nombreux et fervens adorateurs. Commençons donc l'analyse, il est temps; mais on sentira j'espère pourquoi je l'ai fait précéder par toutes ces concessions, qui sont autant de préceptes, et qui suffiraient seules pour décider la question entre la tragédie barbare et la tragédie policée.

ACTE Ier. (*La scène est dans la forteresse de Fotheringay, où Marie Stuart est détenue.*)

La première scène présente le chevalier Paulet, gardien de Marie, qui force le bureau de la reine pour s'emparer de ce qu'il contient. Hanna, nourrice de Marie, lui reproche en vain l'insolence de

(1) Ville natale de Schiller, dans le royaume de Wurtemberg.

son procédé ; le chevalier Paulet, qui dans tout le reste de la pièce est un homme *honnête et incorruptible*, aime cependant mieux crocheter un secrétaire que d'en demander la clé, et il s'empare des papiers, des bijoux et d'un diadème de la reine. Pour consoler sans doute la pauvre Hanna, qui se désespère, il lui dit : *Nos malheurs ne finiront que lorsque Marie aura porté sa tête sur l'échafaud.* La reine survient, et l'honnête Paulet lui parle du même ton : *Suis-je condamnée ? — Je n'en sais rien. — Le bourreau me surprendra-t-il ici comme les juges ? — Puisse-t-il vous trouver mieux préparée !* Dans une scène avec Hanna, Marie avoue qu'elle a trop écouté les flatteurs ; la nourrice, en l'excusant, lui raconte tout le passé, lui parle de Rizzio, de Bothuel, du mariage de Marie avec le meurtrier de son époux, etc.....; exposition bien vraisemblable, car ces deux femmes, qui n'étaient en prison ensemble que depuis dix-huit ans, n'ont pas eu le temps de se dire ce qu'elles avaient fait elles-mêmes, et ont dû attendre pour en parler le moment où l'on juge la reine. Survient Mortimer, neveu du chevalier Paulet, et le personnage le plus romantique. Ce Mortimer, que l'on croit ennemi de Marie, en est amoureux, non comme un Céladon, mais comme un vrai Satyre ; cependant ici il se contient encore. Il va donner à Marie des nouvelles du cardinal de Lorraine, et lui apprendre qu'il existe une conjuration pour la sauver. Mortimer n'a qu'un instant pour faire cette

confidence ; il est perdu s'il est surpris avec Marie,
et il le sent si bien, qu'il place Hanna en senti-
nelle ; malgré cette impérieuse obligation d'être laconique, il raconte longuement son voyage à Rome,
son abjuration du protestantisme, les cérémonies
du *jubilé ;* il parle des chefs-d'œuvre des arts, des
tableaux de la Madone et de la *Transfiguration*
qu'il nomme resplendissante ; et il emploie douze
pages *in-octavo* pour dire à Marie qu'il l'enlèvera
de sa prison. La pauvre reine, qui ne s'y fie pas
trop, et je le conçois, lui commande d'aller trouver Leicester, et de lui remettre un billet qu'elle
tire de son sein. Je félicite Mortimer d'être sorti,
après la douzième page, car deux lignes de plus le
faisaient surprendre par le grand-trésorier Burleigh, qui n'est pas tendre, comme on le verra
bientôt. Ce commissaire du tribunal vient signifier
à Marie l'arrêt qui la condamne à mort. Dans tout
pays civilisé son ministère devait finir là ; mais,
qui le croirait ! ce Burleigh entre en discussion avec
la reine sur la compétence du tribunal, sur la constitution anglaise, sur la vénalité du parlement bri-
tannique, etc...... Il pousse des argumens, il réfute
les objections, il recommence le procès ; puis,
après avoir discuté dans six longues pages, il dit
gravement : *Je ne suis pas venu ici pour entrer en
discussion ;* ce qui ne l'empêche pas de discuter
encore dans cinq autres pages, sur les dépositions
de Babington, de Kurl, de Nau, et d'adresser des
reproches, à qui ? à une femme, à une prison-

hière, à une reine à laquelle il vient de signifier
la sentence qui l'envoie à l'échafaud. Dans quel
roman cela serait-il supportable? Après cette belle
expédition, Burleigh conseille à Paulet d'assassiner
ou d'empoisonner Marie, pour dispenser Élisabeth de signer l'arrêt de mort. Paulet s'y refuse;
et c'est par ce bouquet romantique que l'acte finit.

Acte IIᵉ. (*La salle du palais de Westminster à Londres.*)

Cet acte est tout rempli de nullités. On y voit
l'inutile ambassade des comtes de Bellièvre et d'Aubespine, puis une espèce de délibération (après
jugement), dans laquelle Leicester et Talbot opi-
nent à laisser vivre Marie, tandis que le féroce
Burleigh ne parle que de hache et de mort. Marie
a demandé une entrevue avec Élisabeth; Burleigh
s'y oppose; Leicester la lui conseille, et la scène
finit sans décision. Dans une autre scène entre Élisabeth et Mortimer, cette reine lui fait entrevoir
combien elle est embarrassée d'avoir à signer l'arrêt de mort: *Il vaudrait bien mieux que..... — Oui,
c'est cela. — Puis-je espérer? — Je vous prêterai
mon bras. — Ah! chevalier, si vous me réveilliez
un jour en me disant : Marie Stuart vient d'expirer! — Comptez sur moi.* N'y comptons pas trop
cependant; tout ceci n'est que feinte de la part de
Mortimer, et nous verrons qu'il a d'autres projets.
Vient ensuite une scène entre Mortimer et Leicester : le premier remet à l'autre le billet de Marie;

celui-ci veut bien la sauver; mais, comme il est éminemment poltron, il parle beaucoup de son amour, et ne se compromet en rien; il faut qu'on agisse pour lui, sans lui, sans le nommer, sans le connaître; il consent bien à profiter du succès, mais sans aucun partage dans le danger. Ce personnage n'est pas d'un tragique bien prononcé; mais j'avoue qu'il est extrêmement naturel. Leicester finit ce pauvre acte en obtenant d'Élisabeth qu'elle feindra d'aller chasser près de Fotheringhay, ce qui occasionnera une entrevue avec Marie.

ACTE IIIᵉ. (*Parc de Fotheringhay.*)

Marie et Hanna sont étonnées d'avoir, ce jour-là, plus de liberté qu'à l'ordinaire. La reine contemple avec ravissement *les montagnes bleuâtres où commencent les frontières de son Écosse.* Cela me prouve que dix-huit ans de prison sont une excellente recette pour éclaircir la vue, car il y a tout juste soixante-dix lieues entre Fotheringhay et la frontière d'Écosse. Après deux scènes insignifiantes vient la fameuse entrevue. Marie ne sait par où commencer : *Comment arranger mes paroles, afin qu'elles vous touchent et ne vous offensent pas? O Dieu! donne la force à mes discours, et ôte-leur l'aiguillon qui pourrait blesser.* Cet acte de résignation est immédiatement suivi d'un déluge de reproches fort durs, fort justes, et par cela même fort impertinens. Élisabeth n'est

pas femme à se laisser faire la leçon par lady Stuart ;
elle lui reproche à son tour sa conduite, à la vérité
un peu irrégulière, elle lui donne les noms de serpent, de *nouvelle Armide qui enlace dans ses filets*
la noble jeunesse, et lui dit avec douceur : *Vous*
tuez vos amans comme vos maris. Ici la reine
d'Écosse n'est plus une simple mortelle, et sa noble
colère éclate par ces belles exclamations : « Modération ! ah ! j'ai supporté tout ce que l'humanité peut
supporter. Loin de moi la résignation ! Patience,
retourne au ciel ! et toi, Courroux, long-temps
comprimé, romps tes liens, sors de ta retraite, et
arme ma langue de traits empoisonnés. » Après ces
apostrophes à la Modération, à la Patience et au
Courroux, elle appelle Élisabeth *bâtarde ;* et ce mot
frappe si juste, que la reine d'Angleterre s'enfuit
sans répliquer. O la belle entrevue !

Marie reste maîtresse du champ de bataille, et
s'applaudit d'avoir soulagé son cœur par des injures qui vont la conduire à l'échafaud. Elle voit
bientôt arriver Mortimer, et là commence l'épouvantable scène d'amour que j'ai déjà signalée à l'attention du lecteur. En voici la substance : « Cette
nuit nous vous enlevons. — Et Paulet ? — Il tombera le premier sous mes coups. — Comment ! votre
oncle, votre second père ! — Je le poignarderai ;
j'ai communié, le prêtre m'a donné l'absolution
des péchés que j'ai commis et de ceux que je com-
mettrai. — Vous me faites horreur ! — Dussé-je
poignarder la reine ! je l'ai juré sur l'hostie sainte.

— Non, Mortimer! — Qu'est-ce que le monde entier auprès de *toi* et de mon amour....; je ne renoncerais pas à *toi* quand la terre devrait s'écrouler sous mes pas. — Dieu! quel langage! — Que les bourreaux déchirent mon corps, mais qu'une fois je puisse te serrer dans mes bras. — Anges du ciel, venez à mon secours! — Emploie ces attraits, qui appartiennent déjà aux puissances de la mort, à rendre ton amant heureux. — Qu'osez-vous dire, chevalier! respectez le malheur si vous ne respectez pas votre reine. — La couronne est tombée de ta tête, il ne te reste que la beauté..... Avant de périr, je veux reposer dans tes bras. » Il la saisit, veut la violer, et irrité de sa résistance, il lui reproche d'avoir rendu heureux Rizzio, Bothuel, etc... J'ai beaucoup abrégé ce dégoûtant dialogue, mais j'ai rapporté littéralement le peu que j'en ai conservé. Je sais que des femmes d'esprit, en lisant cette scène de Bicêtre, se sont écriées : Voilà de l'amour! voilà de la sensibilité! Je leur souhaite des Mortimer, mais je déclare digne d'une punition corporelle, tout auteur qui présente de pareilles infamies à un peuple assemblé. Cet acte finit par l'annonce qu'on a voulu assassiner Élisabeth, et que cette reine a été garantie du coup par son manteau.

ACTE IVe. (*Une salle du palais d'Élisabeth.*)

On chasse ignominieusement les ambassadeurs

de France que l'on croit complices de l'attentat contre la reine. Mortimer vient dire à Leicester qu'il faut agir et sauver Marie ; les frayeurs de ce-lui-ci redoublent, et dans la crainte d'être com-promis, il appelle les gardes, leur commande de se saisir de Mortimer qu'il accuse. L'enragé Mor-timer tire son poignard, se bat contre les gardes, et quand il voit que la partie n'est pas égale, il se tue. (On passe à l'appartement de la reine.) Scène insignifiante entre Élisabeth, Burleigh et Leicester : ce dernier, accusé par Burleigh, se tire d'affaire en rejetant tout sur le mort. On presse ensuite Élisabeth de signer la sentence qui condamne Ma-rie ; elle feint d'hésiter ; mais étant restée seule, elle se souvient de l'entrevue : *malheureuse,* dit-elle, *tu m'appelles bâtarde !* et elle signe d'une main ferme.

ACTE V^e. (*D'abord à Fotheringhay.*)

Les dix premières scènes sont consacrées aux apprêts du supplice, aux adieux de Marie, et aux remords du plat Leicester qui lui donne la main pour aller à l'échafaud, après avoir promis de la lui donner pour la sauver. Les adieux de Marie à ses femmes seraient touchans, comme tout ce que dit une femme en pareille situation, si la reine d'Écosse n'avait été constamment avilie dans cette pièce, non-seulement par les fréquens reproches qu'on lui fait de ses déréglemens, mais, ce qui

est plus maladroit, par sa scène avec Elisabeth.
D'ailleurs, la présence de l'indigne Leicester fait
une si vilaine ombre au tableau, qu'il inspire plus
de dégoût que de pitié. Ajoutons que la tentative
scandaleuse de Mortimer a répandu quelque chose
d'ignoble et de bas sur toute l'action ; et quoique
Marie en soit innocente, cette priapée nuit beaucoup à la considération et à l'intérêt que doivent
inspirer son rang et son malheur.

   (On revient à l'appartement d'Elisabeth.)

   Le reste de cet acte commence une nouvelle
pièce, puisque Marie est morte; et cette autre pièce,
qui ne finira pas, est une misérable escorbarderie
par laquelle Elisabeth veut faire croire à sa clémence.
Pour que la sentence contre Marie fût exécutable,
il ne suffisait pas qu'elle fût signée par la reine, il
fallait encore qu'elle fût remise à Burleigh. Or,
qu'a fait Elisabeth? Elle a choisi un nommé Davison, secrétaire d'État, pour lui remettre cette
sentence, mais sans lui dire ce qu'il en devait faire.
« *Voulez-vous*, demande-t-il, *qu'elle soit exécutée ? — Je ne dis pas cela. — Voulez-vous qu'elle
reste entre mes mains ? — C'est à vous à en prévoir les conséquences.* » Elle le laisse dans cette
incertitude. Or, Burleigh, lui voyant ce papier
entre les mains, s'en est saisi, et a fait exécuter
Marie. Lorsqu'ensuite on vient annoncer qu'elle
est morte, Elisabeth feint de s'étonner et de se
courroucer. Elle dit à Davison : « *Ne vous ai-je
pas ordonné de garder la sentence? —* Non, ma-

dame. — *Vous ai-je dit de la remettre à Burleigh?*
— Non, madame, » Et sur cela, le pauvre Davison
est envoyé *à la Tour;* on annonce un jugement
sévère qui doit punir ce grand délit, et le procès
de Davison sera sans doute le sujet d'une tragédie
nouvelle.

Et voilà le chef-d'œuvre de Schiller! Encore ai-
je omis à dessein la scène où Marie *se confesse*
sur le théâtre. Madame de Staël la trouve admirable; et moi, j'ose à peine l'indiquer. Je m'abstiens
de toute réflexion et sur cette scène et sur la pièce:
j'en ai dit assez; et mes lecteurs seraient fort em-
barrassés s'il leur fallait citer un roman plus mal
conduit, plus mal dénoué, plus absurde, plus
rempli d'horreurs dégoûtantes que cette production
de la Melpomène romantique.

CONTES DE MUSAEUS,

Précédés d'une Notice par M. PAUL DE KOCK.

A peine les premiers tomes des *Contes de Musœus* étaient-ils publiés qu'on eu faisait déjà l'éloge;
des hommes me disaient : « Ils sont fort jolis; »
des femmes : « Ils sont charmans. » La Notice de
M. de Kock redoubla ma curiosité; mais elle fut
piquée jusqu'au vif par une préface du célèbre

Wieland, qui fut aussi, en Allemagne, éditeur
des *Contes populaires de Musœus*. Aux yeux du
littérateur allemand, ces Contes sont *l'ouvrage le
plus original qui ait* JAMAIS *paru en ce genre;* plus
loin, la plupart de ces Contes lui paraissent *charmans*, et le *charmant* d'un Wieland est bien d'un
autre poids que le *charmant* de nos jolies femmes.
Le docteur allemand dit enfin : « Je serais fâché
que qui que ce fût se permît de faire de minutieuses
corrections *à cette œuvre du génie*. » Voilà un éloge
bien complet, et d'après un tel suffrage, ma com-
mission de critique se réduisait à fort peu de chose.
Mais une longue expérience m'avait appris de
quelle balance ou de quel trébuchet il faut se servir
pour peser l'or des traducteurs, des éditeurs et des
faiseurs de notices ; plus d'une fois j'avais reçu
d'eux de vieux bijoux *remis à neuf*, et des louis
rognés pour monnaie légale. Ce brocantage peut
se faire de la meilleure foi du monde, et sans que
la conscience littéraire en soit timorée. Le traducteur est à l'abri de tout reproche, s'il a bien traduit,
et il est le premier trompé si l'ouvrage est médiocre.
Il est impossible d'ailleurs que, dans son estime,
il n'ajoute pas au mérite réel de l'ouvrage le prix
qu'il attache à son propre travail. Entre lui et le
lecteur il se fait un calcul fort singulier ; le premier
dit : « Le livre, *plus* ma traduction ; » mais le lecteur répond : « Le livre, *moins* la traduction ; »
et les termes étant ainsi posés, l'équation devient
difficile. Le faiseur de notices n'est pas moins excu-

sable si, en peintre officieux, il flatte le portrait
qu'il est chargé de faire. Si c'est celui d'Annibal,
sera-t-il forcé de le montrer borgne, tel qu'il était?
S'il est question de Cicéron, faudra-t-il lui placer
un pois chiche sur le visage? Non, sans doute; et
il peut en conscience nous présenter Musæus plus
grand et plus beau qu'il n'a été.

Quant au premier éditeur Wieland, il a eu des
motifs plus légitimes encore d'exagérer l'éloge. Ami
de Musæus, il crut avec raison que les *Contes populaires*, reparaissant sous la protection d'un nom
tel que celui de Wieland, obtiendraient un grand
succès, et procureraient à la veuve et aux enfans
un bénéfice, peut-être nécessaire à l'entretien de
cette famille. L'exagération dans l'éloge était donc
un acte de bienfaisance, et personne ne s'en est
plaint. Cependant la probité germanique du savant
éditeur paraît se reprocher l'emphase de ces louanges prodiguées dans des intentions si louables ;
Wieland oubliant, ou feignant d'oublier qu'il a
présenté ces Contes comme l'ouvrage le plus original qui ait *jamais* existé, et comme *l'œuvre du
génie*, termine son panégyrique en disant : « Cet
ouvrage est, dans son genre, UN des meilleurs
qu'ait produits le dernier quart du dix-huitième
siècle. » Voilà l'éloge bien rapetissé : le *jamais* est
devenu un quart de siècle, et ce qui était au-dessus
de tout, dans tous les temps, n'est plus que l'égal
de ce qui a paru de meilleur pendant vingt-cinq
années.

Cette dernière version est celle que j'adopte. Vainement les éditeurs veulent m'imposer un tribut d'admiration exclusive, je me souviens de ce que j'ai lu, et je compare. Non-seulement les *Contes de Musœus* ne l'emportent point, sous le rapport de l'originalité, sur tous les ouvrages connus, mais il faut les placer, à mon sens au moins, fort au-dessous des *Contes arabes*, et même des *Mille et un quarts-d'heure*, et même des *Contes des Génies*, et même de nos anciens *Fabliaux*. Le conte de Richilde, l'Amour muet, Melechsala, le Voile enlevé et les Écuyers de Roland, les plus originaux des contes de Musæus, restent encore à une assez grande distance des promenades nocturnes d'Aaron Raschild, des aventures de Zobéïde, des récits des trois Calenders, de la Lampe merveilleuse, du Dormeur éveillé, et de cent autres contes anciens aussi remarquables par des événemens extraordinaires que par la nouveauté des détails.

M. de Kock dit dans sa Notice : « L'idée du miroir magique qui se couvre de taches toutes les fois que celle qui le consulte a commis quelque faute, est aussi morale que neuve. » Morale, je ne le conteste pas ; neuve ! je suis sûr du contraire : il y a peu d'idée plus ancienne et plus rebattue ; elle a été le sujet d'un opéra comique de Le Sage et de Dorneval, joué en 1720, sous le titre de *la Statue merveilleuse*, et fait d'après une ancienne comédie italienne, dont l'auteur l'avait tirée d'un

conté plus ancien. Elle fut reproduite en 1731,
en 1734 et en 1752 dans trois autres opéras inti-
tulés : *le Miroir magique* et *le Miroir véridique*.
Pour qu'il ne reste à M. de Kock aucun doute sur
l'identité de ce meuble merveilleux avec celui de
Richilde, je vais citer le couplet d'exposition de
l'opéra de 1720, époque qui précède de quinze
ans la naissance de Musæus :

> Vous pourrez compter d'avoir
> Cette rare et chaste fillette,
> Quand la glace du miroir
> Se conservera pure et nette ;
> Si sage elle n'a pas été,
> De fait ou de volonté,
> Sitôt qu'elle en approchera,
> Le miroir se ternira.

Dans le conte de *la Veuve*, la statue du mauso-
lée, qui épouvante la veuve infidèle par un signe de
tête, est bien visiblement empruntée au *Convitato
di Pietra* (et non pas *di Pietro*), mots que nous
avons ridiculement traduits par *Festin de Pierre*,
car il n'y est pas question d'un homme nommé
Pierre, mais d'un homme de pierre ou de marbre.

La Dryade Libussa est fort agréable, je l'avoue,
mais l'Arioste, le Tasse et vingt autres poètes italiens avaient animé les arbres, et fait parler les
Nymphes qui les habitaient. Ainsi, Libussa n'est
pas *une conception originale*, comme le dit M. de
Kock. Elle a un autre défaut dont je parlerai plus
tard.

Je ne dirai rien du Trésor du Hartz, de la Poule aux OEufs d'or, de la Nymphe de la Fontaine, ni du Démon-Amour, dont M. de Kock reconnaît que les incidens bizarres ne sont pas toujours neufs ; mais j'ai une observation à faire relativement à *l'Enlèvement*. Il paraît, en effet, que l'épisode de la *Nonne sanglante*, dans le roman du *Moine*, est entièrement calqué sur *l'Enlèvement* de Musæus ; mais celui-ci n'est certainement pas de pure invention, car il ressemble trop à certains *ajournemens*, si fréquens chez nos anciens romanciers. Les personnes qui périssaient victimes de la scélératesse ou de la tyrannie ne manquaient pas alors d'*ajourner* leurs persécuteurs, soit pour leur fixer l'époque de leur mort, soit pour indiquer les jours où ces victimes reviendraient sur la terre tourmenter leurs bourreaux en se montrant à leurs yeux : l'histoire fabuleuse du moyen âge est remplie de ces ajournemens et de ces apparitions. La véritable invention de Musæus ne consiste donc que dans l'erreur du jeune homme qui enlève le véritable spectre en croyant enlever sa maîtresse. Sur ce point, je crois, avec M. de Kock, que Lewis s'est approprié l'idée de Musæus. Mais il ne faut rendre à César que ce qui appartient réellement à César, et avouer que la Nonne sanglante, revenant dans le vieux château de Lindenberg, si bien décrit par Lewis, faisant sa terrible apparition après l'aventure épouvantable de la forêt de Saverne, et ensuite exorcisée par le Juif-Errant,

qui porte sur son front, en caractères de feu , le
signe de la réprobation, produit cent fois plus
d'effet que le conte de Musæus. Quand il s'agit
de gravures *à la manière noire*, les Anglais sont
les maîtres des Allemands et les nôtres.

Mais au moins , dira-t-on, les Écuyers de Roland et le Voile enlevé sont une véritable invention. Je répondrai que ces deux contes sont fort
jolis et fort amusans , et que le premier est encore
bien plus agréable que l'autre ; et cependant les
moyens dont s'est servi l'auteur sont très-certainement empruntés d'autres contes. Les Trois Princes
(dans les Mille et une Nuits) qui ont reçu d'une
fée, l'un une lunette au moyen de laquelle on
voit tout ce que l'on désire, l'autre un tapis où il
suffit de s'asseoir pour être transporté partout où
l'on veut aller, et le troisième, je ne sais plus quel talisman qui rend invisible, ressemblent bien un peu
aux Trois Écuyers à qui la sorcière des Pyrénées
a donné le *poucier* qui rend invisible , la serviette
qui se couvre de mets succulens, et le liard qui
devient une source intarissable de pièces d'or. A
ce parallèle j'ajouterai une réflexion morale qui
est à l'avantage des contes arabes : ces peuples de
l'Orient n'étaient ni buveurs, ni gourmands ; aussi
l'auteur de l'ancien conte que j'ai cité, ne donne-
t-il aux trois voyageurs que des talismans propres
à satisfaire des goûts ou des passions nobles ; mais
l'auteur allemand va droit au solide : il imagine
une serviette qui enfante des jambons et des cru-

ches de vin, et un liard qui devient une mine d'or;
je ne lui en fais point un crime : l'un et l'autre
auteur ont décrit les mœurs de leur temps et de
leur pays; mais l'Arabe est le premier en date.

Reste le Voile enlevé. Ces femmes qui ont la
faculté de se changer en cygnes pour aller se
baigner dans quelque lac à plusieurs centaines de
lieues de leur résidence habituelle, présentent à
l'imagination des tableaux gracieux, quoique bizarres; mais j'oserais presque affirmer que la première idée de ce conte a été prise dans un ancien
roman anglais, intitulé : *les Hommes volans*, par
P. Wilkins. Le héros qui, je le crois, est Wilkins
lui-même, navigue sur un fleuve inconnu qui
s'enfonce tout-à-coup sous une montagne; pendant
plusieurs jours et plusieurs nuits il est entraîné
sous cette longue voûte souterraine, et quand il
revoit la lumière, il se trouve dans une vallée
charmante, près d'un beau lac, semblable à celui
que décrit Musæus. Cette vallée est entièrement
entourée de montagnes inaccessibles, et notre
Anglais, qui ne peut remonter le courant du
fleuve, se résout à vivre seul dans cet Élysée,
comme un autre Robinson. Un jour, un gros oiseau tombe sur le toît de la hutte qu'il s'est construite; mais cet oiseau est une jeune fille, aussi
jolie que la Zoé ou la Calliste de Musæus. Il la
conduit dans son ermitage, comme fait l'ermite
de Musæus; il en devient amoureux comme dans
le conte de Musæus. Ces montagnes, ce lac, cet

ermite, cette femme volante, ont bien de l'analogie avec les montagnes, le lac, l'ermite et les
femmes cygnes de Musæus. Voici la différence :
les femmes du conte moderne deviennent de véritables cygnes quand elles se couvrent d'un voile
mystérieux ; mais celles de l'ancien roman sont
toujours femmes, ont des ailes comme celles des
anges, et outre ces ailes une membrane légère,
adhérente au corps, faisant l'office de vêtement,
mais s'ouvrant à volonté. Le tout étant fort joli, je
laisse au lecteur le choix entre le voile de Musæus
ou les ailes permanentes de Wilkins ; mais je per-
siste dans l'opinion que Musæus a connu l'ancien
roman.

Le conte de Melechsala est un des plus jolis du
recueil ; mais il ressemble à tous les romans dans
lesquels un Européen, esclave chez des musul-
mans, parvient à plaire à une sultane, et finit par
s'enfuir avec l'odalisque. Il existe d'ailleurs l'anecdote, vraie ou fausse, d'un chevalier croisé, qui
ayant inspiré de l'amour à une sultane, lui fit le
serment de l'épouser, si elle lui procurait la liberté, et consentait à s'enfuir avec lui. Le projet,
dit-on, réussit ; mais le chevalier étant déjà marié,
alla se confesser au pape qui, en considération
de l'étrange circonstance, lui accorda la permission de vivre avec ses deux femmes comme le comte
Erneste couche entre ses deux femmes Ottilia et
Melechsala dans le conte de Musæus. Je ne garantis
pas l'anecdote de la bigamie sanctionnée par un

pape ; mais elle existe bien certainement, et Musæus l'a bien connue.

Si nous voulons trouver dans ces contes quelque
chose de vraiment original, il faut s'arrêter aux
Légendes de Rubezahl et à la Chronique des Trois
Sœurs ; encore faut-il convenir que ce dernier est
bien inférieur à l'autre sous le rapport de la variété. Cette qualité ne consiste pas à faire faire les
mêmes choses à plusieurs personnages différens ;
l'art alors deviendrait trop facile ; il suffirait de
reproduire les mêmes actions dans tous les états
de la hiérarchie sociale, pour obtenir une très-
grande, mais très-fausse variété. C'est ce qui se
remarque dans la Chronique des Trois Sœurs. Le
prince Ours vient dire à un haut baron : « Je vais
te dévorer, si tu ne me promets pas de me livrer
ta fille aînée Wulfride. » Le prince Aigle vient lui
dire ensuite : « Je te dévore, si tu ne jures pas de
me donner ta fille cadette Adélaïde. » Le prince
Poisson vient lui dire plus tard : Tu vas périr, si
tu ne t'engages pas à m'accorder ta jeune fille
Bertha. » Il en coûtait peu à l'auteur pour multiplier ces phénomènes ; il lui suffisait d'augmenter le
nombre des filles et des familles d'animaux ; mais
en péchant contre le goût il n'eût pas obtenu plus
de variété. La manière dont ces trois filles sont enle-
vées, est également monotone. Une grande troupe
de cavaliers vient chercher la première ; une grande
troupe de cavaliers vient s'emparer de la seconde et
une grande troupe de cavaliers vient emporter la

troisième. A ce défaut, car je crois que c'en est un, ajoutez l'image peu gracieuse d'une jolie femme caressant son fils Ourson, et non pas *Oursin*, comme dit le traducteur; une jeune et jolie fille dans les serres d'un vilain aigle qui est son amant, et une jeune beauté enfermée dans une cage de cristal, autour de laquelle un poisson monstrueux vient frétiller pour lui prouver son amour. La féerie même a sa vraisemblance, et s'il est permis de s'en écarter, ce ne peut être que pour présenter des fictions agréables ou intéressantes. Le gros poisson faisant la cour à une jolie fille n'est ni agréable, ni même original; il n'est que baroque.

Ces réflexions, quelque justes qu'elles m'aient paru, ne m'ont pas empêché de prendre un très-grand plaisir à la lecture de ces Contes, et ce plaisir provenait du mouvement dramatique, de la connaissance du cœur humain, de la concordance entre les caractères et les actions, de l'art de disposer les détails et de les lier à l'action principale, et des traits nombreux de bonne morale et de bonne philosophie qui se font remarquer dans tous ces Contes, dont je n'excepte que *le Démon-Amour*, qui est d'une faiblesse extrême, et me paraît tout-à-fait indigne de vivre en société avec les autres. Si mon goût particulier était un motif suffisant pour établir un ordre entre ces petits ouvrages, selon leur mérite respectif, je placerais au premier rang les Écuyers de Roland, les Légendes de Rubezahl, l'Amour muet et la Chro-

6.

nique des Trois Sœurs, malgré la critique que
j'en ai faite, parce que les détails en sont fort
amusans, et la dernière partie est aussi originale
qu'elle est agréable. J'y joindrais Libussa s'il n'y
avait pas un double intérêt, et si le héros qui
commence l'action était celui qui la termine ; ce
sont vraiment deux contes différens, dont l'un
procède de l'autre. Je nommerais aussi la Nymphe
de la Fontaine, Melechsala, Richilde, la Veuve,
le Voile enlevé, et je laisserais au dernier rang la
Poule aux Œufs d'or, le Trésor du Hartz et l'Enlèvement. Quant à la véritable originalité, j'élève-
rais de beaucoup au-dessus des autres les Écuyers
de Roland, relativement au but moral du conte,
les Légendes de Rubezahl, qui, toutes fort jolies,
sont surpassées par la première ; et j'y joindrais l'é-
pisode de l'Amour muet, dans lequel un revenant
qui fait la barbe à tout le monde, obtient enfin
d'être rasé lui-même, ce qui termine ses apparitions.

　La longue discussion que j'ai établie sur des
ouvrages qui ne paraissaient pas devoir y donner
lieu, m'a été suggérée par l'espèce de mauvaise
humeur que me causent les éloges emphatiques
et maladroits des traducteurs ou éditeurs. Il me
semble qu'on me met le pouce sur la gorge quand
on me commande l'admiration, et qu'on me prend
pour une buse quand on me donne pour du tout
neuf ce que je connais depuis cinquante ans. J'ai
cru devoir réduire les Contes de Musæus à leur
valeur réelle, assez grande, sans l'exagérer, pour

exciter la curiosité de tous les lecteurs, et pour plaire aux plus difficiles.

J'ai encore un mot à dire à l'auteur de la Notice : Tous les Contes de Musæus sont des histoires distinctes, et n'ont aucune liaison avec ce qui précède et ce qui suit. Qui croirait que M. de Kock soit parti de là pour louer Musæus de n'avoir pas coupé ou interrompu les diverses aventures par des épisodes, défaut trop commun, dit-il, aux contes arabes. En voulant rabaisser les Mille et une Nuits, M. de Kock ne s'aperçoit pas qu'il donne un soufflet à l'Arioste, à Fortiguerra, à presque tous les poètes italiens ou romanciers français du dix-septième siècle, à l'auteur de Don Quichotte, à sir Walter Scott lui-même, qui quitte souvent son héros dans le plus bel endroit, pour courir à d'autres personnages. Certes, il n'est pas besoin d'une grande habileté pour classer les faits l'un après l'autre ; mais il faut une tête forte et un vrai talent pour enchevêtrer cent aventures différentes, et les soumettre à une action principale. Ces interruptions, dont se plaint M. de Kock, sont le grand art de l'Arioste et de ses heureux imitateurs : Voltaire estimait tant cette manière, qui force le lecteur à lire plus qu'il ne voulait, qu'il se l'est appropriée (je ne dirai pas où), et qu'il l'a louée comme une preuve de talent jusque dans la Cassandre de La Calprenède.

COLLECTION

DES ÉCRITS POLITIQUES, LITTÉRAIRES ET DRAMATIQUES

DE GUSTAVE III, ROI DE SUÈDE,

Suivie de sa Correspondance.

———

QUAND un roi daigne descendre de son trône pour se faire citoyen de la république des lettres, il subit la loi de l'égalité : ses écrits, comme ceux des autres, sont soumis à la critique ; et si le lecteur, plus indulgent pour leurs défauts, s'arrête avec plus de complaisance sur les beautés, c'est qu'il s'étonne que le grand art de régner ait encore laissé le temps d'apprendre l'art d'écrire. A l'exception de Néron et de Denys de Syracuse, je ne connais guère de prince qui se soit fait des admirateurs en leur tenant le poignard sur la gorge, ou qui ait envoyé *aux carrières* ceux qui lui refusaient des applaudissemens. Le farouche Tibère a souffert qu'on lui dît : *Vous pouvez bien donner le droit de cité aux hommes, mais non pas aux mots.* Avant lui, le père d'Alexandre-le-Grand voulant disputer contre un artiste, n'a point été offensé de cette réponse : *Aux dieux ne plaise, sire; que vous sachiez ces choses-là aussi bien que moi!* De nos jours, le grand Frédéric a écrit en vers et en prose, et ses lèvres royales n'ont pas dédaigné de se coller à une flûte. Son exemple répond victorieusement à ces sévères censeurs qui regardent les lettres et les arts comme indignes du trône. Frédéric a été un grand roi; il s'est créé un grand royaume, et il a vaincu les princes qui ne jouaient pas de la flûte et qui ne faisaient point de vers. L'orgueil du diadème n'a pas augmenté chez lui l'orgueil du poète : je ne connais pas d'écrivain qui s'exprime aussi modestement que lui relativement à ses ouvrages.

Gustave III n'a pas eu seulement de l'esprit, mais encore un très-bon esprit. Outre l'inclination naturelle qui le portait à écrire, il avait un but politique, en se plaçant au rang des gens de lettres. Voulant donner à la langue suédoise la plus grande perfection dont elle fût capable, il a senti que rien n'encouragerait plus que l'exemple du monarque; que rien n'exciterait plus l'émulation que l'honneur d'avoir pour collègue un souverain qui consentait même à avoir un maître. Décidé à se faire auteur, il se soumit sans difficulté au code sévère du Parnasse. Il fit plus; en composant des comédies, il se résigna de bonne grâce à tous les désagrémens qui pleuvent sur l'auteur dramatique. Sa correspondance, qui fait si bien connaître son caractère, fournit des preuves nombreuses de ce que je viens d'avancer. Voici le billet fort extraor-

dinaire qu'il écrivait à M. Léopold, le 3 avril 1788 :
« Enfin le premier acteur s'est laissé fléchir, et il
» permet au second de jouer avec lui ! Engagez à
» présent ce dernier à se prêter un peu aux avis du
» principal. Ces deux acteurs ont du talent, il faut
» les garder l'un et l'autre en les réconciliant. Em-
» ployez-y votre crédit, et que ce grand traité se
» fasse, s'il se peut, demain à la répétition. En af-
» faires comme en amour, il y a l'heure du ber-
» ger. » Gustave pouvait commander et punir; mais
s'étant fait auteur, il a senti que les comédiens
étaient devenus ses maîtres, et il prend le ton
humble et modeste, comme il convient à ceux qui
composent, quand ils s'adressent à ceux qui ré-
citent. Dans un autre billet à la même personne,
on trouve ces expressions : « Je vous remercie
» d'avoir prêté votre nom à un ouvrage qui pou-
» vait ne pas réussir; votre réputation est faite, il
» est vrai; un mauvais succès pouvait cependant y
» nuire, et vous avez bien voulu le risquer pour
» moi. » Gustave craignait donc de tomber ! Et il
prêtait l'oreille à la critique, car il termine son
billet en disant qu'il vient de faire des corrections.

Ailleurs on trouve cette agréable plaisanterie :
« L'auteur de *Siri-Brahe* fait bien ses complimens
» à celui d'*Oden*, et le prie de vouloir bien lui
» procurer un billet de parterre pour demain, etc. »
Se douterait-on que c'est un roi du Nord qui écrit
à un auteur?

Gustave n'était cependant pas exempt d'amour-

propre sur l'article des belles-lettres : il aurait cru
n'être pas assez auteur s'il n'en avait pas eu la
vanité : il la laisse percer avec une naïveté admirable dans une lettre qu'il écrit à M. d'Armfelt.
Notez qu'il écrit cette lettre dans un moment où
il est menacé par toutes les forces de la Russie et
par celles du Danemarck ; il la termine par cette
phrase : « On a donné *Siri-Brahe* pour la seizième
fois ; il y avait beaucoup de monde. » *Il y avait
beaucoup de monde* est charmant dans un roi.

Quand on voit des monarques ambitionner la
gloire des lettres, se montrer sensibles à un succès, et cependant reconnaître les défauts de leurs
ouvrages, en parler avec modestie, écouter la critique, témoigner une amitié franche à ceux qui
leur disputent la palme, et même à ceux qui l'obtiennent, de quel œil doit-on considérer ces auteurs gonflés d'orgueil qui veulent être admirés
sans restriction, loués sans mesure, qui regardent
toute critique comme un outrage, et qui nous en-
verraient *aux carrières*, s'ils avaient autant de puissance qu'ils ont de haine et de vanité ?

Ceux qui n'ont d'autre qualité que celle d'auteur,
ceux qu'aucune dignité, qu'aucun titre n'élèvent
au-dessus de leurs concitoyens, supportent encore
la critique, quand elle est bien douce pour eux,
ou bien dure pour leurs rivaux ; mais si la fortune
leur prodigue ses faveurs, s'ils ont l'honneur d'être
admis à l'un de ces corps illustres qui donnent à
leurs membres une grande considération ; mal-

heur alors au téméraire qui oserait relever la plus
petite faute dans leurs écrits ! Leur rang et leur
titre protègent leur prose et leurs vers ; ils prétendent que nous attaquons leur place si nous attaquons un de leurs hémistiches, et que nous avi-
lissons le corps entier, si nous trouvons qu'un
membre a fait un solécisme. Il semble qu'ils disent :
Nous sommes bons magistrats, bons politiques,
bons médecins, etc.... ; ainsi, vous devez respecter
nos discours, nos madrigaux et nos chansons. Jadis,
ils nous recommandaient de ne point faire acception des personnes, et de ne considérer que les
ouvrages ; aujourd'hui, ils nous ordonnent d'admirer les ouvrages en considération des personnes.

Pensent-ils que l'admission à un corps respectable soit une patente d'infaillibilité ? S'ils veulent
mettre un bâillon à la critique, qu'ils renoncent
donc à tout éloge ; car pour louer il faut juger, et
pour juger il faut critiquer, puisque le mot *critique*
ne signifie, à proprement parler, que la séparation
du bon et du mauvais. L'ancien gouvernement de
Venise ne souffrait point qu'on le critiquât ; mais
il était conséquent dans ses principes, puisqu'en
même temps il défendait qu'on dît du bien de lui.
Mais non ; les messieurs dont je parle ne veulent
que du bien : ce n'est plus même du bien qu'ils
demandent, ils veulent du mieux ; et si leur prétention s'accroît encore, je les prierai de nous
fournir des expressions en forgeant de nouveaux

mots, talent qu'ils ont au suprême degré, et sur lequel il faut encore leur donner des louanges.

Mais cette digression m'entraîne trop loin. Je reviens à Gustave qui était auteur, qui protégeait les auteurs de mérite, et qui n'était ni aussi fier ni aussi présomptueux que ces messieurs, parce qu'il n'était que roi.

Les Œuvres de Gustave III se divisent en trois parties : Le premier volume contient ses écrits politiques et littéraires ; les deux suivans, ses ouvrages dramatiques, et les deux derniers, sa correspondance. Dans le premier, on trouve ses discours à l'occasion de l'établissement d'une académie, un bel éloge du général Torstenson, et plusieurs discours pendant la tenue des États, époque orageuse où Gustave a montré le plus grand caractère, où il a agi avec autant de fermeté qu'il a parlé avec noblesse, où il a été enfin ce qu'il serait à souhaiter que fussent tous les rois ; car un prince faible est le plus grand fléau que le ciel en courroux puisse envoyer aux peuples.

Avant de m'étendre davantage sur les différens ouvrages que contient cette collection, je dois parler du traducteur. Comme j'ignore absolument la langue suédoise, il m'est impossible de juger si M. Dechaux a rendu exactement les expressions de l'original ; mais je suis très-disposé à le croire, quand j'apprends que ce littérateur a passé plus de vingt ans à la cour de Stockholm, et que la langue suédoise lui est aussi familière que la nôtre. Son

style d'ailleurs est toujours pur et correct; il s'é-
lève et prend de la force dans toutes les circonstances où Gustave parle en roi; il devient simple,
facile dans les occasions moins solennelles, et il
prend même quelquefois un ton de négligence aimable dans la correspondance; lorsque le prince
écrit à ses amis avec ce ton de bonté, de confiance
et de familiarité, qui a tant de charme dans les
hommes puissans. Le style de M. Dechaux a si
peu l'air d'une traduction, que je n'ai pu distinguer les morceaux traduits de ceux qui avaient été
écrits en français par Gustave.

Gustave aimait la France; il y avait reçu l'accueil le plus flatteur et le plus distingué; il ne parlait jamais de la nation française qu'avec estime et
intérêt. Louis XV, qui, à ne le considérer que
comme particulier, avait beaucoup d'esprit et savait être aimable, s'était acquis l'amitié du prince
de Suède, et n'avait rien négligé pour lui rendre
agréable le séjour de Paris et de la cour de France.
Gustave en fut reconnaissant et conserva jusqu'à
la mort le souvenir des plaisirs qu'il avait goûtés
dans la plus belle ville de l'Europe. Plus il se sentait porté à aimer la France, plus il fut affecté de
la terrible révolution qui menaça cette grande monarchie d'une destruction totale. Le roi de Suède
en fut affligé comme s'il y eût été intéressé personnellement. Ce ne fut point comme prince, comme
politique, comme ambitieux, qu'il prit parti contre
la révolution. En effet, que pouvait-il espérer,

même dans le succès d'une coalition contre la France? Il ne céda qu'à un sentiment de générosité et d'honneur; et sans arrière pensée, sans aucune vue d'intérêt, sans aucun espoir pour l'avenir, il voulait sauver la France en la combattant, et l'on peut dire qu'il nous haïssait avec franchise, parce qu'il nous avait franchement aimés. Comme honnête homme et comme chevalier, car tel était son caractère, il se croyait obligé à secourir le petit-fils de Louis XV; et connaissant d'ailleurs par expérience, le danger des factions dans une monarchie, il voulait généreusement rendre à la France le calme qu'il avait rétabli dans ses propres États. De tous les princes coalisés à cette époque, il était le seul qui eût des vues aussi pures, et qui nous vouât une inimitié aussi honorable.

Je n'ai pas besoin de faire observer que je n'aurais pas dit il y a quinze ans ce que j'écris très-librement aujourd'hui. Grâces au ciel! nous n'avons plus de *tyrannicides*; nous ne plaçons plus les assassins au Panthéon; on ne nous commande plus de joindre la haine individuelle à la haine politique; nous pouvons, sans crainte, remarquer une vertu dans un ennemi; mais ce qu'il n'est pas inutile de rappeler, c'est que dans le temps où nous étions si *éminemment libres*, nous n'avions pas la liberté dont j'use en ce moment.

Les écrits politiques de Gustave se composent des discours qu'il a prononcés pendant la tenue orageuse des États de Suède. Il s'y énonce avec

une noble simplicité, et il y montre cette constance
inébranlable qui ne l'a jamais abandonné dans les
plus grands périls. « Je suis le premier de vos rois,
dit-il dans un de ses discours, qui, depuis cinq
cents ans, ait congédié les États après les avoir af-
franchis de toute oppression, sans en être opprimé
lui-même. » Cette phrase prouve qu'il connaissait
bien les hommes, et qu'il était persuadé de cette vérité : qu'il n'y a pas de milieu, pour un monarque,
entre un gouvernement ferme et un honteux as-
servissement. La manière dont il a su contenir
dans le devoir une noblesse factieuse, est encore
une leçon pour les souverains. Ce n'est que par
faiblesse que les Empires périssent, et les peuples
n'ont jamais tant à souffrir que sous les princes qui
ne savent pas régner. Ceci me rappelle le mot si
vrai et si profond d'un sénateur romain qui, effrayé
des maux que la faiblesse de l'empereur Claude
faisait pleuvoir sur l'empire, s'écria avec force :
« Dieux immortels, donnez-nous des tyrans! en
effet, ni Tibère, ni Caligula n'avaient tant affligé
Rome, que les valets de Claude et les petits tyrans
qui régnaient sous son nom. » Plus loin, on trouve
cette phrase remarquable : « Durant son règne, la
bonté d'un roi est souvent taxée de faiblesse, sa
justice de sévérité, sa modération de relâchement,
et sa persévérance d'ambition. Les arrêts de la
postérité sont seuls équitables, car ils ne sont dictés
ni par l'envie ni par la haine : c'est elle qui appré-
ciera les différentes vicissitudes de cette diète, etc... »

Ainsi Gustave s'occupait moins de ce qu'on disait de lui que de ce qu'on devait dire un jour, ce qui est précisément le contraire de ce que font les princes faibles et timides.

Dans des *Réflexions sur l'utilité et les avantages d'un costume national*, on remarque des vues sages, des observations justes, et plus de philosophie que le sujet ne semble en comporter. La critique de cette manie qui fait adopter dans des climats âpres et meurtriers des modes imaginées sous un ciel doux et tempéré, est faite dans ce morceau avec autant de finesse que de bon esprit. J'ignore si la Suède a suivi les conseils de son roi, mais j'en doute ; la mode la plus ridicule et la plus funeste à la santé, est bien plus puissante que la raison ; rien ne peut en triompher, si ce n'est une autre folie du même genre.

J'ai été moins satisfait de l'opinion de Gustave sur la liberté de la presse ; mais cette matière est si délicate, il est si difficile de la circonscrire, il peut en résulter tant de bien et tant de maux, que j'avoue mon insuffisance à discuter un point si obscur, et néanmoins si important.

Les productions dramatiques de ce prince, n'offrent que de véritables drames. Gustave connaissait très-bien et aimait le théâtre français ; mais, soit que le théâtre allemand l'ait séduit, soit qu'il l'ait cru plus conforme au goût des Suédois, il l'a imité de préférence. On s'aperçoit cependant qu'il a cherché à perfectionner la méthode germanique.

Il est beaucoup plus concis, il s'appesantit beaucoup moins sur les petites circonstances, il est plus fidèle à la règle des unités que les auteurs allemands, et il n'admet pas dans son théâtre ces détails communs, trop familiers et quelquefois bas qui font tant de plaisir à certains partisans de la tragédie allemande. On a joué au Théâtre français un drame de Gustave, et quoiqu'il ait été singulièrement défiguré par le traducteur, il y a obtenu quelques représentations. Je suis étonné qu'on ne se soit pas encore emparé de son opéra de *Gustave Vasa* : il est plein de situations fortes; il y en a même une qui offre un tableau digne des Spartiates, et cet ouvrage d'ailleurs est susceptible de la plus grande pompe et du plus grand spectacle que l'on puisse désirer dans une pièce de ce genre. Son *Helmfelt* est fort intéressant, et conduit avec art. Son *Jaloux napolitain* est dans le goût des pièces de Shakespeare, l'intérêt y est vif et peut-être trop, c'est ce que nous nommons drame dans la force du terme. Son *Gustave-Adolphe*, et sa *Marthe Bauer*, prouvent que ce prince connaissait bien la scène, et que les défauts que l'on remarque dans ses ouvrages sont moins ceux de l'auteur que ceux du genre auquel il s'est appliqué. Il en est un surtout qui est bien grave puisqu'il nuit à l'intérêt de tous ses drames, et cependant bien léger puisqu'il pourrait se corriger partout d'un seul trait de plume. Je ne sais par quelle erreur Gustave a cru devoir toujours laisser prévoir ses péripéties et ses dénoûmens. Quand il a placé ses personnages dans la crise la plus forte, il ne manque jamais de rassurer le spectateur et de lui donner l'espérance fondée d'un heureux changement. Il n'est peut-être rien de plus contraire à l'art dramatique, et ce n'est presque jamais qu'une ou deux phrases faciles à supprimer, qui détruisent l'intérêt et éteignent toute curiosité. Son dialogue est toujours naturel et parfaitement conforme au rang, au caractère et à la situation des personnages. S'il est difficile pour les auteurs ordinaires de faire parler convenablement les princes et les rois, par la raison contraire, on doit être étonné de voir un monarque saisir, avec tant de justesse, l'expression des particuliers, et même des hommes du peuple.

Sa correspondance, qui remplit deux volumes, est véritablement la partie de ses œuvres qui fait connaître Gustave et qui le fait aimer. On y remarque cette douceur, cette affabilité, cette franchise qui plaisent tant dans tous les hommes, mais plus particulièrement dans les princes, et surtout dans ceux dont l'humeur guerrière et le courage chevaleresque sembleraient devoir toujours être accompagnés d'un peu de hauteur et de sévérité. Partout Gustave se montre le même homme, et dans ses revers qu'il avoue, et dans ses succès qu'il ne s'attribue point, et dans les dangers les plus imminens, et dans la sécurité la plus parfaite, on le retrouve inébranlable dans ses résolutions, inaccessible à la crainte comme à l'orgueil, et toujours prêt à perdre le trône et la vie plutôt que de souffrir une tache à son honneur. Il avait des amis, et il était ami lui-même. Ses lettres à MM. de Stedingk et d'Armfelt prouvent qu'il méritait ce titre si rare, et auquel il attachait un grand prix. Ses lettres ont d'ailleurs l'avantage de nous faire connaître tous les détails des troubles de Suède, et de la guerre de Finlande, où Gustave a résisté à la puissance de Catherine-la-Grande, et en a obtenu une paix honorable.

Ce prince s'appliquait à prévoir les événemens futurs, et ses conjectures fondées sur la connaissance qu'il avait des hommes, se sont presque toujours vérifiées. Il écrivait en 1788 : « Je ne vous dis rien de cette pauvre France qu'on anglise d'une manière si étrange. Pour la guérir de ses maux, on lui a donné la fièvre des notables, et on va lui donner le transport par les états-généraux. » Ce qu'il y a de plus étonnant, c'est que le 15 juillet 1789, le lendemain de la prise de la Bastille, dont certainement il n'était point encore informé, il écrivait : « Vous verrez l'horrible confusion où va tomber la France ; voilà l'effet des conseils d'un ministre démocrate, citoyen d'une petite république, et qui croit que l'Empire français peut être gouverné par les mêmes principes que la ville de Genève, principes qui cependant l'ont bouleversée elle-même. » Je ne répéterai pas ici les éloges que j'ai donnés à M. Dechaux, traducteur des œuvres

de Gustave ; mais je crois devoir faire observer
qu'il a beaucoup contribué à en faire sentir le
mérite, soit par des notes qui éclaircissent le texte,
soit par des précis historiques très-bien faits, qui
donnent au lecteur l'intelligence de plusieurs passages, et la connaissance des événemens qui ont
accompagné ou motivé les écrits du roi.

FLORENCE MACARTHY,

HISTOIRE IRLANDAISE,

Par lady Morgan ;

Traduite de l'anglais, et précédée d'une Notice historique sur
lady Morgan.

Le premier trait qui me frappe dans l'héroïne
ou dans l'auteur, puisque les deux ne sont qu'une
même personne, c'est une inconcevable franchise.
Non, dussent nos dames s'en indigner, il n'en est
aucune que l'on puisse comparer, sous ce rapport,
à la belle Hybernienne ; non, depuis la duchesse
jusqu'à la plus petite marchande de modes, nous
n'avons ni à Paris ni dans les départemens les plus
reculés, une seule femme assez ingénue pour

7.

avouer qu'elle est charmante ; *qu'on ne rencontre pas impunément ses regards ; qu'elle a de jolies mains, des doigts délicats avec lesquels elle arrache des pommes de terre, une bouche de chien, c'est-à-dire des dents ; qu'elle offre l'image de la santé dans toute sa force et toute sa fraîcheur ; qu'elle a le plus joli pied, les plus beaux cheveux, les couleurs les plus vives ; qu'elle est fine, piquante et pleine de grâces ; que ses traits ont une mobilité, une variété d'expression et de coloris qui répondent à la vigueur, à la force, à l'énergie de son âme extraordinaire*, et par dessus tout cela, *qu'elle est très-réservée et très-modeste,* ce que le lecteur a déjà deviné. Veut-on quelque chose de plus franc, s'il est possible, que les naïvetés précédentes ? Le voici : Lady Morgan, en faisant une visite à l'une de nos femmes les plus célèbres, lui a demandé avec une simplicité touchante s'il était vrai qu'elle eût fait le métier d'espion sous le gouvernement de Buonaparte. Parmi tous les héros de l'histoire et du roman, je ne connais que le seul Candide capable de faire une pareille question.

Mais c'est peu de considérer notre héroïne sous un seul aspect : voyons-la sous toutes les formes qu'elle a revêtues, sous tous les noms qu'elle a daigné prendre. Célèbre sous ceux de miss Owenson et de lady Morgan, elle est tour à tour, dans son dernier ouvrage, la Bhan-Tierna, lady Clancare, mistress Magillicuddy, Florence Macarthy, et enfin marquise de Dunore. De tous ces noms le plus ai-

mable, à mon sens, le plus original, est celui de
Magillicuddy, et l'on va voir bientôt qu'il convient
parfaitement au compte que je dois rendre. Madame
Magillicuddy est en effet l'espiègle du roman; c'est
sous ce déguisement que notre héroïne intrigue ses
personnages et fait presque de la magie. Madame
Magillicuddy a vu deux hommes débarquer en Irlande, l'un a *le teint olivâtre, la poitrine carrée,
de larges épaules; son beau buste indique une force
peu commune, ses grands yeux sont enfoncés
sous de sourcils épais, les regards qu'ils lancent
ressemblent aux brillans éclairs qui sillonnent les
vapeurs pesantes de l'athmosphère sous les Tro-
piques; ses dents sont d'une blancheur éclatante.*
L'autre est un jeune homme d'un extérieur *infiniment intéressant quoique moins frappant* que
celui du premier. *Sa belle tête est celle que les
physionomistes assignent à une intelligence supérieure.* Voilà donc l'Hercule Farnèse et l'Apollon
du Belvédère. Miss Owenson aurait été assez simple
pour préférer le dernier; mais, sous le nom de
mistress Magillicuddy, elle est plus philosophe, et
réservant ses espiègleries pour l'amant de Daphné,
elle donne son cœur à celui d'Omphale, choix
fondé sur la nature des choses, car un sexe faible
a besoin d'un ferme soutien. Madame Magillicuddy
s'enveloppe donc la tête d'une vaste coiffe, elle se
rougit le nez, qui est un peu trop long pour se
dissimuler entièrement; et fait demander aux deux
voyageursune place dans leur voiture pour elle et

pour une pie qui l'accompagne : le nez rouge et
la pie révoltent notre Apollon, et la place est refusée. Madame Magillicuddy, forcée de voyager à
part, va se cacher dans les ruines d'un monastère,
et y *soupire* pour inquiéter nos voyageurs qui visi-
tent ces décombres. Plus-loin elle se colle des morceaux de papier sur le nez avec du wiskey, attire
l'Alcide et l'Apollon dans un vieux château, les y
enferme et s'échappe ; plus loin, encore, elle va
se cacher dans les rochers près de la mer, pour y
attendre le jeune homme auquel elle jette un mouchoir noir, marqué d'une croix rouge, puis elle
s'enfuit ; et notez que toutes ces expéditions se font
de dix à onze heures du soir. Je n'expose point
ces détails, pleins d'esprit et de goût, pour antici-
per sur l'analyse du roman ; j'ai voulu seulement
justifier la préférence que j'accorde au nom de
Magillicuddy : car, comment croire qu'une dame
irlandaise, anglaise ou française, autre que mistress
Magillicuddy, jette le mouchoir en plein champ à
un jeune homme, aille soupirer dans les pierres, et
se colle des morceaux de papier sur le nez avec du
wiskey, du schnick, du schnaps ou du *rogome* ?

Mais ce sera sous un nom plus classique et plus
noble, sous celui de lady Clancare, que je présente-
rai notre héroïne avec tous ses charmes, venant d'arracher ses pommes de terre, filant au rouet devant
le chef de *guérillas*, qu'elle aime et qu'elle épou-
sera, lui faisant voir son joli petit pied, et lui disant :
« *Mon rouet travaille ainsi que ma tête. Je filé*

*tout à la fois mon lin et l'intrigue de mon histoire ;
je finis tout ensemble ma bobine et un chapitre, et
je romps souvent le fil de ma quenouille et celui de
mon récit sous l'influence de la même pensée qui
vient m'assaillir.* » Après cette phrase charmante,
l'Hercule dont j'ai parlé ne doit-il pas filer aux
pieds d'une pareille enchanteresse qui n'a plus de
papier sur le nez?

Revenons maintenant au livre sur la France.
Si l'on en croit les ignorans ou méchans auteurs
du *Quaterly-Review*, ce magnifique ouvrage est
un tissu d'absurdités, de blasphêmes, d'expressions
de mauvais goût, d'erreurs, de méprises, de men-
songes, empreint de jacobinisme et d'impiété. Est-
ce M. Gifford, M. Croker ou M. Barrow qui a pu
écrire ces lignes épouvantables? Oh! combien lady
Morgan n'a-t-elle pas raison de mépriser les journalistes! On lui reproche du jacobinisme! Mais
peut-on donner ce vilain nom à des idées, à des
opinions éminemment libérales? Il est vrai qu'elle
parle des nobles avec beaucoup d'irrévérence :
ce sont, dit-elle, *des vieilleries royales, qui ne vivent que par curiosité, pour voir comment tout ceci
finira.* Mais ce n'est pas parce qu'ils sont nobles
qu'elle les dédaigne, c'est parce qu'ils sont vieux;
et l'on a vu que madame Magillicuddy ne soupire
pas pour des vieilleries. Se moque-t-elle d'un *vol-
tigeur* (c'est son expression); elle en veut à son
habit *qui a fixé les regards de madame de Pompadour* ; si elle présente la caricature des *ultrà* qu'elle

a vus aux Tuileries, c'est toujours parce qu'ils sont
vieux, et qu'ils ne valent pas, à coup sûr, le chef
des *guérillas* aux larges épaules. Quand elle raconte,
avec sa grâce ordinaire, qu'autrefois un gentilhomme demandait à son fils : *Monsieur le marquis,*
avez-vous donné à manger aux cochons, on voit
que l'aimable Irlandaise n'en veut qu'à l'âge de
monsieur le marquis, car les cochons de lady Morgan ont eu vraisemblablement le bonheur de manger des pommes de terre arrachées par ses doigts
délicats. Notre héroïne aime beaucoup la révolution française, mais c'est parce qu'elle est finie,
et comme on aime la guerre quand on en est revenu ; je suis bien certain, d'ailleurs, que si elle
s'était trouvée chez nous dans le bon temps, si
son titre de lady, son esprit supérieur et sa franchise l'avaient fait traîner à un tribunal révolutionnaire, il eût suffi de lui dire : *tu n'as pas la pa-*
role, pour glacer son républicanisme et lui faire
haïr la liberté. Non, lady Morgan ne méprise pas
la noblesse : ne voit-on pas qu'elle se fait comtesse
de Clancare et marquise de Dunore ? Elle fait même
entrevoir qu'elle descend des anciens rois d'Irlande.
Faut-il que son dédain pour les grandeurs humaines
l'ait rendue si laconique ? Pourquoi n'a-t-elle pas
nommé les rois ses aïeux ? J'aurais été bien curieux d'apprendre si elle doit son origine à l'illustre
Hérémon, fils de Milésius, dont l'existence n'est
pas plus contestée que celle de Pharamond et de
Pélage ; ou à Caogaire, qui a vu naître le chris-

tianisme en Irlande, ou à Cairbre-Caitean, ou à
Thuathal-Trachtmar, ou à Eoachaid, ou à Cor-
mac-Longue-Barbe, tous dignes précurseurs de
madame Magillicuddy. Mais la charmante Irlandaise me laisse dans l'incertitude, et toute mon
érudition est perdue.

J'arrive à une observation qui lui a été repro-
chée fort inconsidérément : à l'en croire, les paysans français étaient voleurs avant la révolution,
et ils sont fort honnêtes gens aujourd'hui. Loin de
blâmer cette remarque, je conseille au lecteur d'en
faire son profit. Si donc il vous arrive de voyager
en France, et s'il vous prend fantaisie de coucher
dans un village, quand vous verrez des paysans
s'avancer vers vous la corne du chapeau en l'air,
les bras pendans et la bouche béante pour vous
voir descendre de voiture, avant de mettre pied à
terre, demandez-leur s'ils ont pris une part active
à la révolution. S'ils répondent négativement, fouet-
tez votre cheval, et allez à la ville prochaine ; mais
s'ils vous disent qu'ils ont pillé et brûlé le château,
dénoncé, incarcéré ou tué le curé ou le seigneur,
restez au milieu de ces bonnes gens et dormez en paix.

Il me reste à justifier lady Morgan sur ses jugemens littéraires. Elle a décidé que Racine n'est pas
poète ; *Britannicus* l'a fait bâiller ; elle n'aime de
Molière que les petites comédies en prose ; elle ne
les désigne point, mais je suppose que c'est *la Comtesse d'Escarbagnas* et *le Médecin malgré lui* : je
doute en effet qu'elle y comprenne *les Précieuses*

ridicules. *Tartufe* l'a tellement ennuyée qu'elle s'y est presque endormie. Racine surtout est d'une médiocrité qui fait pitié ; ses antithèses, ses allusions froides, son style fade qui n'échauffe ni l'imagination *ni le jugement*, qui n'excite aucun intérêt, ont coûté à lady Morgan trente pages de critique dont le Parnasse français a été consterné. On s'est beaucoup récrié sur ces naïvetés de la Muse irlandaise ; j'ai vu des hommes d'esprit s'en indigner et s'exprimer sur ces jugemens avec l'accent d'une colère qui me paraît bien peu raisonnable. Mais soyons de bonne foi ; mettons toute prévention à part, et voyons si lady Morgan n'a pas dit tout ce qu'elle devait dire : pourquoi faut-il que Racine plaise à madame Magillicuddy? Est-il bien nécessaire pour Racine et pour nous que les vers d'*Athalie*, de *Phèdre* et d'*Iphigénie* fassent retentir les rives du Shannon et du Black-Water, les gorges du Connaught, les tourbières du Bog d'Allen, la presqu'île de Corcaguinny, les marais de Tyréragh, les rocs du Croagh-Patrick, du Knockna-Soug ou du Knockna-Chrée? Je reconnais bien mes chers compatriotes à leurs étranges prétentions : ils voudraient qu'un Samoïède préférât l'huile d'Aix à l'huile de poisson ; qu'un Cosaque quittât l'eau-de-vie de grain pour le vin de Champagne ; que M. Schlegel raisonnât comme Aristote, et que madame Magillicuddy sentît l'harmonie des vers de Racine. Virgile a-t-il fait chanter Philomèle dans l'antre des Cyclopes? Va-t-on parler aux habitans des Cataractes du doux murmure de nos ruisseaux ? Le génie vigoureux qui a pu admirer les côtes déchirées du Connaught, le précipice d'Alt-Bo, le trou de Saint-Patrice et la chaussée des Géans, a les oreilles accoutumées à une tout autre mélodie que celle de Racine. L'auteur de *Britannicus* nous a-t-il peint des tours *ayant les nuages pour chapitaux ?* A-t-il montré Mercure s'élançant du haut d'une montagne *qui donne au ciel un baiser ?* A-t-il fait briller à nos yeux les gouttes de rosée *secouées de la crinière d'un lion ?* S'est-il écrié : *Rochers, cavernes, lacs, ombres de la mort, tout est monstre et prodige ?* Molière a-t-il dit : *Quels sont les coquins qui font ici les rodomonts ? Ils sentent le chanvre qu'on dirait qu'ils ont filé pour eux-mêmes ?* A-t-il dit d'une femme auteur : *Sa langue est un bâton qui frappe nos oreilles ?* Titus parlant à Bérénice, Hippolyte à Aricie, Pyrrhus à Andromaque, ont-ils nommé leur maîtresse *artère de mon cœur palpitant ?* Lui ont-ils dit : *La lumière du ciel s'est réfugiée dans vos yeux ; votre absence m'est toujours présente ?* Voilà les beautés qui plaisent à madame Magillicuddy, et convenons qu'un nez à flairer le wiskey doit trouver l'élixir de Racine bien inodore et bien fade. N'oublions pas surtout qu'une de nos comédies a paru charmante aux yeux de la belle Irlandaise : c'est le *Mariage de Figaro ;* elle trouve que la comtesse Almaviva *est bien certainement femme :* voilà de la franchise, ou je ne m'y connais pas.

On a fait aussi beaucoup de bruit de quelques anachronismes, et d'autres misères pareilles que l'on a gravement reprochés à l'incomparable Hybernienne : elle a fait de Richelieu un ministre de Louis XIV; elle attribue aux troubles de la Fronde la hardiesse de Corneille, qui avait fait ses chefs-d'œuvre avant la Fronde ; elle appelle les batailles de Fontenoy, de Rocroy ou de Lawfeld *des campagnes à la rose*, etc....; pures vétilles, et bien dignes des journalistes français : ces messieurs ne voudraient-ils pas qu'une jolie femme se connût mieux en histoire qu'en poésie? Quand on file son lin et son histoire, quand on finit un chapitre et une bobine, quand on rompt le fil de son récit comme celui de sa quenouille, la tête ne doit-elle pas tourner comme le rouet? Mais attendons l'analyse de Florence Macarthy, et lady Morgan sera complètement vengée.

Je crois avoir complètement disculpé lady Morgan du reproche d'avoir voulu tourner la nation française en ridicule ; je reconnais même qu'elle l'a beaucoup trop flattée sous quelques rapports; car elle soutient que tout n'a fait que croître et embellir en France depuis la révolution, ce qui ne me paraît pas une vérité démontrée. Mais de quelque manière que la question se décide, nous devons des actions de grâces et non des reproches à la spirituelle étrangère qui nous voit marcher vers la perfection ; quand nous craignons de retourner vers la barbarie. Quiconque lira *la France* de lady Morgan sera charmé d'apprendre que nous sommes de fort honnêtes gens *depuis la révolution*, conséquemment plus heureux ; que nous sommes très-supérieurs à nos aïeux ; que *le Mariage de Figaro* est une œuvre de génie en comparaison de l'insipide *Tartufe* ; que M. Talma *est évidemment supérieur aux règles auxquelles il est forcé d'obéir ; que son grand génie lutte sans cesse contre les obstacles qui s'opposent à ses efforts*, et qu'*il est le Gulliver du Théâtre-Français garotté par les fils des Lilliputiens*. Or, ces Lilliputiens sont Aristote, Horace, Boileau, Corneille, Racine, Molière, et tous les petits esprits assez simples pour croire que les arts ont besoin de règles, comme les nations ont besoin de lois. Je me garderai bien de combattre un raisonnement si flatteur pour mon amour-propre : depuis que Racine n'est plus rien je commence à me croire quelque chose, et je suis tout fier de savoir que *l'homme montagne*, le Gulliver du siècle, est si près de moi. Je serais bien plus fier encore si la Muse irlandaise avait daigné nous dire d'après quels principes elle a tiré des conséquences si favorables à mes contemporains. Tout jugement est fondé sur une base quelconque ; la grandeur, l'étendue, la valeur des choses s'estiment d'après des mesures dont on est convenu d'avance ; mais si l'on rejette toute règle en littérature, si l'on n'a plus ni poids ni mesures pour apprécier les diverses productions, de quoi se servira-t-on pour les comparer? comment fixera-t-on leur mérite respectif? Je ne vois qu'un moyen de répondre à cette question ; c'est de dire franchement : Mon goût exquis supplée à tout ; le meilleur en tout genre est ce qui me plaît le plus ; les ouvrages les plus parfaits sont ceux qui approchent le plus des miens. Lady Morgan est trop modeste pour exprimer cette pensée qui la tourmente ; mais il faut bien l'aider un peu, et, quand elle a rejeté toute règle, toute mesure, tout moyen d'apprécier les choses, il est évident qu'elle propose son propre goût pour la règle universelle, et l'étendue de son esprit pour les bornes de l'esprit humain. Eh bien! qu'en conclure? A-t-elle tort? N'avons-nous pas à Paris des femmes, des hommes, que dis-je? des gens de lettres qui jugent les productions du génie d'après la règle de lady Morgan?

Il ne me reste plus qu'un point à éclaircir : l'aimable Irlandaise a dit beaucoup de bien de tous les Français, de toutes les Françaises qui l'ont trouvée charmante et qui lui ont fait un accueil distingué, c'est-à-dire de toutes les personnes qui ont eu le bonheur de la voir ; voilà tout au moins de la reconnaissance. Une seule classe de la société a été l'objet de ses sarcasmes, de son ridicule, je veux dire du ridicule qu'elle a versé à pleines mains. Elle a la franchise d'avouer qu'elle a reçu mille politesses des *ultrà*, et cependant elle les persiffle sans pitié ; mais aussi que veut dire *ultrà*? n'est-ce pas de l'excès? et lady Morgan a si peu d'ambition, elle chérit tellement l'honnête médiocrité, elle a tant d'horreur des excès, qu'elle a prescrit des bornes étroites à son talent même ; lisez ses ouvrages ; vous verrez que dans son goût, dans son raisonnement, dans l'art d'écrire, dans la peinture des caractères, dans la sensibilité, dans l'élévation, dans les saillies, rien n'est *ultrà* chez elle ; rien n'est *extrà*, rien n'est *suprà*. Il n'est donc pas étonnant que tout ce qui est *ultrà* lui déplaise. Racine, qui est un *ultrà* dans son genre, a été traité comme un grand seigneur.

Cet amour pour les limites modestes me ramène au roman de Florence Macarthy.

Deux inconnus débarquent dans la baie de Dublin. L'un a des formes athlétiques, l'autre une tournure gracieuse. Ils ne se connaissent point, mais ils ont conçu beaucoup d'estime l'un pour l'autre. Dès qu'ils mettent pied à terre, un personnage important leur offre ses services : c'est un portefaix très-philosophe, qui parle comme un ange, et qui déjeûne avec un petit verre de *gin* (eau-de-vie de genièvre). Le plus âgé des voyageurs, que l'on nomme *le Commodore*, trouve que du gin est un triste déjeûné ; mais le plus jeune, qui est presque aussi philosophe que le portefaix, lui répond : *le gin et la gloire conduisent également au tombeau*. En parcourant un faubourg dont les habitans sont logés dans des caves sans maisons, et offrent l'aspect de la plus dégoûtante misère, le portefaix, grand publiciste, attribue les

malheurs de sa patrie à l'union politique de l'Irlande avec l'Angleterre ; et il parle si bien, que lady
Morgan n'a pas dit mieux sur cette mesure qu'elle
ne cesse de condamner. Pendant que les inconnus
déjeûnent, mais un peu mieux que l'homme au
·gin , une vieille dame leur fait demander une place
dans leur voiture ; mais cette dame a le nez rouge,
et la place est refusée. Le jeune homme a un domestique français qu'il confie à l'aubergiste jusqu'à
son retour, *comme on laisse un singe ou un per-
roquet ;* et dans tout le roman il n'est plus question
du domestique , personnage qui m'a vivement intéressé ; il est vrai qu'il ne parle pas. Le commodore parle au contraire avec indignation de la
misère où l'Irlande est plongée, et du gouvernement qui la cause. Son jeune compagnon répond :
« *Tout est mal dans les institutions politiques,
parce que tout est mal au moral, comme tout,
dans la nature, est dégoûtant au physique. Toutes
les réalités sont des maux ; la totalité du système,
tel que nous le connaissons, n'est qu'une combi-
naison fortuite de particules tendantes à corruption ; et les points les plus lumineux ne sont que
l'étincelle brillante de la putréfaction.* » Comment
le commodore ne se serait-il pas attaché à un homme
qui parle si bien ? On se met en route ; on arrive
le soir à Holycross, et tandis que le souper s'ap-
prête, on visite les ruines d'une abbaye. *L'obscurité*, dit le jeune homme, *est la source du vrai
sublime :* ainsi l'abbaye lui paraît charmante, parce

qu'il ne la voit pas. Un soupir se fait entendre. Avez-vous soupiré? — Non; n'est-ce pas vous? — Non. Je suis cependant certain d'avoir entendu un soupir. » A ce moment, la lune paraît dans tout son éclat; car, pour rendre hommage à madame Radcliffe, il fallait absolument le clair de lune après les ruines et le soupir. Plus loin, un rire sardonique sort des décombres; le commodore court sur un objet qu'il a vu remuer : c'est un vieux mulet; c'est peut-être le mulet qui a soupiré, mais ce n'est pas lui qui a ri, et voilà un grand mystère.

Arrivés à Cashel, ils montent dans une nouvelle voiture dont le conducteur est un autre personnage énigmatique. Les armoiries dont la voiture est ornée, amènent de longs discours sur les Fitz-Adlem, les Geraldines, le marquis de Dunoré, etc., que le lecteur ne connaît point, et ne connaîtra pas de sitôt. Après une route de nuit pendant laquelle on a eu quelque appréhension des voleurs, on s'arrête à une auberge isolée où se retrouve le nez rouge qui a fait frémir le jeune philosophe, et où paraît, pour la première fois, un palefrenier boiteux, sixième personnage énigmatique, en comptant celui qui a soupiré. Le lendemain on visite un château tout en ruines, et la personne qui en fait les honneurs est encore le nez rouge, plus effroyable aux yeux du jeune voyageur, en ce que ce terrible nez est à moitié recouvert par un morceau de papier collé avec du brandevin. Le nez disparaît ; nos inconnus restent seuls dans une grande salle, lorsqu'une voix céleste vient les distraire en les charmant par les accens les plus mélodieux ; ils cherchent inutilement d'où peut venir cette voix mystérieuse, puis ils sortent de ce château : alors les voyageurs se séparent en se témoignant la plus vive affection, mais sans mieux se connaître, et sans se demander réciproquement leurs noms.

Le lecteur a cru sans doute que je le conduisais dans le château d'Udolphe ; mais s'il lit le roman, il reconnaîtra que des inconnus, des ruines, des clairs de lune, un nez rouge et des soupirs ne suffisent pas pour produire l'intérêt.

Le commodore voyage seul, et fait la rencontre d'un original occupé à gratter un rocher pour y découvrir une inscription. Cet autre personnage, que le hasard amène avec une prévoyance admirable, est un maître d'école, antiquaire, généalogiste, helléniste, latiniste, et babillard jusqu'à en perdre la respiration. La figure du commodore l'étonne tellement qu'il en devient presque fou ; mais il dissimule les soupçons que ses traits lui font concevoir. Il offre un gîte à l'étranger, qui l'accepte, et il lui enseigne le chemin du Mont-Crawley. Il parle aussi de la Bhan-Thierna, huitième ou neuvième personnage énigmatique, et le plus mystérieux de tous.

Ici se présente un nouvel ordre de choses. Le commodore se trouve au milieu de la famille Crawley, composée de misérables coquins, plus sots et plus méprisables les uns que les autres. Leur chef est intendant des biens dépendans du marquisat de Dunore, et il en a volé une bonne partie; l'inconnu a l'honneur de dîner avec la belle famille, et s'il ne s'y amuse point ce n'est pas faute de mauvaises plaisanteries, de quolibets et de lourdes bêtises dont tous les Crawley le régalent à l'envi. Nous autres Français qui avons des règles, même pour le roman, nous voulons qu'il y ait du comique dans le ridicule, et nous rejetons de la scène théâtrale comme de la scène romantique, tout personnage vicieux et ridicule, si en même temps il n'est point plaisant. Lady Morgan paraît croire au contraire que le vice ne doit pas même avoir le mérite de faire rire à ses dépens; s'en amuser serait en quelque sorte lui faire grâce; il faut qu'il se montre dans toute sa difformité. En suivant ce principe, très-louable sans doute, elle a fait des Crawley les fripons les plus sots et les plus désagréables que l'on puisse imaginer : intention excellente, car c'est faire hommage à la morale que de rendre les coquins bien ennuyeux.

Jusqu'ici nous ne savons encore rien, et nous ne sommes pas trop curieux de savoir. Disons cependant qu'une marquise de Dunore, femme qui cherche des sensations vives et variées, paraît sur la scène; elle vient visiter pour la première fois son antique château, et conduit avec elle un petit-maître et une petite-maîtresse bien fades et bien

8.

nuls, et un lord Rosbrin, espèce de fou, qui a la manie des théâtres, et voyage avec des décorations, des costumes et des machines. Les Crawley sont désespérés de l'arrivée de la marquise ; ils craignent qu'elle ne soit éclairée sur leur conduite par les gens du pays. Pour la faire fuir, ils imaginent de lui faire peur ; ils inventent une rébellion des paysans, et ils en font conduire un grand nombre au château, les déclarant rebelles, et demandent qu'ils soient punis sur-le-champ. La marquise trouve plaisant de les faire juger dans son salon ; elle a précisément chez elle deux magistrats dont l'un ne parle que de pendre : on institue un tribunal, un jury, et la procédure commence. Mais voici le nœud de cet *imbroglio :* une jeune paysanne s'est retirée dans un coin de la salle, en se cachant la figure de son tablier. On lui arrache son voile : oh! ciel! c'est lady Clancare, le modèle de toutes les vertus, l'abrégé des merveilles des cieux, c'est la Bhan-Tierna, c'est la femme adorée de tous les habitans du canton. Tout change alors, et la salle du jugement est convertie en salle de spectacle. Les Crawley ne se tiennent cependant pas pour battus, et ils dressent leurs machines contre le commodore. Celui-ci est devenu amoureux de lady Clancare, mais il se souvient qu'il a été fiancé en Amérique avec une Florence Macarthy, ce qui lui donne du tintouin. Il a retrouvé son jeune voyageur dans lord Fitz-Adelm, fils de la marquise de Dunore, et il ne s'est encore fait connaître que comme amiral de la flotte de Martingaria, et général en chef des guérillas des hautes Cordillières. Cette double fonction est ce qu'il y a de plus vraisemblable dans le roman ; il est en effet aussi commode qu'agréable de commander à la fois une flotte dans la mer du Sud et une armée sur les hautes Cordillières, et c'est pour avoir été vainqueur sur les deux élémens que ce héros a été nommé *il Librador*, le libérateur de l'Amérique. Du reste, il est encore inconnu, mais la maladresse des Crawley le force à se découvrir. Accusé d'être un imposteur et un artisan de révoltes, il décline ses noms et produit ses titres. Voici donc le dénoûment.

Cet Hercule basané, ce *Librador* qui triomphe en même temps sur terre et sur mer, est le lord Walter de Montenay Fitz-Adelm, que l'on a cru noyé méchamment quand il était en bas âge ; il est de plus légitime propriétaire du château et des biens de Dunore. De son côté, lady Clancare donne le mot de toutes ses énigmes : c'est elle qui a suivi les voyageurs, sous le nom de Magillicuddy ; c'est elle qui s'était rougi le nez, et y avait collé du papier avec du wiskey ; c'est elle qui a soupiré dans les pierres ; c'est elle, et non pas le vieux mulet, qui a ri d'un rire sardonique ; c'est elle qui a chanté dans le vieux château d'une manière ravissante ; c'est elle qui, dans la nuit, est venue jeter un mouchoir au jeune voyageur, quand il passait au bord de la mer ; c'est elle qui file à la fois son lin et l'intrigue de ses romans ; c'est elle qui est

charmante, qui a un caractère sublime, de jolies
petites mains, des doigts délicats, des regards qu'on
ne rencontre pas impunément; c'est elle qui représente lady Morgan elle-même; c'est elle enfin
qui est cette Florence Macarthy, fiancée au commodore, et que celui-ci n'a point reconnue : ce qui
prouve que les femmes observent bien mieux les
hommes que les hommes n'observent les femmes.
Je n'ai pas besoin d'ajouter que le mariage est
conclu à la satisfaction de tous ceux qui n'ont pas
lu le roman. Le scélérat Crawley est puni, par la
corde sans doute; non, par la place de consul dans
les Échelles du Levant.

Concluons maintenant que quand on est capable de produire de pareils ouvrages, on est très-
excusable de s'ennuyer à *Britannicus* et à *Tartufe*,
de mépriser *Zaïde* et la *Princesse de Clèves*, de
préférer l'architecture gothique à celle des Grecs,
et de dire que le talent de madame de Sévigné n'a
été calculé que pour éterniser des bagatelles.

ROMANS DE SIR WALTER SCOTT.

Il ne s'agit point ici d'un seul livre, d'un seul
roman, mais d'une bibliothèque tout entière,
composée d'une vingtaine de romans, plus ou

moins longs, et dont le nombre s'accroît tous les
jours, qui ont un caractère particulier et sont
d'une même nature, quoiqu'ils traitent des sujets
différens, et quoique la prodigieuse fécondité de
l'auteur y ait répandu la plus heureuse variété de
tableaux, de caractères et de situations. Parmi les
brillantes qualités qui distinguent le talent de sir
Walter Scott, on peut mettre l'imagination au
premier rang : c'est par là que cet écrivain l'emporte de beaucoup sur tous ceux qui ont couru la
même carrière depuis un siècle, quoiqu'il le cède
à plusieurs d'entr'eux, sous d'autres rapports; et,
à cet égard, on ne peut lui trouver de rivaux que
parmi les auteurs des *Cassandre*, des *Caloandre*,
des *Désespérés* et d'autres romans où l'imagination enfante des prodiges, mais qui, relativement
aux caractères, à la vraisemblance et à l'intérêt,
sont tout-à-fait indignes d'entrer en comparaison
avec ceux de sir Walter.

Ce don d'imaginer, cette fécondité dans l'invention des ressorts, des moyens, des faits, des incidens, des catastrophes, sont d'autant plus remarquables dans les romans de Walter Scott, qu'ils
s'exercent dans une sphère très-circonscrite, dans
une même période de temps, et sur un théâtre
tellement limité, qu'il semble devoir reproduire
sans cesse les mêmes formes et détruire tout espoir
de variété. Presque tous les sujets sont pris dans
les temps qui ont immédiatement précédé ou suivi
la révolution d'Angleterre. L'un d'eux cependant,

Nigel, remonte jusqu'à Jacques Ier; un autre, Ivanhoë, franchit l'espace de cinq siècles pour arriver à Richard-Cœur-de-Lion, et un seul traverse la Manche pour établir son théâtre au Plessis-les-Tours, à Péronne et à Liége. Dans tout le reste, l'auteur parcourt quelquefois les comtés septentrionaux de l'Angleterre, mais bien plus souvent les parties méridionales de l'Écosse. L'Écosse est, à proprement parler, la véritable patrie de sa Muse, le point central de son talent, le chef-lieu de ses domaines littéraires. Les rochers du comté de Perth et les monts Cheviot paraissent être son Pinde et son Parnasse, le Forth et la Clyde son Permesse et son Hippocrène, et, comme Antée reprenait de nouvelles forces quand il pouvait toucher la terre, les héros de Walter Scott n'ont jamais plus de grandeur et de courage que lorsqu'ils gravissent les rochers ou lorsqu'ils foulent les bruyères de l'Écosse. Ossian ou Macpherson ont pour caractère distinctif leurs nuages, leurs torrens, leurs pierres des tombeaux et leurs chevreuils; sir Walter ne se montre jamais avec plus de grâce, de vigueur et de légèreté, que quand il surmonte son bonnet de la plume écossaise, quand il manie la *claymore*, quand il s'enveloppe du *plaid*, ou quand il perce le daim timide de sa flèche inévitable.

Qu'un auteur obtienne de la variété en faisant parcourir à ses héros les quatre parties du monde, qu'il produise des contrastes en rapprochant des personnages que la nature avait séparés par tout le diamètre de la terre, cela n'a rien d'étonnant, et ces oppositions forcées ne prouvent pas une imagination bien riche dans les écrivains qui les conçoivent; mais qu'un homme, en reproduisant les mêmes caractères, les mêmes décorations, les mêmes costumes, sache faire jaillir la variété de cette source de monotonie; qu'il montre toujours du nouveau, du curieux, du piquant lorsqu'il semble à chaque instant avoir épuisé toutes ses ressources; que d'un petit nombre de couleurs il fasse ressortir des nuances infinies, et qu'avec ces moyens si limités en apparence il excite un intérêt capable de faire oublier l'heure du repas et celle du sommeil, voilà de ces effets qui ne peuvent être produits que par l'imagination la plus vive, la plus féconde et la plus heureuse.

J'insiste beaucoup sur l'imagination de sir Walter Scott, parce qu'on a cherché une autre cause aux succès de cet écrivain, cause que l'on a cru trouver dans une fidèle observation des mœurs relativement aux peuples et aux temps. Depuis longtemps il n'est question que de cette peinture exacte des mœurs, et il n'y a pas un écolier qui ne prétende avoir reconnu la vérité de cet éloge. Avant d'avoir lu ces romans, je n'avais aucune raison pour contester l'érudition de sir Walter et sa profonde connaissance des mœurs anglaises et écossaises avec toutes leurs variations sous les règnes de Marie, d'Elisabeth, de Jacques, de Charles, sous le protectorat, sous les deux derniers Stuart, sous Guillaume, Anne et George Ier. J'étais cependant bien étonné de trouver à Paris un si grand nombre d'hommes, jeunes ou vieux, et même de femmes qui connussent assez bien la topographie de l'Écosse, des Orcades et des Shettland, les mœurs du peuple et des lairds écossais, la secte des presbytériens, *des puritains*, des carémoniens, et toute l'histoire du *Covenant*, pour pouvoir attester avec tant d'assurance la fidélité des peintures de Walter Scott. Je commençais à soupçonner que ces louanges sur la peinture des mœurs étaient un mot lancé dans le public par le libraire anglais, par l'éditeur ou par le traducteur, et répété complaisamment en France ; car, en général, quand on veut louer un écrivain on choisit toujours parmi les éloges qu'il mérite, celui qui suppose du goût, de l'esprit et de l'instruction dans l'homme qui l'accorde.

Une lecture attentive, pleine de charme et d'intérêt, m'a fait reconnaître que les louangeurs maladroits avaient gardé le silence sur tous les genres de mérite que possède sir Walter, pour lui en accorder un auquel il n'a pas même de prétention ; et j'ai vu clairement que tous les perroquets, dont *la peinture des mœurs* était le mot banal, confondaient aveuglément les mœurs d'un peuple avec ses usages et ses coutumes. Sir Walter est en effet un peintre soigneux du costume, des localités et des détails de la vie commune, il est même quelquefois minutieux à cet égard ; mais ces particularités, qui, bien ménagées, prêtent tant d'agrémens à une lecture, ne sont point ce qu'on peut appeler les *mœurs*, car la conduite d'un homme peut être également conforme ou contraire aux règles de la morale, soit qu'il porte un chapeau rond ou triangulaire, soit qu'il dîne à trois heures ou à six, soit qu'il écrive au bas d'une lettre : *Agréez l'assurance de ma considération*, ou : *J'ai l'honneur d'être votre très-humble et très-obéissant serviteur.*

Après avoir lu *Waverley, Nigel, Pévéril du Pic*, et cinq ou six autres romans, j'avais eu déjà l'occasion de discuter la fausse synonymie des mœurs, des usages et des coutumes : je faisais observer à mon adversaire que les mœurs sont toujours relatives aux vices et aux vertus, avec lesquels les usages n'ont pas un rapport nécessaire ; que les usages commencent par être des innovations ; qu'ils ne deviennent usages que par le nombre des imitateurs et par une adoption générale, et qu'ils s'érigent en coutumes quand ils sont consacrés par le temps et légués à d'autres générations, mais qu'ils ne sont point essentiellement liés aux mœurs ; car deux peuples, avec les mêmes usages, peuvent avoir des mœurs très-différentes, tandis qu'avec des usages très-différens, il peuvent avoir tous deux des mœurs également bonnes ou également mauvaises. Je soutenais donc que sir Walter Scott s'était attaché à nous retracer les usages suivis dans les temps et dans les lieux où il place l'action de ses romans, et qu'il est surtout grand descripteur de costumes, mais qu'il n'a jamais eu la prétention de saisir et de nous transmettre toutes les nuances de mœurs qui ont distingué les siècles et les demi-siècles depuis Richard Ier d'Angleterre, jusqu'à la bataille de Waterloo.

Mon adversaire obstiné refusait d'admettre ces distinctions, et je fais observer en passant que l'on défend avec plus de chaleur une opinion d'emprunt que celle que l'on a conçue soi-même; j'allais donc perdre tout espoir de le convaincre, lorsque la préface d'Ivanhoë fit apparaître sir Walter Scott lui-même comme mon auxiliaire dans cette discussion. Dans cette préface, présentée sous la forme d'épître dédicatoire, l'auteur établit que, pour exciter un intérêt bien vif, il faut traduire le sujet que l'on a choisi, *dans les mœurs comme dans la langue du siècle où nous vivons.* Il est donc faux, selon lui, que l'on doive conserver scrupuleusement les mœurs du siècle où se passe l'action. Il confirme cette proposition par les réflexions suivantes : « Les passions..... sont généralement les mêmes dans tous les rangs, toutes les conditions, tous les pays et tous les siècles, et il s'ensuit que les opinions, les habitudes d'idées et d'actions, bien qu'influencées par l'état particulier de la société, doivent encore, après tout, avoir une ressemblance entre elles. » Il cite ensuite un passage de Shakespeare, où il est dit que nos ancêtres avaient des yeux, des mains, des organes, des sens, des affections, des passions comme nous, et que leurs sentimens devaient par conséquent être analogues aux nôtres. Puis, sir Walter ajoute : « Il s'ensuit donc que dans les matériaux qu'on peut employer dans un ouvrage d'imagination tel que celui que j'ai essayé, un auteur trouvera *qu'une grande partie du langage et des mœurs serait aussi bien applicable au temps présent qu'à celui où il a placé la scène des événemens qu'il raconte.* » Plus loin il fait cet aveu : « *Il est très-probable que j'ai confondu les usages de deux ou trois siècles, et introduit, pendant le règne de Richard, des circonstances appartenantes à une période plus ancienne ou plus rapprochée de nous. Ce qui me console, c'est que des erreurs de ce genre échapperont à la classe la plus nombreuse de mes lecteurs,* etc. » Sir Walter a grandement raison de se consoler; non-seulement ses erreurs échapperont à nos yeux, mais, dans Paris seulement, il trouvera des milliers d'érudits prêts à soutenir qu'il a fidèlement retracé les mœurs et les usages de tous les siècles, de tous les mois et de tous les jours; qu'il se trompe quand il dit *qu'il faut traduire les mœurs comme le langage,* et qu'il ment quand il s'accuse d'avoir confondu les usages de plusieurs siècles.

Mais, s'il est fort indifférent de peindre, dans un roman, les mœurs des siècles passés, s'il est même impossible de ne pas *les traduire* comme le langage, pour ne pas choquer nos habitudes et nos préjugés, il est au moins nécessaire de conserver à chaque personnage les mœurs qu'on lui attribue, et de le faire agir conformément au caractère qu'on lui a donné. C'est cependant le point sur lequel sir Walter Scott n'est pas toujours irréprochable ; mais ses fautes, en ce genre sont assez rares et assez peu importantes, et je n'aurais pas pris la peine de les relever si l'on n'avait pas eu la maladresse de le louer sur la partie de son art où il prête le flanc à la critique, tandis que l'on garde le silence sur des qualités bien plus essentielles qu'il possède à un haut degré.

Dans *Quentin Durward*, Louis XI est présenté comme le prince le plus soupçonneux et le plus tourmenté de la crainte d'un assassinat. Il prend de telles précautions pour se garantir de toute surprise, qu'il a fait semer autour de son château des ressorts meurtriers destinés à faire mouvoir des armes, des faulx, des machines capables de briser ou couper les jambes à quiconque voudrait s'approcher, et il n'a conservé qu'un seul sentier par lequel un seul homme pût passer, avec la certitude de périr s'il s'écartait à droite ou à gauche. Jamais la crainte de la mort n'a été plus ingénieuse. Cependant le romancier nous montre ce prince se promenant sur le bord d'une rivière, accompagné de son fidèle Tristan. Ils voient sur la rive opposée un jeune homme de formes athlétiques, et armé d'un gros bâton. Ce jeune homme entre dans la

rivière qu'il croit guéable, mais bientôt il court le
risque d'y périr; il échappe cependant au danger,
et il atteint la rive où était le prince. Il s'avance
vers les deux hommes qu'il ne connaît pas, et,
faisant le moulinet avec son bâton, il leur reproche
durement de ne l'avoir point averti quand ils l'ont
vu se jeter à l'eau. Tristan, indigné du ton de l'é-
tranger et de son geste, met la main sur la garde de
son épée, mais un vigoureux coup de bâton asséné
par Quentin, le réduit à l'inaction. Que fait alors
Louis XI? Il renvoie Tristan au château, et seul,
et sans armes, il traverse un bois avec ce jeune
gaillard si disposé aux voies de fait, et qui se vante
d'avoir étrillé depuis peu un forestier, et de l'avoir
battu *autant qu'un chrétien peut en battre un
autre.* Est-ce bien là le prince si défiant qui s'est
environné de piéges pour écarter tous les dangers
de sa personne?

Dans *Kenilworth*, la reine Élisabeth, assise sur
son trône, environnée de toute sa cour, et au milieu de la fête que lui donne Leicester, apostrophe
l'un des personnages du roman pour lui reprocher
l'infection que répandent ses bottes; sir Walter
Scott justifie cette étrange incongruité en ajoutant
qu'Élisabeth avait l'odorat très-susceptible, et qu'un
jour elle avait fait le même compliment au comte
d'Essex. Oui, sans doute, dans son appartement,
elle a pu exprimer son antipathie pour l'odeur des
bottes; mais sur son trône! mais dans une cour
plénière! mais au milieu d'une fête! ah!

Dans *Nigel*, on voit le roi Jacques venir dîner chez un orfèvre pour y marier la fille d'un horloger ; dans *Péveril du Pic*, le roi Charles II se trouve dans une maison et dans une situation où la dignité royale reçoit plus d'un échec ; dans *Ivanhoë*, Richard-Cœur-de-Lion joue un rôle fort bizarre avec un moine dissolu, des braconniers et des brigands ; j'ignore si telles étaient alors les mœurs royales ; mais, cela fût-il vrai, cela n'est point vraisemblable, et, certes, ce n'est pas à ces tableaux que sir Walter Scott doit l'intérêt de ses romans et le prodigieux débit de ses livres.

Les romans de Walter Scott ont la réputation d'être historiques ; ils devraient donc être exempts d'anachronismes, car rien n'est plus contraire à l'histoire. Il s'en faut de beaucoup, cependant, que l'auteur soit sans reproche à cet égard. Il place dans la bouche de Louis XI l'éloge de Nostradamus, qui n'est venu au monde que quinze ans après la mort de Louis XI, et il fait flotter la Toison-d'Or sur la poitrine du comte d'Egmont huit ans après que ce seigneur flamand a péri sur l'échafaud. Ces fautes, et d'autres que je pourrais citer, ne sont que des vétilles pour un romancier, et je ne les considère pas autrement ; mais elles prouvent que sir Walter ne songeait guère à mériter l'espèce d'éloges qu'on lui prodigue, car il sait très-bien quel changement l'espace de huit ou dix années peut apporter dans les mœurs et les usages d'un peuple. Si l'on doute de cette assertion, que l'on compare les premières années de la régence aux dernières années de Louis XIV, et les Français de 1786 aux Français de 1793.

Quel est donc le prestige employé par sir Walter Scott pour nous tenir attachés à la lecture de ses romans, comme l'avare couve des yeux un trésor qu'il craint de voir diminuer ? Ce prestige, ce talent consiste dans l'art d'exciter la curiosité, et en effet, tous les débuts de ses histoires sont charmans ; de soutenir l'attention par des incidens inattendus ; d'alimenter l'intérêt par des situations qui aggravent sans cesse l'embarras des personnages, et par une teinte mystérieuse qui semble annoncer l'intervention des êtres surnaturels, mais qui ne s'étend presque jamais jusqu'au merveilleux. Tous les romans qui ont parus jusqu'à ce jour peuvent se ranger en deux grandes divisions dont je nommerais l'une classique et l'autre romantique. La première comprendrait ceux où tous les événemens sont naturels et où l'auteur n'a pris ses ressorts que dans les passions humaines ; la seconde réunirait les romans fondés sur le merveilleux, sur les terreurs superstitieuses, sur les apparitions des êtres surnaturels. Il me semble que sir Walter Scott s'est efforcé d'imiter la vraisemblance des premiers, sans dédaigner les effets que peuvent produire les autres ; mais, trop historien pour se jeter dans la fantasmagorie, il a substitué le mystérieux au merveilleux, et il se réserve presque toujours la ressource d'expliquer par des moyens physiques ce qui paraît produit par une cause surnaturelle.

Un coup d'œil rapide jeté sur les productions de cet ingénieux écrivain nous démontrera que le mystérieux est le caractère distinctif de la plupart d'entre elles. Je vais parcourir la série de ces romans dans l'ordre où je les ai lus, et non dans celui où ils ont été composés.

Dans *Quentin Durward*, le bohémien qui, par son agilité, ses apparitions imprévues, son industrie et ses expédiens extraordinaires, semble initié aux mystères de la sorcellerie; dans *le Pirate*, Norna, grande figure qui paraît être empruntée aux *Mille et une Nuits*; dans *Pévéril du Pic*, la petite Fenella, dont les tours de passe-passe, l'adresse à s'introduire dans les lieux les plus inaccessibles, et le courage de garder le silence pendant des années entières, semblent être les attributs d'une fée; dans *Kenilworth*, un forgeron invisible et un petit Fliberti-Gibbet, digne pendant de la petite Fenella; dans *le Nain mystérieux*, Elsender ou Els, le nain noir; dans *Nigel*, une Marguerite Ramsay, déguisée en petit garçon et introduite mystérieusement dans la prison de son amant; dans *Rob-Roy*, la mystérieuse Diana Vernon, et le mystérieux Rob-Roy lui-même, qui se nomme encore Campbell, Mac Grégor et Grégorach; dans *Guy-Mannering*, la bohémienne, demi-sorcière, Meg Merrilies; dans *l'Antiquaire*, le mendiant Edie Ochiltrie, qui n'est pas un personnage mystérieux, mais qui sait tout, voit tout, se trouve partout comme la Norna du *Pirate*; dans *la Prison d'Édimbourg*, Georges Robertson ou Stampton qui paraît être le Sosie de Campbell ou Rob-Roy, et une Meg, Madge ou Maggie Murdockson, véritable Canidie, ressemblante à la Merrilies de *Guy-Mannering*, mais cent fois plus hideuse ; dans *la Fiancée de Lammermoor*, une Alix Gray, autre pendant de Meg Merrilies, mais bien plus sorcière, car tout ce qu'elle prédit arrive à point nommé ; dans *l'Officier de Fortune*, Annette Lylle, contrefaçon de la petite Fenella, et un Allan Mac-Aulay, personnage doué de la *seconde vue*; dans *Ivanhoë*, le roi Richard, qui est le personnage mystérieux, et ne l'est pas heureusement ; dans le *Monastère*, enfin, la dame blanche qui s'amuse à faire peur à des moines, tels sont les acteurs que sir Walter Scott a chargés de répandre une vapeur mystérieuse sur la scène de ses drames, et qui n'ont pas peu contribué au succès, quoiqu'ils ne puissent être avoués par la saine raison. Je ne parle point du roman intitulé *l'Abbé*, parce que je ne l'ai point encore lu.

Avant d'examiner la conduite des romans de sir Walter Scott, leurs longs et fréquens dialogues, les détails descriptifs, la variété des caractères et les dénoûmens, partie la plus faible et même trop faible de ces ouvrages, je dois m'expliquer sur la nature de l'intérêt qui règne dans ces romans. Tout le monde convient de cet intérêt, tout le monde avoue qu'il domine et subjugue le lecteur au point de lui interdire toute observation critique sur quelques invraisemblances, sur des images peu gracieuses, sur des comparaisons prises trop bas, sur des plaisanteries tant soit peu grossières, et sur le bavardage des personnages subalternes. Quoique mon métier fût de remarquer les défauts, de rechercher les motifs des actions, et de comparer les causes avec les effets ; quoique enfin mon devoir me commandât de lire d'une manière hostile, je me suis vu entraîner comme l'eût été le plus ignorant, le plus illettré des lecteurs ; j'étais sous le charme, et je dévorais les pages avec une rapidité à laquelle mes yeux n'étaient point accoutumés. Si quelque digression importante, quelque réflexion diffuse, quelque description romantique venaient interrompre le cours des événemens, l'impulsion avait été si forte que l'intérêt n'en était point refroidi ; ces obstacles ressemblaient à ceux qu'on oppose à un torrent, et qui redoublent sa force. Je compris enfin que sir Walter avait eu l'art de spéculer sur l'impatience même du lecteur, et de l'exploiter comme un moyen de succès.

Mais de quelle nature est cet intérêt? On ne pleure point aux romans de Walter Scott ; les situations les plus tragiques, la mort affreuse d'Amy Robsart, maîtresse et presque femme de Leicester, la scène épouvantable de la Fiancée de Lammermoor, et tant d'autres situations où toutes les angoisses et toutes les terreurs sont mises en jeu, ne

vous arrachent pas une seule larme, tandis que
l'on sanglotte à la mort de Clarisse Harlowe, on
pleure celle de Julie d'Étanges, on accorde même
quelques larmes à cette Manon Lescaut dont la
conduite a été si peu exemplaire. Et cependant
l'émotion et l'intérêt sont aussi vifs dans les romans de Walter Scott, quoique les yeux restent
secs, que dans tous les romans que je viens de
nommer. Je crois avoir trouvé les causes de cette
singularité.

La première est la manière dont l'amour est
traité dans ces ouvrages; les personnages qui éprouvent cette passion, ou, comme on parle en style
de théâtre, *les amoureux*, y sont toujours placés
à un rang subalterne, quoiqu'ils soient les héros
de ces romans. M. Julien Pévéril du Pic, malgré
ses excellentes qualités, est presque perdu dans la
foule composée de sir Geoffrey son père, du fanatique Bridge-North, du scélérat Christian, du
ministre Buckingham, du roi Charles, etc..... L'aimable Francis Osbaldistone est un bien petit garçon
près du terrible Rob-Roy; Waverley n'est pas
moins éclipsé par le grand chef écossais Fergus
Mac-Ivor; Leicester a trop d'ambition pour être
bien amoureux d'Amy Robsart; l'amour du maître
d'école Butler est bien froid près de la passion
fougueuse du demi-brigand Robertson; les aventures du pirate Cleveland nous occupent bien plus
que l'amour irrésolu de M. Mordaunt Mertoun,
qui est si long-temps à se décider entre l'illuminée

Minna et la piquante Brenda; le brillant Ivanhoë
lui-même, quoiqu'il terrasse tous ses rivaux dans
un tournoi, est trop inactif dans tout le reste du
roman, et il frappe moins l'imagination du lecteur
que le templier Bois-Guilbert, et même le scélérat
Front-de-Bœuf; l'amour honnête de Morton pour
miss Bellenden n'est qu'un feu de paille, si on le
compare à l'ardeur dévorante de Balfour de Burley
pour le puritanisme: je m'arrête dans cette revue
des romans de Walter Scott, mais j'affirme qu'en
la complétant, je trouverais dans tous le même
résultat. Il est donc bien démontré que partout ici
l'amour est en seconde ligne, et, quoique l'amour
soit la plus larmoyante de toutes les passions, il
n'est pas étonnant qu'il ne produise pas son effet
ordinaire dans les romans de Walter Scott, où il
brûle d'un feu trop modéré, et où il est étouffé
sous les grands intérêts de la politique, de l'ambition, des haines nationales et des guerres religieuses.

Une autre cause qui tarit les larmes dans les
occasions même où elles devraient s'échapper par
torrens, est la pureté, la décence, l'honnêteté de
l'amour que sir Walter donne à ses héros. Leur
vertu est leur consolatrice dans leurs infortunes,
et paraît être une compensation suffisante aux malheurs qu'ils éprouvent. Que des obstacles insur-
montables s'opposent à l'union de deux amans,
tant qu'ils n'ont pas été coupables, leur malheur
n'obtient de nous qu'une pitié douce et modérée,

parce que leur réputation est intacte, et leur conscience en repos ; mais une faute grave, accompagnée de remords et punie trop cruellement, nous
déchire le cœur et nous attendrit jusqu'aux larmes,
parce qu'alors l'impossibilité du mariage rend la
faute irréparable, et ne laisse aucune compensation
à l'infortune. Le précepte d'Aristote est aussi vrai
pour les romans que pour les tragédies; il faut que
le héros ait quelques torts. L'amour d'ailleurs ne
nous affecte vivement que quand il est très-pas-
sionné ; mais, quand il est aussi sage que celui des
héros de Walter Scott, nous ne nous persuadons
jamais qu'il puisse causer des chagrins bien cuisans.
On m'objectera sans doute que, dans *la prison*
d'Edimbourg, Effie Déans est devenue mère,
qu'elle est accusée d'infanticide, et que dans *Ke-*
nilworth, Amy Robsart quitte la maison paternelle
pour se livrer à Leicester : je répondrai qu'Effie
Deans n'est qu'un personnage secondaire, et que
la véritable héroïne est sa sœur Jeannie; que d'ailleurs Effie mérite peu d'estime par le choix qu'elle
a fait du brigand Robertson, et, enfin, qu'Amy
Robsart, montrant plus de vanité que d'amour,
exciterait fort peu d'intérêt sans l'affreuse catastrophe qui termine sa vie. A cela près, toutes les héroïnes de Walter Scott sont des anges, incapables
de faiblesse, et osant à peine s'avouer le sentiment qu'elles éprouvent. Il suffit de les nommer
pour rappeler au lecteur leur caractère irréprochable : Isabelle de Croye dans *Quentin Durward*,

Minna et Brenda dans *le Pirate*, Alice Bridge-North dans *Pévéril du Pic*, Rose de Bradwardine dans *Waverley*, Diana Vernon dans *Rob-Roy*, miss Bellinden dans *les Puritains d'Ecosse*, Lucy et Julie dans *Guy-Mannering*, miss Wardour dans *l'Antiquaire*, Jeannie Deans dans *la Prison d'E-dimbourg*, Annette Lylle dans *l'Officier de fortune*, lady Rowena et même la juive Rebecca dans *Ivanhoë*, Marie Avenel dans *le Monastère*, et Lucy Ashton dans *la Fiancée de Lammermoor*, quoiqu'elle accorde un baiser à son amant au bord de la fontaine mystérieuse, seul acte d'amour sensuel que sir Walter Scott se soit permis de montrer aux yeux de ses lecteurs, et encore ne l'a-t-il fait que dans un seul de ses tableaux. Cette modestie, cette retenue, sont sans doute fort louables dans un romancier; mais des femmes si vertueuses ne peuvent être des personnages passionnés, et ces amours, nécessairement un peu froids, qui ne paraissent jetés au milieu des événemens historiques que pour y faire diversion, ne provoquent pas les pleurs, quoiqu'ils fassent naître un intérêt doux, et qu'ils opposent un contraste agréable aux scènes d'horreur que la guerre, le fanatisme et le brigandage présentent un peu trop souvent au lecteur effrayé.

Une dernière cause enfin empêche ces romans de nous attendrir jusqu'aux larmes : presque tous les *amoureux* de sir Walter Scott sont, sous le rapport du caractère, inférieurs à tous les personnages qui les environnent. Ce Waverley, qui, officier au service d'Angleterre, se laisse entraîner dans le parti du Prétendant dont il blâme l'expédition, et vient solliciter sa grâce après la défaite du parti; ce Rawenswood, qui jure de venger son père, comme Annibal a juré une haine éternelle aux Romains, et qui, après mille hésitations, se réconcilie au point de vouloir devenir le gendre de celui qu'il devait poursuivre jusqu'à la mort; ce Morton, qui combat contre le gouvernement qu'il préfère, et pour les puritains dont il hait le fanatisme et les excès; d'autres enfin dont les caractères n'offrent que des traits vagues et des teintes faibles, tels que les *Mordaunt, les Pévéril, les Nigel,* etc..., empêchent le lecteur de prendre un intérêt trop vif aux malheurs causés par l'amour, et le forcent à porter son attention principale sur des caractères plus saillans et sur des événemens d'une plus haute importance.

Mais il n'existe aucune loi littéraire qui force le romancier à placer l'amour en première ligne, et à faire briller un *amoureux* aux dépens de tous les autres personnages : ce n'est point l'amour platonique de Don Quichotte pour la paysane du Toboso qui place ce roman au rang des chefs-d'œuvre, et *Gil-Blas* nous donne d'excellentes leçons sans nous attendrir par des lamentations amoureuses. Ne recherchons donc pas dans les ouvrages de sir Walter Scott ce qu'il n'y a pas voulu mettre, et, pour exercer une critique juste, considérons ces romans tels qu'ils sont et tels qu'il a voulu qu'ils fussent.

On a beaucoup parlé du plan et de la conduite de ses fables, parties sur lesquelles ses admirateurs même ont paru transiger. J'ai quelquefois aussi remarqué des incohérences, des situations brusquées, des rencontres dues à un hasard trop extraordinaire, des liaisons maladroites et des interruptions qui n'étaient point un effet de l'art; mais, après tout, il faut bien que ces fables ne soient pas si mal conduites, puisque l'intérêt de curiosité s'y soutient et s'y accroît sans cesse, et nous avons fort mauvaise grâce de vouloir prescrire des règles à un écrivain qui nous a fait plus de plaisir avec sa méthode, toute irrégulière qu'elle nous le paraît, que nous n'en aurions espéré d'un plan tracé d'après nos conseils. Ce qu'il y a de certain, c'est que, quand on a lu deux chapitres de l'un de ces romans, il n'est plus possible d'échapper à sir Walter Scott; il faut le suivre jusqu'à la fin, et l'auteur qui exerce une pareille tyrannie sur ses lecteurs a nécessairement trouvé le meilleur moyen de nous subjuguer, quand même il n'aurait pas suivi la route la plus droite selon nos opinions.

J'aborde enfin la partie de ces ouvrages qui en constitue le véritable mérite, mérite indépendant du plus ou moins d'intérêt qu'inspire la fable, et qui nous montre dans sir Walter Scott un profond moraliste autant qu'un ingénieux romancier. On devine sans doute que je veux parler des ca-

ractères. Si l'on excepte les personnages que je
nomme les *amoureux*, et que sir Walter a cru
sans doute avoir caractérisés suffisamment par cette
seule passion, tous les autres personnages, depuis
les chefs jusqu'aux derniers valets, ont une physionomie propre à chacun d'eux, une passion,
une vertu ou un vice qui domine, avec un mélange de quelques qualités en sous ordre, dont la
réunion forme un caractère distinctif, original et
saillant. Il n'en est aucun qui ne soit remarquable
par des traits qui n'appartiennent qu'à lui ; quand
une même passion, une même vertu, ou un même
vice domine dans plusieurs personnages, le peintre
a séparé ces ressemblances par des nuances si ha-
bilement contrastées qu'il en fait des figures différentes ; et quand on observe que chacun de ces
romans fait agir quarante ou cinquante personnages principaux ou subalternes, et que les personnages d'un roman n'ont rien de commun avec
les personnages des autres romans, on ne peut
trop admirer l'imagination d'un auteur qui, avec
un si petit nombre de passions primitives, a su
composer tant de caractères distincts et de figures
différentes. Ce qu'il y a de plus étonnant encore,
c'est que cette variété n'existe pas seulement dans
les acteurs importans de ces drames, mais elle est
également remarquable dans les derniers rangs et
jusque dans les valets. Ainsi, Ritchie Moniplies,
Cuddy, André Fairservice, Caleb et tant d'autres
qui ne sont que d'humbles serviteurs, diffèrent

autant l'un de l'autre que le puritain Burley diffère
des fanatiques Werden et Bridge-North, Rob-
Roy de *Mac-Ivor*, Bothuel *de Claverhouse* et Leicester de *Buckingham*.

Mais ici, comme dans toutes les parties de l'art,
l'écueil est près du port, et sir Walter n'a pas
toujours su l'éviter. Semblable aux sculpteurs qui
accusent trop fortement les muscles, et tourmen-
tent leurs figures pour prouver qu'ils connaissent
parfaitement la myologie, notre auteur trace quelquefois ses caractères d'un burin si ferme qu'il
tombe dans l'exagération. Quand il a conçu une
heureuse idée, il semble craindre qu'elle n'échappe
au lecteur, et il la reproduit sans cesse, en lui donnant à chaque répétition un nouveau degré de
force qui finit par la dépouiller de toute vraisemblance. Sa lady Bellinden répète trop souvent, et
dans des circonstances trop intempestives, que le
roi Charles II lui a fait l'honneur de venir déjeu-
ner chez elle; son M. Oldbuck finit par fatiguer
par ses réflexions archéologiques; son factotum Caleb invente trop souvent et de trop grossiers men-
songes pour dissimuler la pénurie de son maître;
et quand l'auteur juge à propos de donner à quelque personnage un babil insupportable, il en em-
plit des pages entières comme s'il oubliait qu'en
pareil cas l'auditeur n'a pas toujours autant de patience que le discoureur a de loquacité. Mais ce
défaut qui n'a ordinairement que des inconvéniens
peu graves, devient intolérable quand il va jusqu'à

provoquer le dégoût et même l'horreur, comme sir Walter l'a fait dans quelques circonstances heureusement assez rares pour ne pas laisser des traces trop pénibles dans l'esprit du lecteur. En voici deux exemples : Dans *la Prison d'Edimbourg*, une jeune fille est condamnée à être pendue pour crime d'infanticide, crime mal prouvé; mais la condamnation n'en a pas moins lieu. Cette jeune fille a une sœur qui est la vertu même, et qui doit épouser le maître d'école Butler. On juge de leur consternation dans ce moment fatal, et sir Walter Scott leur envoie pour consolateur un épouvantable bavard qui, dans un dialogue d'une longueur désespérante, leur parle sans cesse du supplice prochain de leur sœur, leur dit : « Il faudra qu'elle saute le pas, » et demande pour les écoliers un demi-jour de congé afin qu'ils aient le plaisir de voir l'exécution. Dans Nigel, une faute de ce genre est encore bien plus révoltante : le héros de ce roman s'est emporté au point de tirer l'épée et de vouloir se battre en duel dans le palais du roi; le châtiment de ce délit est la perte de la main droite. Au moment où Nigel a devant les yeux cette triste perspective, survient un sir Mungo Malagrowther qui se dit son ami, et lie avec lui un dialogue dont voici les principaux traits : « Votre seigneurie voudrait-elle me prier d'assister à son exécution?... C'est une belle cérémonie, après tout, une très-belle cérémonie. » Il dit qu'il a déjà vu infliger ce châtiment à un jeune homme, et il en

expose ainsi les agréables détails : « L'exécution
eut lieu au carrefour Saint-Paul; probablement la
vôtre se fera à Charing.... L'exécuteur était là avec
son couperet et son maillet, tandis que son valet
tenait un fourneau rempli de charbons ardens, et
des fers pour marquer.... » Le condamné « met la
main sur le billot, alors le bourreau, écoutez-moi
bien, ajuste le tranchant de son couperet sur le
joint, le frappe avec son maillet d'une telle force
que la main sauta aussi loin de celui à qui elle appartenait, que le gantelet que l'agresseur jette dans
le champ clos..... Le garçon fit siffler le fer chaud
sur le moignon sanglant; milord, *cela grésilla
comme une tranche de lard.....* » Ici, le lecteur
espère que l'auteur terminera cet étrange dialogue
dont je n'ai pas rapporté la dixième partie, mais
l'odieux Malagrowther le continue en regrettant
que le délit *de son ami* ne soit pas un crime de
haute trahison, parce qu'alors la cérémonie serait
encore plus belle.

Dira-t-on, pour excuser le romancier, qu'il ne
faut jamais négliger les traits de caractère, qu'il
faut choisir ceux qui font le plus d'impression sur
l'interlocuteur et qui aggravent sa situation; ajou-
tera-t-on que ce dialogue n'a rien d'invraisemblable, et qu'on rencontre dans la société des
hommes très-dignes d'être comparés à sir Mungo
Malagrowther? Je répondrai que, s'il est des
hommes capables de tenir de pareils discours, il
n'est point d'hommes capables de les écouter : la

situation n'en sera donc pas plus intéressante, puisqu'elle est invraisemblable, puisqu'elle est impossible ; car un jeune homme qui peut s'emporter au point de mettre flamberge au vent dans le palais du roi, ne supportera certainement pas des détails tels que ceux du couperet, du maillet et de la chair qui grésille comme une tranche de lard. Tout ce qu'on peut dire en faveur de sir Walter sur ce point de critique, c'est que ces exemples de mauvais goût sont assez rares dans ses romans, et que quand ils y seraient plus fréquens ils seraient rachetés par le charme et l'intérêt qu'il a su y répandre. Je suis bien loin de le blâmer d'avoir multiplié les traits de caractère quand il les choisit et les place avec goût, ce qui lui arrive fort souvent ; mais, dans ce cas même, il faut encore les distribuer avec sobriété, et, comme le disait Corinne à Pindare, on doit semer avec la main, et ne jamais renverser le sac.

Je m'étendrai peu sur le style descriptif et romantique de Walter Scott, et je ne parlerai des descriptions qui fourmillent dans ses romans que pour faire remarquer la manière dont elles sont intercalées dans le récit, manière qui appartient en propre à notre auteur, et qui n'est pas la plus heureuse de ses inventions.

Quelque rapide, quelque vive que soit l'action du roman, elle éprouve toujours de fréquentes interruptions qui ménagent des repos à l'attention du lecteur. Les prédécesseurs de Walter Scott ont

toujours choisi ces interruptions ou ces repos pour
y placer les descriptions nécessaires à l'intelligence
du sujet, ou destinées à l'embellir. Cette méthode,
qui n'arrête jamais l'action, puisque alors elle
n'existe pas, et qui ne cause jamais d'impatience
au lecteur, a sans doute paru trop simple au génie
inventif de sir Walter Scott, car il semble avoir
pris à tâche de placer une description de site ou de
costume, une réflexion sur le caractère ou sur la
situation du personnage, une narration rétrograde
ou une discussion, partout où la curiosité du lecteur, portée au dernier période, n'a soif que du
récit et ne veut connaître que le résultat d'une action commencée. Si, par exemple, l'un de nos
héros doit avoir avec un autre personnage une entrevue du plus haut intérêt, s'il ouvre la porte de
l'appartement et paraît devant ce personnage, dont
l'accueil doit avoir la plus grande influence sur le
sort de l'un ou de l'autre, le cruel Walter Scott,
sans égard pour notre désir, notre impatience et
notre mauvaise humeur, laisse ces deux acteurs en
présence, et au lieu de commencer le dialogue, il
s'amuse à décrire la robe de chambre, le bonnet
ou les lunettes de l'homme qui reçoit la visite, il
nous raconte ce qu'il faisait, ce qu'il pensait avant
qu'on l'interrompît, et souvent même il choisit ce
moment pour nous parler de ses aïeux, et dérouler
tous les événemens de sa vie antérieure. Quelquefois aussi, et c'est là le pire, dans ces descriptions
incidentes et importunes, il n'est point question

des personnages, mais c'est l'auteur qui décrit pour le seul plaisir de faire du romantique. Un exemple sur mille fera mieux sentir ce défaut capital que je ne pourrais le faire par de longs raisonnemens.

Dans Rob-Roy, le jeune Francis Osbaldistone apprend que son père va perdre sa fortune et peut-être la vie, et que le seul moyen de le sauver est de se rendre à Glascow dans le plus bref délai. Mais il a besoin d'un guide, et il ignore même la route qu'il doit suivre. Pour comble d'anxiété, il faut qu'il garde le plus profond secret, parce qu'il est observé par un ennemi intéressé à faire manquer ce voyage. Dans cette extrémité, il se rappelle un jardinier qui connaît cette route et qui peut l'accompagner. Malgré l'obscurité de la nuit, il court rapidement à la chaumière de l'homme qui peut lui rendre l'espérance. Le lecteur partage ses angoisses, voudrait abréger la distance, et même enfoncer la porte du jardinier, si elle tardait à s'ouvrir; mais sir Walter n'est pas si pressé, car, après avoir placé le pauvre Francis à cette porte, qui doit être pour lui celle du salut, il nous dit avec un calme désespérant : « C'était une chau- « mière entièrement construite dans le style d'ar- » chitecture du Northumberland. Les fenêtres et » les portes en étaient décorées de lourdes archi- » traves et de linteaux massifs en pierre brute. Le » toît était couvert de joncs en place de chaume, » de tuiles ou d'ardoises. D'un côté un ruisseau

» roulait son onde limpide; un antique poirier
» ombrageait de ses branches presque la totalité
» d'un petit parterre qu'on voyait devant la mai-
» son. Par derrière était...... » Eh! bourreau, me
suis-je écrié, je me moque bien de tes architraves,
de ton eau limpide et de ton antique poirier; dis-
moi si le jardinier viendra, c'est tout ce que je
veux savoir. On prétendra peut-être que ces con-
trariétés mêmes redoublent l'intérêt, mais ce serait
une erreur; il serait plus juste de dire : Il faut que
l'intérêt soit prodigieux dans les romans de Walter Scott, puisqu'il n'est ni éteint, ni amorti, ni
affaibli par des descriptions si fréquentes et si mal
placées.

Les dénoûmens de sir Walter Scott sont presque tous vicieux, et comme on en convient généralement, je n'ai plus à m'en occuper. Dans un
post-scriptum, adressé à une dame, l'auteur s'excuse de ce défaut, en disant que les dernières
tasses de thé ne valent jamais les premières; mais
la dame pouvait lui répondre : Les dernières tasses
sont faibles et sans parfum, parce qu'on a remis
de l'eau dans la théière sans y ajouter d'autre thé,
et c'est ce que vous avez fait dans la plupart de vos
romans.

HISTOIRE LITTÉRAIRE D'ITALIE;

Par P.-L. Ginguené, membre de l'Institut de France.

Les premiers volumes de cet ouvrage sont connus depuis 1811; les autres ont paru successivement jusqu'au neuvième et dernier, qui date de 1819. Ces neuf volumes terminent l'Histoire littéraire de l'Italie à la fin du quinzième siècle, et n'étaient en quelque sorte que les préliminaires de la grande entreprise formée trop ambitieusement par l'auteur; car ils ne composent que le tiers de la littérature italienne. Le seul seizième siècle devait fournir à Ginguené une tâche égale à celle que lui avaient imposée tous les siècles précédens; et une troisième partie, aussi volumineuse que les deux premières, était destinée, en espérance, à tous les écrivains italiens, je ne dis pas qui ont fleuri, mais qui ont vécu depuis le Tasse jusqu'à nous. L'auteur, en effet, ne s'attache pas exclusivement aux hommes véritablement illustres, mais il ne néglige aucun de ceux dont il reste quelque souvenir. Notez qu'après avoir élevé cet immense édifice avec les matériaux fournis par les Muratori, les Mazzuchelli, les Tiraboschi, etc., etc...... Gin

10.

guené se proposait de faire la même opération sur
la littérature espagnole et sur celle de l'Angleterre;
et il regrette, avec une naïveté charmante, de ne
pas savoir assez d'allemand pour pouvoir exploiter
encore la mine énorme de la littérature germanique.

Ce projet, dont la dixième partie n'a pu être
exécutée, nous révèle une vérité depuis long-temps
soupçonnée par les gens de lettres, mais qui est
encore un secret pour la plupart des lecteurs. Elle
me paraît assez importante pour que je tâche de
l'exposer dans tout son jour; et, sous une plume
plus élégante et plus exercée que la mienne, elle
pourrait devenir le sujet d'un ouvrage très-remarquable. Ce que je vais dire ne s'applique point
uniquement aux recherches de Ginguené, mais à
tous les abrégés, à tous les jugemens portés en
masse, à tous les cours de littérature, à tous les
ouvrages enfin où un seul homme, quelque érudit, quelque habile qu'il soit, prétend analyser,
apprécier et faire connaître la littérature de tout un
peuple, ou, ce qui est bien plus extraordinaire
tout ce qui a été écrit en tout genre chez plusieurs
nations.

Une expérience très-facile et purement maté-
rielle fera connaître à tout homme qui voudra la
faire, ce qu'il est possible de lire dans un jour, et
conséquemment dans un an, et pendant la plus
longue vie. On aura soin de retrancher ensuite de
ce *maximum* idéal toutes les heures qu'il est im-

possible d'accorder à l'étude, je veux dire celles
du sommeil, des repas, des affaires, des plaisirs, des
repos indispensables, des spectacles, des voyages,
des maladies, etc.....; et, en réduisant ces soustractions au *minimum*, on aura d'une manière ap-
proximative la somme des volumes que l'homme
de lettres le plus studieux et le plus retiré du monde
aura pu lire et méditer, depuis l'adolescence jusqu'à l'âge où sera parvenu l'érudit auquel on ap-
pliquera le résultat de cette expérience. Ces détails,
qui semblent puérils, nous conduiront bientôt à
des conséquences plus sérieuses; ainsi, poursuivons. Si les gens de lettres qui nous annoncent
d'immenses et laborieuses entreprises, ne sont
point des solitaires, mais au contraire des hommes
de bonne compagnie, répandus dans le monde,
convives habituels des Lucullus et des Apicius,
toujours présens aux foyers des théâtres, à toutes
les fêtes, à toutes les grandes réunions, on sent
qu'il faudra beaucoup augmenter les soustractions
indiquées dans mon calcul, et diminuer d'autant
la somme des acquisitions produites par les heures
d'étude. Autre considération indispensable : pour
analyser, apprécier et faire connaître complètement un ouvrage d'une certaine importance, ce
serait trop peu sans doute que de l'avoir lu une
seule fois; je paraîtrai bien modéré en exigeant
qu'un professeur qui publie un Cours de littérature ait fait au moins deux lectures des ouvrages
qu'il commente, ou s'il n'en a fait qu'une seule,

elle sera si réfléchie, et tellement accompagnée de remarques et de notes, qu'elle aura consumé le temps de deux lectures courantes. Il faut donc encore diminuer de moitié la somme numérique des acquisitions qu'un homme peut faire dans toutes les branches de la littérature en un temps donné; et si je me suis servi du terme de professeur, c'est qu'en effet tout critique qui analyse, commente et explique, exerce un véritable *professorat :* je demande pardon pour ce mot qui n'est point légitimé.

Si maintenant nous portons nos regards sur toutes nos richesses littéraires, si nous considérons l'énorme quantité de volumes qu'a produits une seule branche de notre littérature, si nous y joignons celle des Italiens, et celle des Espagnols, et celle des Anglais, et celle des Allemands, et celle que les anciens nous ont laissée, la moins volumineuse de toutes, mais la plus digne de méditation, quel est l'homme, quelle est la réunion d'hommes, fussent-ils aussi nombreux que les auteurs du Dictionnaire des Sciences médicales, qui puissent nous inspirer quelque confiance quand ils nous annoncent une analyse critique et raisonnée de tout ce qui a été écrit en tout genre dans tous les âges et chez tous les peuples? Que devons-nous penser de ces auteurs encore jeunes qui emplissent les marges de leurs livres de noms et de chiffres, et citent dix fois plus de volumes qu'un centenaire n'en aurait pu lire dans toute sa vie, avec la plus vive passion pour l'étude et dans l'isolement le plus complet? Un jour, en lisant l'ouvrage d'un jeune homme, je vis dans la foule des citations ces mots répétés jusqu'à dix fois : *Muratori, passim.* Or, ce Muratori, réduit en in-8°, remplirait plus de cinq cents volumes de cinq cents pages chacun ; et je demande combien de temps il a fallu à notre érudit de salon pour le lire tout entier, s'il l'a lu.

On me répond que ces entrepreneurs de grands ouvrages ont cru sur parole et adopté les opinions de leurs devanciers. Oh! sans doute, voilà une conséquence forcée de ce que j'ai exposé plus haut. Nous faisons donc des livres avec des livres ; et si Montaigne se plaignait déjà de cet abus dans le seizième siècle, nos plaintes aujourd'hui doivent être des clameurs. Oui, nos livres se font avec des livres, qu'on ne se donne pas même toujours la peine de lire pour s'en approprier les lambeaux; en lisant l'ouvrage d'un auteur vivant, nous lisons les fragmens des prédécesseurs, qui ont mutilé leurs devanciers, lesquels ont morcelé des livres plus anciens. Si le premier a porté un jugement faux, l'erreur, en passant de plume en plume, finira par devenir une *vérité ;* et si, après un ou deux siècles, un homme de bonne foi s'avise de la relever, on lui oppose l'autorité de vingt écrivains qui se sont copiés l'un l'autre, comme si un suffrage répété vingt fois pouvait compter pour vingt suffrages. C'est ainsi bien souvent que, dans les nouvelles qu'on nous donne pour certaines,

dans les preuves qu'on nous allègue , on compte
le nombre des bouches qui les ont articulées , et si
l'on pouvait remonter à la première on n'y trouverait qu'un mensonge. Que d'exemples de ces erreurs me fourniraient les jugemens qu'on a portés
sur les écrivains et sur les hommes en général, et
qu'on a répétés sans examen! Je n'en citerai qu'un
seul, parce qu'il est plaisant : J'ouvris un jour , au
hasard, le second volume d'un Dictionnaire historique fort *estimé ;* mes yeux tombèrent sur l'article
de Gregorio Leti , et dans le jugement porté sur la
vie de Philippe II , par Leti, je lus cette phrase
courte et décisive : *« C'est moins une histoire qu'un
panégyrique verbeux. »* A cette époque , j'avais encore beaucoup de confiance dans les ouvrages faits
par une société de gens de lettres ; je crus donc fer-
mement que Gregorio Leti avait bassement loué le
plus fier , le plus sombre et le moins aimable des
princes ; je l'aurais juré volontiers , tant je croyais
à la probité littéraire d'une *société.* Long-temps
après , l'in-folio de Leti me tombe entre les mains ;
quel fut mon étonnement! quelle fut ma honte de
lire dans la longue préface de ce livre la déclaration suivante , que j'abrège de beaucoup : Celui ,
dit l'auteur, qui voudra savoir *« qual sia il rigore
ammantato di pietà, l'inganno coperto col manto
della prudenza, la ragion di stato abbellita col
zelo di religione, l'avidità mascherata con appa-
renza di bene publico, la vendetta vestita con l'a-
bito della giustizia, la libidine sotto un velo di*

continenza..... che riguardi la vita di questo re. »
Cela veut dire en somme que celui qui veut voir
tous les vices sous le masque de toutes les vertus,
doit lire la vie de Philippe II. Tout interdit de cet
échec donné à ma confiance, j'ouvre le livre même,
que j'espère encore trouver fort différent de la préface. La première phrase qui s'offre à ma vue est
celle où l'auteur suppose que Sixte-Quint est mort
empoisonné, et elle se termine par cette réflexion :
Ce pape, malgré toute sa finesse, n'avait pas su
deviner « *che Filippo II intendeva à maraviglia*
l'arte di far caminare da per tutto, à quattro
piedi, il veleno, sopra tutto dove si trattava ma-
teria di vendetta. » C'est-à-dire que Philippe II
possédait merveilleusement l'art de faire voyager
le poison, *à quatre pieds*, quand il s'agissait de
vengeance. Il faut avouer que voilà un singulier
panégyrique; et que de jugemens semblables ne
pourrais-je pas rapporter!

Cette digression ne m'a pas autant éloigné de
mon sujet qu'on pourrait le supposer, et ce que
j'ai dit des vastes entreprises, en général, s'applique très-particulièrement à l'ouvrage de Ginguené. Ce littérateur, recommandable à tant d'é-
gards, et fort estimable sous le rapport même de
son Histoire littéraire de l'Italie, a rempli sa tâche en
conscience, en y apportant tout le soin dont il était
capable, et toute l'instruction qu'il avait acquise;
ses jugemens sont pleins de goût et de raison quand
ils sont le résultat des lectures qu'il a faites lui-

même, et quand il ne craint pas d'irriter l'orgueil
national en combattant des erreurs accréditées.
Mais qui trop embrasse mal étreint, et Ginguené
n'a pu faire l'impossible. Versé dans la littérature
française de manière à prouver qu'il en a fait une
longue étude, assez bon latiniste pour avoir traduit, sinon élégamment, au moins exactement, un
poëme assez difficile de Catulle, il s'est encore occupé de la littérature anglaise et de celle des Espagnols. Au temps déjà si considérable qu'il a dû
employer à tant de travaux, a-t-il pu joindre le
temps nécessaire, je ne dis pas pour étudier, mais
pour connaître toute la littérature italienne depuis
les ouvrages latins du moyen âge jusqu'aux derniers écrits en italien moderne, depuis le berceau
de la langue vulgaire jusqu'aux siècles qui ont suivi
les chefs-d'œuvre? Cela n'est pas supposable,
puisque cela n'est pas possible, et d'autant moins
possible que Ginguené a été plus scrupuleux dans
ses recherches, n'ayant pas voulu perdre un seul
épi d'une si ample moisson, ayant recueilli avec
une malheureuse diligence le plus mauvais grain
comme les plus belles gerbes.

Mais, s'il n'a pu lire tout lui-même, les littérateurs italiens lui ont fourni des jugemens rai-
sonnés et des phrases toutes faites. Alors, il a été
plus embarrassé que s'il avait jugé d'après ses
propres lectures, car il n'y a pas de peuple chez
qui l'on trouve des opinions plus contradictoires
en fait de littérature que chez les Italiens. Suppo-

sons, par exemple, qu'un Français fût arrivé à
Florence quelques années après l'apparition de *la
Jérusalem délivrée*; qui aurait-il consulté sur le
mérite de ce poëme? Les hommes les plus éclairés
sans doute, les plus érudits, les plus illustres dans
la poésie et dans les lettres, je veux dire les membres de l'Académie della Crusca. Certes, il ne
pouvait pas mieux choisir. Eh bien! ces académi-
ciens lui auraient dit ce qu'ils ont fait imprimer et
publier, c'est-à-dire que *la Jérusalem délivrée* est
un poëme au-dessous du médiocre, froid, lan-
guissant, sans poésie, sans chaleur, écrit plate-
ment en termes souvent barbares; *puis, fiez-vous
à messieurs les savans!*

On me répond encore que le temps fait justice,
et qu'au bout d'un siècle les rangs sont fixés. Erreur! n'avons-nous pas vu que Boileau n'était
plus qu'*un versificateur correct, sans aucune sensibilité, et conséquemment sans génie?* Mais l'Italie
m'offre bien une oscillation dans son goût littéraire; ce Dante, ce *gran padre Alighieri*, qui fut
divinisé quand il publia sa *Divina Commedia*,
fut ensuite si négligé pendant deux siècles, qu'il
était presque tombé dans le mépris : ce n'est que
dans ces derniers temps qu'on lui a rendu sa couronne. Il ne faut donc jamais s'en rapporter au
jugement des autres sans avoir compulsé les pièces
du procès; et quand on a autant d'instruction
qu'en avait Ginguené, il faut lire soi-même et ne
commenter que ce qu'on a lu. Je connais huit

commentaires sur les tragédies de Racine, cela me dispenserait-il de les relire encore une dixième fois, si je voulais les commenter de nouveau? Que serait-ce donc si je ne les connaissais pas?

Il fallait se borner, étudier l'excellent et le bon, et négliger tout ce qui est inutile à la gloire de la nation et aux progrès de l'art. Il fallait surtout ne point s'appesantir sur les petits détails de la vie. Toute la vie des écrivains est dans leurs ouvrages. Quoiqu'on ne sache pas si Homère a vécu dans l'aisance, ou s'il a chanté dans les rues pour gagner son pain, l'Iliade n'en est pas moins admirable; la vie de Virgile, placée à la tête de ses ouvrages, n'a rien d'authentique, et cette incertitude n'ôte rien au grand poète. Tel homme de lettres qui rougit aujourd'hui de ses vers et de sa prose, et leur préfère un titre politique, devrait se rappeler que, quand on lit encore quelques vers de Bertaut et de Desportes, on ne s'informe guère si l'un a été secrétaire du cabinet, et l'autre conseiller du roi Henri III. Serai-je obligé de lire la vie d'Alain Chartier, parce qu'une reine bénévole a voulu baiser la bouche qui disait de si belles choses? Et quand le poète Villon n'aurait pas été deux fois condamné à être pendu, je n'en serais pas plus empressé à lire ses ouvrages. J'en dis autant des longs détails dans lesquels Ginguené se jette sur la vie privée de ses mille et un poètes italiens. Je les lui pardonne cependant quand il s'agit d'un écrivain vraiment illustre, et encore je me serais fort bien passé du mal de jambe de Pétrarque, des querelles de Cecco d'Ascoli, et d'autres puérilités pareilles.

Je n'imiterai donc point Ginguené dans l'examen que je me propose de faire; je ne parlerai que du Dante, de Boccace, de l'Arioste et du Tasse, parce que je suis sûr qu'il les a lus, et parce que je les ai lus moi-même.

L'illustre Alighieri, que l'on nomme le Dante, par contraction du nom de *Durante*, qui lui avait été donné par son père, est non-seulement le premier des grands poètes italiens, par ordre chronologique, mais le plus grand de tous par le mérite, si l'on en croit la plupart des littérateurs ultramontains. Ils se fondent sur ce que le génie doit être placé au-dessus du talent, quelque éminent que ce dernier puisse être. Écartons prudemment cette question fort obscure encore, malgré tout ce qu'on a dit pour l'éclaircir. Il faudrait d'abord demander ce que c'est que le génie; en quoi il diffère d'un talent sublime, et s'il consiste uniquement dans l'invention; cela nous ramènerait aux parallèles entre Homère et Virgile, Corneille et Racine, etc....., etc....., c'est-à-dire à des suites d'antithèses qui font briller le critique, et qui ne décident rien. Considérons donc le Dante comme le premier poète de l'Italie. Ce jugement des Italiens peut étonner des Français très-disposés à préférer au chantre de l'Enfer, ceux du Roland et de la Jérusalem; mais cette préférence,

que nous pouvons justifier à certains égards, n'est-
elle pas aussi fondée sur de grandes préventions!
Avouons d'abord que très-peu de Français lisent
la *Divine Comédie* dans l'original, et si une traduction quelconque altère et détruit même presque
entièrement le charme d'un poëme, elle produit
ce mauvais effet d'une manière plus complète encore sur une production aussi étrange que le
poëme du Dante. Tout y est d'un sublime si bizarre, si étranger à ce que nous offrent les anciens
et les modernes, que nous manquons de règle
pour l'apprécier à sa juste valeur. Ne nous y trompons pas : nos jugemens ne sont jamais qu'une
comparaison ; et comme la Divine Comédie ne
peut se comparer à rien, nous n'y verrons qu'une
conception monstrueuse, si nous la jugeons d'après
les notions acquises par nos lectures habituelles.
La langue dans laquelle elle est écrite est celle d'un
peuple qui, à cette époque, était livré à tous les
excès de la superstition, aux fureurs des discordes
civiles, et aux croyances les plus absurdes. On lui
annonçait la fin du monde comme prochaine et
imminente; la terreur qu'inspirait cette catastrophe
était justifiée par les querelles interminables qui divisaient le Saint-Siége et l'Empire, par les guerres
civiles, par des désastres continuels, par des
crimes, des atrocités et des horreurs qui, selon
certains philosophes, ont fait la gloire et le bonheur des républiques du moyen âge. Dans cette
période intermédiaire où les beaux-arts voulaient

reparaître, sans que la barbarie eût cessé, toutes les notions étaient confondues : l'alliance du sacré et du profane, de l'antique et du moderne, ne choquait ni dans l'architecture, ni dans les productions littéraires, ni même dans la morale religieuse ; car la philosophie de Platon, celle des stoïciens et même celle d'Épicure, se mêlaient aux dogmes du christianisme, sans que ce mélange causât de scandale, sans qu'on y vît la moindre profanation. Quelque original, quelque bizarre que fût l'édifice poétique élevé par le Dante, il était au moins composé de matériaux connus, et parfaitement conformes aux mœurs, aux idées et au langage du peuple auquel il en faisait hommage. Les épouvantables supplices qu'il représente dans son Enfer n'étonnaient pas des yeux habitués aux barbaries de toute espèce, et leur fatigante répétition égalait à peine le nombre des cruautés qui se reproduisaient journellement dans ses bienheureuses républiques. Et comme alors chacun arrangeait le purgatoire et le paradis à sa façon, le Dante, supérieur à son siècle, avait bien le droit de les disposer à sa manière et d'en donner la topographie.

Les crimes dont nous avons été les témoins, nos dissensions et nos désastres, devraient sans doute nous placer dans la même disposition d'esprit que celle des Italiens du quatorzième siècle ; mais, comme nous n'avons pas péché par excès de religion, l'Enfer et le Paradis du Dante nous semblent plutôt dignes d'un poëme burlesque que d'une épopée.. D'ailleurs, notre littérature du moyen âge est plongée dans l'oubli le plus profond, les livres qui servent à nos études ou à notre amusement, n'offrent rien qui ressemble au poëme d'Alighieri, et toute comparaison nous manque pour apprécier cette étrange production. Quelle opinion devons-nous donc nous en faire, si, ne pouvant la lire dans l'original, nous la jugeons dans une traduction décolorée ! Les tableaux monstrueux, les images fantastiques, les idées extravagantes nous y révolteront davantage, et nous y perdrons ces beautés immortelles qui font du Dante un homme à part, et le placent fort loin de ses rivaux de gloire si elles ne le mettent point au-dessus. Quel traducteur, fût-il un homme d'esprit comme Rivarol, nous fera supporter cette foule de damnés que l'on voit successivement tourmentés de tous les supplices que peut inventer l'imagination la plus féconde, qui, déchirés par des fouets armés de pointes aiguës, plongés dans des bourbiers glacés ou dans des fournaises ardentes, coupés, taillés, éventrés, et toujours entiers pour souffrir de nouvelles tortures, font de longs discours, racontent les aventures de leur vie terrestre, dissertent sur la politique et sur la morale ? Supposons maintenant que le même traducteur eût entrepris de travestir le Purgatoire et le Paradis du Dante, en prose française, que dirions-nous du sultan Saladin qui se promène gravement dans les *limbes*, de Caton qui expie ses péchés en purgatoire, et de l'empereur

Trajan placé dans le paradis des chrétiens? Et comment s'y trouve-t-il encore? C'est ici que l'imagination du poète s'élève ou descend jusqu'au ridicule.
Selon le Dante, des saints du paradis sont group-
pés de manière à figurer un aigle impérial. Cet aigle,
formé de tant de saints, tient des discours et parle
au *singulier*, comme s'il n'était qu'un seul être ;
et c'est dans l'œil de cet oiseau céleste que le saint
Trajan est niché avec Ezéchiel, Constantin, Guil-
laume-le-Bon et Riphée, le plus juste des Troyens,
groupés autour du roi David, qui est logé dans la
prunelle.

On m'objectera sans doute que des folies de ce
genre ne sont tolérables ni en vers, ni en prose,
et que je ne dois pas attribuer à la traduction le
dégoût qu'elles inspirent à tout lecteur raisonnable.
Pour répondre à ce raisonnement spécieux, il suffit
de se reporter au temps où le Dante a vécu, et de
considérer ensuite tout ce qui nous manque pour
apprécier le merveilleux de la Divine Comédie. Aux
treizième et quatorzième siècles, l'astrologie judiciaire était la science la plus révérée, puisque l'on
croyait que de l'opposition, de la conjonction, ou
des divers *aspects* des astres dépendait la destinée
des hommes et des Empires. Les différentes figures
que présentait la position des planètes, étaient pour
le peuple, et même pour les grands, un sujet de
terreur ou d'espérance. La formes des nuages, leur
couleur, leur variété, tous les météores en général,
passaient pour une manifestation de la colère ou

de la bonté divine, pour une révélation anticipée
des décrets éternels. N'oublions pas que cette superstition s'est perpétuée jusqu'au dix-septième
siècle. L'astrologue de Brosse était célèbre sous
Henri IV, et l'arrêt de mort porté contre la fameuse Galigaï fut motivé sur cette erreur. Si, aujourd'hui même, le peuple ne voit pas indifféremment une aurore boréale ou la queue d'une comète,
on peut juger de l'effet que produisaient ces phénomènes dans un temps où la guerre, la peste, la
famine et le fanatisme démagogique conspiraient
la ruine de la belle et malheureuse Italie. Le Dante
n'a-t-il pas dû profiter de cette disposition des esprits, et de ce penchant au merveilleux? Les atrocités
se multipliaient sur la terre; et il les réunit toutes
dans ces neuf cercles de son Enfer, qui, s'étrécissant
toujours en forme de spirale immense, aboutissent
à Satan placé au centre de la terre, comme la pierre
angulaire de l'édifice infernal. Les regards des
hommes étaient toujours dirigés vers le ciel pour
y observer les hiéroglyphes planétaires; on croyait
y lire la mort prochaine d'un empereur ou d'un
pape, la ruine d'une grande cité, l'annonce d'une
calamité publique; les nuages présentaient de
grandes armées prêtes à combattre, des chars hérissés de faulx, des épées flamboyantes; la rougeur
du ciel, une *étoile tombante*, une lueur extraordinaire vers le septentrion, tout était significatif,
et les astrologues avaient des thèmes préparés pour
tous les phénomènes.

Ne soyons donc pas surpris que le Dante ait placé dans les planètes les diverses stations de son Paradis, que les âmes bienheureuses soient plus belles dans la planète de Vénus que dans les autres, et qu'il ait fait faire aux différens groupes de saints diverses évolutions comme les astres semblent en faire dans le ciel. La figure d'aigle qu'il prête à l'un de ces groupes n'est point une fantaisie poétique. Le Dante était gibelin, et conséquemment partisan des empereurs ; il voulait donc faire croire à ceux de son parti que le ciel se déclarait pour eux, et faisait prévaloir l'aigle impérial sur le despotisme des clés, emblême des papes et des guelfes : aussi a-t-il eu grand soin de placer des papes en enfer, tandis que l'aigle plane au haut de l'empirée. Si nous n'adoptons pas les idées du temps et les motifs du poète, la Divine Comédie ne sera pour nous qu'une conception absurde.

Il me reste à parler de l'alliance continuelle du sacré et du profane, qui choque le lecteur dans tout le cours du poëme. C'est un défaut sans doute, et je ne prétends l'excuser en aucune manière ; mais on tomberait dans une grande erreur, si l'on pensait que ce mélange bizarre de la mythologie et du christianisme a dû révolter les esprits religieux du quatorzième siècle, et même des siècles suivans. Les papes, sans cesse occupés à défendre leur autorité contre des schismes sans cesse renaissans, s'effrayaient encore plus de l'hérésie que de l'impiété, et songeaient encore plus à l'Église qu'à la religion. Les papes, que l'on nous représente comme les plus intolérans des souverains, n'ont jamais ordonné la moindre suppression dans la Divine Comédie ; et plusieurs d'entre eux ont agréé la dédicace des nouvelles éditions de ce poëme, quoiqu'on y voie des papes damnés, quoique l'auteur y attaque le don fait au Saint-Siége par l'empereur Constantin, quoique saint Pierre y déclame sur l'abus du pouvoir *des clés,* quoiqu'enfin on y trouve cette phrase étrange sur les prédicateurs : « Si le peuple connaissait bien ces *beaux oiseaux,* il n'irait pas leur demander la rémission des péchés. » Après le Dante, l'alliance ou l'*accozzamento* du sacré et du profane, n'a pas plus choqué les lecteurs qu'elle ne l'avait fait de son temps. Dans un roman de Boccace, le pape est le vicaire de Junon, et le pontife reçoit les ordres de la déesse par la bouche d'Iris, la messagère des dieux. On y voit le Romain Lœlius Africanus adresser sa prière à Jupiter, avant de faire un pélerinage à Saint-Jacques de Compostelle en Galice ; on y parle avec respect du *saint livre* de l'Art d'Aimer d'Ovide, et des *saintes flammes* de Vénus. Un siècle après le Dante, un pape reçut et récompensa la dédicace d'un poëme où il était nommé le grand Jupiter, tandis que Jésus-Christ n'y était que le dieu Mars. Les hommes instruits savent à quel point je pourrais multiplier les citations de ce genre, et je suis étonné que Ginguené, qui savait tout cela mieux que moi, ne se soit pas servi de ces exemples, n'ait pas même songé à l'influence de l'astrologie judiciaire, pour atténuer les reproches qu'il adresse au Dante sur les défauts de son poëme. Ce sont des défauts sans doute ; mais plaçons-nous au point de vue convenable pour examiner les tableaux de la Divine Comédie, prenons les idées, les mœurs, les habitudes du temps, et nous deviendrons des juges moins sévères. Observons surtout que cet ouvrage étonnant n'a été fait d'après aucun modèle, et n'en peut servir à aucun imitateur ; que le poète jette son lecteur dans un monde où tout est nouveau, merveilleux et gigantesque ; que ses images les plus étranges, ses idées les plus bizarres sont revêtues d'une poésie sublime ou gracieuse, brillante ou sombre, tendre ou mélancolique, selon la variété des sujets ; que le lecteur, ou plutôt le spectateur, car il croit tout voir, y passe de surprise en surprise, et s'y habitue, par degrés, aux conceptions les plus folles, comme nous voyons, dans nos songes, les images les plus incohérentes et les plus disparates, sans être choqués de leur invraisemblance. C'est ainsi qu'il faut lire le Dante, et le lire dans l'original. Mais si une traduction a fait évanouir tout le prestige, si nous jugeons le merveilleux avec le flegme philosophique, et les hommes du moyen âge avec les notions du dix-neuvième siècle, le Dante ne sera plus à nos yeux qu'un fou d'une rare espèce, et la Divine Comédie qu'une production monstrueuse.

Cette apologie, que je crois juste, ne me fera cependant point adopter sans restriction le jugement de l'enthousiaste Alfieri : ayant voulu noter toutes les beautés du Dante, il renonça bientôt à remplir cette tâche, parce que, dit-il, tout y est admirable, sans en excepter un *iota*, et que *les défauts de ce poète y sont préférables aux beautés de tous les autres.* Le Dante lui-même ne s'est pas permis une exagération aussi ridicule dans les tableaux les plus bizarres de son étonnant poëme. Malgré l'autorité d'Alfieri, je crois n'être ni un profane, ni un insensé, en avouant que l'Enfer du Dante offre parfois des images révoltantes pour les lecteurs de tous les âges et de tous les lieux : il en est de si dégoûtantes que je n'oserais les citer, même en italien.

Ginguené, dans une analyse raisonnée des trois parties de ce poëme, fait, avec une rare impartialité, la part de l'éloge et celle de la critique. S'il parle des beautés avec enthousiasme, c'est qu'en effet elles sont aussi éclatantes qu'elles sont neuves, surtout pour des lecteurs français. Il faut observer avec beaucoup de justesse que le Dante est souvent aussi élégant et aussi gracieux que Pétrarque, et que rien n'égale la douceur et la mollesse de son style quand il veut offrir des tableaux agréables. Rivarol prétend, au contraire, que le caractère du Dante est d'être *âpre et sauvage;* mais Rivarol n'a traduit que l'Enfer, où cependant l'épisode de Françoise de Rimini prouve assez que le Dante a des couleurs pour tous les sujets. Ginguené relève tous les défauts avec la même sagacité ; mais, comme je l'ai dit, il n'insiste pas assez sur ce qui les rend excusables, et il juge ce premier chef-d'œuvre de l'Italie moderne en littérateur français du dix-neuvième siècle.

Je terminerai par une remarque singulière : lorsqu'après avoir parcouru les cercles de l'enfer, le Dante est descendu au centre du globe, son corps se retourne subitement, et il remonte vers l'autre hémisphère ; Virgile, qui l'accompagne lui dit alors :

> . . . . Tu passasti il punto
> Al qual si tragon d'ogni parte i pesi.

« Tu as passé le point vers lequel se dirigent les » poids de toute part. » Les physiciens, aujourd'hui, ne désigneraient pas mieux le centre de la terre, et même le centre *de gravité* qui peut-être n'est pas le centre de figure ; on avait donc, avant Galilée et Newton, des notions justes sur la pesanteur et sur la chute des graves : *Nil sub sole novum.*

Les papes, dont la censure était si peu sévère, et qui souffraient avec une grande indulgence les traits de satire lancés sur les princes de l'église, ne purent cependant pas fermer les yeux sur les obscénités du Décaméron. Mais, charmés d'ailleurs par la grâce, l'élégance et la pureté d'un style qui n'a pas été surpassé pendant quatre siècles qui ont

produit des chefs-d'œuvre, ils ont voulu concilier
le respect pour les mœurs avec la protection qu'ils
devaient aux belles-lettres ; et ils nommèrent des
commissions pour examiner les Cent Nouvelles,
en faire disparaître les passages les plus choquans,
et publier enfin un Boccace *emendatus*. A Rome,
à Florence et ailleurs, des littérateurs se réunirent
et indiquèrent des corrections ; des éditions furent
faites d'après ce triage, qui ne contenta personne.
Quelque soin qu'y eussent apporté les examinateurs, on se plaignait toujours, ou d'une excessive
sévérité, ou d'une trop grande indulgence. On
s'aperçut enfin que le Décaméron ne deviendrait
jamais un ouvrage irréprochable, à moins qu'on
n'en fît un squelette ; et, pour ne pas perdre un
chef-d'œuvre qui avait fixé la langue italienne, on
aima mieux tolérer ce qu'il avait de répréhensible
que de le rendre informe et désagréable ; les éditions corrigées tombèrent dans le mépris, et le
talent remporta une victoire éclatante sur le respect
dû aux mœurs et aux ministres de la religion. Ne
jugeons cependant pas cette tolérance avec trop de
rigueur ; et, pour bien apprécier l'effet qu'a dû
produire le Décaméron, transportons-nous, comme
j'ai conseillé de le faire à l'égard du Dante, au
temps où cet ouvrage a paru.

Avant le Dante et Boccace il y avait long-temps
sans doute que l'on parlait italien ; mais cet idiome,
nommé langue vulgaire, n'était considéré que
comme un dialecte corrompu de la langue des Ci-

céron et des Virgile. Pour mériter quelque attention, il fallait écrire en latin. Le génie du Dante
ne détruisit pas entièrement cette prévention contre
le langage vulgaire. Ce ne fut point par jalousie que
Pétrarque refusa son admiration au poëme du
Dante, mais il était intimement persuadé que la
langue italienne ne pouvait rien produire d'estimable. Est-il bien étonnant que la Divine Comédie
n'ait pas charmé un poète qui méprisait ses propres
ouvrages écrits dans la même langue? Ces sonnets,
ces *canzoni* qui rendent Pétrarque immortel, lui
inspiraient plus de regrets que d'orgueil. Il ne les
nommait pas *solertissimas nugas*, mais *nugellas
vulgares*, comme pour indiquer le mépris qu'il en
faisait; et il fondait sa gloire sur l'énorme volume
de ses Œuvres latines qui sont presque totalement
oubliées. Pétrarque n'a pas cru, comme César,
qu'il valût mieux être le premier dans une bour-
gade que le second dans Rome.

Si les plus belles poésies italiennes obtenaient
si peu d'estime, la prose vulgaire était encore bien
moins considérée. Avant le Dante, des poètes italiens avaient brillé d'un faible éclat, mais aucun
prosateur ne s'était fait remarquer. C'est dans ces
circonstances que Boccace entreprit de faire pour
la prose ce que le grand Alighieri avait si heureusement exécuté pour la poésie vulgaire. Dès le
premier pas, il atteignit le but, et l'on doit regarder comme un phénomène littéraire qu'un premier
essai soit resté un modèle. Boccace a écrit des ro-

mans et d'autres ouvrages en prose ; il a fait aussi
beaucoup de vers qu'il brûla quand il connut les
poésies de Pétrarque., modestie qui n'a pas eu
d'imitateurs ; mais de toutes ces productions d'un
beau génie, la plus futile en apparence, un Recueil
de contes fort libres et fort peu édifians, le *Décamé-*
ron enfin, est la seule qui fonde et assure la célébrité
de l'auteur, et qui n'ait rien perdu de sa fraîcheur
depuis cinq cents ans, pendant lesquels la langue
italienne prétend s'être perfectionnée. Et nous aussi
nous nous perfectionnons tous les jours : si l'on en
croit des savans, notre langue est bien plus pure et
plus riche qu'elle ne l'était avant nous; et cependant
j'ai grand peur que la postérité ne fixe notre apogée au pauvre siècle qui a vu Bossuet et Racine,
et ne nomme décadence le perfectionnement dont
nous sommes si fiers. Quoi qu'il en soit, ce n'est
point parce que le *Décaméron* est obscène et malin,
qu'il passe pour un chef-d'œuvre en Italie, où tant
d'autres ouvrages lui disputeraient le prix sous ce
rapport, mais parce qu'il a fondé et presque créé
la nouvelle langue ; parce qu'il est écrit d'un style
qui, après cinq siècles, est encore un modèle de
grâce, d'élégance et de pureté. Notre gloire littéraire ne date pas de si loin ; nos auteurs du quatorzième siècle ne sont ni des Pétrarque ni des
Boccace.

Parmi les *Nouvelles* de Boccace qui choquèrent
la cour de Rome, il en est trois, citées par Ginguené, qui causèrent un grand scandale. La pre-

mière est fort simple : c'est un scélérat endurci qui, au lit de la mort, se moque de son confesseur, fait une confession hypocrite, obtient l'absolution, et passe pour un saint. Les censeurs crurent voir dans ce conte une satire amère des canonisations ; mais des examinateurs, plus éclairés et plus justes, ont complètement disculpé Boccace qui, malgré la liberté de ses contes, a toujours été très-religieux. Monsignor Bottari surtout, prélat aussi orthodoxe que savant, a fait, dans l'Académie della Crusca, plusieurs lectures qui sont non-seulement une apologie, mais un éloge du Décaméron. Se moquer des prétendus saints, disait-il, n'est point manquer de respect à ceux qui le sont réellement. Il est toujours difficile de distinguer l'hypocrisie adroite de la véritable piété ; et rien n'est si commun que de porter de faux jugemens sur les hommes que l'on voit mourir. Voilà tout ce que Ginguené rapporte des raisonnemens de M. Bottari sur cette première Nouvelle.

La seconde est bien plus piquante et plus originale. Un juif de Paris, fort instruit et fort honnête homme, avait un ami, chrétien, qui le pressait depuis long-temps d'abjurer le judaïsme. Après avoir beaucoup hésité, il annonça qu'il allait faire un voyage à Rome, pour y observer le pape, les cardinaux et toute la cour pontificale, bien résolu, disait-il, à se décider d'après ses observations. L'ami ne fut pas très-rassuré sur les suites de cet examen ; mais le juif fut inébranlable, et repoussa toutes les objections qu'on lui fit pour le détourner de ce voyage. Il part; il fait à Rome un long séjour, et y scrute la conduite de tous les personnages qui avaient quelque influence. A son retour, il va trouver son ami, et il lui cause une grande surprise, en lui disant : « Je me rends; je ne puis résister à une preuve aussi forte. » Quelle preuve? lui répond le chrétien étonné. « Le pasteur suprême, reprend le juif, et tous ceux qui, avec lui, devraient être les soutiens de votre religion, semblent employer tout leur art, tout leur génie à la détruire. Ils ne peuvent y réussir; et, malgré la corruption de Rome, cette religion, loin de s'affaiblir, s'accroît sans cesse, devient chaque jour florissante et plus respectée. J'en conclus que c'est Dieu même qui en est le fondement et le soutien. Ainsi donc qu'on me baptise, je n'ai plus besoin d'être sermonné. »

Cette conclusion inattendue et très-orthodoxe n'édifia cependant pas les prélats romains; mais l'opinion a bien changé depuis, et M. Bottari n'a pas eu de peine à prouver que la censure exercée par le Dante, Pétrarque, Boccace, et tant d'autres écrivains, contre les vices de quelques prêtres, n'attaquait ni la foi, ni l'Église. On trouve en effet dans Pétrarque une longue diatribe contre la cour d'Avignon, et ensuite contre celle de Rome; et cependant le chaste amant de Laure fut aimé et estimé des papes qui l'ont connu.

Ces hommes du moyen âge, ces petits esprits

plongés dans les ténèbres et dans la superstition,
ne confondaient donc pas les hommes avec les
choses. Des crimes de quelques rois ils ne con-
cluaient pas la nécessité de proscrire la royauté ; ils
sentaient bien que, par une conséquence forcée,
les innombrables atrocités des républicains du quatorzième siècle devaient, à plus forte raison, faire
détester toute république ; la corruption des juges
aurait fait renoncer à toute justice, et, d'induction
en induction, les vices des hommes servant de prétexte pour abolir toutes les institutions, le genre
humain n'aurait pu être régénéré que par un déluge universel. Ils savaient qu'il a existé des prêtres
infâmes (et aujourd'hui même nous ne pouvons
pas dire que cela soit impossible); ils le savaient,
ils le disaient, et ils n'en étaient pas moins religieux. Les mêmes hommes qui mutilaient la statue
d'un pape, et la jetaient dans le Tibre, auraient au
même instant tourné leur fureur contre l'hérésie
ou contre l'impiété. Les logiciens révolutionnaires
du dix-huitième siècle ont argumenté différemment. Il y a eu des tyrans, ont-ils dit, et certes ils
n'ont pas tardé à prouver que les tyrans pouvaient
être innombrables ; il y a eu de méchans prêtres,
disaient-ils encore, et ils en étaient bien sûrs, car
ces prêtres étaient leurs amis : donc il ne faut plus
de prêtres ni de rois ; et cet argument leur paraissait péremptoire. Boccace leur aurait répondu : Il
faut détruire les scélérats, et respecter les institutions.

La troisième Nouvelle censurée est celle des *Trois Anneaux;* elle est assez connue, et, au premier aperçu, elle semble favoriser l'indifférence en matière de religion. Mais l'apologiste de Boccace a fait évanouir toute idée de culpabilité par une observation bien simple : l'auteur, en mettant cette opinion dans la bouche d'un juif usurier et méprisable, la décrédite par cela même, et fait assez voir qu'il ne la partage pas.

Le peu que j'ai pu extraire d'une mine si féconde suffit pour démontrer que dans ces temps *d'ignorance* dont les ignorans parlent avec un superbe dédain, le génie et le talent n'étaient pas si rares, que la pensée n'était point captive, et que les idées libérales n'ont point attendu les décrets de l'Assemblée constituante pour circuler dans le monde.

Il me reste à parler de l'Arioste et du Tasse.

Avec quel plaisir on revient à l'Arioste! Quelle imagination! quelle variété de couleurs! Que les étrangers aient disputé sur son mérite; qu'aux yeux des uns le chantre de Roland n'ait paru qu'un bouffon, tandis que les autres l'égalaient à Homère, ce schisme d'opinion n'a pas scandalisé l'Italie. Sous ce beau ciel, personne n'est assez malheureusement né pour ne pas sentir le charme de *l'Orlando;* et si on y a proclamé le Dante le plus grand des poètes, on a nommé le poète de Ferrare le divin Arioste; comme si l'on voulait laisser indécise la question de supériorité. Si mon goût était

de quelque poids, elle ne le serait pas long-temps,
et malgré l'apostrophe du cardinal d'Este, *messer
Ludovico* serait le premier des poètes italiens. C'est
en fronçant le sourcil que j'admire la Divine Comédie du Dante; et, soit qu'il me plonge au fond
du neuvième cercle de l'enfer, soit qu'il me transporte à la troisième sphère du paradis, il me semble
toujours que, dans ce voyage, je sois travaillé par
un songe pénible. Je suis beaucoup plus tranquille
quand je lis Pétrarque; mais trop souvent il me
force à prendre un petit air précieux, et lorsqu'il
satisfait mon esprit, il laisse mon cœur à la glace.
Je crois toujours lui entendre dire : « *In mezzo di
due amanti*, etc.... J'ai vu entre deux amans une
dame honnête et sévère.... le soleil était d'un côté
et moi de l'autre. Dès qu'elle se vit arrêtée par les
rayons du plus beau de ses amans, elle se tourna
vers moi d'un air gai. Aussitôt je sentis ma jalousie se changer en allégresse. Je regardai mon rival,
sa face devint triste et chagrine; un nuage le couvrit comme pour cacher la honte de sa défaite. » Je
lis Boccace avec un rire tant soit peu sardonique,
et malgré la succession variée des Nouvelles tragiques et des Nouvelles graveleuses, mon plaisir
éprouve de fréquentes interruptions. Le Tasse
m'inspire plus de respect, et je me sens parfois
tenté de lui donner la plus belle place, quand les
jeux de mots et les pointes qui se montrent jusque
dans le sentiment et la passion, me font douter si
je lis une épopée. Mais l'Arioste m'inspire sans

cesse le plaisir et le contentement; ses *concetti,*
moins fréquens que ceux du Tasse, ne me choquent point dans un poëme si charmant et si fou;
je lui pardonne jusqu'à ses complimens à la cour
de Ferrare; je suis toujours gai quand je le lis, et
je me persuade qu'à la figure d'un lecteur qu'on
verrait de loin, on devinerait qu'il tient le chef-
d'œuvre de l'Arioste. Mais à qui vais-je parler de
ce poëme? Est-il un ouvrage italien plus connu en
France? connu! je me trompe : ceux qui l'ont lu
en prose française ne connaissent pas l'Arioste; il
n'est plus pour eux qu'un faiseur de contes bizarres, l'auteur des Mille et une Nuits, ou l'his-
toriographe de Cendrillon et de Barbe-Bleue. Je
n'ai donc rien à dire à ceux qui ont l'avantage de
lire l'original, et j'en ai trop dit pour ceux à qui ce
plaisir est refusé.

Ce poète me fournira cependant le sujet d'une
discussion que j'abrégerai tant qu'il me sera possible. Le célèbre Gravina, qui était en état d'apprécier les beautés de l'Arioste beaucoup mieux que
je ne puis le faire, lui a cependant reconnu beaucoup de défauts. Je ne disputerai pas contre un
pareil critique : s'il blâme quelques expressions
populaires et abjectes, il ne m'appartient pas de
juger des délicatesses d'une langue qui m'est étrangère, quoique je la lise et que je l'aime beaucoup.
Je souscris encore au reproche sur les *digressions*
oiseuses, quoique leur longueur ne m'ait pas trop
choqué. Mais je ne pardonne point à Gravina d'a-

voir mis au premier rang des défauts les interruptions fréquentes par lesquelles l'Arioste suspend le récit d'une aventure pour en commencer un autre tout différent. Le critique trouve ces interruptions *ennuyeuses* et *importunes*; ennuyeuses, je le nie; importunes, j'en conviens; mais dans cette importunité je vois un artifice, et même un art qui pique la curiosité du lecteur, soutient son attention et fortifie sa mémoire. Observons d'abord que le poète n'interrompt un récit que quand il est arrivé au *maximum* d'intérêt, ou, en d'autres termes, au point que nous nommons le *nœud* dans une œuvre dramatique. Nous avons donc alors le plus grand désir de connaître le dénoûment. Si, au lieu de nous satisfaire, le conteur appelle notre attention sur un autre objet, il nous donne un peu d'humeur, je l'avoue; mais nous n'avons garde d'oublier l'aventure qui est restée en suspens, et nous conservons soigneusement dans la mémoire l'image de la situation piquante sur laquelle le joyeux narrateur nous a fait l'espiéglerie de s'arrêter. Nous lisons cependant le récit du nouveau conte avec l'impatience d'arriver bientôt à la solution du premier. Mais insensiblement le second nous amuse à son tour, et nous fait désirer d'en apprendre le résultat. C'est le moment que choisit le poète pour revenir à celui que nous attendions; et quelquefois, par une nouvelle malice, il ne nous présente encore qu'une péripétie au lieu d'un dénoûment. Par cet heureux artifice, notre curiosité

ne s'éteint jamais, puisqu'elle n'est jamais satisfaite,
et quand nous parvenons à la fin d'une aventure
au-delà de laquelle nous pensions qu'il n'existerait
plus d'intérêt, il nous reste dans la mémoire la
moitié d'une autre fable qui nous occupe également,
qui est restée suspendue au meilleur endroit,
et dont nous ne savons la conclusion que quand
une troisième s'empare de notre attention, et ré-
veille une curiosité sans cesse renaissante.

Pour bien juger de cet art, supposons que l'A-
rioste ait adopté la méthode contraire ; les innombrables aventures de Roland seraient une suite de
contes fort ressemblans à ceux de la Bibliothèque
Bleue ; rien ne serait lié dans le poëme, qui ne
serait alors qu'un ouvrage par chapitres ; l'attention, cessant brusquement à la fin de chaque narration, aurait besoin d'efforts pour s'attacher à un
nouveau récit dont les commencemens seraient lus
avec froideur ; la curiosité, complètement satisfaite,
ne laisserait presque rien dans la mémoire, et, au
lieu de cette ardeur, au lieu de cette impatience
qui nous fait dévorer des chants entiers pour re-
trouver le fantôme qui nous est échappé, nous
n'éprouverions que ce calme, résultat nécessaire
de toute action terminée ; nous fermerions le livre
à chaque dénoûment, et nous craindrions peut-
être de nous engager dans les préliminaires d'une
nouvelle aventure, dont aucun antécédent ne nous
ferait supporter les détails. Il n'y a pas de poëmes
dont on lise plus de vers de suite que ceux de

l'Arioste ; cela prouve au moins que les interruptions n'y sont point *ennuyeuses ;* il n'y en a pas dont
on retienne mieux les divers incidens malgré leur
multitude ; *l'importunité* des interruptions y est
donc un art et non pas un défaut. Au reste ; je
suis loin d'être le seul de mon avis. D'autres poètes
italiens, comme Fortiguerra dans son Richardet,
ont heureusement imité cet artifice ; Voltaire, qui
avait trop de goût pour voir une beauté dans un
défaut, n'a pas manqué de suivre cet exemple dans
un poëme qu'on lit et qu'on ne nomme pas. Les
plus adroits de nos romanciers se servent de cette
ruse pour nous forcer à les lire jusqu'au bout ; et
nos meilleures comédies d'intrigue sont celles où
les incidens sont interrompus et suspendus jusqu'à
ce qu'un dénoûment unique termine à la fois
toutes les parties du drame.

De la vie privée de l'Arioste je ne rapporterai
qu'un seul fait, parce qu'il n'est pas généralement
connu. Quand on lit les magnifiques éloges que ce
poète accorde à tous les princes de Ferrare ; on
s'imagine qu'il en a reçu des bienfaits également
magnifiques. Le lecteur va voir ce qu'il faut rabattre
de la munificence et des éloges. L'Arioste, né
d'une famille noble, mais sans fortune, fut attaché, en qualité de gentilhomme, à la personne du
cardinal Hippolyte d'Este. Il n'eut pas à se louer
des bontés de ce prélat, qui devenait d'autant plus
exigeant qu'on le servait avec plus de zèle. Tout le
monde connaît la bizarre apostrophe qu'il fit à

12.

l'Arioste quand celui-ci lui présenta le premier exemplaire de son poëme. Le duc Alphonse, frère du cardinal, eut pitié du poète; il l'enleva au prélat, se l'attacha aux mêmes conditions, et lui donna pour traitement une fort petite rente, assise sur les gabelles. L'impôt ayant été supprimé peu de temps après, l'Arioste perdit sa rente que le duc oublia de remplacer. Cependant un parent du poète vient à mourir, et l'Arioste se présente comme l'héritier le plus proche; mais, hélas! un procès est intenté par la chambre ducale; le poète perd, comme de raison, et le duc protecteur, trop ami de la justice pour arrêter ses gens d'affaires dans l'exercice d'une si belle vertu, laisse confirmer la condamnation, et l'Arioste est dépouillé. Ne le plaignons pas trop pourtant; il lui restait une rente pareille à celle de la succession, que l'on pouvait lui contester également, et que le duc lui laissa. On a grande envie sans doute de savoir si cette rente était proportionnée à l'espèce d'apothéose qu'il fait des princes de Ferrare dans des vers qui resteront. Cette rente était de vingt-cinq écus, payables tous les quatre mois; ainsi, en supposant que chacun de ces écus valût six francs, le grand poète, gentilhomme et ami du souverain, avait quatre cent cinquante livres de rente. Si, dans notre siècle, les vers n'ont pas mieux valu que ceux de l'Arioste, il faut avouer qu'ils ont été mieux payés. Un très-grand personnage cependant prétendait qu'il ne fallait à un homme de lettres que douze cents livres de rente et un grenier; et il y a ici même de la générosité, car si l'on est fort pauvre dans une cour avec moins de cinq cents francs, on est magnifique dans un grenier avec douze cents livres. Je termine ici ma faible notice sur l'Arioste, et j'aborde le Tasse qui a bien le droit de se plaindre du peu de place que je lui laisse.

Son destin est d'être malheureux. Proscrit dès son enfance, obligé, comme l'Arioste, de subir la protection de Ferrare, jeté dans un hôpital des fous, toujours misérable, il voyait enfin la fortune lui sourire, quand il mourut au moment où il allait être couronné au Capitole. J'ai déjà dit que sa *Jérusalem Délivrée* sembla née comme lui sous une mauvaise étoile : les puristes *della Crusca* déclarèrent que ce prétendu poëme n'était qu'une compilation sèche et froide, que l'unité y était mince et pauvre comme celle d'un dortoir de moines, qu'il n'est dans aucun endroit écrit avec énergie, mais rempli de mots pédantesques et barbares. On a fait justice de ces sottises académiques, et je ne m'y serais pas même arrêté un instant, si elles ne me fournissaient une observation singulière. N'est-il pas étonnant que des hommes de lettres, estimables d'ailleurs, et capables eux-mêmes de briller sur le Parnasse, se soient réunis pour porter un pareil jugement sur une pareille production, qu'ils se soient accordés à y voir mille défauts qui n'y sont point, et qu'ils n'y aient pas vu le seul défaut qui y domine, qui s'y reproduit presque à chaque page, et qui empêche ce poëme d'être placé au premier rang de l'épopée? Le sujet, l'ordonnance, la marche, les caractères, les tableaux, les épisodes, hors le premier, tout y est admirable, et tout a été l'objet de la plus injuste et de la plus grossière censure; tandis qu'on a gardé le silence sur l'affectation, la recherche sur ces froides saillies nommées si improprement traits d'esprit, et qu'on devrait nommer absence, ou au moins erreurs de l'esprit et du talent. Cette réflexion me rappelle les fameux vers de Boileau qui ont scandalisé l'Italie, et sur lesquels on dispute même en France :

> Tous les jours à la cour un sot de qualité
> Peut juger de travers avec impunité;
> A Malherbe, à Racan, préférer Théophile,
> *Et le clinquant du Tasse à tout l'or de Virgile.*

Ceux qui, comme Ginguené, ont voulu concilier leur admiration pour le Tasse avec leur respect pour les jugemens de Boileau, prétendent qu'il faut expliquer le dernier de ces quatre vers, quoique tout lecteur l'ait fort bien entendu sans explication. Voici leur commentaire : « Le législateur du Parnasse n'a pas voulu dire qu'il y ait autant de clinquant dans le Tasse que d'or dans Virgile; il se moque seulement des hommes sans goût qui préfèrent *ce qu'il y a de clinquant* dans la Jérusalem à tout l'or de l'Enéide. » Ce à quoi je réponds: Si telle a été l'intention de Boileau, personne ne l'avait devinée avant qu'on se fût avisé de vouloir venger le Tasse, et c'est la première fois qu'une phrase de Boileau, le plus clair des écrivains, ait eu besoin de commentaire. Mais, dans le vers qui précède celui-ci, Boileau a-t-il aussi voulu dire que les sots préféraient *ce qu'il y a de mauvais* dans Théophile à tout ce qu'il y a de bon dans Racan et Malherbe? Non, je ne crois pas qu'on y pense : mais si Théophile avait de la célébrité, l'explication bénévole pourrait aussi lui servir. Les partisans du commentaire se fondent sur un autre vers où, en parlant également du Tasse, Despréaux dit :

Il n'eût point de son livre ILLUSTRÉ l'Italie, etc...

expression dont il ne se serait pas servi, si ce livre n'eût offert que du clinquant. Voilà leur argument dans toute sa force. Mais n'est-il pas évident que le mot *clinquant* n'est relatif qu'au style? et Boileau n'a-t-il pas pu attribuer la célébrité du poëme au sujet, à l'ordonnance, à l'imagination, aux caractères, et même à plusieurs qualités du style qui, malgré le faux esprit qui le dépare dans une foule d'endroits, peut être noble, élevé, plein de chaleur, d'images, de verve, de douceur, d'élégance, qui peut même être correct ; car le clinquant résulte du cliquetis des antithèses et de l'affectation dans la pensée, ce qui n'empêche pas le vers d'être correct. Ovide a des vers très-latins et très-élégans que le goût sévère de Boileau n'aurait point approuvés. Je suis donc persuadé que ce grand critique a voulu dire : *Le clinquant qui domine dans le Tasse, à l'or qui domine dans Virgile.* Et si cette version ne satisfait pas les enthousiastes, voici la dernière modification que je puisse lui faire subir : Boileau a voulu dire au moins qu'il y a assez de clinquant dans le Tasse et assez d'or dans Virgile, pour que l'homme qui préfère le premier au second soit un sot ; sans cela, aurait-il dit :

> Un sot de qualité
> Peut juger de travers avec impunité.

Maintenant, a-t-il eu tort ? a-t-il eu raison ? Cette question est différente ; et, pour la résoudre, j'invite le lecteur à porter son attention sur les cinquante pages dans lesquelles Ginguené, grand admirateur du Tasse, a réuni les mauvaises pointes, les antithèses froides et ridicules, les équivoques, les fausses allusions, les métaphores extravagantes, les traits de mauvais goût, les expressions d'une recherche emphatique, d'une affectation puérile, tout le clinquant enfin qu'il a trouvé dans la Jérusalem, et qui avait déjà été remarqué par les critiques italiens. J'ajoute ici que ces cinquante pages sont loin de suffire pour compléter l'investigation des défauts : je pourrais facilement en doubler le nombre en présentant le texte en regard avec la traduction ; et, ce qu'il y a de pis, c'est que ces froids *concetti*, ces traits ou ces absences d'esprit,

se remarquent en plus grand nombre dans les situations les plus touchantes, dans les morceaux de
passion et de sentiment ; la séduisante Armide,
au moment où elle est abandonnée ; la sensible
Herminie, quand elle trouve Tancrède mourant,
font des madrigaux qui auraient fait rougir Dorat
et pâlir Demoustier. Si j'en rapportais quelques-
uns, tout lecteur français me dispenserait de citer
les autres.

Que de beautés doit donc renfermer cette Jérusalem pour être un beau poëme avec de tels défauts, et pour *illustrer* une nation si justement
célèbre dans les lettres et dans les arts ! Oui, sans
doute ; et ces beautés sont au premier rang. Les
personnes qui ne peuvent concilier tant de gloire
avec tant d'imperfections, ignorent de combien de
parties se compose l'art d'écrire.

Je ne puis mieux terminer qu'en rapportant ce
que le Tasse pensait de son propre ouvrage. D'a-
bord, il avait pour l'Arioste l'admiration la plus
complète et la plus sincère. « Je l'aime, écrivait-il,
je l'honore, *je m'incline devant lui* ; je vois en lui
mon père, mon seigneur et mon maître. » Cette
modestie, qui l'empêche de lutter contre un tel rival, préside également à l'examen que le Tasse fait
de ses propres défauts. Il avoue qu'il ne peut combattre avec les armes d'Homère et de Virgile ; celles
d'Ovide, ajoute-t-il, me conviennent mieux. Je
suis malade, dit-il ailleurs, pour avoir trop goûté,
dans mon jeune âge, la douceur des alimens de

l'esprit, et parce que j'ai pris *l'assaisonnement pour la nourriture.* (Prendendo il condimento per nutrimento.) Boileau ne se serait pas mieux exprimé s'il avait voulu justifier le mot clinquant qui a fait tant de bruit.

Je n'ai parlé que de quatre ou cinq poètes; l'histoire de Ginguené en comprend quatre ou cinq cents, et cependant elle s'arrête au seizième siècle. Je garderai un prudent silence sur cette foule d'auteurs, parce qu'ils sont peu connus en France; et par une meilleure raison encore, je ne les connais pas moi-même. J'abandonne cette tâche aux jeunes érudits qui savent tout ce que j'ai lu et tout ce que je n'ai pu lire.

RIME DI F. PETRARCA,

COL COMENTO DI G. BIAGIOLI

(Poésies de Pétrarque avec le Commentaire de G. Biagioli),

Suivies des Poésies de MICHEL-ANGE, commentées par le même.

IL y a long-temps que j'hésite à rendre compte de ces poésies et de ce commentaire, et je ne cède à la nécessité qu'avec une extrême répugnance. Je n'aime point à fronder l'opinion commune ; quand cette opinion a reçu la sanction du temps, et quand elle est devenue générale, je la respecte, et je me tais si je ne la partage point. Mais dès qu'on me force à m'expliquer, il faut bien que j'expose ma pensée tout entière, quoiqu'en l'exposant je sois certain de paraître barbare, ignorant, indigne de lire Pétrarque, incapable de sentir ses divines beautés. Eh! que dira M. Biagioli, éditeur, annotateur et adorateur des merveilleux sonnets? Le savant Muratori ayant eu l'audace de trouver une expression de Pétrarque *non poco strana,* c'est-à-dire fort étrange, M. Biagioli dit que pour répondre à cette critique il faudrait sortir des bornes de la politesse, *a volergli rispondere si darebbe nelle scortese.* Quel regard de colère ou de mépris ne va-t-il pas lancer sur moi, quand il apprendra que je renchéris encore sur les critiques de Muratori, et que je le trouve trop indulgent! Comment oserai-je avouer que les meilleurs sonnets du chantre de Vaucluse me paraissent remplis de défauts, que j'y vois de la recherche, des idées alambiquées, des subtilités indignes d'un grand poète, et des traits d'un mauvais esprit? Je sens toute l'horreur que vont inspirer ces paroles blasphématoires, et mon châtiment me paraîtra bien doux s'il se borne à me faire passer pour un sot. Je m'attends au *scortese,* je le mérite, je suis impie, car en Italie Pétrarque est un peu plus qu'un dieu.

Mais, d'un autre côté, pourrais-je bien, en

France, m'extasier devant des beautés fausses, et admirer des traits d'esprit tels qu'on en trouve à foison dans les sonnets de Malleville et dans les rondeaux de Benserade. Si un poète vivant me présente des vers hérissés de pointes, chargés d'antithèses, si je vois qu'il s'est efforcé à faire contraster les mots plus que les pensées, qu'à force d'esprit il a cru rencontrer le naturel, et qu'il a fait du sentiment avec de la métaphysique, je crie au faux goût, et j'accable l'auteur du poids de ce vers :

> Rien n'est beau que le vrai, le vrai seul est aimable.

Pourquoi donc irai-je louer chez les morts ce que je blâme dans les vivans? De quel front reprocherai-je à l'auteur français ce que j'aurais admiré dans le poète italien? Dans cette dure perplexité je prends courageusement mon parti : puisqu'il faut que je sois diffamé en Italie ou en France, je choisis le malheur le plus éloigné, et je me soumets à la haine de l'Italie que vraisemblablement je ne reverrai plus.

On va me répondre sans doute (si on daigne me répondre) que les Français admirent Pétrarque autant, à peu de chose près, que le font les Italiens; et alors je répliquerai qu'un très-grand nombre de Français n'ont rien lu de Pétrarque, ou ne l'ont lu qu'en traduction, et que beaucoup d'autres l'admirent pour avoir l'air de l'entendre, comme tels de nos *dilettanti* vantent l'*Opéra-Buffa* pour

faire croire qu'ils savent l'italien et qu'ils se connaissent en musique.

Avant de fournir mes preuves, qui passeront
vraisemblablement pour de nouvelles imperti-
nences, je dois écarter les préventions qu'aura fait
naître ce début. Les hommes, en général, ne veulent point analyser les réputations; il faut qu'ils
méprisent ou qu'ils admirent : il faut que tout soit
excellent ou détestable. En Italie surtout les enthousiastes poussent à l'extrême et l'éloge et le
blâme : ils n'admirent pas, ils adorent; ils ne condamnent pas, ils conspuent ou ils exécrent. Attaquer un vers de Pétrarque est un crime de lèse-
nation; c'est un auteur divin, et la divinité ne
peut avoir aucun défaut. Soit que le Français ait
moins d'orgueil national, soit qu'il le soumette à
la raison, il est bien moins intolérant en matière
de goût; il souffre que l'on critique les chefs-
d'œuvre de sa langue; il n'exige pas que l'on trouve
tout parfait dans ce qu'il admire; il permet qu'on
lui montre des taches même dans le soleil. Dix
écrivains ont commenté le plus parfait de nos
poètes et ont trouvé des fautes jusque dans Athalie,
sans qu'on ait crié à l'impertinence, à la barbarie,
au blasphême. En Italie, les d'Olivet et les La
Harpe n'en auraient pas été quittes à si bon marché. Le caractère de l'enthousiasme et de l'exagération se reconnaît même dans la prose italienne la
plus simple et la plus tempérée. Une épithète y est
rarement employée au positif. Le superlatif abonde

jusque dans le discours familier : vous n'y serez
pas un homme savant, respectable, excellent, illustre, mais *dottissimo, colendissimo, eccellentis-
simo, illustrissimo.* Si l'on quitte un moment le
superlatif, c'est pour lui substituer ces mots gigan-
tesques tels que *immenso, stupendo, divino*, etc...

Le commentateur de Pétrarque est bien italien ;
il s'en faut bien que d'Olivet ait aimé Cicéron autant que M. Biagioli adore Pétrarque. Malheur au
téméraire qui oserait déranger un mot dans les
sonnets, les *canzoni*, les sestines, les ballades,
ou les triomphes de son auteur. Jamais un orage
du sud, lorsque *madidis Notus evolat alis*, n'a
fait tomber autant de gouttes d'eau que M. Biagioli
lance de sarcasmes, de duretés et d'injures sur
Muratori et le Tassoni, qui ont refusé leur encens
à l'amant de Laure. Cependant l'auteur de la *Sec-
chia rapita*, et celui des *Annales de l'Italie*, sont
deux écrivains doctissimes et illustrissimes ; quel
sera donc mon sort, et dans quel guêpier ai-je mis
la main, quand j'ai osé toucher à une feuille de
l'arbre qui tantôt *Lauro* et tantôt *Laura*, femme
et végétal tout à la fois, étend ses branches ou ses
bras, étale ses beaux cheveux ou ses belles feuilles,
et fournit à l'auteur un millier de calembours, les
plus jolis que l'on puisse faire !

Un seul espoir me rassure : malgré son irascibi-
lité, M. Biagioli est un homme *onoratissimo e gar-
batissimo ;* il aura pitié d'un pauvre Français qui
pèche par ignorance, qui n'est pas obligé de savoir

l'italien comme les Muratori et les Tassoni, et qui,
par conséquent, est bien moins coupable. M. Biagioli a eu d'ailleurs beaucoup d'indulgence pour
Ginguené, qui a osé trouver *un peu de recherche*
dans les sonnets de Pétrarque ; et, malgré ce crime,
il le nomme *il celeberrimo Ginguené*. D'après cette
épithète, accordée à un Français, on n'est plus
étonné d'entendre M. Biagioli dire de Michel-Ange :
« L'immenso lume che spande quell' altissimo ingegno nei miracoli di scultura, di pittura, d'archi-
tettura, pare ch'abbia oscurato quello che nelle
opere sue poetiche risplende si, ch'egli abbaglia
l'occhio che men trema. « Cet *immenso lume*, cet
altissimo ingegno, ces *miracoli* et cet éclat *che abbaglia l'occhio che men trema*, nous prouvent que
M. Biagioli sait louer les grands hommes comme il
sait châtier les insolens. Je suis de ces derniers,
mais j'espère qu'il aura pour moi l'indulgence qu'il
demande lui-même à son lecteur : il le prie, à
mains jointes (*a man giunte*), de lui pardonner les
injures qu'il se propose d'adresser au Tassoni ; eh
bien ! moi, je le conjure de me pardonner les sottises que j'ai déjà dites, et celles que je vais dire
encore. Je le prie surtout de vouloir bien résoudre
une difficulté qui m'embarrasse : il affirme que du
temps de Pétrarque, peu de gens entendaient ses
poésies, et qu'aujourd'hui même peu de gens com-
prennent cet auteur, *pochi erano, come sono pur
ancore, quelli che intendevano le sue rime.* Le
poète a donc des millions d'admirateurs qui n'ont

pas le sens commun, puisqu'ils admirent ce qu'ils
n'entendent pas? et que signifie l'universalité d'une
renommée fondée sur des écrits que si peu de gens
savent lire? En attendant que M. Biagioli réponde
à l'objection, je vais lui faire ma profession de foi
sur le mérite de Pétrarque.

Non-seulement je n'ai pas l'intention de déprécier cet écrivain aux yeux de mes compatriotes,
mais je me plais à détruire une erreur qui dimi-
nuerait l'éclat de sa gloire. On croit communé-
ment que l'Italie a dû la renaissance des lettres à
la destruction de l'Empire grec; on a dit que la prise
de Constantinople a fait refluer vers l'Italie tous
les gens lettrés qui ont porté dans cette nouvelle patrie le flambeau des arts, des lettres et des sciences.
Rien n'est plus faux. Le Dante, Pétrarque et Boccace, à qui la langue italienne doit sa force, son
élégance et presque toute sa pureté, sont nés, le
premier, près de deux siècles, et les autres, un
siècle et demi avant l'invasion des Barbares dans
la ville des Constantins. Il est facile de s'apercevoir
que ces trois fondateurs de la littérature italienne
n'ont rien emprunté aux Grecs : ce fut même dans
un âge avancé que Pétrarque voulut connaître la
langue d'Homère, dans laquelle il ne fit jamais de
grands progrès. Admirateurs des Latins, et surtout
de Virgile, l'auteur de la Divine Comédie, celui du
Canzoniere et celui du Décaméron ne les ont guère
imités que pour les formes du style et pour la composition de quelques mots. Du reste, ils doivent

tout à leur génie propre. C'est une chose admirable, sans doute, que Pétrarque, écrivant dans la barbarie du moyen âge, pendant les troubles civils, les schismes et les guerres de l'Italie, ait été alors et soit encore aujourd'hui un modèle sous le rapport de la correction, de l'élégance, de la pureté du style, et surtout relativement à l'art de la versification. Mais il ne s'agit pas de savoir si Pétrarque mérite la reconnaissance des Italiens pour avoir contribué à créer leur langue poétique, et pour l'avoir embellie, la question est décidée depuis long-temps à sa gloire ; l'essentiel est d'examiner si, indépendamment de la différence des siècles, les sujets que Pétrarque a traités, l'esprit qui l'a guidé dans ses compositions, les pensées qu'il s'est plu à revêtir d'une poésie si agréable, et le goût qui est répandu si uniformément sur tous ses ouvrages, doivent encore nous charmer aujourd'hui. En d'autres termes, il s'agit de savoir si des pensées fausses, si des jeux de mots, des subtilités et des conceptions puériles doivent être loués, vantés, divinisés en quelque sorte, par cela seul qu'ils sont présentés dans des vers bien faits, avec un heureux choix d'expressions et avec toutes les grâces du style. Je ne le crois pas, et il m'est impossible de le croire. Une pensée fausse ne deviendra jamais vraie, fût-elle versifiée par Homère et par Virgile, et le faux domine tellement dans les poésies de Pétrarque, elles sont empreintes d'une métaphysique si bizarre, et le faux goût les dépare tellement, qu'après les avoir lues je suis presqu'indigné de voir tant d'art, tant d'esprit et tant de talent employés à faire briller des choses aussi vaines et aussi puériles. Pétrarque, en parlant de ses poésies, les a nommées *Nugellas vulgares*, et il montre par là plus de raison que n'en ont ses admirateurs enthousiastes.

Vous ne le comprenez pas, me criera M. Biagioli; comment donc savez-vous que ses pensées sont fausses? Je lui réponds humblement : Quand il serait prouvé que je n'entends point Pétrarque, je me trouverais au niveau de ces innombrables admirateurs qui, de l'aveu de M. Biagioli, ne l'entendent pas davantage, et je ne serais pas plus sot, puisque je n'aurais fait comme eux que de juger sans connaissances. Mais j'ai une meilleure réplique à faire au commentateur : Si je ne comprends pas les poésies de Pétrarque, je ne puis rien faire de mieux que d'adopter aveuglément le sens que leur donne M. Biagioli, de suivre religieusement son commentaire, où il explique si bien la signification de chaque phrase et de chaque mot, et de juger le poète italien sur les décisions de son savant interprète. Si, après cela, il dit encore que je n'entends pas Pétrarque, il en faudra conclure qu'il ne l'entend pas lui-même.

Maintenant je demande à tout lecteur, en qui la verve poétique n'a pas étouffé le bon sens, si je puis admirer des centaines de petits ouvrages roulant presque tous sur le même sujet; ces allusions

continuelles au laurier et à Laure, tellement con-
fondus qu'on ne sait souvent s'il est question de
l'arbre ou de la femme ; ces contrastes sans cesse
reproduits du feu et de la glace, de l'amour et de
la mort ; et ce soleil qui est aussi l'amant de Laure,
qui part quand elle fait un voyage, et va l'admirer *en d'autres lieux*, comme si elle allait aux
antipodes ; ce soleil qui est le rival de Pétrarque,
ce soleil qui *se fatigue à chercher Laure* et qui ne
la trouve pas, ce soleil qui devient triste et se
cache de honte ; que dirai-je d'un poète qui dialogue avec son âme et qui cause avec ses pensées ;
d'un poète qui ne manque jamais de faire suivre
un mot du mot contraire pour produire une opposition, qui fait des pointes dans le sentiment,
qui exprime son amour en antithèses ; d'un poète
qui, réellement religieux et vantant toujours la
grande piété de Laure, place près d'elle *le souve-*
rain qui règne sur les dieux et sur les hommes,
qui parle de la jalousie de Junon pour Calisto, et
dit à Laure qu'elle doit avoir pitié de lui, parce
que César a pleuré la mort de Pompée ; quoiqu'il
l'ait combattu en Thessalie ? Mais les vers sont
charmans, me disent les adeptes! Eh! oui, sans
doute, ils sont charmans, et en vérité, c'est dommage. Venons à l'application, et citons quelques
exemples parmi les morceaux que M. Biagioli commente avec le plus de complaisance.

Supposons que l'académie française, renonçant
un jour à sa gravité officielle, propose pour prix

de poésie l'amplification du thême suivant : « J'ai
vu entre deux amans une dame fière et honnête ;
le soleil était d'un côté, et moi j'étais de l'autre.
Quand elle se sentit frappée par les rayons du plus
beau de ses amis, elle se tourna vers moi avec un
air de gaieté. Tout-à-coup, je sentis se changer en
allégresse la jalousie que m'avait d'abord inspiré
un pareil rival. Mais le soleil devint triste et pleu-
reur, et il se couvrit d'un léger nuage, tant il res-
sentait de dépit d'avoir été vaincu. « Supposons encore que nos meilleurs poètes entreprennent cet
ouvrage, et que, parmi eux, il se trouve des Voltaire et des Racine, ils feront sans doute de fort
jolis vers, mais tout leur talent parviendra-t-il à
donner une apparence de raison à un tel sujet ?
Non, l'académie ne proposera jamais un pareil
prix, et aucun homme de sens n'aspirerait à l'obtenir.

Dans un autre sonnet fort estimé, le poète s'exprime ainsi :

I' dico a miei pensier, non molto andremo
D'amor parlando omai, etc.....

Il se sépare donc de ses pensées, puisqu'il en fait
les interlocutrices d'un dialogue ; il ne pense donc
pas pour leur parler. Quelle bizarre imagination !
Le sonnet *Solo e pensoso* est cité comme un des
plus beaux par le commentateur, et Ginguené le
trouve plein de sentiment ; mais le sentiment s'oc-
cupe-t-il de faire contraster un adjectif avec un

verbe, et le *dedans* avec le *dehors*, comme dans les vers suivans?

Perchè negli atti d'allegrezza *spenti*
Di FUOR si legge com' io DENTRO *avvampi*.

Dans le sonnet 35, le fils de Latone regarde du haut du *balcon sovrano*, pour voir celle dont il a été amoureux autrefois ; mais, fatigué de chercher, ne sachant où elle se cache, il se présente à nous, dit le poète, comme un homme que le chagrin rend insensé, et, se tenant à l'écart, il ne voit pas revenir ce beau visage que je louerai toute ma vie, etc. Voilà donc Laure, chrétienne et pieuse, métamorphosée en Daphné ou en laurier, et le soleil qui la cherche, qui ne sait où elle est, qui se tient à l'écart et ne la voit pas revenir. M. Biagioli a beau dire que c'est là le triple mystère de Daphné, de Laure et du laurier, je ne puis y voir que ce que les Italiens nomment *Sottigliezze*, et ce que les Français trouvent fort ridicule depuis que Boileau a épuré notre Parnasse. La querelle que le commentateur fait au Tassoni, par rapport à ce sonnet, est fort injuste. Dans un passage où il est question de larmes, le Tassoni les attribue au soleil, et M. Biagioli à Laure. Ce dernier a raison pour le sens, mais l'autre a incontestablement raison par les règles de la grammaire. Dans toutes les langues, un article ou un pronom se rapporte toujours plutôt au nominatif de la phrase qu'à un cas oblique.

Or, ici, le soleil est le nominatif, et le visage de Laure ne peut l'être, puisqu'en traduisant en latin *non vide il viso*, il faudrait mettre ce dernier mot à l'accusatif. Le Tassoni ne s'est donc trompé que parce qu'il savait bien sa langue, et parce qu'il y a faute dans le texte.

On connaît le *terque quaterque beatus* des Latins. Pétrarque a changé cette formule. Voici comment il se félicite du bonheur d'avoir connu Laure :

> Benedetto sia 'l giorno, e 'l mese, e l'anne,
> E la stagione, e 'l tempo, e l'ora, e 'l punto,
> E 'l bel paese, e 'l loco ov' io fui giunto
> Da duo begli occhi che legato m' hanno!

L'énumération et l'accumulation lui plaisent singulièrement. Pour dire qu'aucun fleuve et aucun arbre ne pourraient le consoler autant que la Sorgue et le laurier, il décline cette kirielle qui a été et qui est encore admirée :

> Non Tesin, Po, Varo, Arno, Adige, e Tebro,
> Eufrate, Tigre, Nilo, Ermo, Indo, e Gange,
> Tana, Istro, Alfeo, Garonna, e 'l mar che frange,
> Rodano, Ibero, Ren, Senna, Albia, Era, Ebro ;
> Non edra, abete, pin, faggio, o ginebro
> Poria 'l foco allentar che 'l cor tristo ange
> Quant' un bel rio ch' ad ogni or meco piange,
> Con l'arboscel che 'n rime orno e celebro.

N'est-il pas plaisant que l'on nomme vingt-trois fleuves dans un poëme qui n'a que quatorze vers? Je dis vingt-trois et non vingt-quatre, car je ne

crois pas que, *e 'l mar che frange* signifie le Ti-
mave, comme le dit M. Biagioli ; mais je pense
que cette phrase se rapporte au Rhône : *Rodano
che frange il mare.* La rapidité de ce fleuve, et la
manière dont il refoule les flots de la mer pour s'y
précipiter, me font adopter cette interprétation.
S'il m'était permis de plaisanter comme l'a fait plusieurs fois le Tassoni, je dirais encore que vingt-
trois fleuves sont très-suffisans pour *attentar un
foco,* mais que le sapin, le hêtre et le genevrier
ne sont guère propres à produire cet effet.

Le tendre amant de Laure voulant célébrer sa
belle plus complètement qu'il ne l'a fait dans trois
cent dix-sept sonnets, imagine de décomposer son
nom, et de tirer une louange de chaque syllabe.
Pour parvenir à une si belle fin, il est d'abord
obligé de changer *Laura* en *Lauretta* ; il retranche
ensuite un des deux *t* qui le gène dans cette grande
opération, puis il procède ainsi : la syllabe *lau* est
le commencement du verbe *laudare,* ainsi Laure
mérite toutes louanges ; *re,* forme l'initiale de *reale,*
donc Laure est d'une royale famille ; reste *ta,* qui
lui crie : *taci,* tais-toi, parce que pour chanter dignement une pareille femme, il faut d'autres génies
que Pétrarque.

En conscience, a-t-on bien pu réimprimer cent
fois de pareilles niaiseries ? a-t-on pu les commenter ? Hélas ! oui. Ne semble-t-il pas que l'on parle
à un peuple d'enfans ? est-ce là de l'esprit ? Dussé-je
être brûlé vif comme un autre Savonarole, je dé-

clare que je n'y vois pas le sens commun. Quand
on a lu Horace, Catulle et Tibulle, et quand on
apprend que les trois cent dix-sept sonnets de Pétrarque ont été, et sont encore plus admirés que
tous les vers des contemporains de César et d'Auguste, on comprend facilement pourquoi les Italiens modernes ne ressemblent pas aux anciens.

Je n'ai parlé que des sonnets, parce qu'ils sont
beaucoup plus connus en France que les canzoni,
et surtout que les ballades, les sestines et les triomphes. Parmi les canzoni, il en est de fort agréables, et
je dirais même charmantes, si elles étaient exemptes
de ce *clinquant* dont parle Boileau, et qui lui dé-
plaisait dans le Tasse. Il faut avouer cependant
qu'il y a beaucoup plus de naturel et même de sentiment que dans les sonnets les plus vantés. Mais
Pétrarque retombe bientôt dans son péché favori.
Après quelques stances d'un goût pur, il a recours
à son auxiliaire habituel, et il répand des flots de
cet esprit qui, à mon sens, mérite un tout autre
nom. Voyez, par exemple, la canzone où il fait
un édifice du corps de Laure : les murs en sont
d'albâtre, le toit d'or (elle était blonde), les fenêtres de saphir : il dit cependant ailleurs qu'elle
avait les yeux noirs; mais, pour absoudre son poète
de cette contradiction, M. Biagioli dit que les fenêtres de saphir signifient des yeux *célestes*. J'y
consens de tout mon cœur, car j'y prends peu
d'intérêt, ou, pour parler à l'italienne : *non m'im-
porta un fico.*

Je voulais me taire sur Pétrarque, mais on m'a sollicité, pressé, violenté, et voilà que l'on m'a fait faire une sottise, car il ne faut pas toujours dire ce qu'on pense. Quant à M. Biagioli, ce n'est point par forme de compensation que je recommande son commentaire au lecteur. C'est un livre précieux pour les personnes qui veulent connaître toutes les finesses de la langue italienne. Plusieurs passages de Pétrarque auraient été inintelligibles pour moi sans l'explication qu'en donne M. Biagioli : on peut beaucoup s'instruire en le lisant. Il méprisera sans doute cet éloge d'un homme qui n'adore pas les divins sonnets ; mais, si je suis trop ignorant pour entendre Pétrarque, j'ai fort bien entendu M. Biagioli, et cela suffit pour me donner le droit de le louer.

ŒUVRES COMPLÈTES

DE MACHIAVEL;

TRADUITES PAR J.-V. PÉRIÈS.

Les six premiers volumes de cette traduction, qui en comprendra douze, et qui formera l'édition la plus complète des Œuvres de Machiavel, se composent d'une préface du traducteur; d'une longue histoire ou vie de Machiavel; de cent quarante-deux discours sur la première Décade de Tite-Live, ou plutôt sur les trois premiers livres de cette Décade; d'un discours ou mémoire adressé au pape Léon X, sur la réforme du gouvernement de Florence; d'un précis du gouvernement de la république de Lucques; du Prince, celui de tous les ouvrages de Machiavel qui ait fait le plus de bruit en Europe, quoique les discours sur Tite-Live méritent au moins autant de célébrité; de l'Anti-Machiavel, ou examen du livre du Prince, ouvrage de Frédéric II, roi de Prusse, mais que M. Périès a fort bien fait de joindre au livre que le grand Frédéric prétendait avoir réfuté; de quatorze lettres écrites par Machiavel, au nom de la seigneurie, au commissaire général de l'armée florentine, pendant l'expédition tentée contre la ville de Pise; de sept livres de l'Art de la Guerre, précédés d'une préface de Machiavel; de deux provisions rédigées par Machiavel, pour l'institution d'une milice nationale dans la république de Florence; et enfin, de la relation d'une visite faite par Machiavel, pour fortifier la ville de Florence.

Avant d'exposer ce que contient le livre du Prince, il est nécessaire de faire connaître sous quels auspices il a été publié, quel effet il a produit à son apparition, et quels ont été les motifs de la persécution tardive qu'il a éprouvée depuis, et non pas avant l'année 1559, c'est-à-dire vingt-huit ans après sa publication. Je ne puis prendre trop de précautions envers les lecteurs prévenus, quand il s'agit de substituer une vérité contraire à l'opinion qui, depuis si long-temps, s'est enracinée dans leur esprit. M. Périès m'aidera beaucoup dans cette tâche ; mais dans la crainte, sans doute, d'allonger sa préface, il a été un peu trop laconique en parlant du pape qui a condamné Machiavel, et des écrivains qui n'ont trouvé Machiavel coupable que quand ses ouvrages ont été proscrits. Cependant il y avait déjà trente-deux ans que l'auteur était mort, et vingt-huit ans que ses écrits étaient publiés, quand on s'est avisé d'y trouver des principes et des maximes épouvantables.

La première édition qui fut faite des *Discorsi* de Machiavel, de son *Histoire de Florence* et *du Prince*, en 1532, fut autorisée par un bref du pape Clément VII. Les examinateurs ou censeurs n'y avaient donc rien vu de dangereux ni pour la religion ni pour la morale. Si l'on m'objecte qu'on a pu accorder la permission par pure confiance, et qu'on n'aperçut le poison qu'après la publication de l'ouvrage, je répondrai que les papes Paul III, Jules III et Marcel II n'ont pas été plus effrayés de ces livres que ne l'avait été Clément VII, puisqu'ils en ont approuvé les nombreuses éditions qui se répandirent dans toute l'Italie, de sorte que la condamnation de ces mêmes ouvrages fut tardive et illusoire, tant les exemplaires s'en étaient multipliés pendant plus

de vingt-sept ans. Paul IV, lui-même, qui fit
mettre à l'*index* tous les écrits du publiciste florentin, ne s'avisa de ce coup d'autorité que dans
la dernière année de son pontificat ; ainsi, il
avait concouru pendant quatre ans à répandre ce
poison dont il voulut tardivement préserver les
fidèles.

Mais enfin, dira-t-on, il a condamné ces ouvrages, et sans doute il y a eu des motifs pour le
faire. « On ne peut attribuer cette sévérité, dit le
traducteur, qu'au désir de mettre un frein aux
opinions nouvelles qui se répandirent à cette
époque dans toute l'Europe, *et qui donnèrent
naissance à la religion réformée.* » Je n'adopte
point cette opinion qui d'ailleurs est exprimée
d'une manière inexacte. Il y avait déjà long-temps
que la réformation avait pris naissance, quand
tout le Machiavel fut mis à l'index ; puisque les
premiers démêlés eurent lieu sous Léon X, qui
est mort trente-huit ans avant Paul IV, puisque
Charles-Quint avait dissipé la ligue de Smalcalde à
Mulberg, en 1547, puisqu'enfin ce même prince
avait été obligé de signer la paix de Passaw en 1552.
Ce n'est donc pas un motif religieux qui a poussé
Paul IV à cette sévérité ; d'ailleurs, Machiavel ne
parle jamais de la religion qu'avec respect, quoique
dans ses discours sur Tite-Live, il accuse la cour
de Rome d'avoir porté atteinte à cette même religion ; et si, dans son Prince, il cite des actes
d'Alexandre VI et de Jules II, il ne considère

jamais ces pontifes que comme princes temporels,
sans se permettre aucune réflexion sur les choses
sacrées. Mais, dans le chapitre XII de ses discours, Machiavel s'élève contre le scandale de la
cour de Rome, et ce scandale avait été précisément le texte des déclamations de Luther ; mais,
dans le Prince, Machiavel penche visiblement
vers le despotisme, ce qui ne doit pas étonner de
la part d'un républicain ; et Luther, qui avait vanté
les douceurs de la liberté, jusqu'à ce qu'il fût assez
fort pour être despote, n'avait cessé de tonner en
chaire contre le despotisme des successeurs de
saint Pierre, et Paul IV ne voulut pas avoir l'air
de protéger des écrits qui paraissaient favorables
à la tyrannie, et qui dévoilaient les crimes d'A-
lexandre VI, les faiblesses de Léon X et celles de
Clément VII. Mais, je le répète, la religion n'y
fut pour rien ; car, religieusement parlant, Machiavel n'est pas attaquable.

Voltaire a dit quelque part que, pour bien apprécier les anciens, il faut se transporter dans les
temps et dans les lieux où ils ont vécu. Cette pensée est juste et si naturelle qu'elle appartient à tout
le monde ; mais tout le monde n'est pas capable
de suivre le conseil qui s'y trouve exprimé. Pour
se transporter mentalement dans les temps anciens
et dans des lieux qui ont changé de face, il faut
de l'instruction, et malheureusement la plupart
des hommes n'attendent pas l'instruction pour
prononcer des jugemens. Avec nos idées nous ju-

geons des peuples qui avaient d'autres idées ; les devoirs qu'on nous impose aujourd'hui sont la règle à laquelle nous voulons soumettre des hommes auxquels on prescrivait d'autres devoirs ; bien convaincus de cette fausse maxime que le genre humain s'est toujours perfectionné *en marchant*, nous décidons hardiment que le juste et l'injuste d'aujourd'hui ont dû être le juste et l'injuste de tous les siècles. Voilà pourquoi Machiavel n'est qu'un fourbe, un scélérat, un monstre aux yeux de certains lecteurs, tandis que d'autres admirent sa véracité, sa pénétration, son talent, sans suspecter sa probité ni ses mœurs. Les premiers le jugent comme s'ils l'avaient vu hier se promener aux Tuileries ; les autres ne le voient qu'entouré des Alexandre VI, des Jules II, des César Borgia et des *Condottieri* qui étaient les Achille et les Ajax de cette époque.

On croit trop facilement que la barbarie du moyen âge avait cessé à l'apparition des Médicis, mais des habitudes de mille années ne se réforment point par un coup de baguette ; jusqu'à la fin du seizième siècle, on retrouve à chaque instant *priscæ vestigia fraudis*, et Machiavel écrivait avant la fin du quinzième, pendant l'agonie d'une république turbulente, et pendant les premières années d'une domination dont elle s'était violemment affranchie.

Il ne sera pas possible de porter un jugement impartial sur les œuvres du publiciste florentin, si

l'on ne se pénètre des vérités suivantes : A l'époque
où Machiavel écrivait, comme à celles qui l'avaient
précédée, on ne distinguait point subtilement la
bonne et la mauvaise guerre ; toute guerre consistait à faire le plus de mal possible à son ennemi,
par quelque moyen que ce fût. On ne se contentait
pas de nuire au gouvernement que l'on attaquait,
on sévissait avec cruauté contre les peuples mêmes,
quelque innocens qu'ils fussent des fautes de ce
gouvernement. L'inimitié politique était une haine
individuelle ; le *vœ victis!* était le cri patriotique,
le *dolus an virtus* était la maxime régulatrice du
citoyen comme du guerrier. Garder sa foi envers
son ennemi aurait paru un acte de faiblesse quand
le parjure pouvait être utile. Eh quoi! vous aurait
dit un politique, il m'est permis d'égorger mon
ennemi, et il me serait défendu de le tromper! On
ne s'appitoyait point alors sur le sort d'un prince
qui, par trop de confiance, avait perdu le trône et
la vie, mais on se moquait de sa sottise.

Le même laurier était décerné au général qui
avait triomphé par ses fourberies, et à celui qui
devait ses succès à son courage. Ravager les campagnes, brûler les moissons qui attendaient la fau-
cille, incendier les villages, égorger les habitans
désarmés, briser la tête des enfans contre la pierre,
étaient des actes dont la répétition fatigue le lecteur
dans la pénible route qu'il parcourt à travers le
moyen âge, et ces actes n'inspiraient point cette
horreur, ce dégoût qu'ils exciteraient aujourd'hui.

Envers l'ennemi tout était légitime, comme entre les diverses factions qui divisaient un état. On ne voyait point alors un guerrier se détacher de sa troupe au moment du combat, comme l'a fait un Anglais dans le dix-huitième siècle, s'avancer vers l'ennemi, le saluer civilement, et dire : « A vous, « messieurs les Français. » On n'entendait pas répondre : « Nous ne tirons jamais les premiers. »

Dans le temps de Machiavel, les ennemis ne se faisaient des politesses que pour se tromper, et tromper était louable s'il était avantageux. Séduire son ennemi par une apparence de conciliation, signer et jurer une paix qu'on est loin de vouloir maintenir, embrasser son adversaire, et, en le serrant dans ses bras, chercher l'endroit où l'on veut enfoncer le poignard, n'était pas un acte odieux ni contre un ennemi de l'Etat, ni contre un prince dont on avait conspiré la perte. Mais, le croirait-on ? aujourd'hui même on rencontre encore, en Italie surtout, des hommes, fort honnêtes d'ailleurs et fort éclairés, qui font l'apologie de ces temps déplorables. Cette barbarie, vous disent-ils, ces cruautés, cette violation des plus saints engagemens, vous prouvent au moins qu'alors on aimait sa patrie. Et encore, ajoutent-ils, est-il bien vrai que ces actes soient une preuve de barbarie, et que les habitudes actuelles soient une preuve de civilisation ? Les hommes qui emploient la ruse, la fourberie, et exercent des cruautés contre les ennemis de leur pays, sont-ils moins humains que

ces guerriers qui marchent parce qu'on les paie ,
se mêlent, dans une suspension d'armes, aux guerriers ennemis, boivent et mangent avec eux , leur
font des politesses affectueuses , leur serrent la
main cordialement, et leur disent avec un agréable
sourire : Nous nous égorgerons demain. De quel
côté est la barbarie ? et sommes-nous irréprochables
quand nous condamnons nos ancêtres ?

 Ces argumens nous révoltent, mais convenons
qu'ils ne sont pas tout-à-fait méprisables, et , sans
entrer dans une discussion qui mènerait trop loin ,
sachons gré à Machiavel de n'avoir point conseillé
le crime, ou de ne l'avoir montré comme une nécessité que quand d'autres crimes commis antérieure-
ment, commandent un nouvel attentat, sous peine
de se perdre en causant à l'État des maux effroyables. Ce publiciste , en effet, ne donne point de
conseils sur des choses à faire , mais sur des choses
faites qui ne laissent plus à l'ambitieux que la triste
faculté de choisir entre deux mauvais partis. Si l'on
avait observé que les préceptes de Machiavel ne
sont jamais des conseils *à priori*, mais seulement
des conséquences des mauvaises actions qu'il n'a
pas conseillées, on se serait épargné bien des déclamations inutiles. C'est ce qu'il est facile de démontrer par une courte analyse du livre du Prince.

 Trompés par le titre de cet ouvrage, des hommes
inattentifs ont pensé que Machiavel , préférant le
despotisme à tout autre gouvernement, a voulu
donner aux princes de l'Europe des leçons de

tyrannie, en leur montrant leur propre conservation comme le seul but qu'ils devaient se proposer, et en les affranchissant des obligations que
leur imposent les lois de la religion et de la morale.
Cette opinion ne mérite pas d'être réfutée. D'autres
ont cru que le publiciste a voulu exposer d'une manière indirecte ce que font la plupart des princes,
en feignant de leur conseiller ce que leurs vices
ne leur inspirent que trop. Cette idée recherchée
est démentie par la brusque franchise de l'auteur
qui s'exprime sans détours, et donne réellement
des leçons qu'il confirme par des exemples tirés
de l'histoire. D'autres enfin ont cru faire une découverte en s'imaginant que Machiavel, par esprit
de républicanisme, a conseillé la tyrannie aux
princes, afin de les rendre odieux aux peuples, et
de les faire tomber de leurs trônes. Cette subtilité
ridicule est indigne d'un génie aussi vigoureux et
aussi profond que celui du publiciste florentin.

On a recherché bien loin et bien maladroitement une intention que Machiavel lui-même a
déclarée de la manière la plus claire et la plus
franche. Voici ce qu'il écrivait à François Vettori,
qui était resté son ami quoiqu'il ne partageât pas
ses opinions politiques : « J'ai composé un opuscule *de Principatibus*, où je me plonge autant
que je puis dans les profondeurs de mon sujet,
*recherchant quelle est l'essence des pouvoirs; de
combien de sortes il en existe; comment on les
acquiert; comment on les maintient, et pour*

quoi on les perd..... Philippe Casavecchi l'a vu ; il pourra vous rendre compte de la chose en elle-même, etc..... » Les membres de phrase que j'ai soulignés sont l'analyse bien succincte, et cependant complète du livre du Prince ; en effet, Machiavel n'y a traité que de l'origine des principautés, de leur différente nature, de la manière dont on les possède, des moyens par lesquels on les conserve, et des fautes par lesquelles on les perd. Les conseils qu'il y donne sont adaptés à ces diverses situations que le publiciste n'a point fait naître, car il ne provoque point l'ambition, mais il la secourt pour éviter un plus grand malheur ; il ne dit pas au prince : « Armez-vous, attaquez votre voisin, enrichissez-vous de ses dépouilles » ; mais il dit : « Vous avez été ambitieux, vous avez envahi les États voisins, vous les avez réunis aux vôtres ; vous vous êtes donc fait des ennemis irréconciliables ; et vous êtes perdu si vous ne suivez pas tels ou tels conseils, que j'emprunte à l'histoire de tous les peuples.

Tel est le véritable esprit de ce livre fameux, qui a fait de Machiavel l'épouvantail des honnêtes gens, et le lecteur sent déjà combien il est différent de conseiller une mauvaise action, ou de conseiller celui qui l'a commise sans demander conseil à personne. Si tous les princes avaient été justes et sages, le livre du Prince n'eût jamais existé.

Abordons maintenant ces terribles maximes qui

14.

ont causé tant de scandale en Europe depuis trois cents ans, et qui ont excité la royale colère de Frédéric II. On pense bien que je ne les examinerai pas toutes, mais je choisirai celles qui se présentent sous les apparences les plus odieuses. Je vais commencer par la plus révoltante. Dans le chapitre III, l'auteur traite *des principautés mixtes;* ce sont celles dont le souverain a réuni une conquête à ses États héréditaires. Si les États conquis, dit Machiavel, sont dans la même contrée que ceux dont le prince est en possession depuis longtemps, il est facile de les conserver. « Pour les posséder en sûreté, ajoute-t-il, il suffit *d'avoir éteint la race du prince* qui en était le maître. » Ce conseil est répété plus positivement encore à la page suivante, et il a fait jeter les hauts cris à presque tous les lecteurs de cet ouvrage. « Voyez ce monstre, a-t-on dit, il ne se contente pas de flatter l'ambition, de légitimer des conquêtes injustes et des guerres sans motifs, il veut encore que l'on joigne l'assassinat à la spoliation. » Machiavel ne veut rien; il n'a point conseillé la guerre et l'invasion, mais il s'adresse à des princes qui ont spontanément fait la guerre, et envahi des États à la souveraineté desquels ils n'avaient aucun droit. C'est alors qu'il leur dit : « Puisque vous vous êtes placés librement dans cette situation, vous n'avez plus qu'un moyen de conserver votre conquête, c'est d'éteindre toute la race du prince dépossédé; car, ajoute-t-il, dans un autre passage, ne vous fiez

point aux démonstrations du peuple ; il aime les
nouveautés, mais quand il voit que le novateur
ne le rend pas plus heureux , il ne tarde pas à
regretter les anciens princes, et il favorise les
tentatives qu'ils font pour se rétablir. Observons
d'ailleurs que le conseil d'éteindre toute une race
est presque illusoire ; dans une guerre d'invasion,
une famille entière ne va pas se placer de manière
à pouvoir être enveloppée d'un même filet. Cette
difficulté d'éteindre une race, cette inconstance
du peuple subjugué sont bien plus propres à mo-
dérer le feu de l'ambition qu'à l'attiser : cette
phrase qui nous choque dans Machiavel est donc
plutôt une réflexion malheureusement trop vraie ,
qu'un encouragement donné au crime. Pendant
la durée du dernier gouvernement , on a dit vingt
fois que Buonaparte , malgré ses victoires, ne
serait jamais en sûreté sur son trône, tant qu'il
existerait un prince de la maison de Bourbon.
Cette réflexion si vraie suppose-t-elle dans ceux
qui la faisaient le désir de voir assassiner tous les
princes légitimes? je serais alors bien coupable,
car cette pensée m'est venue souvent à l'esprit.
Quand nous lisons les procédures de la cour d'assises, si un assassin a craint ou négligé de commettre un crime de plus, et a épargné l'une des
personnes intéressées à le faire punir, nous sen-
tons que cette *faute*, dans un scélérat, va le conduire à l'échafaud ; mais cette réflexion veut-elle
dire que nous aurions désiré un crime plus com-

plet? C'est tout simplement une idée si naturelle qu'elle se présente à tous les lecteurs.

Si cependant quelques moralistes sévères persistaient à soutenir que le précepte de Machiavel est le conseil d'un scélérat, je leur demanderais pourquoi cette pensée si évidemment coupable ne les a pas révoltés quand ils l'ont rencontrée, aussi complète et aussi évidente, dans un ouvrage estimé généralement, et qui est dans les mains de tous les Français. Elle se trouve en effet dans *la Henriade*, elle y est exprimée dans toute sa plénitude ; et ce qu'il y a de remarquable, c'est qu'elle y est placée dans un discours de Henri IV, le plus honnête homme qui jusqu'alors se soit assis sur un trône. Lorsque Henri raconte à la reine d'Angleterre les horreurs de la ligue, et particulièrement les événemens de la journée des barricades, lorsqu'il fait voir le duc de Guise ameutant le peuple, et forçant son roi à s'enfuir de Paris, il continue ainsi :

Si Guise eût dit un mot, Valois était sans vie ;
Mais lorsque d'un coup d'œil il pouvait l'accabler,
Il parut satisfait de l'avoir fait trembler,
Et des mutins lui-même arrêtant la poursuite,
Lui laissa par pitié le pouvoir de la fuite.
Enfin Guise attenta, quel que fût son projet,
Trop peu pour un tyran, mais trop pour un sujet :
Quiconque a pu forcer son monarque à le craindre
A tout à redouter s'il ne veut tout enfreindre.

Établissons maintenant un parallèle entre les

deux passages : le publiciste veut prouver qu'un second crime est souvent nécessaire pour écarter le danger d'un premier crime ; cette pensée est clairement exprimée dans le poëme, puisque le duc de Guise fit *trop peu pour un tyran*, et périt à Blois pour cette *faute*. Machiavel a réduit cette pensée en maxime ; c'est sous la même forme que le poète l'a présentée : *Quiconque a pu forcer*, etc..... Le prosateur ne s'adresse pas seulement à un prince, mais à tous ; le poète s'adresse à tous les factieux, *quiconque*, etc... Le publiciste dit : Vous avez tout à craindre si vous laissez vivre les princes que vous avez dépouillés ; dans le poëme, Guise a dépouillé le roi de son autorité et veut lui ravir le trône, et le poète fait dire à Henri IV, qu'un factieux

A tout à redouter s'il ne veut tout enfreindre.

Il est presque impossible qu'une ressemblance soit plus parfaite que celle de ces deux passages, et si M. Périès s'était proposé de réfuter les adversaires de Machiavel, je suis presque certain qu'il n'aurait pas négligé le rapprochement que je viens de faire. Comment donc le roi de Prusse, qui voulait faire faire une si magnifique édition de *la Henriade*, n'a-t-il pas été indigné d'y trouver une maxime qui l'a presque mis en fureur quand il l'a lue dans le livre du Prince ?

En lisant l'histoire de la vie de Machiavel on

voit que cet écrivain était généralement estimé
sous le rapport de la probité et des mœurs; qu'il
avait pour amis les personnages les plus illustres;
et que le gouvernement de Florence le chargea
de négociations importantes près de l'empereur
d'Allemagne, près du roi de France, et de plusieurs princes d'Italie. Machiavel mourut donc
honnête homme, estimé et regretté. Mais en 1559
ses ouvrages, *qu'il n'avait point publiés*, sont
mis à l'*index*, et voilà que l'honnête homme devient un fourbe, un scélérat, un athée, trente-
deux ans après sa mort. Une foule d'écrivains,
croyant complaire au pape, ou voulant faire éclater
un faste de vertu, maudirent le défunt publiciste,
outragèrent sa mémoire, et s'avisèrent de trouver
abominables des écrits qu'ils avaient médités depuis trente ans sans y rien voir de répréhensible.
Il n'y a rien là qui ne s'explique parfaitement bien
avec un peu de connaissance des hommes. Quatre
papes l'avaient approuvé, et ils avaient eu raison,
tant qu'ils ont vécu; mais un cinquième avait
condamné, et le dernier doit toujours avoir plus
raison que les autres. Il faut avouer cependant
qu'une des missions dont Machiavel avait été
chargé, et dont le secret fut révélé par la publication de sa correspondance, long-temps après
sa mort, avait pu inspirer des doutes, et même
faire naître de fâcheuses préventions contre la
bonne foi et la probité du diplomate. Voyons à
quel point étaient fondés ces soupçons qui, de-

puis , sont devenus des accusations formelles et
graves.

On sait que l'exécrable César Borgia , feignant
de vouloir faire la paix avec quatre princes ses
ennemis , leur donna un rendez-vous à Sinigaglia,
et les y fit égorger. Machiavel était alors à la cour
de Borgia ; mais, ce que M. de Roscoë, d'ailleurs
si sage et si exact , ce que Ginguené, qui se décide
rarement sur une question difficile , n'ont point
assez remarqué , Machiavel n'était point là pour
son plaisir : c'était pour lui un devoir, une obligation , puisqu'il y était envoyé par son gouvernement. Après le crime de Borgia , il en informa la
république de Florence , dans un écrit où il est
vrai de dire qu'il n'exprime aucune horreur de ce
forfait, pas même une simple improbation ; il en
félicite au contraire son gouvernement, parce que
les victimes de Borgia étaient en même temps les
ennemis de Florence. Voilà ce qu'on lui reproche
comme s'il eût été complice du crime , et on en
conclut qu'il l'avait au moins approuvé. Ginguené
s'écrie : Devait-il approcher d'un tel prince ? Ne
devait-il pas s'enfuir épouvanté? Comment a-t-il
pu transmettre *à la postérité* de pareils détails,
sans les blâmer, sans témoigner la moindre répugnance? Il n'est rien de plus facile que de faire
voir l'injustice et le ridicule de cette déclamation :
1° Machiavel ne songeait pas *à la postérité*, mais
à son gouvernement, quand il lui a transmis cette
dépêche, et ce n'est pas lui qui l'a publiée ; 2° il

fallait bien qu'il approchât d'un *tel prince*, puisque son gouvernement l'envoyait près d'un tel prince; 3° il ne s'est pas *enfui épouvanté*, parce qu'un envoyé, un ambassadeur ne quitte pas son poste sans ordre ou sans permission.

Quant au style de la dépêche, il est ce qu'il devait être; et, y exprimer l'horreur ou le blâme, eût été une faute coupable, parce que Florence avait tout à craindre de Borgia et de son père Alexandre VI, parce qu'elle avait le plus grand intérêt à éviter une guerre aussi dangereuse. Pour achever de convaincre le lecteur, supposons qu'un ambassadeur de S. M. T. C. soit témoin, dans une cour étrangère, d'un de ces attentats, d'une de ces révolutions de palais où la morale a beaucoup à gémir; supposons encore que le roi de France soit dans une de ces positions qui lui fasse regarder la rupture de la paix comme un grand malheur; je le demande à tout homme raisonnable, cet ambassadeur se permettrait-il d'écrire une Philippique ou une Verrine sur l'événement dont il aurait été témoin, et, par une affectation de vertu intempestive, irait-il compromettre les intérêts de son roi, et appeler la guerre sur sa patrie? Non, sans doute; il écrirait comme a fait Machiavel, gardant son horreur *in petto*, et sachant bien que les auteurs d'un pareil attentat ne seraient pas gens à respecter les dépêches d'un ambassadeur. C'est ainsi qu'une observation dictée par le simple bon sens fait crouler tout l'échafaudage d'une vaine déclamation, qui, pour être fort éloquente, n'en est pas moins une sottise en politique. Après cette disgression, je rentre dans l'examen du Prince.

Quoique je sois bien convaincu que les maximes répandues dans ce fameux livre, ne méritent point la réprobation dont on les a frappées, je suis forcé de convenir qu'on a pu facilement se méprendre sur les intentions du publiciste, et sur le but qu'il se proposait. Or, si les intentions ont pu paraître équivoques, et si le but n'a pas été clairement aperçu, il y a nécessairement un défaut dans l'ouvrage, et conséquemment un tort de l'auteur. Oui, ce défaut, ce tort existent bien réellement, mais ce ne sont point ceux que l'on a reprochés à Machiavel et à son livre; la faute réelle est d'avoir révélé des secrets peu honorables pour l'espèce humaine, d'avoir exposé des vérités âpres, des idées affligeantes, des maximes insolites, sans avoir fait sentir l'utilité de cette révélation, sans avoir employé aucune des préparations, des précautions qui auraient disposé l'esprit du lecteur à recevoir ces nouvelles lumières. Il a cru parler à des hommes qui avaient déjà discuté ces matières, et qui étaient, comme lui, en état de les juger. C'est un tort; l'auteur qui veut instruire les princes et les peuples doit se rendre accessible à toutes les intelligences, et c'est ce que Machiavel n'a point fait. Il serait cependant fort injuste de le condamner entièrement pour cette négligence, puisqu'il n'a jamais publié son livre, et qu'il est raisonnable de supposer que, dans le cas où il aurait voulu le livrer à l'impression, il l'aurait fait au moins précéder d'une préface, où il aurait dit, beaucoup mieux que je n'ai pu le faire, tout ce qu'on a lu dans cet examen.

Ne concluons pas cependant, que tous les adversaires de Machiavel soient disculpés. Ils ne peuvent éviter l'accusation de mauvaise foi que par l'aveu d'une ignorance qui n'est point vraisemblable. Si Machiavel a trop souvent négligé les précautions oratoires, il ne les a pas totalement méconnues. Quoique très-laconique, il en dit assez pour être irréprochable aux yeux des lecteurs attentifs. Ici, il nous avertit *de ne pas examiner telle question politique sous le rapport de la religion et de la morale*, ce qui prouve qu'il la jugerait autrement sous ce rapport. Ailleurs, lorsqu'il conseille à un prince de se faire craindre, il fait d'abord sentir combien il serait préférable de se faire aimer. Ailleurs encore, lorsqu'il fait l'éloge d'un guerrier illustre, d'Agathocle par exemple, il lui refuse le titre de grand homme, parce que ses victoires ont été souillées par des crimes. C'en était assez, je le pense, pour ôter aux critiques le droit de ne voir dans ce livre que l'amour du crime, de la perfidie et de l'assassinat ; mais on a soin de fermer les yeux sur les correctifs, et tel homme très-disposé à imiter le Prince de Machiavel, dans la pratique, ne manquera pas de déclamer bien haut contre la théorie. C'est ainsi que dans la société, quand on apprend que l'amour a fait

commettre une faute grave à une jeune personne,
les femmes véritablement honnêtes la blâment
doucement, et la plaignent davantage ; mais les
prudes se croient obligées de crier bien fort, et de
damner irrévocablement.

La seconde maxime qui se présente d'une manière peu gracieuse, est celle par laquelle le publiciste donne un conseil aux princes sur la manière
dont ils doivent se conduire envers les mécontens.
Il faut les satisfaire, dit-il, ou les mettre dans
l'impossibilité de nuire. « Sur quoi, ajoute-t-il, il
faut remarquer que les hommes doivent être ca-
ressés ou écrasés. Ils se vengent des injures légères ;
ils ne le peuvent quand elles sont très-grandes :
d'où il suit que, quand il s'agit d'offenser un
homme, il faut le faire de telle manière qu'on ne
puisse redouter sa vengeance. » Faute d'explication
suffisante, cette dernière phrase peut paraître
odieuse ; on peut en effet l'entendre dans ce sens :
Si vous êtes décidé à punir, tuez, parce qu'il n'y a
que les morts qui ne reviennent pas. Mais, pour
adopter cette interprétation, il faut oublier que le
précepte est conditionnel. Je ne vous ai pas conseillé d'offenser, répondrait Machiavel ; mais si
vous vous êtes placé dans la nécessité de le faire,
sévissez du moins de manière à ne pas redouter la
vengeance, parce que des maux partiels sont encore
préférables à une subversion générale.

On a reproché aussi au publiciste que par ces
mots : *caresser ou écraser*, il donnait le choix entre

la cruauté et la clémence. Mais les princes ont toujours ce choix; ce n'est pas Machiavel qui le leur donne; il ne les détourne pas du meilleur parti, mais il leur recommande au moins la prudence, s'ils sont décidés à suivre le mauvais.

Dans l'une des plus forte crises de notre révolution, nous avons été témoins d'un fait qui prouve que si les idées de Machiavel ne sont pas agréables, elles sont au moins justes et vraies. Quelques jours avant le 9 thermidor, on vit Robespierre monter à la tribune pour dénoncer un nouveau complot; il parla de groupes formés aux Tuileries, et d'un *scélérat* qui pérorait dans ces groupes. « Je ne suis point un scélérat, » s'écria Bourdon fort indiscrètement. « Je n'ai point nommé Bourdon, répliqua Robespierre; malheur à celui qui se nomme! » Jamais tyran ne put commettre une plus haute imprudence. Au lieu de caresser ou d'écraser sur-le-champ ses ennemis, il menaça, et, dans sa bouche, la menace signifiait : Vous êtes morts si vous ne me tuez pas. Aussi les conjurés surent-ils profiter de cet avis, et Robespierre tomba pour n'avoir pas bien lu son Machiavel. Mais si la maxime du Florentin peut être utile aux tyrans, elle ne l'est pas moins aux bons princes, puisque ceux-ci peuvent être, à l'égard des factieux, dans la même position où se trouvait Robespierre relativement aux *thermidoriens*. Je dis *dans la même position*, parce qu'aux yeux des factieux le meilleur prince est un tyran, comme le furent Henri IV et Louis XVI.

N'oublions pas d'ailleurs que l'esprit, que le but de ce livre est d'exposer comment on acquiert les souverainetés, comment on les conserve, et pourquoi on les perd. N'oublions pas que toutes les questions relatives à ce sujet, y sont traitées sous le rapport de la seule politique, c'est-à-dire de *l'utile*, et non pas sous celui de la religion et de la morale. La religion dit : « *Fais ce que tu dois, advienne que pourra.* » La politique s'écrie : « Plutôt un crime que la chute du trône et le bouleversement de l'État. » Quiconque ne veut pas faire cette distinction, doit repousser avec horreur le livre de Machiavel.

Ce publiciste veut qu'un prince ait toujours une bonne armée, qu'il connaisse parfaitement l'art de la guerre, et qu'il soit toujours prêt à combattre. « Là, dit-il, où il n'y a point de bonnes armes, il ne peut y avoir de bonnes lois ; et, au contraire, il y a de bonnes lois là où il y a de bonnes armes. » Il ne se contente pas de recommander aux princes de soigner l'état militaire, il veut qu'on n'hésite point à porter la guerre partout où il existe un commencement de désordre et une cause de dissension. Il ne faut rien souffrir dans l'espoir d'éviter la guerre, car on ne l'évite jamais ; et, en la différant, on est un jour obligé de la faire à l'avantage de l'ennemi. « Les Romains, quoiqu'ils pussent s'en abstenir, ont fait la guerre à Philippe et à Antiochus, au sein de la Grèce même, pour n'avoir pas à la soutenir contre eux en Italie. Ils ne goû-

tèrent jamais ces paroles que l'on entend sans cesse
sortir de la bouche des sages de nos jours : *Jouis
du bénéfice du temps*, car le temps chasse également toutes choses devant lui, et il apporte à sa
suite le bien comme le mal, le mal comme le bien. »
Il conclut que c'est une grande faute que de vouloir éviter la guerre, parce qu'en feignant de la
craindre vous l'attirez sur vous, et que vous vous
exposez à être forcé de la faire à la convenance de
l'ennemi, tandis que vous pouviez la faire à la
vôtre.

Voici une maxime odieuse en apparence, et sur
laquelle le grand Frédéric s'est mépris d'une manière bien étonnante. « Quiconque, ayant conquis
un État accoutumé à vivre libre, *ne le détruit point*,
doit s'attendre à en être détruit. Dans un tel État,
la rébellion est sans cesse excitée par le nom de
liberté et par le souvenir des anciennes institutions, que ne peuvent jamais effacer de sa mémoire
ni la longueur du temps, ni les bienfaits d'un nouveau maître. » Le croirait-on ? Frédéric a vu là le
conseil d'égorger tous les habitans, et de changer
le pays en désert. Après une pareille supposition,
il lui est facile de faire de fort beaux raisonnemens,
tels que ceux-ci : « Vous m'avouerez qu'un pays
saccagé, dépourvu d'habitans, ne saurait, par sa
possession, rendre un prince bien puissant. Je crois
qu'un monarque qui posséderait les vastes déserts
de la Lybie et du Barca, ne serait guère redoutable, et qu'un million de panthères, de lions et

de crocodiles, ne vaut pas un million de sujets... »
Si sa majesté prussienne s'était donné la peine de
lire les trois lignes qui suivent la phrase improuvée,
elle se serait épargné les frais de ce million de panthères et de crocodiles. Machiavel, en effet, ajoute
immédiatement après la phrase que j'ai transcrite :
« Quelque précaution que l'on prenne, quelque
chose que l'on fasse, *si l'on ne dissout point l'État,
si l'on n'en disperse les habitans*, on les verra, à
la première occasion, rappeler, invoquer leur liberté, leurs institutions perdues, et s'efforcer de
les ressaisir. » Il n'est donc point question dans
Machiavel de dépeupler un pays, et de créer un
désert, mais d'imiter les Romains, qui, en pareille
circonstance, transportaient les rebelles sur une
terre étrangère, et les remplaçaient par des colo-
nies. C'est cependant avec cette inattention et cette
légèreté qu'on a jugé l'une des plus fortes têtes dont
l'Italie ait pu s'enorgueillir.

L'un des plus grands crimes de Machiavel aux
yeux de Frédéric et de tous les anti-machiavélistes,
sincères ou non, est d'avoir loué la conduite de
César Borgia, pendant les guerres que suscita la
possession contestée de la Romagne et du duché
d'Urbin. Écoutons le monarque prussien sur ce
grand péché de Machiavel : « César Borgia, duc de
Valentinois, est le modèle sur lequel l'auteur forme
son *Prince*, et qu'il a l'impudence de proposer
pour exemple. Il est donc très-nécessaire de connaître quel était ce César Borgia, afin de se former

une idée du héros et de l'auteur qui le célèbre. Il
n'y a aucun crime que Borgia n'ait commis : il fit
assassiner son frère, son rival de gloire et d'amour;
il fit massacrer les Suisses du pape par vengeance
contre quelques Suisses qui avaient offensé sa mère;
il enleva la Romagne au duc d'Urbin; il fit noyer
une dame vénitienne dont il avait abusé; il fit, etc....
Tel est l'homme que Machiavel préfère à tous les
grands génies de son temps et aux héros de l'antiquité. »

Pour répondre pertinemment à cette accusation
spécieuse, supposons que Machiavel soit sorti du
tombeau quelque temps avant la mort de Frédéric, et qu'il ait paru devant ce grand roi. Je choisis
cette époque, parce qu'alors ce monarque avait
justifié, en grande partie, le publiciste florentin,
par sa conduite et ses succès. Mais son Anti-Machiavel est un ouvrage de sa jeunesse, puisque Voltaire fit une préface pour ce livre en 1740. Voici
donc le fameux secrétaire de la république florentine au tribunal de son juge couronné : « Grand
prince, aurait-il pu lui dire, il est bien malheureux pour moi que votre majesté n'ait pas daigné
me lire avec plus d'attention, et mieux comprendre
mon idiome italien. Je vous supplie de vouloir
bien observer que je n'ai point écrit la vie de Borgia, ce qui m'aurait forcé de parler de ses crimes,
comme de ses bonnes qualités. Dans mon livre du
Prince, je ne l'ai cité que sous le rapport de la politique, et, comme dans une assez longue carrière,

et dans des temps bien difficiles, le duc de Valentinois n'a pas fait une seule faute en politique,
j'ai dû le proposer pour modèle aux guerriers et
aux princes, sous ce rapport seulement. Les crimes
que votre majesté lui reproche justement, étaient
étrangers à mon sujet. Si j'avais eu à traiter des
grands historiens, personne ne m'eût blâmé de
citer Salluste parmi les meilleurs, quoiqu'il passe
pour n'avoir pas été un fort honnête homme. Et
quoi! sire, quand je voudrai célébrer les grands
capitaines, il me sera donc défendu de nommer
Alexandre de Macédoine? Votre majesté me dirait : Pouvez-vous louer le monstre qui a égorgé
son ami Clitus, qui a fait mutiler le philosophe Cal-
listhène, et qui a exercé les plus atroces barbaries
sur le brave gouverneur de Gaza? Ainsi donc,
quand je célébrerai la gloire des grands rois, je
proposerai votre majesté à l'admiration des peuples, je leur parlerai de votre valeur, de vos talens militaires et littéraires, de vos victoires, de
votre constance dans les malheurs, mais je garderai
un respectueux silence sur l'invasion de la Silésie
et sur le partage de la Pologne. » Il me semble que
Frédéric lui eût répondu : « Parlez au contraire
de ces deux provinces, car c'est à vous que je les
dois. »

J'aborde une question qui a fourni à l'hypocrisie et à la médiocrité l'occasion de faire des déclamations fastueuses et fort inutiles. Machiavel
demande s'il vaut mieux pour un prince d'être

15.

aimé que d'être craint. On s'est indigné de la question même. Peut-on élever le moindre doute sur ce sujet? Quel homme est assez pervers, assez insensé pour préférer la crainte à l'amour? Voilà ce qu'on répond au publiciste, avec mille niaiseries semblables. Ah! oui, sans doute, des rois toujours bons, toujours humains, toujours occupés du bonheur des peuples, des sujets toujours fidèles, toujours obéissans, toujours disposés à verser leur sang, à prodiguer leur or pour complaire à leur prince, voilà ce qui est très-commun dans les contes de fées et dans quelques romans; le bon abbé de Mably se représentait avec délices *un peuple entièrement composé d'hommes semblables au divin Socrate;* Frédéric même, qui n'était point abbé, et qui rêvait aussi quelquefois la perfection dans les princes, dit avec une ingénuité admirable : « Il est si agréable de se faire aimer, que l'on ne conçoit pas pourquoi l'on chercherait à se faire craindre. » Ailleurs, il s'écrie, avec la candeur d'un philosophe chrétien : « Insensés que nous sommes, nous voulons tout conquérir, comme si nous avions le temps de tout posséder, comme si le terme de notre durée n'avait aucune fin! Notre temps passe trop vite; et souvent, lorsqu'on ne croit travailler que pour soi-même, on ne travaille que pour des successeurs indignes ou ingrats. » Enfin, le sage Frédéric va jusqu'à maudire l'ambition : « De tous les sentimens, dit-il, qui tyrannisent notre âme, il n'en est aucun de plus funeste pour ceux qui en sentent l'impulsion, de plus contraire à l'humanité, de plus fatal au repos du monde, qu'une ambition déréglée, qu'un désir excessif de fausse gloire. » Ah! pourquoi ce bon Frédéric n'a-t-il pas été le contemporain de Buonaparte! il l'aurait converti.

Mais tirons le rideau sur les illusions, écoutons la triste vérité qui parle par la bouche du sombre politique de Florence : « Bien des gens ont imaginé des républiques et des principautés telles qu'on n'en a jamais vu ni connu. Mais à quoi servent ces imaginations? Il y a si loin de la manière dont on vit à celle dont on devrait vivre, qu'en n'étudiant que cette dernière, on apprend plutôt à se ruiner qu'à se conserver. »

Ce préliminaire n'était pas inutile pour familiariser le lecteur avec cette question : vaut-il mieux pour un prince d'être aimé que d'être craint? Machiavel répond : « Le meilleur serait d'être l'un et l'autre; mais comme il est très-difficile que ces deux choses se trouvent ensemble, je dis que si l'une doit manquer, il est plus sûr d'être craint que d'être aimé. On peut, en effet, dire généralement des hommes qu'ils sont ingrats, inconstans, dissimulés, tremblans devant les dangers, avides de gain; que tant que vous leur faites du bien, ils sont à vous; qu'ils vous offrent leur sang, leurs biens, leur vie, leurs enfans, tant que le péril ne s'offre que dans l'éloignement, mais que quand il approche ils se détournent bien vite. Le prince qui se serait reposé sur leur parole, et n'aurait pas pris d'autres mesures, serait bientôt perdu....... Ajoutons qu'on appréhende beaucoup moins d'offenser celui qui se fait aimer que celui qui se fait craindre : car l'amour tient par un lien de reconnaissance bien faible, et qui cède au moindre motif d'intérêt personnel ; au lieu que la crainte résulte de la menace du châtiment, et cette peur ne s'évanouit jamais.... Je conclus donc que *les hommes, aimant à leur gré, et craignant au gré du prince, celui-ci doit plutôt compter sur ce qui dépend de lui que sur ce qui dépend des autres.* » On a fait une infinité de belles phrases sur ce passage de Machiavel ; mais les honnêtes gens qui ont prétendu le réfuter, ont gardé un prudent silence sur le dernier argument que j'ai souligné, et qui termine ma citation.

Il est évident que la crainte l'emporte sur l'amour en constance et en efficacité, que la religion est ici d'accord avec Machiavel. On a vu en effet dans le dix-septième siècle, des religieux, des prêtres, des docteurs, disputer pour savoir si un chrétien est obligé d'aimer Dieu, et plusieurs d'entre eux ont résolu la question négativement ; si l'on en doute, qu'on lise la douzième épître de Boileau contre cette opinion ; mais on n'a jamais disputé sur *la crainte de Dieu ;* ce précepte a toujours été obligatoire, et il est l'une des pierres fondamentales de la religion. Or, puisque les pères de l'église ont regardé la crainte comme un sentiment plus sûr et moins variable que l'amour, pourquoi les princes ne feraient-ils pas le même choix ?

Le chapitre intitulé : *Comment les princes doivent tenir leur parole*, n'a pas attiré moins de malédiction sur le politique florentin. Frédéric surtout paraît très-courroucé de ce qu'on suppose un prince capable de manquer à ses engagemens. Il est vrai qu'à l'époque où il écrivait, il n'avait pas encore abandonné les Français, ses alliés dans la guerre pour la succession de l'empereur Charles VI. Il était donc encore bien persuadé qu'il vaut mieux se perdre que de manquer à ses promesses. Il cite à ce propos les belles paroles du roi Jean, qui aima mieux retourner dans sa prison en Angleterre, que de désavouer la promesse qu'il avait faite ; mais le prince prussien est tellement troublé par son indignation contre Machiavel, qu'il dénature la belle maxime du roi Jean, et l'attribue à son fils Charles V.

Parlons maintenant sans passion et sans ostentation de vertu. Quand un prince, par faiblesse, par imprévoyance ou par une confiance imprudente, a engagé sa parole, s'il s'aperçoit ensuite que l'accomplissement de sa promesse peut causer la ruine de son peuple et peut-être la chute de son trône, doit-il préférer une fidélité aussi funeste à un désaveu qui peut le sauver ? Le prince qui a odieusement abusé de sa confiance ou de son malheur, mérite-t-il un aussi grand sacrifice ? Un peuple entier doit-il être victime d'un moment d'erreur ou de faiblesse de la part du monarque? Voilà la question telle qu'il faut la poser. Je sais bien que la conduite du roi Jean nous a valu un bel apophthegme, très-digne de figurer dans l'histoire; mais la plus belle phrase du monde peut-elle être mise en balance avec les maux effroyables qui résultèrent du traité de Brétigny? Si François I.er eût imité le roi Jean, en cédant la Bourgogne à Charles-Quint, la redoutable maison d'Autriche, qui enveloppait déjà la France au nord, au levant et au midi, aurait été placée à trente lieues de Paris, et très-vraisemblablement nous ne serions plus Français. Machiavel ne fait pas de belles phrases, mais il dit des vérités; faut-il s'étonner s'il a déplu à tant de monde?

Puissent tous les fous qui envient la gloire de Catilina méditer le passage suivant!

« On sait par l'expérience que beaucoup de con-
» jurations ont été formées, mais qu'il n'y en a
» que bien peu qui aient eu une heureuse issue. Un
» homme ne peut pas conjurer tout seul, il faut
» qu'il ait des associés, et il ne peut en chercher
» que parmi ceux qu'il croit mécontens. Or, en
» confiant un projet de cette nature à un mécontent,
» on lui fournit le moyen de mettre un terme à
» son mécontentement, car il peut compter qu'en
» révélant le secret, il sera amplement récompensé;
» et, comme il voit là un profit assuré, tandis que
» la conjuration ne lui présente qu'incertitude et
» péril, il faut qu'il ait, pour ne point trahir, ou

» une amitié bien vive pour le conjurateur, ou
» une haine bien obstinée contre le prince. En
» peu de mots, le conspirateur est toujours trou-
» blé par le soupçon, la jalousie, la frayeur du
» châtiment ; au lieu que le prince a pour lui la
» majesté de l'Empire, l'autorité des lois, l'appui
» de ses amis, et tout ce qui fait la défense de l'É-
» tat ; et si à tout cela se joint la bienveillance du
» peuple, il est presque impossible qu'il se trouve
» quelqu'un d'assez téméraire pour conjurer; car,
» en ce cas, le conjurateur n'a pas seulement à
» craindre les dangers qui précèdent l'exécution,
» il doit encore redouter ceux qui suivront, et
» contre lesquels, ayant le peuple pour ennemi,
» il ne lui restera aucun refuge. »

M. Périès n'a pas cru devoir commenter ou réfuter l'Anti-Machiavel de Frédéric II, et il s'est
contenté de le présenter à ses lecteurs comme une
longue déclamation. Ce n'est en effet que cela ; et
le traducteur aurait pu ajouter que cette déclamation était injuste, inexacte et tout-à-fait indigne de
son illustre auteur. J'ai déjà fait remarquer la singulière méprise par laquelle le prince prussien
avait paru croire que *détruire un État* était en
égorger les habitans, et changer le pays en désert :
c'est comme si l'on disait aujourd'hui qu'en dé-
truisant les républiques de Venise et de Gênes, on
en a exterminé tous les habitans. Le grand Frédéric va jusqu'à prêter à Machiavel des idées si niaises
qu'elles feraient honte au dernier des écrivains ;

en voici un exemple : « Le politique dit qu'un prince doit avoir les qualités du lion et du renard; du lion pour se défaire des loups; *du renard pour être rusé.* » Oh! sans doute, si le publiciste italien avait dit qu'il faut se faire renard pour être rusé, il ne mériterait pas une réfutation sérieuse; mais sa phrase est un peu plus spirituelle, et surtout plus juste que ne l'a pensé son adversaire; la voici : « Le prince tâchera d'être tout à la fois renard et lion; car, s'il n'est que lion, il n'apercevra point les piéges; s'il n'est que renard, il ne se défendra point contre les loups; et il a également besoin d'être renard pour connaître les piéges, et lion pour épouvanter les loups. »

Le Florentin a consacré son XIIIe chapitre aux troupes mercenaires et auxiliaires; il en blâme l'emploi, et il conseille aux princes de ne se confier jamais qu'aux troupes nationales. Les troupes mercenaires n'ambitionnent que l'argent, et elles épargnent leurs peines et leur sang le plus qu'il leur est possible; d'ailleurs, elles sont toujours disposées à passer à l'ennemi, pour peu qu'il leur offre un avantage, ou lorsqu'il y a du danger à rester fidèle. Ceci regarde les *Condottieri,* qui, dans tout le cours du moyen âge, étaient toujours prêts à se vendre au plus offrant, et quelquefois aux deux partis opposés. Quant aux troupes auxiliaires, Machiavel présente ce dilemme, argument qui se reproduit souvent dans son livre du Prince : Ou ces troupes auxiliaires seront nombreuses et braves, et alors elles seront dangereuses; ou elles seront faibles, et dans ce cas, le peu de service qu'on en peut espérer ne vaut pas que l'on mécontente ses propres troupes, en appelant des étrangers. « En un mot, ajoute-t-il, ce qu'on doit craindre des troupes mercenaires, c'est leur lâcheté; des troupes auxiliaires, c'est leur valeur. Aussi, les princes sages ont-ils toujours répugné à employer ces deux sortes de troupes, et ont-ils préféré leurs propres forces, aimant mieux être battus avec celles-ci, que victorieux avec celles d'autrui, et ne regardant point comme une vraie victoire celle dont ils peuvent être redevables à des forces étrangères. » On pouvait, sans doute, opposer quelques bonnes raisons à cette opinion de Machiavel, mais Frédéric a mieux aimé la tourner en ridicule pour la condamner d'un seul trait de plume : « Machiavel, dit-il, pousse l'hyperbole à un point extrême, en soutenant qu'un prince prudent aimerait mieux *périr* avec ses propres troupes que de vaincre avec des secours étrangers. » Voilà encore une sottise prêtée bien gratuitement au politique italien; il n'a certainement pas dit qu'il vaut mieux *périr* avec ses propres forces que triompher avec celles d'autrui, mais qu'il vaut mieux être battu, parce qu'il y a du remède à une défaite, tandis qu'un auxiliaire puissant a souvent fait la loi au prince qui l'avait appelé, et vendu bien cher la victoire qu'il faisait obtenir. C'est ainsi que le cheval de la fable devient esclave de l'homme qu'il avait appelé à son secours.

Je n'exposerai plus qu'une seule des nombreuses erreurs qui enlèvent toute autorité au trop fameux Anti-Machiavel. Dans son dernier chapitre, Frédéric, bien fier d'avoir terrassé le géant politique, dit avec une noble confiance : « Nous avons vu, dans cet ouvrage, la fausseté des raisonnemens par lesquels Machiavel a prétendu nous donner le change, en nous présentant des scélérats sous le masque de grands hommes. » Comme ce reproche est souvent répété, et comme il n'est pas permis de soupçonner un prince de mauvaise foi, on a cru généralement, et j'ai cru long-temps moi-même qu'il suffisait à un scélérat d'avoir été heureux et puissant pour devenir un grand homme aux yeux de Machiavel. Pour nous en assurer, consultons le chapitre où le publiciste florentin établit une différence bien tranchée entre un grand homme et un grand capitaine ; c'est là que doivent éclater la noirceur du politique italien, et la véracité de son royal adversaire. Ce passage se trouve dans le chapitre VIII, où Machiavel parle des hommes qui sont devenus princes par des scélératesses. Après avoir cité deux exemples, il ajoute :
« Véritablement on ne peut pas dire qu'il y a
» de la valeur à massacrer ses concitoyens, à trahir
» ses amis, à être sans foi, sans pitié, sans reli-
» gion ; on peut, par de tels moyens, acquérir du
» pouvoir, *mais non de la gloire*. Mais, si l'on
» considère avec quel courage Agathocle sut se pré-
» cipiter dans les dangers, et en sortir, avec quelle

» force d'âme il sut et souffrir et surmonter l'ad-
» versité, on ne voit pas pourquoi il devrait être
» placé au-dessous des meilleurs capitaines. On
» doit reconnaître seulement que sa cruauté et ses
» nombreuses scélératesses *ne permettent pas de*
» *le compter au nombre des grands hommes.* »
Quand on a lu cette déclaration si formelle, est-il
honnête, est-il excusable d'écrire que Machiavel
érige en grands hommes les plus grands scélérats?

C'est cependant cet Anti-Machiavel qui a répandu dans toute l'Europe une espèce d'horreur
sur le caractère et les écrits du politique florentin.
La grande publicité du livre de Frédéric, les sentimens d'honneur, de justice et de modération qui
abondent dans cette production royale, le plaisir
de voir un monarque blâmer toute politique contraire à la plus scrupuleuse probité, et par-dessus
tout cela peut-être, les grands éloges et la belle
préface de Voltaire, ont fait de l'Anti-Machiavel
un livre orthodoxe et classique, et l'on a trouvé
plus commode de condamner l'auteur italien que
de confronter son ouvrage avec celui de son adversaire.

Une circonstance fortuite vint encore fortifier
la prévention du public; Frédéric était déjà roi
quand son livre fut connu de tout le monde, et
l'on crut que les belles maximes répandues dans
cette production étaient celles d'après lesquelles ce
prince voulait continuer son règne. Mais l'Anti-
Machiavel est l'ouvrage de Frédéric, prince royal,

et non pas de Frédéric, roi. Je ne puis pas assigner une époque précise à la composition de ce livre, mais je puis affirmer qu'elle est antérieure à l'année 1737, car l'auteur y dit qu'au moment où il écrit, la Russie ne compte que quinze millions d'habitans, tout au plus, et que les frontières de cet Empire atteignent à celles de la Courlande. C'en est assez pour nous faire voir que Frédéric avait tout au plus vingt-quatre ans quand il réfuta Machiavel, et qu'il ne s'attendait pas à s'asseoir de si tôt sur le trône auquel il devait donner un si grand éclat. Or, c'est une chose toute différente de dire : Je serai juste, modéré, pacifique et sans ambition quand je serai roi, ou d'être toujours juste, modéré et sans ambition, quand on est devenu roi. Rien n'est plus commun que de faire de beaux projets pour un temps qui n'est point encore venu, et pour une situation où l'on ne se trouve point encore. Il n'y a pas un petit bourgeois à Paris ou à Berlin, qui n'ait dit cent fois : si j'étais roi, je ferais telle et telle chose, et ce sont toujours des choses admirables. Mais si le caprice de la fortune venait à pousser notre beau discoureur sur un trône, il s'apercevrait bientôt que le roi n'est plus le bourgeois, ou que, s'il l'était encore, ce serait le plus pauvre roi du monde. Il y a long-temps que cette illusion a été signalée dans les contes arabes que nous nommons *Mille et une Nuits*, ouvrage où nous ne cherchons qu'un délassement, mais qui peut nous donner des leçons de sagesse.

On trouve un *Dormeur éveillé* qui fait aussi de beaux projets. Un jeune débauché qui s'est ruiné par ses folies, croit cependant que, s'il était calife, les choses en iraient bien mieux dans l'Empire. On l'enivre, on le place sur le trône ; à son réveil, on lui fait croire qu'il est calife, et le premier acte qu'il fait comme souverain est d'envoyer de l'argent à ses amis et des coups de bâton à ses ennemis. Il y a là plus de philosophie que dans vingt pages de Sénèque. Voltaire lui-même, grand admirateur de Frédéric et de l'Anti-Machiavel, a dit dans un poëme qu'on n'ose pas nommer :

> Si j'étais roi, je voudrais être juste,
> Dans le repos maintenir mes sujets,
> Et tous les jours de mon empire auguste
> Seraient marqués par de nouveaux bienfaits.

Cela est beau, il faut en convenir ; mais si le sort avait exaucé ce vœu, je crois qu'il y aurait eu quelques coups de bâton distribués dans l'Empire voltairien, et que les Fréron, les Larcher, les Clément et les Nonote, n'auraient été ni ministres ni gentilshommes de la chambre. De cette digression, qu'on me reprochera peut-être, on peut cependant tirer cette conclusion que si Frédéric eût composé son Anti-Machiavel vingt ans plus tard, il aurait parlé plus poliment de ce grand politique.

Sans avoir fait autant de bruit que le livre du Prince, les discours sur la première décade de Tite-Live lui sont bien supérieurs, et l'on peut

dire que Machiavel ni aucun politique n'ont rien
écrit de plus vrai, de plus profond, et cependant
de plus clair et de plus utile en pratique. On ne
peut donner une idée plus juste de cet ouvrage
qu'en disant qu'il est le contraire de toutes les
utopies. L'auteur ne se crée point un monde imaginaire, il ne rêve point un nouvel âge d'or, il ne
se figure pas des peuples tels qu'il n'en peut exister pour obéir à des princes tels qu'il n'y en a
point. Partant toujours du principe que tous les
hommes ne cherchent que leur bien personnel lors
même qu'ils se vantent de vouloir le bien général,
il les voit toujours disposés à s'affranchir de la
gêne des lois, quoiqu'ils veulent que leurs semblables y restent soumis. D'après une expérience
de six mille ans, il n'a pas l'espérance que la race
humaine change de nature ; il ne croit ni à la perfectibilité ni à la dégradation croissante, mais il
pense que les hommes ont été, sont et seront toujours les mêmes dans les mêmes circonstances ; il
enseigne aux gouvernemens à les employer tels
que la nature les a faits, et aux peuples à respecter
le passé, à se soumettre au présent, à désirer les
bons princes et à les supporter tels qu'ils sont.

Les faits historiques rapportés dans les trois premiers livres de la première décade de Tite-Live,
sont le prétexte plutôt que le texte des cent quarante-deux chapitres ou discours de Machiavel. Il
élève successivement des questions de politique,
d'administration ou d'art militaire ; et il confirme

les décisions, qu'il prononce, par des exemples pris, non-seulement dans l'Histoire romaine, mais dans celle de tous les peuples anciens et modernes. Il est vrai de dire que les faits contenus dans la première décade de Tite-Live, sont cités bien plus souvent, et voilà sans doute ce qui a déterminé le titre de cet ouvrage ; mais il invoque souvent aussi le témoignage de Xénophon, de Tacite, etc.... et il puise également dans l'Histoire de Florence, dans celle des papes, dans celle de Venise, et même dans les Annales de l'Empire, de la France et de l'Espagne. Ce livre pourrait donc s'appeler Discours sur l'Histoire générale, et le titre n'en serait que plus juste. Et, en effet, le chapitre de la religion, celui des armées nationales, celui des conjurations et cinquante autres, n'appartiennent pas plus à Tite-Live qu'à tout autre historien. Les diverses questions sont dans le même cas, comme par exemple, celle-ci : les places fortes sont-elles utiles, et quand le sont-elles? Faut-il donner la préférence à l'infanterie ou à la cavalerie? Faut-il attendre l'ennemi chez soi ou l'aller chercher? D'autres questions sont présentées sous la forme d'axiomes, comme : « Les fautes des peuples naissent des princes. » « On ne doit pas tenir les promesses arrachées par la force. » « Malgré l'opinion générale, l'argent n'est pas le nerf de la guerre, etc.... » J'ai cru devoir faire cette observation pour que les lecteurs à qui cet ouvrage est inconnu n'aillent pas s'imaginer qu'un si grand

nombre de discours se renferment dans le cadre
étroit des premiers siècles de Rome.; on voit au
contraire que, malgré le titre, la matière et la méthode de l'auteur présentent la plus grande variété,
qualité bien nécessaire dans une discussion de
longue haleine.

Machiavel, ayant remarqué que les peuples anciens étaient plus robustes que nous, offraient un
plus grand nombre de ces grands caractères qui
nous paraissent fabuleux, et qu'ils aimaient leur
patrie avec bien plus de passion que les peuples
modernes, a recherché la cause de cette différence,
et croit s'être assuré que notre infériorité, à cet
égard, provient de notre religion. Avant de crier
au paradoxe ou à l'impiété, écoutons le raisonnement du publiciste : « Notre religion, dit-il,
nous ayant montré la vérité et l'unique chemin du
salut, a diminué à nos yeux le prix des honneurs
de ce monde. Les païens, au contraire, qui estimaient beaucoup la gloire, et y avaient placé le
souverain bien, embrassaient avec transport tout
ce qui pouvait la leur mériter. On en voit les traces
dans beaucoup de leurs institutions, en commen-
çant par la splendeur de leurs sacrifices, comparée
à la modestie des nôtres dont la pompe, plus pieuse
qu'éclatante, n'offre rien de cruel ni de capable
d'exciter le courage......... Les religions antiques,
d'un autre côté, n'accordaient les honneurs divins
qu'aux mortels illustrés par la gloire mondaine,
tels que les fameux capitaines ou les chefs de ré-

publiques ; notre religion, au contraire, ne sanc-
tifie que les humbles et les hommes livrés à la
contemplation plutôt qu'à la vie active ; elle a, de
plus, placé le souverain bien dans le mépris des
choses de ce monde, dans l'abjection même, tandis
que les païens le faisaient consister dans la grandeur d'âme, dans la force du corps, et dans tout
ce qui pouvait contribuer à rendre les hommes
courageux et robustes ; et si notre religion exige
que nous ayons de la force, c'est plutôt celle qui
fait supporter les maux, que celle qui porte aux
grandes actions. »

On conviendra maintenant que cette opinion
n'est point dénuée de vraisemblance, quelques-
uns même la regarderont comme prouvée, et cependant je crois pouvoir lui opposer une objection
assez forte. Machiavel prétend que l'Italie est le
pays de l'Europe où il y a le moins de religion, et
que la ville de Rome a moins de religion encore
que le reste de l'Italie. M. de Sismondi assure la
même chose dans son Histoire des républiques italiennes, et si mes propres observations peuvent
avoir quelque poids après celles de ces deux écrivains, j'avoue qu'elles tendent au même résultat.
Or, si c'est notre religion qui cause notre faiblesse
physique et morale, il faudrait conclure que les
Italiens, en général, sont les plus robustes, les plus
courageux, les plus énergiques des Européens, et
que Rome surtout doit produire aujourd'hui des
hommes semblables aux Camille et aux Scipion ;

16.

je ne sais cependant si mes lecteurs adopteront
cette conséquence; mais je n'ai cité ce passage que
comme singulier et spécieux, sans l'approuver ni
l'improuver entièrement.

Les discours sur Tite-Live renferment ces mêmes
maximes qui ont causé tant de scandale quand on
les a lues dans le livre du Prince. Elles sont même,
dans les discours, plus véritablement révoltantes,
en ce qu'elles ne s'y présentent pas sous la forme
conditionnelle, mais dans un sens absolu. L'auteur, par exemple, n'y dit pas : puisque vous vous
êtes placé dans cette situation, il ne vous reste que
cette ressource; mais il fait naître la situation, et
il conseille la violence. J'ai cité un passage du livre
du Prince, où Machiavel parle des conspirations
de manière à satisfaire les esprits les plus scrupuleux; que dira-t-on de celui que je vais extraire du
second discours du livre troisième? Après avoir
loué Brutus qui feignit d'être insensé pour épier
avec sécurité l'occasion de délivrer sa patrie du
joug des Tarquin, le politique continue ainsi :

« L'exemple d'un tel homme doit apprendre à
tous ceux qui sont mécontens d'un prince, qu'ils
doivent long-temps mesurer et peser leurs forces.
S'ils sont assez puissans pour se montrer hautement ses ennemis, et lui déclarer une guerre ouverte, qu'ils se précipitent sans hésiter dans cette
route : c'est la moins périlleuse et la plus honorable. Mais si leurs forces sont insuffisantes pour
l'attaquer ouvertement, qu'ils emploient toute leur

industrie à gagner son amitié, qu'ils ne négligent aucun des moyens qu'ils jugeront nécessaires pour parvenir à leur but ; qu'ils partagent tous ses plaisirs ; qu'ils se délectent de toutes les voluptés dans lesquelles ils le voient se plonger. Cette intimité assure d'abord la tranquillité de leur vie ; vous jouissez sans danger de la bonne fortune que goûte le prince lui-même, et chaque instant vous donne l'occasion de satisfaire les desseins que votre cœur a conçus. »

Voilà les maximes qu'il fallait vouer à l'exécration des peuples, voilà les passages d'autant plus odieux qu'ils souillent un ouvrage plein de sens et de raison ; et cependant on a gardé le silence sur les discours qui renferment de pareils conseils, tandis qu'on a poussé des clameurs contre le livre du Prince qui n'a rien que d'innocent en comparaison. Vainement dira-t-on que Machiavel était républicain, le précepte qu'il donne ici n'en est pas moins le comble de l'horreur et de la bassesse ; et il m'indigne d'autant plus qu'à l'exception de quelques pages, dont celle-ci cependant est la plus affreuse, ces discours sur Tite-Live seraient un livre admirable, et fait pour devenir le code de tous les hommes d'état.

Il paraît que le traducteur de Machiavel n'a inséré l'*Art de la guerre* dans la collection des écrits du publiciste, que pour justifier son titre d'*OEuvres complètes ;* on peut croire même qu'il considère cet ouvrage comme peu propre à nous intéresser aujourd'hui , à raison des immenses changemens qui se sont opérés dans la tactique. Et , en effet , le traducteur n'a joint à cette partie des œuvres aucun avertissement , aucun éloge, aucune apologie , comme il le fait pour les autres productions du même auteur. On se tromperait cependant si l'on pensait que cet ouvrage de Machiavel ne mérite pas l'attention des lecteurs les plus instruits , et même des militaires les plus consommés dans leur art. La forme en est piquante et animée. Le traité se compose de sept dialogues , dans lesquels l'illustre Fabrice Colonne répond à toutes les questions que lui font des interlocuteurs éclairés et bons logiciens , tels que Cosimo Ruccelai , Luigi Alemanni , Zanobi Buondelmonte et Battista della Palla. On sent déjà que Fabrice Colonne est le véritable instructeur chargé d'exposer les idées de Machiavel qui ne paraît point dans les dialogues. Cette forme dramatique , cette lutte entre les opinions anciennes et nouvelles sur l'art de diriger les troupes , jette beaucoup d'intérêt dans une dissertation qui , sans ce secours , eût été sérieuse et froide ; et quand même nos militaires n'y trouveraient rien d'utile et d'applicable à l'état actuel de l'art, le livre n'en aurait pas moins d'attrait pour tous les lecteurs , puisqu'il nous expose parfaitement la tactique des armées romaines , et celle des Italiens du quinzième siècle , et , ce qui est plus important , il nous fait comprendre les opérations militaires qui ont eu lieu dans les guerres si multipliées et dans les révolutions italiennes du moyen âge. Si, après avoir médité cet ouvrage de Machiavel, on relit l'histoire intéressante et surtout fort exacte des républiques italiennes par M. de Sismondi, on concevra clairement un grand nombre de passages qui paraissent obscurs, et l'on comprendra pourquoi telle guerre a eu tel résultat, quand l'état des choses en promettait un tout différent.

Des détails nombreux qu'embrasse cette espèce de code militaire qui se termine effectivement par un recueil de préceptes, je ne toucherai que quelques points et encore fort légèrement.

On voit d'abord avec étonnement que F. Colonne redoute les armées permanentes; il veut que tous les citoyens d'un État soient appelés sans distinction au jour du danger, et que tout le monde étant soldat quand la patrie l'exige, il n'y ait plus de soldats en temps de paix. Il redoute les hommes qui n'ont d'autre métier que celui de la guerre. Ces idées, fort étrangères à l'état actuel de l'Europe, feront sourire les lecteurs, et cependant elles étaient très-justes dans le temps où l'Italie était divisée en une foule de petites républiques ou principautés sans cesse agitées par les factions. Les maux causés alors par les Condottieri, toujours armés, justifiaient les craintes de F. Colonne. Dans les républiques surtout, où les haines de parti et les ambitions sont toujours en présence, une armée permanente pouvait aider un factieux à bouleverser l'État, ou, ce qui eût été plus funeste encore, elle pouvait se partager entre plusieurs ambitieux et perpétuer la guerre civile. C'était donc principalement pour Florence que Machiavel recommandait le licenciement des troupes dès que la guerre était terminée ; car, à l'époque où il écrivait, Charles VII avait déjà établi des armées permanentes en France, et Machiavel sans doute ne l'ignorait pas.

F. Colonne ne croit pas que l'invention des armes à feu ait introduit dans la tactique un changement assez considérable pour faire totalement abandonner les usages des Romains ; aussi veut-il que les troupes modernes soient armées en partie comme les Romains et en partie comme les Allemands ; les motifs qui lui font prescrire cet amalgame sont fondés sur des raisonnemens très-spécieux. Ce qui surprendra le plus les hommes de l'art, c'est que ce tacticien du quinzième siècle estime fort peu l'artillerie, et ne la croit vraiment utile que pour les siéges. Les raisons qu'il apporte de son insouciance pour cette arme sont fort curieuses à lire aujourd'hui que l'artillerie décide si souvent du succès des batailles. Il dit qu'il ne fait tirer ses canons qu'une seule fois, encore, ajoute-t-il, n'est-ce pas sans hésiter, car il est bien plus important de se défendre des coups de l'ennemi que de lui tuer quelques hommes. Le meilleur moyen de se garantir de son feu et de se rendre sur-le-champ maître de ses batteries, et la manière de s'en emparer, est de se précipiter sur les pièces, les rangs éclaircis et non en masse, car la rapidité de l'attaque ne permet pas de redoubler le feu, et la rareté des rangs empêche qu'il fasse de grands ravages. Si l'ennemi abandonne ses pièces, vous en devenez le maître; s'il se place devant pour les défendre, elles lui deviennent inutiles.

Voici d'autres raisonnemens qui prouvent dans quel état d'imperfection était l'artillerie à la fin du quinzième siècle. Les moindres inégalités de terrain, la plus petite éminence, dit encore Fabrice, empêchent tout l'effet de l'artillerie, et presque tous ses coups sont perdus; d'ailleurs, les bataillons sans cesse en mouvement, soit pour avancer, soit pour combattre, tendent toujours à se resserrer, de manière que si vous ne conservez entre eux que peu de distance, ils se serreront au point que l'artillerie ne pourra plus faire de service; si, au contraire, vous élargissez les espaces, l'ennemi peut porter le désordre dans vos rangs. Tout le monde sait, ajoute-t-il, qu'il est impossible de placer les canons entre les bataillons; car ils marchent dans un sens et tirent dans un autre, de sorte que s'il faut avancer et tirer tout à la fois, il est nécessaire de tourner les pièces avant de faire feu, et, pour cette manœuvre, il leur faut tant d'espace que cinquante pièces mettraient le désordre dans toute l'armée. Supposons cependant que vous adoptiez cette manière de placer les canons; alors il suffirait à l'ennemi, pour s'en garantir, de ménager des espaces vis-à-vis vos pièces, puisque enfermées entre vos bataillons elles ne pourraient tirer que directement devant elles. Enfin, si l'artillerie est une arme si redoutable, pourquoi donnez-vous à vos soldats des cuirasses, des corcelets de fer, et d'autres armes défensives qui ne défendent pas des coups de canon? Et pourquoi les Suisses, si souvent victorieux, continuent-ils à se former en corps serré de six ou huit mille hommes, ordre de bataille qui présenterait tant de danger, si l'artillerie décidait de tout dans les combats.

De cette discussion que j'ai à peine effleurée, on peut inférer que, du temps de Machiavel, on avait adopté *l'ordre profond;* que le corps de bataille n'était en quelque sorte qu'une suite de colonnes, puisque les pièces placées entre les bataillons n'auraient pu tirer que directement devant elles, que les affûts ou chariots d'artillerie étaient grossiers et embarrassans, et que l'art de la manœuvre était dans l'enfance, puisqu'on avait le temps de courir sur les pièces et de s'en emparer avant que l'ennemi ait pu redoubler son feu.

Mais si les idées de Fabrice sur l'emploi de l'artillerie ne conviennent plus à notre siècle, l'estime qu'il fait de l'infanterie, contre l'opinion de son temps, a été pleinement confirmée dans les guerres ultérieures, et ses raisonnemens sont généralement adoptés aujourd'hui. Avant F. Colonne, et même encore quelque temps après lui, la cavalerie était presque toute la force des armées.

L'infanterie., peu nombreuse, recrutée dans les dernières classes de la population, était si méprisée, qu'un gentilhomme se serait cru déshonoré de combattre avec des fantassins. F. Colonne fait sentir toute l'absurdité de cette prévention ; il attribue les malheurs de l'Italie et toutes les invasions qui l'ont désolée, au mépris qu'elle avait pour l'infanterie, et à l'usage de n'appeler que des cavaliers à sa défense. Il attribue aux Suisses la gloire d'avoir démontré la fausseté de cette tactique ; mais les raisonnemens qu'il emploie pour achever de détruire l'ancien préjugé prouvent combien il avait encore de force au moment où il combattait. Il va jusqu'à dire : « Je soutiens que les peuples et les Empires qui font plus d'estime de la cavalerie que de l'infanterie, sont toujours faibles et exposés à une ruine imminente. »

La partie la plus curieuse de ce traité est celle qui concerne l'art des campemens. Il est vrai qu'aujourd'hui nos armées occupent de si vastes espaces que la castramétation devient une science inutile ; mais chez les Romains et chez les Italiens du moyen âge, elle était une partie essentielle de l'art de la guerre. F. Colonne donne à son camp la forme d'un carré parfait dont les angles sont arrondis. Ce camp sera le même dans tous les temps et dans tous les lieux ; ses faces sont toujours orientées de la même manière, et les rues qui divisent le camp auront toujours le même nom, la même dimension, la même direction. On

demandera sans doute pourquoi cette symétrie, et
Fabrice répondra qu'il faut considérer un camp
comme une ville dont les percées et les distribu-
tions ne changent jamais, que l'on peut transporter partout où la guerre l'exige, et que les
soldats connaîtront parfaitement parce qu'elle sera
toujours la même; de sorte qu'en cas d'alerte et
dans la nuit la plus sombre, ils pourront se porter
partout sans confusion et sans erreur. Une planche
correctement gravée présente le camp de F. Colonne; d'autres planches offrent la disposition de
son armée, soit en marche, soit en bataille. J'oubliais de dire que ce tacticien ne veut que de
petites armées, et qu'il les trouve plus nuisibles
qu'utiles quand elles dépassent le nombre de
vingt-quatre mille hommes. Quand on réfléchit à
ce qu'a fait Turenne avec des armées à peu près
pareilles, on est moins porté à blâmer Colonne.
Mais que dirait ce guerrier qui faisait de grandes
choses avec de petits moyens, s'il voyait aujourd'hui
les innombrables phalanges de tant de souverains
qui vivent en pleine paix et qui sont si bons amis?

Je me suis un peu égaré dans le camp de Fabrice, tout bien orienté qu'il est, et je me vois
forcé d'être laconique sur l'histoire de Florence.

Quelque estime que j'aie pour les vastes connaissances, pour le génie et le talent de Machiavel,
je suis obligé d'avouer qu'en lui l'historien est fort
au-dessous du politique. M. Périès a bien senti
cette différence, et, pour que la gloire de son

auteur n'en souffrît pas, il a cru devoir attacher à
cette composition historique un avertissement qui
n'est, à proprement parler, qu'une apologie. Il
y dit que « cet ouvrage, entrepris avec chaleur,
continué avec fatigue, terminé avec dégoût, offre,
dans le tissu de sa composition, l'image des pensées qui agitèrent successivement l'auteur lorsqu'il
l'écrivit. » Je reconnais la justesse de l'observation ; mais elle me paraît incomplète. L'espèce de
langueur que l'on éprouve en lisant cette histoire,
tient à des défauts indépendans de la situation
morale dans laquelle se trouvait l'auteur. Un esprit trop philosophique n'est peut-être pas propre
à écrire l'histoire ; et la philosophie n'abandonne
jamais Machiavel dans ses compositions. La mauvaise opinion qu'il avait des hommes, son œil trop
clairvoyant ou trop misanthrope qui, à l'exemple
de Guichardin, lui fait souvent voir de mauvais
motifs dans une bonne action, le désir de dire la
vérité et l'obligation de ménager les Médicis, tout
cela forme un conflit et une disparate qui n'ont
pas tournés à la perfection de son ouvrage. Ici,
l'auteur court avec une rapidité qui produit la sécheresse ; là, il reste long-temps stationnaire, et il
s'amuse à limer des discours pleins de logique et
d'éloquence, mais hors de toute proportion avec
son récit. S'il parle des guelfes et des gibelins,
il laisse dans l'obscurité l'origine de ces factions ;
s'il est question de la terrible peste qui ravagea
toute l'Europe, et fit périr quatre-vingt-seize mille

âmes dans la seule ville de Florence; il n'écrit que deux lignes, et il nous renvoie à la description de Boccace. La conjuration même, la fameuse conjuration des Pazzi, qu'il connaissait si bien, n'excite pas l'intérêt qu'un tel événement devait produire. Voyant la cause de tout bien et de tout mal moral dans la nature de l'homme, il semble ne présenter les crimes et les bonnes actions que comme un résultat nécessaire de passions innées et irrésistibles; de sorte que, dans les plus grandes catastrophes qu'il décrit, le bourreau n'est jamais assez odieux et la victime assez intéressante.

M. Périès a trop de goût pour vouloir défendre Machiavel sur tous les points; mais il paraît avoir regardé comme un bonheur de pouvoir établir une compensation en présentant le premier livre de l'*Histoire de Florence* comme un chef-d'œuvre dont aucun historien n'avait donné l'exemple, « *et que Robertson lui-même n'a peut-être pas surpassé dans son Introduction à l'Histoire de Charles-Quint.* »

Je crois que le désir de balancer les défauts réels de cet ouvrage par des beautés du premier ordre a entraîné M. Périès dans l'exagération. D'abord il n'y a presque rien de comparable entre les deux morceaux que le traducteur met en parallèle. Robertson embrasse toute l'Europe, et Machiavel se borne à l'Italie; Robertson a proportionné sa composition à l'étendue de son sujet; Machiavel a entassé les événemens de dix siècles dans quatre-vingts pages ; mais la différence essentielle, qui exclut toute comparaison, consiste en ce que le premier livre de l'Histoire de Florence est une histoire ; un récit d'événemens, tandis que la fameuse In- troduction n'est point, à proprement parler, une histoire, mais le tableau de toutes les institutions qui ont eu lieu en Europe, depuis la chute du grand Empire jusqu'au règne de Charles-Quint, ou plutôt une longue suite de questions impor- tantes, difficiles et résolues avec une admirable sa- gacité. Ce sont les changemens produits en Europe par l'irruption des barbares, l'établissement du gouvernement féodal, l'effet des croisades sur les mœurs, l'émancipation des villes, le combat judi- diaire, les usurpations ecclésiastiques, les progrès de la puissance royale, et cent autres sujets sem- blables qui forment une suite de dissertations, mais non pas une histoire. Cette introduction n'a donc rien d'analogue au premier livre de l'Histoire de Florence, ni pour la forme, ni pour le fond, et j'ajoute, ni pour le mérite.

Cette histoire, d'ailleurs, n'est pas exempte d'er- reurs, même dans le premier livre, qui est supé- rieur à tous les autres. Je n'en veux pour preuve que la manière dont Machiavel raconte l'origine de Venise. Il semble, à l'entendre, que les pre- miers fugitifs, établis dans les îles des Lagunes, aient formé une population indépendante du con- tinent, et que les habitans de Padoue aient été se réunir au gouvernement déjà établi à Rialto et sur les îles circonvoisines. Mais il est bien certain que ces émigrés réfugiés dans les Lagunes ont été long-temps soumis à Padoue leur métropole, et que cette dernière ville envoyait à Rialto les magistrats chargés de gouverner les insulaires. M. le comte Daru n'a pas fait cette faute dans son Histoire de Venise; et un écrivain antérieur de deux siècles à M. Daru, nomme même les premiers magistrats padouans qui furent envoyés à Rialto. Ce furent dans les premières années : Galien Fontana, Simon Glaucus et Antoine Calvus; et dans les années suivantes : Marin Linio, Hugues Fusco et Lucien Graulo; le même auteur nomme aussi les successeurs de ces premiers magistrats, et cette longue domination de Padoue sur Rialto prouve, contre l'opinion de Machiavel, que la véritable origine de Venise est de beaucoup antérieure à l'invasion des barbares. J'adopte cette version, parce que son auteur ayant long-temps habité Venise; ayant été attaché à la maison du doge Donato, écrivant sous ses yeux, et très-intéressé à flatter l'orgueil vénitien, n'aurait pas manqué de montrer Venise libre et indépendante dès son origine, s'il y avait eu quelque apparence de vérité. Il était, au contraire, désagréable à l'aristocratie vénitienne d'entendre dire qu'elle avait anciennement été soumise à cette ville de Padoue qui était devenue sa sujette. Il fallait donc que la vérité fût bien connue à Venise, pour qu'un historien flatteur comme M. de Fougasses se crût obligé de le dire.

Les tomes 7., 8 et 9 sont entièrement consacrés à la diplomatie. Cette science, qui a un si grand et quelquefois une si malheureuse influence sur le sort des peuples, n'a d'attrait qu'aux yeux des hommes qui en font une étude particulière; et les dépêches d'un ambassadeur ne sont point susceptibles d'analyse. Je me contenterai donc d'indiquer l'ambassade de Machiavel à la cour de France, et sa mission près de l'affreux Borgia, duc de Valentinois, comme les plus intéressantes de ses négociations. Un autre motif m'empêche de m'étendre sur un pareil sujet. Quelque important qu'aient été les services rendus par Machiavel à la république de Florence, cet écrivain est beaucoup moins célèbre comme diplomate que comme politique. Son livre du Prince, ses Discours sur la première décade de Tite-Live, son Art de la guerre et son Histoire de Florence, sont les véritables titres sur lesquels se fonde sa réputation.

Le tome 10 comprend le théâtre de Machiavel, c'est-à-dire, les quatre comédies qu'il nous a laissées. Le 11ᵉ et le 12ᵉ complètent l'édition et ne renferment que les lettres familières de ce grand politique. Je ne dirai rien de celles-ci, parce que pour s'en faire une idée il faut les lire : elles sont la réfutation complète des calomnies que l'on a répandues sur le caractère et sur les mœurs de Machiavel. Un diplomate a sans doute l'art de dissimuler dans ses lettres officielles; mais il est presque impossible que son caractère, ses penchans et ses

opinions ne se décèlent point dans une multitude
de lettres familières, ou du moins dans quelques-
unes. Observons d'ailleurs qu'un homme décrié
pour ses mœurs, profondément corrompu, un
précepteur de crimes, n'aurait pas eu pour amis
les personnages les plus remarquables de son temps;
il n'aurait donc pu écrire avec l'effusion de l'intimité qu'à des hommes aussi peu scrupuleux que
lui, et alors il aurait nécessairement laissé percer
de temps en temps son mépris pour la religion et
pour la morale. Rien de tout cela ne se remarque
dans ses lettres les plus familières : on peut donc
les présenter comme son apologie.

Mon intention est de ne parler ici que de ses
comédies, visiblement imitées de celles de Plaute,
et conséquemment fort étrangères à nos idées et à
nos mœurs. Mais si elles sont loin de pouvoir être
proposées comme des modèles, sous le rapport
de l'art, elles sont bien remarquables comme monument littéraire du quinzième siècle, et comme
donnant le démenti le plus complet aux idées que
l'ignorance ou l'imposture voudraient nous faire
adopter aujourd'hui. De ces comédies résultera une
leçon bien plus importante que les comédies
mêmes, fussent-elles meilleures. Cette leçon est
le véritable but que je me propose : j'ai assez parlé
de Machiavel, et la traduction de M. Périès n'a
plus besoin de mes éloges.

Le Journal des Débats du 4 octobre 1823 contient une réclamation de M. le comte de Beauffort,

auteur des *Lettres de deux ultramontains*, et une réponse du rédacteur à cette réclamation. J'ai appris, par cette discussion, que M. le comte de Beauffort est grand admirateur du moyen âge, sous le rapport de la religion ; et que, comparant toute la durée du christianisme à un seul jour, il regarde le moyen âge comme *le plein midi* de ce grand jour ; il place le siècle de Louis XIV à *quatre heures du soir*, et il nous fait descendre, nous Français du dix-neuvième siècle, *au crépuscule du soir*, tout près de la profonde nuit.

Mon respect pour la noblesse m'empêche de supposer qu'un gentilhomme ait présenté comme certaine, une opinion dont il connaîtrait toute la fausseté ; il est donc évident à mes yeux que M. le comte de Beauffort a pensé ce qu'il a écrit, et je ne puis que le plaindre d'être tombé dans une erreur aussi grossière, et d'avoir vanté un temps dont il me paraît n'avoir aucune connaissance. Oh! sans doute, s'il eût dit que le milieu du moyen âge a été l'apogée du pouvoir pontifical, je me serais bien gardé de le lui contester : les Grégoire VII, les Alexandre III et les Innocent III ont assez mal-traité les empereurs et les rois pour prouver qu'a-lors, selon l'expression de M. de Beauffort, un pape était le soleil, et un roi, une pauvre lune bien éclipsée. Mais la puissance d'un pape et le triomphe de la religion sont deux choses si diffé-rentes qu'elles ont été souvent opposées ; et cer-tainement l'auteur des Lettres de deux ultramontains n'a pas eu l'intention de les confondre; il n'a parlé que de la religion, et je me renferme dans le cercle qu'il a tracé.

Mais qu'est-ce que c'est que le moyen âge? Tous les historiens me répondront que c'est la longue période de temps qui s'est écoulée depuis l'invasion des barbares jusqu'à la fin du quinzième siècle. Voilà donc au moins mille ans que l'on nomme indifféremment *moyen âge* ou *barbarie*. Bien persuadé qu'il ne faut pas disputer des goûts, je ne blâmerai pas la préférence accordée à la barbarie : elle a ses douceurs, pour les hommes surtout qui exercent le pouvoir ou qui l'ambitionnent. Je consens même à regarder comme une *décadence* ce que le monde entier nomme la *renaissance des lettres*; mais je n'aurai jamais l'impiété de soutenir que l'état de barbarie est le plus favorable à la religion; ce serait ranger le christianisme parmi les erreurs, car la vérité ne craint pas la lumière et abhorre les ténèbres. Je laisse donc aux amis du moyen âge le soin de concilier leur amour pour la barbarie et leur sincère croyance à la religion chrétienne, et je me bornerai à examiner si le *bon vieux temps*, le charmant moyen âge, a été réellement le *plein midi* de la civilisation religieuse et le triomphe de la religion.

Malheureusement, pour comparer avec justesse la durée du christianisme à la durée d'un seul jour, il est bien difficile de placer dix siècles à midi : il resterait bien peu de chose pour chacune des autres heures. Il faut donc choisir dans les mille ans du moyen âge ; mais que choisirons-nous? nous arrêterons-nous aux quatre ou cinq premiers siècles de l'église? Je doute que M. de Beauffort lui-même me le conseillât. J'y vois en effet les chrétiens indécis sur ce qu'ils doivent croire, et des conciles toujours occupés à condamner des hérésies toujours renaissantes, et quelquefois triomphantes dans le concile même, témoin celui que l'on nomme *le brigandage d'Éphèse*. Tantôt c'est l'hérésie de Boët, tantôt celle de Bérille, tantôt celle des libellatiques, puis les *donatistes* qui condamnent, puis les *donatistes* qui sont condamnés, puis les *ariens* qui nient la divinité de Jésus-Christ, et qui, réunis aux *collutiens* et aux *mélétiens*, partagent le monde chrétien en deux factions ; puis les erreurs de Paul de Samosate, puis celles de Photin, puis encore l'hérésie d'Eunomius, puis celle de Macédonius, puis les *priscillianistes*, puis les *lithaciens*, puis les *pélagiens*, puis les *eutychiens* ; toujours des anathèmes lancés contre des évêques qui anathématisent à leur tour ; toujours des conciles infaillibles qui condamnent des conciles non moins infaillibles ; toujours l'église occupée à rétablir la discipline dans l'église ; oh! certainement ces premiers siècles ne furent pas le *plein midi* de a grande journée religieuse.

Mais puisque le midi est le milieu du jour, nous pouvons lui comparer le milieu du moyen âge? Faisons donc une grande enjambée jusqu'au

dixième siècle qui est à égale distance de l'invasion
des barbares et de la renaissance des lettres, ou
de la *décadence*. Dieu! quel spectacle la ville sainte
offre à nos regards! Une nouvelle Messaline règne
dans Rome; c'est Théodora, femme digne de porter le nom de la femme de Justinien. C'est elle qui
fait les évêques et les papes. Son amant obtient la
tiare. Marozie, parente de Théodora, non moins
corrompue et non moins puissante, renverse ce
pape du trône pontifical, et le fait étouffer dans une
prison; Marozie fait nommer un fils qu'elle a eu
du pape Sergius III; ce nouveau pontife est déposé
et meurt prisonnier au château Saint-Ange; un
autre pape est élu à l'âge de dix-huit ans, par les
mêmes intrigues, et meurt également de mort violente... Fuyons ce dixième siècle; il n'est pas le
plein midi de la civilisation religieuse.

Si nous avançons dans ce moyen âge, nous
trouvons les guerres entre le sacerdoce et l'Empire, toute l'Italie ravagée par les guelfes ou les
gibelins, et pillée par les *condottieri* de tous les
partis; les anti-papes viennent augmenter la confusion, et l'église donne enfin le spectacle de trois
papes régnant à la fois et excommuniant leur infaillibilité réciproque.

Avançons donc encore et poussons jusqu'au
quinzième siècle; nous y trouverons peut-être
toute la candeur et toute la piété du moyen âge,
car enfin, à la longue, la barbarie a dû s'épurer.
Je me rapproche donc du temps où Machiavel a

écrit ses comédies, et où les Médicis allaient commencer ce que M. le comte de Beauffort nomme
la décadence. Mais quel est le saint homme assis
dans la chaire de saint Pierre, et souriant à une
jeune et jolie femme? Une voix lamentable me répond : « C'est Rodéric Borgia, et cette dame est
Lucrèce sa fille. » Puisque je suis arrivé au célèbre
Alexandre VI, qui a si bien fait la clôture du
moyen âge, il n'est pas inutile de faire remarquer
ce qu'était alors la religion dans cette Rome où
le monde chrétien va prendre le mot d'ordre pour
tout ce qui concerne le dogme, et où l'on voudrait nous le faire prendre pour toutes choses.

Dès que Borgia fut intronisé, une fête toute
payenne réjouit les habitans de la ville sainte; les
poètes du temps sentirent bien que le titre de saint
ne convenait point à un tel pape, mais on lui of-
frit et il agréa celui de dieu et le nom de Jupiter.
On le fit passer sous des arcs de triomphe dont
l'un portait cette inscription :

Scit venisse suum patria grata Jovem,

ce qui signifie : « La patrie reconnaissante sait que
son ancien Jupiter est revenu. » Un autre arc présentait ce distique :

Cæsare magna fuit, nunc Roma est maxima, sextus
Regnat Alexander : ille vir, iste deus.

« Rome fut grande sous César; elle est bien plus

grande sous Alexandre : celui-là n'était qu'un homme, celui-ci est un dieu. » Et le pape répondait *amen* à ce compliment. Dans d'autres solennités, Borgia fut toujours nommé Jupiter, et Jésus-Christ, dont on daignait parler quelquefois, n'était que le dieu Mars. Voyons maintenant quels étaient les amusemens de la famille pontificale au Vatican : les dames voudront bien me permettre de ne placer ici que du latin sans traduction, c'est par respect pour elles que je cesse de parler français :

« Dominicâ ultimâ mensis octobris in sero fecerunt cœnam cum duce Valentinensi in camerâ suâ in palatio apostolico, quinquaginta meretrices, *cortegianæ* nuncupatæ ; quæ post cœnam chorearunt cum servitoribus, primò in vestibus suis, deinde nudæ ; post cœnam posita fuerunt candelabra communia mensæ, et projectæ ante candelabra per terram castaneæ, quas meretrices, super manibus et pedibus, nudæ, candelabra pertranseuntes, colligebant, papâ, duce, et Lucretiâ præsentibus et aspicientibus. Tandem exposita fuerunt dona, diploides de serico, paria caligarum, bireta et alia, pro illis qui plures dictas meretrices carnaliter agnoscerent, quæ fuerunt ibidem in aulâ publice carnaliter tractatæ, et arbitrio præsentium dona distributa victoribus. »

Est-ce l'Arétin, est-ce un ennemi des papes qui a tracé ce tableau digne d'orner un *lupanar?* Non, c'est l'honnête Burchard, maître des cérémonies du palais apostolique, et témoin oculaire, qui a consigné cette infamie dans son *Diarium* (journal), sans réflexion, sans étonnement, et avec autant d'indifférence que s'il était question de l'événement le plus simple et le plus ordinaire.

C'est pendant cette belle fin du moyen âge que Machiavel écrivait ses comédies, et l'on sent que sa Muse a dû participer, en quelque chose, à la pureté de cette civilisation tant vantée par les ultramontains. Nous allons voir, en effet, que cet auteur comique eût été digne d'assister au souper qu'a décrit Burchard, et à l'étrange spectacle qui a suivi le souper.

L'une de ces comédies, *la Mandragore*, imitée de bien loin par J.-B. Rousseau, a pour principal personnage un père Timothée, moine et confesseur. Le texte italien le nomme *fra Timoteo*, parce que, dans cette langue, tout moine se nomme *frate* ou *fra* par abréviation, mais celui-ci est bien un père Timothée, puisqu'il est prêtre et directeur de conscience. Dans cette comédie, on vient demander à ce bon religieux quelque recette pour faire disparaître la grossesse d'une jeune demoiselle qui est devenue enceinte dans un couvent. Le père répond qu'il faut sérieusement réfléchir à une action de cette nature; mais quand on lui dit que trois cents écus d'or paieront cette recette, il trouve les meilleures raisons pour justifier un acte qui doit sauver l'honneur d'un couvent et d'une noble famille. Dans cette même pièce, un vieillard qui a épousé une jeune femme,

se désole de n'avoir point d'enfans. On lui conseille de faire coucher un jeune homme avec sa
femme. Le vieux fou a un tel désir de la paternité,
ou, comme dirait M. Gall, il a tellement la bosse
de la *philogénésie,* qu'il consent à être père de
l'enfant d'un autre. La mère de la jeune femme
est du complot, car elle veut être grand'mère à
tout prix; mais la jeune femme, plus honnête, se
refuse à cette substitution. Pour faire taire ses scrupules, on a recours au révérend père Timothée;
celui-ci emploie de si bons raisonnemens, il prouve
si bien que faire un enfant, d'une manière quelconque, est toujours une action louable, puisque
c'est *donner une âme à Dieu,* que la jeune femme
se laisse persuader par dévotion. Le jeune homme
est introduit, le spectateur apprend avec satisfaction ce qui s'est passé pendant la nuit, et le lendemain, père Timothée reçoit dix pièces d'or, et
conduit toute la famille à l'église pour remercier
Dieu d'une si bonne œuvre. Il me semble qu'ici
toute réflexion est inutile; mais voici quelque
chose de mieux.

Dans une autre comédie, le principal personnage est un moine nommé Alberigo. Ce moine est
amoureux d'une jeune femme dont il a séduit la
servante. Celle-ci ne cesse de conseiller à sa maîtresse de prendre un amant pour se désennuyer,
et elle lui propose Alberigo. La dame veut bien
un amant, mais elle n'aime pas trop les moines,
parce que, dit-elle, ils ont *une odeur de sauvage.*

Cependant la servante fait un si bel éloge d'Alberigo, qu'elle triomphe de la répugnance de sa maîtresse. En définitive, le moine est introduit dans la
chambre où la dame est couchée, et la servante
fait part au public de tout ce qu'elle a vu et entendu à travers une fente de la porte. Le mari survient à l'improviste, le moine n'a que le temps de
fuir à demi-vêtu, et il répète impudemment au public, ce que les spectateurs ne savent que trop par
le récit de la servante. Cependant une querelle s'est
élevée entre la dame et le mari qui a conçu des
soupçons ; mais Alberigo survient, il prouve au
mari qu'il a tort, le persuade, et la réconciliation
s'opère. Le mari reconnaissant veut qu'Alberigo
soit son confesseur ; la femme, plus reconnaissante
encore, veut le même directeur, et le moine termine la pièce en disant au public qu'il va faire à
ces heureux époux un petit sermon, en s'ap-
puyant sur les paroles de saint Paul. Les deux
autres comédies de Machiavel n'outragent pas
moins la pudeur et la religion, mais, au moins,
les personnages scandaleux n'y sont pas des
prêtres.

Si ces comédies n'avaient été représentées qu'à
Florence et sous le régime républicain, je n'en ti-
rerais aucune conséquence relativement à la *civilisation religieuse* du moyen âge. On sait que la
liberté d'une république démocratique dégénère
souvent en licence ; mais que pensera-t-on des
mœurs et de la piété des Italiens de cette époque,

quand on apprendra que ces impudentes comédies
furent représentées et admirées partout, que des
prêtres et des évêques assistèrent à ces représentations, et qu'un pape, se souvenant du plaisir que
lui avait procuré le père Timothée de *la Mandragore*, la fit jouer devant lui publiquement? On
va dire, sans doute, que ce pape ne peut être
qu'Alexandre VI; on se tromperait, c'est Léon X,
c'est le protecteur des arts et des lettres, c'est ce
pape dont un Anglais, M. Roscoë, a écrit la vie
et le pontificat, avec une estime et des éloges jus-
tifiés sous un grand nombre de rapports.

Que conclure de tout ceci? c'est qu'en nous vantant le bonheur, les vertus et la religion du moyen
âge, on nous suppose plongés dans la plus grossière ignorance, ou l'on est ignorant soi-même.
La barbarie n'est bonne à rien, pas même à la
religion, quoi qu'en disent les ultramontains; elle
n'est utile qu'aux hypocrites et aux fripons qui spé-
culent sur la crédulité des peuples. Les comédies
de Machiavel ressemblent à celles qu'on a jouées
sur nos théâtres pendant nos troubles révolutionnaires. Cependant les princes de l'église s'amu-
saient de ces représentations. Un grand nombre
de poëmes de ce temps nous peignent les mœurs
corrompues des gens d'église. Un peu plus tard,
un évêque écrivit le *Richardet*, où les moines, les
prélats, les papes mêmes ne sont pas ménagés.
Long-temps avant lui, Boccace avait poussé bien
plus loin la licence, et l'on sait quels personnages

le Dante a placés dans son Enfer. Il en était de même en France, et les contes de la reine de Navarre, sœur de François Ier, ont fourni au bon La Fontaine ses tableaux les plus gaillards.

Mon intention n'était pas de présenter à mes lecteurs ces détails peu édifians. Il y a long-temps que je connais les comédies de Machiavel, et je n'en parlais pas. Mais pourquoi a-t-on l'imprudence de provoquer de pareilles discussions? Pourquoi veut-on nous faire admirer ce qui fait la honte de l'esprit humain? Il y a de si grosses sottises qu'elles irritent l'homme le plus flegmatique, et l'admiration pour la civilisation du moyen âge est de ce nombre. Qu'arrivera-t-il de la réfutation que je me suis cru obligé d'entreprendre, et que j'ai fondée sur des faits historiques incontestables? Des personnes qui ne pensaient ni aux comédies de Machiavel, ni aux infamies d'Alexandre VI, vont recourir aux sources, ne fût-ce que pour s'assurer si je n'ai pas menti. On voudra connaître le père Timothée et le moine Alberigo ; on voudra lire le *Diarium* de Burchard, et la belle histoire des papes Jean X, Jean XI, de Théodora et de Marozie ; on connaîtra la vérité, et la vérité fait horreur aux hommes qui chérissent les ténèbres comme les pêcheurs aiment l'eau trouble. S'il y a scandale, je m'en lave les mains, je n'ai point commencé. Eh! messieurs, jouissez de la puissance tant qu'elle vous restera ; mais laissez-nous la pensée.

FABLES RUSSES,

Tirées du Recueil de M. KRILOFF, et imitées en vers français et italiens par divers auteurs ; précédées d'une Introduction française par
M. LEMONTEY, et d'une Préface italienne de M. SALFI, publiées
par M. le comte ORLOFF.

QUAND ce livre aurait été composé par des écrivains d'un talent médiocre, il piquerait encore la
curiosité publique par toutes les singularités qui
accompagnent son apparition. Quatre-vingt-six
fables russes, imprimées à Paris *en langue russe*,
traduites librement ou imitées en vers français
et italiens, par des poètes dont le nombre égale
presque celui des fables, sont déjà un événement
assez remarquable en bibliographie ; le grand sens
et la raison qui se font remarquer dans ces fables,
le mérite d'être presque toutes d'invention, et de
ne point présenter une nouvelle paraphrase de
Pilpaï, d'Esope ou de Phèdre ; les traits naturels,
naïfs et piquans dont elles sont semées ; les pensées profondes qui s'y cachent sous des détails gracieux et ingénus ; un art enfin qui ne ressemble en
rien aux tâtonnemens d'une littérature naissante,
nous font assez voir que la Russie ne met pas

moins d'ambition à étendre son domaine intellec-
tuel, qu'à reculer les bornes de son immense territoire. Je ne serais même pas étonné d'apprendre
que l'un de nos politiques si féconds en conjectures s'est effrayé de cette introduction en France
des Fables de M. Kriloff, de l'excellente Histoire
de M. Karamsin, et d'autres productions du même
terroir, et qu'il considère cette invasion des muses
de la Newa comme une avant-garde de l'autocratie
orientale.

. La publication de ce recueil d'apologues, et la
coopération de tant d'écrivains distingués sont
dues aux soins de M. le comte Orloff, sénateur de
Russie, mais naturalisé sur le Parnasse français,
d'abord par son amour pour notre littérature et
notre langue, et plus légitimement encore par ses
Mémoires sur le royaume de Naples, et son
Voyage dans une partie de la France, ouvrages écrits en français avec un goût, une élégance
et un naturel qui ne décéleraient point l'origine
hyperboréenne de l'auteur, si ces livres avaient
parus sous le voile de l'anonyme.

M. le comte Orloff a d'abord traduit en prose
française et littérale les fables de son compatriote;
puis il les a distribuées entre un si grand nombre
d'imitateurs, que plusieurs fables ont une double
imitation, soit en italien, soit en français; de sorte
que quelques-unes se représentent quatre fois en
trois langues, sous les yeux du lecteur, mais sans
qu'on soit autorisé à s'en plaindre comme d'une

répétition; car la différence qui existe entre la narration et les détails, et les diverses moralités que les imitateurs ont tirées d'un même fonds en feraient autant de fables distinctes si elles ne portaient pas le même titre. J'ai regretté qu'il n'y en eût pas un plus grand nombre traitées de diverses manières; en se multipliant, elles auraient mieux prouvé quelles nombreuses conséquences on peut tirer d'un même principe.

On ne doutera plus du succès de ce recueil, quand on saura que parmi les Français qui ont concouru à le perfectionner, on compte MM. Andrieux, Arnault père et fils, le duc de Bassano, le comte Boissy-d'Anglas, Coupigny, le comte Daru, C. Delavigne, Amaury et Alexandre Duval, Jouy, Le Bailly, Parseval-Grandmaison, Picard, Rouget de l'Ile, le comte de Ségur, le baron de Stassart, Soumet, Vial, Viennet, etc..... et mesdames Sophie et Delphine Gay, Mérard de Saint-Just, Eulalie Roucher, la princesse de Salm, de Ségrais, etc., tous noms que je classe par ordre alphabétique, parce que je me souviens du *non nostrum inter vos.....* excellent moyen pour avoir la paix. On doit remarquer ici, qu'au nombre de ces poètes se trouvent MM. Arnault, Le Bailly et le baron de Stassart, qui ont aussi publié des recueils de fables, et n'en ont pas moins rendu hommage au Lokman de Moscou, car M. Kriloff est né dans cette ville. On est un peu fâché d'apprendre que cet écrivain, auteur de plusieurs ouvrages dramatiques, et de ces fables qui font tant d'honneur à la littérature russe, et cependant d'une insouciance et d'une paresse qu'on ne s'attend pas à rencontrer sous le climat sévère et stimulant de la Russie, et qui lui font négliger le soin de sa gloire : « Sa Muse, dit fort agréablement M. Le-montey, ne cède qu'à d'obstinées sollicitations de ses amis ; c'est un *Fablier* qu'il faut vivement secouer pour qu'il laisse tomber ses fruits. ».

Je n'ai pas besoin de faire observer que la pré-vention existant contre les ouvrages faits en société serait ici fort déraisonnable. Une fable étant un ouvrage entier, des centaines d'auteurs peuvent se réunir pour composer des centaines de fables, sans encourir la défaveur qui s'attache aux ou-vrages faits en communauté.

Les poètes italiens qui rivalisent, dans ce recueil, avec les poètes français, offrent des différences qui tiennent au génie de leur langue et au méca-nisme de leur versification. D'abord, leurs imita-tions sont beaucoup plus étendues que celles de leurs rivaux ; et cela devait être, s'ils travaillaient sur les fables françaises, qui sont déjà une exten-sion du texte russe. Cependant la disproportion est quelquefois énorme, puisque telle fable de huit ou dix vers en présente quatre-vingts dans la para-phrase italienne. Mais ces poètes se distinguent sous un autre rapport. Nos fables sont presque toujours écrites en vers libres, de différente me-sure, tandis que les imitations italiennes de ce

recueil sont presque toutes soumises à une versification régulière et symétrique ; plusieurs sont
écrites en *tercets*, d'autres en quatrains, le plus
grand nombre en sixains, quelques-unes en oc-
taves; il y en a même une qui forme un sonnet.
Dans la plupart de celles qui ne sont point divi-
sées en stances, on remarque le même mètre ; le
nombre des fables irrégulières est fort petit; on y
voit le mélange des vers de six et de huit, de l'en-
décasyllabe et du petit vers ; enfin, j'en ai remarqué une qui offre la singulière alternative du vers
de quinze syllabes et du vers de seize.

Cette observation paraîtra minutieuse aux yeux
des lecteurs qui s'occupent fort peu des formes de
la versification ; mais en voici une qui est un peu
plus littéraire. Dans ces fables italiennes que j'ai
examinées avec une attention particulière, je n'ai
trouvé aucune trace de ce mauvais esprit, de ce
faux brillant qui a l'air d'une pensée, comme le dit
Figaro, et qui charmait les Italiens du seizième et
du dix-septième siècles. J'y ai vu partout de la
simplicité, du naturel, souvent de la grâce, et
quelquefois une certaine mollesse qui a aussi son
agrément. Mais j'y ai vainement cherché ce que
nous nommons des *concetti*, mot qu'en France
nous prenons toujours en mauvaise part. Et cependant les fables de M. Kriloff ouvraient une
vaste carrière à ce genre de défauts, ou de beautés
(car je n'ose encore affirmer que la question soit
jugée définitivement); et il faut faire observer en

passant que les fables de ce recueil signalant encore
plus les ridicules que les vices, elles offraient conséquemment aux imitateurs ultramontains de fréquentes occasions de *faire de l'esprit.* Pourquoi
donc quarante poètes, qui n'ont point concerté
leur travail, se sont-ils accordés à être simples,
naturels et raisonnables, sans céder une seule fois
à la tentation des *concetti?* Dira-t-on que le genre
de l'apologue leur imposait cette réserve? Mais,
l'apologue admettant comme interlocuteurs tous
les êtres possibles, et même les êtres inanimés, il
admet nécessairement aussi tous les tons. Notre
La Fontaine, qui est le *maître à tous,* comme
dirait le peuple, n'est pas toujours humble et naïf:
il s'élève quelquefois à la haute poésie, et souvent
à travers la naïveté du bonhomme, nous voyons
poindre la malice. L'apologue n'exclut donc aucun
ton; et, si les Italiens conservaient aujourd'hui le
goût de leurs ancêtres, on trouverait des *concetti*
dans leurs fables comme dans toute autre poésie.
Il faut nécessairement en conclure que les Italiens
n'admirent plus ce genre de *beautés,* et que comme
il arrive à toutes les nations vieillies, si, chez eux,
le génie est devenu plus rare, le goût s'y est perfectionné; et par une dernière conséquence, il est
évident que les *concetti* sont des ornemens de
mauvais goût.

L'exemple des nombreux poètes italiens qui ont
imité M. Kriloff, est une autorité que je puis opposer avec confiance aux personnes qui m'ont

18.

reproché de ne point admirer les traits d'esprit et
les subtilités de Pétrarque, du Tasse et de ce
Guarini qui fait l'amour en syllogismes, et met
le sentiment en dilemmes. Je ferai aussi mon dilemme, et je dirai aux admirateurs des *concetti*:
Si ces finesses que Boileau nomme du clinquant,
sont des beautés légitimes, pourquoi les poètes
d'aujourd'hui les repoussent-ils avec dédain? Si
ce sont des défauts, permettez-moi de les considérer comme tels, puisqu'en parlant du Tasse et
de Pétrarque, je n'ai point de gloire nationale à
défendre, et je puis dire publiquement ce que je
pense *in petto*.

Je me garderai bien d'indiquer celles des imitations françaises qui m'ont paru traitées avec le
plus de talent et le plus d'habitude dans ce genre
de poésie. Toutes ces fables ayant été faites par
amitié pour M. le comte Orloff, et à sa sollicita-
tion, je dois, ou plutôt je veux les supposer écrites
avec le même talent comme elles ont été inspirées
par le même sentiment. En cela, je m'éloigne peu
de la vérité; et quoique dans la liste des auteurs
quelques noms se distinguent par une plus grande
célébrité, il est vrai de dire qu'il ne règne pas beaucoup d'inégalité dans l'ensemble du recueil, soit
que chacun des coopérateurs ait consulté *quid
valeant humeri*, et ait choisi une tâche proportionnée à sa force, soit que le désir d'être agréable
à l'éditeur, ait élevé les plus faibles presqu'au
niveau des plus habiles. Si le nom de chaque au-

teur ne se trouvait pas au bas de chaque fable, je
n'en aurais peut-être pas deviné un seul; je me
trompe : j'avais deviné l'auteur de *la Justice du
Diable;* mais hors ce cas unique, ma sagacité aurait été complètement en défaut. Parmi tous ces
petits poëmes, il en est sans doute que je préfère,
et que le lecteur préférera comme moi; mais cette
prédilection sera plus souvent déterminée par le
sujet des fables que par la différence qui existe
entre le talent des fabulistes.

Ignorant complètement la langue russe, mes
observations critiques ne peuvent porter que sur
la conception des fables et sur le choix des interlocuteurs; et, à cet égard, l'inventeur de ces
apologues ne me semble pas à l'abri de tout reproche. Quoique la fable ait le droit de prêter des
raisonnemens aux animaux les plus stupides, et
même des intentions et une volonté à la matière
inerte, comme à un caillou, à un pot de terre ou
un pot de fer, elle n'est point entièrement affranchie des règles du bon sens, et ses discours comme
ses actions doivent avoir une vraisemblance *relative.* Il faut que les acteurs de la fable raisonnent et
parlent conformément à leur organisation et à leur
caractère présumé; il faut que leurs actions soient
en rapport avec leurs formes, leur dimension et
leur nature. M. Kriloff ne me paraît pas avoir
constamment observé ces principes de l'apologue.
Je ne citerai qu'un seul exemple, et, à la vérité,
ce défaut se présente rarement dans ses fables;

mais quelques fautes suffisent pour que la critique ait le droit de rappeler l'auteur à la règle. Dans la huitième fable du livre V, un brochet, un cygne et une écrevisse forment le projet de s'atteler à une petite *charrette*, dit l'auteur italien, à un *bateau*, dit l'auteur français, dans l'intention de transporter l'une ou l'autre à une certaine distance; mais le cygne voulant s'élever dans les airs, le brochet tâchant de se plonger dans le fleuve, et l'écrevisse tirant à reculons, il arrive que la charrette ou le bateau reste à la même place, et il en résulte cette moralité que l'unité dans les mouvemens et dans les efforts est nécessaire pour conduire à bien toute entreprise. Il n'est personne qui ne se sente choqué par la disparate qui existe entre ces acteurs appelés à concourir à un même but. La disproportion entre un cygne et une écrevisse, un brochet qui s'attèle ou s'attache à une masse quelconque, la différence enfin des élémens dans lesquels ces personnages peuvent vivre, détruisent complètement cette vraisemblance relative qui est une des conditions de l'apologue. Les deux imitateurs l'ont bien senti, car l'auteur français, M. Picard, a substitué un bateau à la charrette, ce qui sauve le ridicule d'un brochet marchant sur la terre, mais laisse subsister celui d'un brochet attelé. Et l'auteur italien, M. Lampredi, pour adoucir ce que l'image a de grotesque, ne nous présente qu'un très-petit char (*un leggero carrettino*); et encore il ajoute : *per un facile cammino;*

mais tout cela ne sauve pas la faute de l'inventeur; et je ne me suis appesanti sur cette observation minutieuse que pour rappeler ce principe incontestable : *Les personnages d'un apologue doivent parler et agir selon leur nature, leur conformation et leur caractère présumé.*

J'ai déjà cité M. Lemontey, auteur de l'Introduction, dans laquelle il expose les rapides progrès de la littérature russe, et il donne des détails sur M. Kriloff qui est aujourd'hui bibliothécaire de la Bibliothèque impériale à Pétersbourg. Je sais gré à M. Lemontey de n'avoir point imité certains littérateurs qui voudraient faire fermer la carrière de l'apologue. Il loue, au contraire, les esprits originaux qui ont osé s'ouvrir des routes nouvelles pour échapper à une comparaison périlleuse avec un modèle désespérant. Rien n'est plus ridicule que de vouloir interdire un genre, du moment où il a produit des chefs-d'œuvre. On a fait des poëmes après Homère, des tableaux après Raphaël, et nous ne sommes pas fâchés que l'on fasse des comédies et des tragédies après Molière et Racine. Sans sortir de l'apologue, nous sommes bien forcés de convenir qu'on a fait des fables charmantes depuis La Fontaine, et que plusieurs fables de La Fontaine ne sont pas dignes de lui. Ces réflexions me fournissent l'occasion de rappeler une anecdote assez piquante, qui n'est peut-être pas connue de tous mes lecteurs :

On sait que Lamotte-Houdart a fait un assez

grand nombre de fables pour en composer un volume. Ces fables furent condamnées dès qu'elles parurent ; plusieurs expressions de mauvais goût, quelques passages enluminés de ce faux brillant dont j'ai parlé plus haut, l'admission des êtres métaphysiques parmi les interlocuteurs de ces apologues, firent rejeter avec dédain le recueil qu'on ne lut peut-être jamais en entier. On s'égayait surtout sur une rave énorme que Lamotte nommait un *phénomène potager*, et sur ce début d'une fable :

> Dom jugement, dame mémoire
> Et demoiselle imagination.....

Ces malheureux échantillons firent condamner toute la pièce, et l'on ferma les yeux sur des fables tout-à-fait exemptes de ce mauvais goût, et remarquables par un naturel et une naïveté dignes du talent de La Fontaine, telles que l'*Enfant et les Noisettes*, etc..... On ne daigna pas excepter de la proscription d'autres fables qui s'élèvent à la plus haute morale et qui sont aussi bien narrées qu'imaginées, telles que l'*Avare*, l'*Éclipse de Soleil*, et plusieurs autres ; on ne remarqua pas même celles qui se distinguent par une grâce naturelle et une rare élégance, telles que les *deux Moineaux* et d'autres encore ; on méconnut enfin le mérite de l'invention, car Lamotte, comme M. Kriloff, et quelques fabulistes actuellement existans, n'a imité ni Phèdre, ni Ésope, et ne doit qu'à son imagination les sujets de ses fables.

Voltaire, choqué de l'injustice et des décisions tranchantes de ces prétendus connaisseurs, et peut-être un peu jaloux de la grande gloire de La Fontaine, conçut le projet de donner une leçon aux beaux-esprits qui pour mieux honorer l'*inimitable*, criaient anathème contre tout téméraire qui osait mettre le pied dans le champ de l'apologue. Un jour il paraît au milieu de ces diseurs de bons mots, qui faisaient cercle dans un nouvel hôtel de Rambouillet, et il s'écrie en entrant : « Grande nouvelle, messieurs! on vient de découvrir des fables inédites de La Fontaine. » On conçoit l'effet que produisit cette annonce. « Elles sont admirables, ajouta Voltaire; elles m'ont enchanté à tel point que j'en ai retenu une tout entière, et je vais vous la dire. » Alors il récita la fable des *Deux Moineaux*, et ses auditeurs émerveillés peuvent à peine retenir les élans de leur enthousiasme; mais quand le récitant parvint à ce passage où l'auteur exprime l'amour mutuel des deux moineaux par ces deux vers :

> Entre tous les oiseaux du monde
> Ils se choisissaient tous les jours,

les transports éclatèrent, et La Fontaine fut encore plus élevé dans le ciel, comme Lamotte plus enfoncé dans le néant. Ce fut à qui posséderait cette divine fable, et chacun voulait la copier, quand Voltaire leur dit : « Cela est inutile, la voici. » Alors il tire de sa poche le recueil des fables de La-

motte, et le présente à ses auditeurs consternés.
La confusion fut grande, mais la leçon fut inutile :
on ne corrige pas plus les prétendus connaisseurs
en littérature que les *dilettanti* en musique ; le goût
est fort rare, et chez la plupart des hommes, la
prévention en tient lieu. L'anecdote que je viens
de rapporter m'a été contée par madame la marquise de Boufflers, qui la tenait de Voltaire lui-
même.

Si quelque jour, un ennemi des Russes, enten-
dant parler des fables de M. Kriloff, prétendait
que la belle littérature ne peut pas germer sur les
bords de la Newa, M. le comte Orloff pourra punir la prévention du *connaisseur* en lui contant
cette petite historiette.

LITTÉRATURE FRANÇAISE.

ŒUVRES

DE MATHURIN RÉGNIER,

Avec les Commentaires revus, corrigés et augmentés ; précédées de l'Histoire de la satire en France, pour servir de discours préliminaire;

PAR M. VIOLLET LE DUC.

COMMENT parlerai-je à mes chastes lecteurs des rimes cyniques de Régnier? Nous sommes devenus si décens, notre conversion religieuse et morale a été si prompte et si complète, que la moindre gravelure, que la plus petite expression gaillarde va crisper notre nerf acoustique, et causer des ébranlemens désagréables à notre tympan délicat. Pourquoi parler de Régnier, va-t-on me dire, s'il peut alarmer notre pudeur? Pudeur soit, je veux y croire ; mais Régnier est un homme très-remarquable pour le temps où il a vécu; il a mérité d'être loué par Boileau sous le rapport du talent; il vivait sous Henri IV, qu'il aimait et qu'il a célébré. Si ses mœurs étaient tant soit peu dissolues, ses principes en politique étaient excellens. Au libertinage près, il n'a jamais fait aucun outrage à la morale et à la vertu; j'ajouterai même que, dans ses vers les plus obscènes, il gourmande le vice qu'il chérit; et, à cet égard, il ressemble à un ivrogne que j'ai connu, et qui, lorsqu'il ne pouvait plus se soutenir, criait de toute sa force : « Mes amis, ne buvez pas de vin; c'est une détestable drogue; voyez dans quel état il m'a mis! »

Une autre considération doit faire pardonner à l'éditeur d'avoir reproduit et commenté les *OEuvres de Régnier* : Henri IV, qui ne reculait pas plus devant une gaillardise que devant les mousquets espagnols, accueillit avec bienveillance le livre des Satires, et cet excellent prince, qui était aussi un excellent homme, savait bien que des propos libres et un penchant décidé à la galanterie ne prouvent point nécessairement qu'on ait le cœur pervers. Il avait lui-même un *triple talent* que nous célébrons dans une chanson chère à la France et à tous les amis des Bourbons, et il ne nous sied pas trèsbien d'être si rigides et si refrognés, à nous qui vantons dans Henri IV la qualité de *vert galant* que nous associons à sa gloire et à ses vertus.

Régnier d'ailleurs n'est impudent que dans les expressions; il ne fait pas l'apologie du vice; il le poursuit au contraire, quelquefois avec l'âcreté et le cynisme de Juvénal, et à l'exception de quelques pièces fugitives, aussi obscènes que les épigrammes de J.-B. Rousseau, ses poésies peuvent passer pour des traités de morale où des expressions triviales et grossières déparent et salissent des vers pleins d'esprit et de raison. Observons encore que la plupart de ses satires sont exemptes de ce défaut, et que dans celles où il donne carrière à son esprit libertin, il nous choque bien plus par la grossièreté des mots, par la bassesse des comparaisons et des figures, que par la liberté de la pensée. Régnier, en effet, ramasse tous les dictons du peuple, tous les lazzi des rues et les fait entrer quelquefois dans un discours dont la noblesse ne nous prépare pas à cette étrange disparate. S'il veut faire sentir que la satire trop âcre expose à de grands dangers, et qu'il faut en user modérément, il dira :

> Cependant il vaut mieux *sucrer notre moutarde.*

Plus loin, il déclame contre ces hommes qui,

> Jaloux d'un sot honneur, d'une bastarde gloire,
> A faux titre insolens, et, sans fruict hasardeux,
> *Pissent au benistier,* afin qu'on parle d'eux.

Pour exprimer qu'une vieille femme, riche, peut encore trouver des amans, il emploiera cette métaphore indigne même de Vadé :

> . . . . Il n'est si décrépite
> Qui ne trouve, en donnant, couvercle à sa marmite.

Le style de Régnier descend quelquefois jusqu'au dernier degré d'abjection. Dans une ode, qui n'est ni pindarique ni anacréontique, il gourmande ainsi la directrice d'un lieu de débauche, où sans doute il avait été maltraité :

De moi tu n'auras paix ni trève
Que je ne t'aye vue en Grève
La peau passée en maroquin,
Les os brisés, la chair meurtrie,
Preste à porter à la voierie,
Et mise au fond d'un mannequin.

. . . .

Vieille sans dent, grand'hallebarde,
Vieux baril à mettre moutarde,
Grand morion, vieux pot cassé,
Plaque de lict, corne à lanterne,
Manche de luth, corps de guiterne,
Que n'est-tu desjà *in pace!*

Notez que j'ai choisi dans cette ode les deux strophes les plus élégantes et les plus jolies. Mais hâtons-nous de répéter que les pièces de ce genre sont en très-petit nombre dans les œuvres de Régnier, et que la plupart des satires, les épîtres et les élégies, irréprochables sous le rapport de la décence, ne peuvent être l'objet d'une juste critique si l'on se reporte au temps où Ronsard, Bertaut, Desportes, et surtout Malherbe, commençaient à épurer la langue. Voici des vers qui, malgré leur air de vétusté, sont empreints d'une raison profonde et d'une excellente philosophie :

Nous vivons à tastons, et dans ce monde icy
Souvent avecq' travail on poursuit du soucy :

Car les dieux couroussés contre la race humaine,
Ont mis avecq' les biens la sueur et la peine.
Le monde est un brelan où tout est confondu :
Tel pense avoir gagné qui souvent a perdu
Ainsi qu'en une blanque où par hasard on tire,
Et qui voudrait choisir souvent prendrait le pire.
Tout dépend du destin, qui, sans avoir égard,
Les faveurs et les biens en ce monde départ,
. . . .
Car penser s'affranchir c'est une resverie :
La liberté par songe en la terre est chérie.
Rien n'est libre en ce monde, et chaque homme dépend,
Comtes, princes, sultans, de quelque autre plus grand.
Tous les hommes vivans sont ici bas esclaves,
Mais suivant ce qu'ils sont ils diffèrent d'entraves ;
Les uns les portent d'or, et les autres de fer.

Dans une épître où il déplore les malheurs de
la guerre civile, il présente la France sous la forme
d'une nymphe qui parle ainsi au peuple rebelle :

Peuple, l'objet piteux du reste de la terre,
Indocile à la paix et trop chaud à la guerre,
Qui, fécond en partis, et léger en desseins,
Dedans ton propre sang souilles tes propres mains,
Entends ce que je dis, attentif à ma bouche,
Et qu'au plus vif du cœur ma parole te touche.
Depuis qu'irrévérent envers les immortels,
Tu taches de mespris l'église et ses autels,
Qu'au lieu de la raison gouverne l'insolence,
Que le droit altéré n'est qu'une violence,
Que par force le faible est foulé du puissant,
Que la ruse ravit le bien à l'innocent,
Et que la vertu sainte, en public méprisée,

Sert aux jeunes de masque, aux plus vieux de risée,
Prodige monstrueux! et sans respect de soy
Qu'on s'arme ingratement au mespris de son roy,
La justice et la paix, tristes et désolées,
D'horreur se retirant, au ciel s'en sont volées....,
Et cependant, aveugle en tes propres effets,
Tout le mal que tu sens, c'est toi qui te le fais;
Tu t'armes à ta perte, et ton audace forge
L'estoc dont, furieux, tu te coupes la gorge.
. . . .
Vien, ingrat, respon-moi : quel bien espère-tu
Après avoir ton prince en ses murs combattu?
Après avoir trahi, pour de vaines chimères,
L'honneur de tes ayeux et la foi de tes pères?
Après avoir, cruel, tout respect violé,
Et mis à l'abandon ton pays désolé?

Iras-tu, dit la nymphe, demander au roi d'Espagne
quelques provinces de son nouveau Monde?

Ou, si trompant ton roy, tu cours autre fortune,
Tu trouveras, ingrat, toute chose importune.
A Naples, en Sicile, et dans ces autres lieux
Où l'on t'assignera, tu seras odieux ;
Et l'on te fera voir avec ta convoitise,
Qu'après la trahison les traistres on mesprise ;
Les enfans étonnés s'enfuiront te voyant,
Et l'artisan mocqueur, aux places t'effroyant,
Rendant par ses brocards ton audace flétrie,
Dira : ce traistre icy nous vendit sa patrie.

Malgré l'étendue de ces citations, je crois devoir
y ajouter encore quelques vers du discours de cette

nymphe, qui, en son vieux langage, semble nous parler de ce que nous avons vu récemment.

> Mais quoy ! tant de malheurs te suffisent-ils pas ?
> Ton prince, comme un Dieu, te tirant du trépas,
> Rendit de tes fureurs les tempêtes si calmes
> Qu'il te fait vivre en paix à l'ombre de ses palmes.
> Astrée en sa faveur demeure en tes cités ;
> D'hommes et de bestail tes champs sont habités,
> Le paysant, n'ayant peur des bannières estranges,
> Chantant coupe ses bleds, riant fait ses vendanges,
> Et le berger guidant son troupeau bien nourry,
> Enfle sa cornemuse en l'honneur de Henry.

Avouons que, dans ce siècle des lumières, on nous présente souvent des vers moins bien tournés que ceux du vieux Régnier, qui avait le malheur de vivre dans un temps d'ignorance, de despotisme et de superstition. La raison et la droiture qui éclatent dans les passages que je viens de transcrire, et dans un grand nombre d'autres, obtiendront grâce, je l'espère, pour quelques polissonneries, dont, après tout, nous ne sommes pas si effrayés que nous feignons de l'être. Ce que j'écris ici s'adresse à deux classes de lecteurs : la première, que je veux croire la plus nombreuse, se compose des hommes et des femmes d'une vertu si robuste, que des mots obscènes et de misérables gravelures ne peuvent faire aucune impression sur leur âme incorruptible. Dans l'autre classe, je comprends les personnes des deux sexes qui ne courent plus aucun risque sous ce rapport, et à qui Régnier n'apprendra rien; elles peuvent donc le lire avec plaisir, et le blâmer avec aigreur. Quant aux demoiselles, je n'y vois pour elles aucun danger : comme elles ne savent jamais ce qu'elles doivent ignorer, elles prendront les gaillardises du poète pour de vieux mots gothiques dont la signification s'est perdue, et elles n'auront pas la maladresse d'en rougir.

C'est assez m'occuper de Régnier. Il est temps de songer à son éditeur et commentateur qui a bien quelques droits à notre estime, indépendamment de son commentaire. Je n'ai pas oublié que M. Viollet-Leduc est auteur d'un *Nouvel Art poétique*, poëme dans lequel il n'a pas eu la prétention de nous enseigner l'art des vers, mais il nous donne d'excellens conseils sur l'art de réussir. Il a complètement réussi lui-même; car une foule d'auteurs ont suivi religieusement ses préceptes, et ont trouvé le secret de se faire une petite fortune et un petit renom avec des ouvrages que l'on aime mieux vanter que de prendre la peine de les lire. M. Leduc, en nous recommandant la médiocrité comme moyen de parvenir, avait eu le tort de ne pas joindre l'exemple aux préceptes; ce protecteur des mauvais écrivains a eu la maladresse d'écrire lui-même avec beaucoup de pureté, d'esprit et d'élégance. Aussi son poëme n'obtint que deux ou tout au plus trois éditions. J'espère qu'il le gâtera quelque jour pour lui en donner une quatrième.

Mais il est devenu savant; il s'est jeté dans la philologie, et presque dans l'archéologie, car les poètes du seizième siècle sont pour nous des anciens. Son *Histoire de la Satire en France* est fort curieuse, et dispose très-bien le lecteur à lire sans prévention les satires de Régnier. Ses notes sur les expressions surannées de ce poète sont fort utiles à l'intelligence du texte, et ordinairement elles sont accompagnées d'anecdotes historiques, très-propres à répandre de l'agrément sur une matière naturellement aride. En passant en revue tous les auteurs français qui ont écrit des satires, il donne un échantillon de leurs talens, et ces fragmens, qu'il présente dans un ordre chronologique, font sentir quels efforts le génie français a dû faire depuis le treizième siècle pour arriver aux satires de Boileau.

Des vers extraits du *Banquet des Muses*, recueil publié en 1628, par le sieur Auvray, me donnent la preuve d'un fait sur lequel on dispute encore aujourd'hui. Dans *les Plaideurs* de Racine, Chicaneau dit à sa fille :

Va, je t'achèterai le Patricien françois ;
Mais, diantre, il ne faut pas déchirer les exploits.

Des commentateurs ont prétendu que, du temps de Racine, on prononçait François, peuple, comme François, prénom. D'autres ont soutenu que Racine s'était contenté de faire rimer *à l'œil* François avec exploits ; mais que, dans le dix-septième siècle, on prononçait déjà le mot François, peuple, comme si l'on écrivait *Francès*. Voici des vers qui

décident la question. Auvray dit, en se moquant
des jeunes nobles qui affectent les belles manières,
que la perfection consiste à

> Gourmetter un cheval, monter un mors de bride,
> Lire Ronsard, le Bembe et les amours d'Armide ;
> Dire *chouse* pour *chose*, et *courtez* pour *courtois*,
> *Paresse* pour *paroisse*, et *Francez* pour *François*.

Il est donc certain que généralement on prononçait encore François, peuple, comme le prénom François, mais qu'à la cour seulement on
commençait à prononcer *les Français* comme on
le fait aujourd'hui. Ainsi ce ne sont pas toujours
les laquais et les servantes *qui ont fait la langue
française;* et, quand Racine faisait rimer François avec exploits, il satisfaisait l'oreille de tous les
auditeurs, excepté celle des petits-maîtres.

Dans un vers de la seconde satire se trouve le
mot grossier, à désinence nasale, qui signifie une
femme débauchée. Le commentateur prétend que
ce vers est un de ceux qui ont mérité la sévère censure de Boileau. Je crois que M. Leduc se trompe.
A l'époque où Régnier écrivait, ce mot qui nous
épouvante aujourd'hui n'alarmait pas les oreilles
pudiques. On le trouve chez presque tous les écrivains du temps; des femmes mêmes le pronon-
çaient sans difficulté. S'il eût été révoltant, Molière
ne l'aurait pas laissé dans *Amphitryon;* Voltaire,
qui fait la nuance entre les dix-septième et dix-
huitième siècles, l'a fréquemment employé, et

Voltaire, qui n'a pas toujours craint d'alarmer la pudeur, a toujours craint de choquer le goût. Régnier est irréprochable à cet égard, et un écrivain n'est pas obligé de prévoir qu'un mot, prononcé par tout le monde, deviendra un épouvantail un siècle plus tard. En condamnant le cynisme de Régnier, Boileau avait sans doute en vue la satire intitulée : *Macette*, des épigrammes, des odes ou stances sur un sujet dégoûtant, et le *Discours d'une vieille m.......* Ce sont, en effet, les seules pièces qu'il faudrait retrancher du recueil, comme ce sont peut-être celles qui le feront acheter.

Qu'il me soit permis de présenter quelques observations sur ces mots, qui, fort innocens dans leur origine, sont devenus, non-seulement grossiers, mais révoltans, abominables. Remontons à l'étymologie, et vous verrez que ces mots ne signifient rien autre chose qu'une femme non mariée. Dans plusieurs cantons de la Normandie, j'ai entendu désigner une jeune fille très-honnête par un mot qui ferait dresser les cheveux, s'il était prononcé devant le public plein de pudeur de la capitale. Ce mot, que je n'oserais même désigner par la lettre initiale, n'est cependant que le féminin d'un autre mot que tout le monde prononce, et qui indique un jeune homme non marié. Quand ce mot féminin a été appliqué à la débauche, le beau monde l'a rejeté avec horreur, et lui a d'abord substitué le mot, au son argentin, dont j'ai parlé plus haut, et qui, dans son étymologie italienne, ne signifie qu'une très-petite fille. Il y a été, pendant quelque temps, reçu même dans la bonne société; mais, ayant enfin été proscrit comme son prédécesseur, on l'a remplacé par le mot *fille*, qui était encore du bon ton au milieu du siècle dernier. Mais il était écrit là-haut, sans doute, que tout ce qui désigne ce sexe deviendrait une injure; et ce sont les femmes elles-mêmes qui se sont calomniées, en rejetant comme indécens tous les mots qui avaient ce caractère. Aujourd'hui, le mot *fille* est de si mauvais ton, qu'aucune mère, même dans les dernières classes du peuple, ne veut point avoir de filles. J'ai deux garçons et deux demoiselles, vous dira la femme du dernier artisan. Mais voici bien autre chose : le mot *demoiselle* lui-même court de grands risques. Les nymphes qui font espalier dans certaines rues, quand Hesperus se lève sur l'horizon, se nomment les demoiselles de la rue Saint-Honoré, les demoiselles du Panorama, ou du boulevard du Temple. Il n'y aura donc bientôt plus de demoiselles; et c'est pour cela sans doute que, depuis quelque temps, on emploie le terme de *jeune personne;* car on prévoit que, dans vingt ou trente ans, le mot demoiselle fera frémir notre pudique postérité. Malheureusement, l'expression *jeune personne* est une sottise; car le mot *personne* s'appliquant aux deux genres, un jeune garçon est aussi une jeune personne. Il faut donc chercher un autre mot; et, quel qu'il puisse être, il finira par avoir le sort de tous les autres.

Je n'ai pas besoin de transition pour revenir à
Régnier : si on veut lire ses poésies avec l'esprit
qu'y apportaient ses contemporains, nous verrons
que les mots orduriers dont il se sert n'avaient point
ce caractère dans son temps; et si ce poète revenait parmi nous, il aurait le droit de nous dire :
Ne faites point tant la grimace; car c'est de votre
faute, et non de la mienne, que mes expressions
son devenues cyniques et licencieuses.

ŒUVRES COMPLÈTES

DE BOILEAU DESPRÉAUX,

Contenant ses poésies, ses écrits en prose, sa traduction de Longin,
ses lettres à Racine, à Brossette et à diverses autres personnes; avec
les variantes; les textes d'Horace, de Juvénal, etc..., imités par
BOILEAU, et des notes historiques et critiques; précédées d'un discours sur les caractères et l'influence des œuvres de ce poète, et
d'une vie abrégée de BOILEAU.

S'IL n'était question ici que d'une centième édition de Boileau, je me contenterais de l'annoncer.
Le législateur du Parnasse français n'a plus besoin
d'éloges; ses œuvres, que la raison et le goût ont
placées au premier rang, n'ont plus de nouvel éclat
à attendre que de la critique même qui tenterait

de les déprécier. Dans le siècle qui vient de s'écouler, un écrivain, d'ailleurs estimable, n'a pas craint
d'attaquer un si redoutable adversaire ; et c'est
dans des *Élémens de Littérature* qu'il a osé présenter comme un versificateur sec et froid, l'un
de nos plus parfaits poètes, le premier de nos
littérateurs. Cette audace n'était point du courage,
mais une malheureuse témérité. Si Boileau avait
pu vivre assez long-temps pour connaître ce nouvel ennemi, il se serait contenté d'inscrire son nom
en caractères indélébiles sur la liste fatale de ceux
qu'il condamne à une ridicule immortalité. Il est
pénible de compter parmi les dépréciateurs de
Boileau, des hommes dont on honore le caractère,
dont on estime les ouvrages ; il ne faut cependant
pas se presser de comprendre dans ce nombre
l'illustre auteur de la Henriade : les amis et les
ennemis de Voltaire semblent s'être réunis pour
nous le représenter comme un détracteur de Boileau ; les premiers étaient assez maladroits pour
croire flatter Voltaire en rabaissant Despréaux, les
derniers assez injustes pour lui prêter ce ridicule.
Le nouvel éditeur des œuvres de Boileau me
fournit les moyens de confondre les uns et les autres ; c'est dans ses citations que je trouve la véritable opinion de Voltaire sur le législateur du
Parnasse : « Racine et Despréaux sont les premiers
» qui écrivirent purement..... — Courir après l'es-
» prit, affecter des pensées ingénieuses, c'était le
» goût du temps de Corneille. Racine et Despréaux

» en corrigèrent la France. — Ils ont dit ce qu'ils
» voulaient dire ; jamais leurs pensées n'ont rien
» coûté à l'harmonie ni à la pureté du langage.
» — Je vous prêcherai éternellement cet art d'écrire
» qu'il (Despréaux) a si bien enseigné ; ce respect
» pour la langue, cette suite d'idées, cette liaison,
» cet art aisé avec lequel il conduit son lecteur, ce
» naturel *qui est le fruit du génie*. — Il n'y a peut-
» être en France que Racine et Boileau qui aient
» une élégance continue. Je dois exhorter les ar-
» tistes à se nourrir du style de Racine et de Boileau,
» pour empêcher le siècle de tomber dans la plus
» ignominieuse barbarie. — Si Boileau n'avait été
» qu'un versificateur, il serait à peine connu.....
» Ses dernières Satyres, ses belles Epîtres, et sur-
» tout son Art poétique, sont des chefs-d'œuvre
» de raison autant que de poésie. »

Telles sont, avec beaucoup d'autres, les phrases
éparses dans les œuvres de Voltaire, dont on peut
conclure qu'il avait une sincère admiration pour
l'auteur de l'Art poétique ; telle est l'expression de
sa véritable pensée ; et si je me suis un peu étendu
sur ce point, que l'on voudrait obscurcir, c'est que
l'opinion du plus beau génie du dix-huitième siècle
ne m'a pas paru indifférente à la gloire de Despréaux.

Le nouvel éditeur ne s'est pas contenté de reproduire les œuvres de Boileau, plus complètement et plus exactement qu'on ne l'avait fait jusqu'ici, et de joindre au texte toutes les notes,
variantes, observations, anecdotes, et critiques

dont ces œuvres ont été le sujet ; il a prouvé dans
un discours préliminaire qu'il était digne d'élever
au législateur du Parnasse un monument solide et
durable. La manière dont il a su présenter les
chefs-d'œuvre de Despréaux, en observer les caractères, en fixer le mérite, en développer toutes
les nuances, et démontrer l'influence qu'ils ont eue
sur la littérature française et sur la gloire nationale,
ne laisse plus à l'envie et au faux goût l'espoir
d'*étouffer si haute renommée*, et de faire descendre
Boileau au rang des versificateurs froids et mé-
thodiques.

Depuis quelque temps, il faut l'avouer, le titre
d'éditeur a beaucoup perdu de l'éclat dont il brillait
dans le dix-septième siècle ; il a souvent même été
avili par ces éditeurs-marchands dont tout l'art était
de spéculer avec adresse, dont tout l'esprit consistait à deviner l'influence d'un titre et l'importance
d'un à-propos, dont tout le mérite enfin était de
réimprimer avec beaucoup de fautes et beaucoup
de vignettes des livres qu'ils n'avaient pas su lire.
Le discours préliminaire dont je vais rapporter
quelques traits, donnera au lecteur une toute autre
opinion de la qualité d'éditeur, et des connaissances
que suppose ce titre quand il n'est point usurpé.

Il était assez inutile de faire l'éloge de Boileau ;
il ne restait plus qu'une seule manière de le louer :
c'était de le faire bien connaître. Il ne suffisait pas
pour cela de vanter chaque tirade, chaque vers ;
d'en faire remarquer la précision, la clarté, la pu-

reté, la rare et constante élégance : outre qu'un
pareil commentaire aurait senti l'école, il n'aurait
fait que reproduire ce qui avait été dit cent fois,
et il n'aurait pas distingué Boileau des autres bons
écrivains dont la France s'honore. Pour nous faire
apprécier son mérite caractéristique, et lui assigner un genre de gloire qu'il ne partage avec personne, il fallait nous reporter au siècle où l'auteur
de l'Art poétique, entouré d'écrivains ridicules et
vantés, de poètes médiocres et puissans, avait à
lutter à la fois contre l'orgueil du faux esprit, les
préjugés du mauvais goût, et contre le faux savoir,
pire que l'ignorance. « Le premier mérite de Boi-
» leau, dit le nouvel éditeur, fut de sentir vivement
» l'excellence des *Provinciales*. » Ce que Pascal
avait fait pour la prose française, Boileau voulut
le faire pour la poésie, quoiqu'il en sentît toute la
difficulté. « Les règles de la versification n'étaient
» observées qu'aux dépens des lois les plus sacrées
» de la logique et de la grammaire. Comme si l'art
» des vers n'eût consisté qu'à vaincre des difficul-
» tés mécaniques, la multitude des poètes semblait
» n'aspirer qu'à la régularité du mètre et de la
» rime; leurs scrupules ne s'étendaient pas jusqu'au
» choix des expressions et au caractère du style. »
Molière, avant l'année 1660, avait déjà fait briller des étincelles de ce génie comique auquel il
doit une si belle gloire; mais il ne s'était pas distingué par un goût pur et correct. Corneille même,
qui avait produit des chefs-d'œuvre immortels,

usait trop souvent des priviléges du génie, et en
abusait quelquefois : « Boileau conçut l'idée d'une
» perfection plus austère et plus constante ; il com-
» prit que des vers admirables n'autorisaient point
» à négliger ceux qui devaient les environner, et
» qu'au contraire, les grands traits du génie poé-
» tique brilleraient d'un éclat plus pur au milieu
» des morceaux élégans et corrects que le bon goût
» aurait dictés. »

La tâche de Boileau était bien plus pénible, plus
difficile que n'avait été celle de Pascal. Celui-ci
fixa la prose en l'écrivant ; l'autre n'avait pas seulement des règles à créer, des principes à faire
adopter, des exemples à donner ; mais, pour y réussir, il fallait d'abord attaquer et détruire le faux
goût dans les objets les plus respectés, quoique le
moins dignes de l'être ; il fallait ramener à l'étude
et à l'admiration des anciens, une génération entière qui avait abandonné Homère, Virgile, Horace, pour les Guarini, les Marini, les Caldéron,
les Lopez de Vega, et qui lisait avec une patience
respectueuse les longs romans de Cassandre, de
Pharamond, de Cyrus, les longs et barbares
poëmes de Clovis, de Childebrand, de Moïse
sauvé, d'Alaric et de la Pucelle.

On a cru pouvoir diminuer la gloire de Boileau,
en insinuant qu'il n'avait fait que copier Horace.
Il y avait autant d'absurdité que de mauvaise foi
dans ce reproche. Les vers d'Horace que Despréaux a imité sont en assez petit nombre, et ils

sont traduits de manière à faire douter s'il y avait
eu plus de mérite à les écrire en latin, qu'à les
transporter si dignement dans notre langue. Despréaux semble créer les pensées d'autrui, a dit
La Bruyère; mais quoique cette expression soit un
assez bel éloge, il ne faudrait pas en conclure que
l'Art poétique n'est qu'une imitation de l'Épître
aux Pisons. « Le plan que Boileau s'est tracé, dit
« l'éditeur, a plus d'étendue et de régularité; c'est
» un poëme didactique proprement dit, où l'au-
» teur remonte aux règles générales de l'art d'é-
» crire, et les applique méthodiquement à tous les
» genres de compositions poétiques. » L'observation qui suit me paraît pleine de goût et de justesse:
« Toutefois, il ne descend point avec Aristote dans
» ces analyses fondamentales dont la prose seule
» peut atteindre et éclairer les profondeurs. Les
» méditations austères et circonspectes par les-
» quelles la théorie des beaux-arts s'élève à des ré-
» sultats généraux et à des préceptes positifs, n'ont
» point d'expressions dans la langue poétique. Ce
» sont les préceptes et les grands résultats qu'il faut
» exprimer en beaux vers, afin de rendre leur au-
» torité solennelle, de les inculquer aux artistes,
» et de les apprendre au public par qui les artistes
» sont jugés : il appartient à la philosophie de re-
» chercher les lois du goût; il appartient à la poésie
» de les promulguer. » Cet excellent paragraphe
prescrit les devoirs du poète didactique, trace les
limites de son domaine, et donne une bonne le-

çon à ceux de nos poètes qui, abusant du nom *di-dactique*, se perdent dans les nuages d'une métaphysique ténébreuse, et font des excursions jusque sur le terrain des sciences exactes.

L'éditeur ne montre pas moins de sagacité lorsque, suivant pas à pas le poète qu'il veut faire connaître, il développe avec art les principes que la poésie n'a pu exprimer que d'une manière concise. C'est ainsi qu'il présente « la tragédie, ravis-
» sant spectacle des plus tumultueuses passions :
» la pitié, la terreur, en sont les effets ; l'intérêt et
» la vraisemblance, les lois suprêmes. L'intérêt ne
» veut être ni indécis ni partagé ; un sujet claire-
» ment exposé le détermine, une action accomplie
» en un lieu et en un jour l'occupe tout entier ;
» des dialogues animés l'entretiennent ; des inci-
» dens multipliés sans confusion, développés sans
» effort, l'accroissent et le portent au comble. La
» vraisemblance soutient partout l'illusion ; elle
» conserve aux héros, aux siècles, aux contrées,
» leurs caractères ; elle donne aux scènes une dis-
» tribution savante, à toutes les parties un parfait
» accord. L'épopée, vaste récit d'une action mé-
» morable : la fiction y agrandit l'histoire ; la fable
» y fait reluire la vérité. Quel génie enfantera tant
» de prodiges, en observant tant de convenances ?
» Car il faut majesté dans le héros, splendeur dans
» les événemens, noblesse dans les mœurs, variété
» dans les détails, simplicité dans les nœuds, un
» début modeste, des narrations rapides, de riches

» descriptions, d'heureux épisodes, l'élégante cor-
» rection des formes, et la pompe enchanteresse
» du style figuré. » Si nos poètes réfléchissaient,
comme l'éditeur, à tout ce qu'exige l'art poétique;
s'ils méditaient sur les nombreux préceptes contenus et si bien exprimés dans ce paragraphe, on
ne verrait pas des jeunes gens, tout fiers d'une
palme académique, entreprendre légèrement une
tragédie ou un poëme, genres de compositions
qui exigent une si grande réunion de qualités éminentes. Terminons cette citation par un tableau de
la comédie : « Familière image de la vie privée,
» elle exige plus qu'aucun autre genre une longue
» étude des profonds replis du cœur humain, et
» de ce nombre infini d'élémens et de rapports
» que le mot société exprime. Habile à saisir les
» nuances variées des âges, des conditions, des ca-
» ractères, la vraie comédie, toujours simple, ja-
» mais triviale, sait être piquante sans obscénité.
» Sa mission est de nous montrer dans un vice
» odieux un travers ridicule, puisque, pour le
» fuir, il ne nous suffit point qu'il soit haïssable. »
Cette dernière phrase renferme une observation
bien juste, quoique bien fine; elle s'applique surtout à ces auteurs qui ont horreur du vice à la
scène, qui n'y admettent que des personnages bien
sensibles, bien vertueux, et qui, avec un bon père,
une bonne mère, de bons amis et de bons amans,
ont le secret de faire de mauvaises pièces, bien
applaudies par une bonne cabale.

L'éditeur répond avec dignité aux détracteurs
de Boileau; il a eu le bon esprit de sentir que
l'arme de la raison est plus terrible que celle de la
passion. Si d'Alembert croit faire grâce à Boileau
en lui accordant du goût, mais un goût *plus austère que fin*, « quelle est donc, lui dit l'éditeur,
» cette finesse qui manquait à l'auteur de la neu-
» vième satire et du Lutrin, quand sa Muse sa-
» vante et légère mélange avec tant de dextérité et
» d'harmonie de si diverses couleurs? » Refuse-t-
on à Despréaux la qualité de poète? « Gardons-
» nous, dit l'anonyme, de croire qu'il puisse exis-
» ter sans poésie une versification si parfaite. Il
» n'y a que des idés poétiques qui se prétent à être
» versifiées ainsi; et il n'appartient d'écrire d'ex-
» cellens vers qu'à un grand poète, et à ceux qui
» sont dignes de le traduire. »

Il semble qu'il ne me reste rien à dire, car qui
ne connaît pas Boileau? Ne serait-il pas ridicule
de citer des vers de ce poète pour justifier l'estime
de ses admirateurs, et ses admirateurs aujourd'hui
ne sont-ils pas tous les hommes qui savent lire?
Pour offrir à mes lecteurs quelque chose de plus
neuf, je pourrais les entretenir de la prose de
Despréaux; mais outre qu'elle est très-inférieure
à ses vers, relativement à l'élégance et à la correction, cette prose même n'est guère moins connue;
ses épigrammes, plus faibles que sa prose, sont
également lues de tout le monde, et semblent ne
participer à l'immortalité de leur auteur que pour

élever cette question difficile à résoudre : Comment un écrivain si habile dans la satire, n'a-t-il guère fait que des épigrammes médiocres?

Sa correspondance se fait lire avec intérêt ; mais il ne faut pas se dissimuler que cet intérêt tient, en grande partie, à celui qu'inspire le poète. On y trouve sans doute quelques faits curieux, de bonnes observations, des anecdotes en petit nombre sur les affaires du temps ; mais il y est rarement question de littérature et de poésie. En revanche, beaucoup de lettres sont consacrées à l'extinction de voix de Boileau, au mal de gorge de Racine ; on y parle souvent de quatre pistoles mises à la loterie, des titres de noblesse de Boileau, et du procès qu'il a soutenu pour légitimer cette prétention, à laquelle il attachait trop d'importance. Cependant, malgré une foule de choses communes et inutiles, le lecteur ne se rebute point : quand c'est un Boileau, un Racine qui écrivent, il y a toujours du plaisir à lire.

N'ayant rien à apprendre à mes lecteurs sur le mérite de ce poète, je crois qu'il sera plus piquant de leur parler de ses fautes. Elles sont en assez grand nombre, si l'on considère sa réputation de pureté, de correction, d'élégance, et le rang qu'il occupe si justement sur notre Parnasse; mais ces fautes ont elles-mêmes si peu d'importance, elles tiennent à des observations si minutieuses, elles sont entourées de beautés si nombreuses et si éclatantes, qu'elles semblent n'exister

que pour nous faire sentir l'impossibilité d'une
perfection absolue.

Cependant les Desmarets, les Pradon, les Perrault, les Cotin, faisaient un grand bruit de ces
petites fautes; la découverte de la plus légère in-
correction était un triomphe pour la cabale; et, de
nos jours, des hommes distingués par leurs talens
littéraires n'ont pas rougi de répéter ces cris de la
médiocrité, et ces reproches ridicules d'une vengeance impuissante. Il faut avoir beaucoup de
haine ou beaucoup de modestie pour aller chercher dans Cotin ce que l'on doit dire de Boileau.
Ces ennemis du législateur des poètes n'ont sûrement pas réfléchi sur les conséquences de leurs déclamations; elles devaient nécessairement relever
la gloire de celui qu'elles tentaient d'abaisser. La
grande joie que l'on faisait éclater quand on décou-
vrait une tache dans l'auteur de l'Art poétique,
était la preuve la plus claire de son immense supériorité. Une petite faute qui devient célèbre,
suppose toujours un grand mérite dans celui qui
l'a commise; et proclamer comme un phénomène
un mauvais vers de Boileau, n'est-ce pas apprendre
à toute l'Europe que l'habitude de l'auteur était
de les faire excellens?

Il est amusant, et quelquefois utile de lire ces
mille et une critiques, observations, remarques
que l'on a faites sur les poésies de Despréaux. Il y
en a beaucoup de justes, il faut l'avouer; d'autres
sont obscures, minutieuses, souvent ridicules;

quelques-unes, enfin, sont évidemment dictées
par l'envie, la haine ou la vengeance; mais si l'envie est souvent clairvoyante, elle est aussi quelquefois bien aveugle, car ces auteurs si nombreux,
si intéressés à trouver des défauts dans leurs juges;
ces hommes qui épluchaient, si j'ose le dire, tous
les vers de Boileau, et y voyaient des taches qui
n'y existaient pas, ont souvent laissé passer des
fautes grossières sans les apercevoir. Boileau même
en cite une de ce genre qui a subsisté pendant
trente ans, sans avoir été remarquée. Dans le
quatrième chant de l'Art poétique, il avait écrit :

Que votre âme et vos mœurs *peints* dans tous vos ouvrages, etc.

Quelle proie pour Cotin ou Pelletier, s'ils avaient
aperçu ce solécisme! « Pourriez-vous bien conce-
» voir, dit Boileau à Brossette, que dans tout ce
» flot d'ennemis qui a écrit contre moi, et qui
» m'a chicané jusqu'aux points et aux virgules,
» il ne s'en est pas rencontré un seul qui l'ait re-
» marqué? »

C'est dans cette nouvelle édition que l'on peut
juger de la justesse ou de l'inexactitude de toutes
ces observations critiques ; elles sont rassemblées,
en forme de notes, à la suite de chaque ouvrage.
Quand on considère leur nombre, et quand on
songe au talent du poète, on s'imagine que toutes
les fautes ont été signalées, que rien n'a échappé
à l'œil observateur ou intéressé de la critique ; et

20.

cependant on trouve encore à glaner après tous ces Aristarques. Par exemple, aujourd'hui où nous nous donnons tant de licence en poésie, nous n'oserions écrire :

Le duc et le marquis se *reconnut* aux pages.

Et moi-même, si je trouvais un pareil vers dans un auteur vivant, je dirais que deux noms unis par la conjonction exigent impérieusement que le verbe soit au pluriel. L'auteur critiqué ne manquerait pas de citer Boileau comme une autorité irrécusable : mais Boileau n'y pourrait rien, et la faute subsisterait. Tout cela prouve qu'il est utile de remarquer les fautes de langage dans les auteurs les plus estimés, parce que ce sont ceux-là que l'on imite, et parce qu'un jeune poète qui a obtenu une palme académique est toujours disposé à se croire un Boileau quand il a fait les mêmes fautes que lui.

Dans la dixième satire, le poète, en parlant des femmes coquettes, ajoute :

Je les aime encor mieux qu'une bigote altière,
Qui, dans son fol orgueil, *aveugle et sans lumière*, etc.

Maintenant, un journaliste ne manquerait pas de crier au pléonasme, et le grand nom de Boileau n'empêcherait pas que le critique n'eût raison ; on pourrait même chicaner sur le mot *lumière* au singulier, qui, pris dans un sens absolu, n'a pas la même signification que le pluriel *lumières*; et les détracteurs de Despréaux lui ont souvent fait des reproches moins légitimes.

Dans la satire onzième, on lit avec un peu d'étonnement :

> Je doute que le *flot* des vulgaires humains
> A ce discours pourtant *donne* aisément les *mains*.

On dirait aujourd'hui qu'un flot ne donne pas les mains, et que quand un auteur emploie une métaphore, il doit la rendre juste dans toutes ses parties, et ne l'entourer que d'expressions convenables à l'image qu'elle présente. Je n'oserais cependant assurer qu'il y a faute dans ces deux vers; il me semble que, du temps de Boileau, l'on se servait du mot *flot* comme synonyme de foule, sans y rien voir de métaphorique; on vient d'en avoir un exemple dans une phrase de prose que j'ai citée; Boileau y dit : dans ce *flot* d'ennemis qui a *écrit* contre moi; ainsi l'on peut supposer que cette locution était fort usitée, et dès-lors permise. Il en est de même vraisemblablement de ce pléonasme que je retrouve souvent dans nos anciens poètes :

> Pégase s'effarouche et *recule en arrière*.

Je suis également étonné que les nombreux et minutieux scrutateurs n'aient pas blâmé les deux vers suivans de la quatrième épître :

> Et, la faulx à la main, parmi vos marécages,
> Allez couper vos joncs et presser vos laitages.

Comment n'ont-ils pas dit que la faulx, si utile pour couper les joncs, est fort incommode pour presser des laitages?

Je pourrais aisément multiplier ces observations, et la prose surtout de Despréaux m'en fournirait en abondance; je ne les ai faites que pour prouver combien il est facile de trouver des taches même dans les chefs-d'œuvre de nos grands écrivains, puisqu'après tant de recherches j'en aperçois encore qui avaient échappé à l'œil même de l'envie. La perfection est comme l'infini, elle s'éloigne à mesure qu'on s'efforce de l'atteindre; l'homme de génie ne semble s'en approcher que pour mieux sentir l'immensité de l'espace qu'il lui reste à parcourir. Quand on songe que le goût sévère exige dans un poète la pensée, l'expression, la correction et la tournure, et que l'écrivain chargé de ces quatre tâches doit encore surmonter les difficultés sans cesse renaissantes de la versification et de la grammaire, peut-on raisonnablement lui reprocher quelques inadvertances, quelques inexactitudes, quand tout ce qui entoure ces fautes étincelle de beautés? Dans la tragédie de Phèdre, Hippolyte dit, en parlant de Thésée:

Aucuns monstres par moi domptés jusqu'aujourd'hui,
Ne m'ont acquis le droit de faillir comme lui.

Voilà ce que devraient se dire sans cesse les auteurs qui veulent justifier des fautes nombreuses et non rachetées, en nous citant l'exemple de nos grands écrivains. S'ils veulent avoir le droit de *faillir,* qu'ils fassent d'abord un Lutrin, un Art poétique, et alors on leur pardonnera quelques incorrections, que la critique cependant aura toujours le droit de remarquer.

Puisque je n'ai parlé ici que des fautes de Boileau, je terminerai cet article par lui en reprocher de bien réelles : c'est d'avoir été assez injuste envers Molière pour lui refuser *le prix de son art ;* c'est d'avoir écrit que Corneille *plaît surtout aux jeunes gens ;* c'est, enfin, de n'avoir pas dit un seul mot de cet admirable La Fontaine, son ami, et l'écrivain le plus original que nous ayons, quand il place dans ses vers Voiture à côté d'Horace.

CHEFS-D'ŒUVRE DE P. CORNEILLE,

Avec les Commentaires de VOLTAIRE, et des observations critiques sur ces Commentaires, par M. LEPAN; seule édition où l'on trouve le véritable texte de CORNEILLE et les changemens adoptés par la Comédie Française, *faite par souscription au* profit de mademoiselle J.-M. CORNEILLE,

Nous n'abandonnons un excès que pour nous jeter dans un autre ; il y a réaction en littérature comme en politique. A une époque dont on vou-

drait perdre le souvenir, Voltaire était un dieu;
chez les anciens, chez les modernes, personne ne
l'avait égalé; il n'était pas prudent alors de soutenir que Racine lui était très-supérieur sous le rapport du style, et que le grand Corneille avait plus
d'élévation, plus d'énergie. Les ouvrages les plus
condamnables du philosophe de Ferney ne pouvaient être que des chefs-d'œuvre; si la critique
osait faire une observation purement littéraire sur
les tragédies du grand homme, on criait au fanatisme, à l'ignorance, à la partialité : tout blâmer
ou ne pas tout admirer était un crime égal aux yeux
des enthousiastes. Ce n'était pas même les œuvres
de Voltaire que l'on admirait, c'était Voltaire; car,
alors, lisait-on ses ouvrages?

On les lit aujourd'hui; et si l'on recherche même
les écrits où il a le plus outragé la religion et les
mœurs, il faut en accuser la maladresse des critiques et l'excès des outrages que l'on fait à sa mémoire. Quel est le jeune homme, quelle est la
femme qui n'ait pas le secret désir de connaître
cet *Hercule littéraire* qui est devenu un pygmée,
ce *génie sublime* métamorphosé en auteur médiocre, ce *bienfaiteur du genre humain* qui n'est
plus qu'un monstre?

Une jeune femme me disait l'autre jour : « On
a bien mal fait de me dire tant de mal de Voltaire;
cela m'a donné l'envie de le lire, et ne voilà-t-il
pas qu'il m'amuse! » Effet inévitable de l'exagération et de l'injustice! C'était bien mal connaître

les hommes que de leur dire : Ne lisez pas Voltaire. Un libraire dont la boutique aurait été encombrée des ouvrages de cet écrivain, n'aurait rien imaginé de mieux pour renouveler leur succès.

Les Anglais sont plus raisonnables que nous : ne confondant jamais l'homme avec l'auteur, ils souffrent patiemment que l'on rappelle les faiblesses de Bacon, et ils admirent le Paradis perdu, sans rechercher si Milton a pris parti pour Charles Ier ou pour Cromwell. Nous-mêmes nous n'avons pas toujours été aussi injustes : les épigrammes licencieuses de Rousseau n'ont pas terni l'éclat de ses odes et de ses poésies sacrées, et les contes du *bon* La Fontaine n'ont pas empêché que ses fables fussent mises dans les mains de nos enfans. Mais aujourd'hui nous sommes plus sévères, nous ne prenons plus de *mezzo termine;* Voltaire est condamné en masse ; la Henriade est devenue plus froide et plus languissante, on ne peut plus décemment pleurer à Zaïre, et les écrits où la religion est offensée sont un titre pour proscrire ceux mêmes où Voltaire a honoré la religion, les mœurs et la justice. Il n'y a plus de milieu ; il faut qu'un homme célèbre soit au Panthéon ou à la voirie.

Parmi les honnêtes gens qui veulent traiter Voltaire comme le dieu Marat, je reconnais d'anciens philosophes qui me reprochaient autrefois de ne pas assez admirer le

Vainqueur des deux rivaux qui règnent sur la scène.

et qui estimaient l'auteur de *la Pucelle* pour les
ouvrages mêmes qui le font condamner aujour-
d'hui. Comme ils vont être indignés de ce que j'é-
cris en ce moment! Je leur conseille de dire que
c'est moi qui ai changé. Mais laissons de côté les
opinions de parti, et occupons-nous du nouveau
commentateur de Corneille, qui, en reprochant à
Voltaire de la mauvaise foi, du mauvais goût et
des erreurs grossières, paraît être lui-même de
très-bonne foi, et dire tout simplement ce qu'il
pense.

A cet égard, M. Lepan n'a rien imaginé; sa
tâche était facile; il lui suffisait de reproduire tout
ce qu'on a écrit contre Voltaire jusqu'à ce jour;
mais laissons lui l'honneur de l'invention s'il est
jaloux de cette gloire, et contentons-nous d'examiner sa critique sans rechercher où il en a puisé
les motifs.

Il résulte de ses nombreuses remarques, 1° que
Voltaire a entrepris de commenter Corneille pour
ternir la réputation de ce grand tragique, pour multiplier ses fautes, et pour lui en supposer; 2° que
dans ce Commentaire le critique de Corneille a
péché contre le goût, contre la poésie, contre l'art
dramatique, et surtout contre la langue. En réunissant ces deux conséquences, clairement et fréquemment déduites par M. Lepan, il faut reconnaître que Voltaire a été non-seulement jaloux et
partial, mais assez maladroit pour tomber à chaque
instant dans des erreurs grossières sur toutes les

parties de son art, et même sur la langue française, qu'il écrivait cependant presque aussi bien
que M. Lepan.

Voyons d'abord si Voltaire a été le détracteur
de Corneille, et, dans cet examen, j'écarterai soigneusement les éloges magnifiques, les cris d'admiration qui lui sont échappés sur les grands traits
de Corneille, considérés isolément. On ne manquerait pas de me répondre : Ces passages sont si
beaux, que l'envie même a dû les respecter, et le
commentateur n'a loué ces traits sublimes que pour
faire passer ses injustes critiques. En négligeant
donc ces louanges de détail, si, d'après les expressions mêmes de Voltaire, Corneille se trouve placé
au-dessus de tous les grands hommes anciens et
modernes, il faudra convenir que ce Voltaire a été
bien maladroit, puisqu'il a plus contribué à la gloire
de son rival, que ne pouvaient le faire M. Lepan
et tous ceux qui écrivent comme lui. Le lecteur impartial va juger si les phrases suivantes ont été dictées par la jalousie ou par une admiration sincère :

« Il y a grande apparence que sans Pierre Corneille, le génie des prosateurs ne se serait pas
développé.

» Les fautes d'Homère n'ont jamais empêché
qu'il ne fût sublime. C'est le privilége du génie de
faire impunément de grandes fautes. Corneille s'é-
tait formé tout seul.

» ..... On a cherché dans tous les théâtres anciens
et dans les théâtres étrangers un pareil mélange de

grandeur d'âme, de douleur, de bienséance, et on ne l'a point trouvé.

» On admire Corneille comme un être à part. Il s'est élevé au-dessus des bornes connues de l'art. Il devait avoir autant d'ennemis qu'il y avait de mauvais écrivains, et tous les bons esprits devaient être ses admirateurs. On ne peut ni ajouter ni rien ôter à sa gloire.

» Corneille est le premier de tous les tragiques qui ait excité ce sentiment (l'admiration).

» Le génie peint à grands traits, invente toujours des situations frappantes, porte la terreur dans l'âme, excite les grandes passions, et dédaigne les petits moyens : tel était Corneille.

» On défie de montrer dans les tragiques de l'antiquité, des morceaux comparables à certains traits des pièces du grand Corneille.

» Tant de beaux morceaux, produits dans un temps où l'on sortait à peine de la barbarie, assurèrent à Corneille une place parmi les plus grands hommes, jusqu'à la dernière postérité.

» Les fautes contre la langue sont pardonnables à Corneille, non-seulement à cause du temps où il est venu, mais à cause de son rare génie.

» Le grand Corneille, génie pour le moins égal à Homère....

» Il n'y a pas dans Longin (auteur d'un Traité du Sublime) un seul exemple d'une pareille grandeur. Ce sont ces traits qui ont mérité à Corneille le nom de *grand*, non-seulement pour le distinguer de son frère, mais du reste des hommes. »

Ailleurs enfin, Voltaire s'adressant à Corneille même, lui dit : « Vous êtes un homme à part, vos défauts sont ceux de votre siècle, vos beautés sont à vous. »

Si maintenant je venais aux détails, si je réunissais tous les éloges qu'il donne, dans ses Commentaires, aux beaux vers, aux belles scènes, aux beaux actes de Corneille, je trouverais une multitude de phrases semblables à celles-ci :

« Le discours de Cléopâtre est très-artificieux et plein de grandeur. Il semble que Racine l'ait pris en quelque sorte pour modèle dans le grand discours d'Agrippine à Néron : mais la situation de Cléopâtre est bien plus frappante, l'intérêt est beaucoup plus grand, la scène bien autrement intéressante.

» L'action qui termine cette scène fait frémir ; c'est le tragique porté au comble.

» Les beaux vers de cette admirable tirade ont été imités par Pascal, et c'est la meilleure de ses Pensées. Cela fait bien voir que le génie de Corneille, malgré ses négligences fréquentes, a tout créé en France. Avant lui, presque personne ne pensait avec force et ne s'exprimait avec noblesse.

» Il ne faut pas croire que ces petites négligences puissent diminuer en rien le grand intérêt de cette situation, la majesté du spectacle et la beauté de presque tout le cinquième acte....... » Notez qu'il

parle ici de Rodogune, celle des tragédies de Corneille que Voltaire a le plus *maltraitée*.

Ailleurs enfin, il s'écrie : « Il y a des beautés
d'un autre genre ; mais celle-ci est du premier
ordre. »

D'après ces citations, que je pourrais multiplier
à l'infini, croira-t-on que Voltaire n'ait loué Corneille que pour avoir le droit de le rabaisser ? Est-ce
par malice qu'il en fait l'égal d'Homère, qu'il le
place au-dessus de tous les tragiques de la Grèce,
et qu'il le nomme *grand* pour le distinguer *du
reste des hommes ?* Si telle a été l'intention du
commentateur, je ne puis trop répéter qu'il a été
bien maladroit, car ce méchant critique m'inspire
plus d'estime et plus d'admiration pour l'auteur
d'Horace et de Cinna, que ne peuvent faire toutes
les apologies, toutes les remarques de M. Lepan.

Mais il a osé blâmer des expressions, des tournures, des vers, des scènes entières de Corneille ;
il y a vu des fautes de langue, des vers prosaïques,
des *concetti*, des locutions trop familières, et souvent indignes de la tragédie. N'est-ce point une
profanation ? Oser dire que des vers de Corneille
sont mauvais ; que telle scène est pleine de négligences ; que tel trait n'est qu'un jeu de mots ; quel
blasphême ! Ne faudrait-il pas être plus que Corneille pour avoir le droit de lui reprocher des
fautes ?

A tout cela je réponds : messieurs les comédiens
français n'ont jamais eu la prétention de s'élever

au-dessus du grand Corneille ; cependant ils ont exercé la critique sur toutes ses tragédies, et ils se sont permis non-seulement d'en retrancher des tirades, des scènes entières, et jusqu'à des personnages, mais même de corriger un très-grand nombre de vers ; et, ce qui est bien plus fort, d'en supprimer pour leur en substituer d'autres qui ne sont point sortis de la plume de Corneille. Pourquoi les comédiens ont-ils changé, corrigé, supprimé des vers, des passages, des rôles entiers, dans les chefs-d'œuvre même de ce grand homme? C'est évidemment parce que ces vers, ces passages, ces rôles leur ont paru défectueux et nuisibles à l'effet des tragédies où ils se trouvent. C'est donc une véritable critique qu'ils ont exercée, puisque *critiquer* n'est autre chose que séparer le bon du mauvais. Cependant M. Lepan ne s'indigne point de leur audace : que dis-je ? il paraît les approuver, puisque, dans son édition, il marque avec soin par des guillemets les passages que l'on supprime à la représentation, passages nombreux, et qui ont quelquefois plus de cent vers. Il fait plus ou pis encore : dans des notes assez fréquentes, il présente au lecteur, en forme de variantes, les nouveaux vers qu'on a substitués à ceux de Corneille, il ne fait aucune critique de ces corrections, et il annonce son édition comme la plus parfaite, parce qu'avec les véritables vers de Corneille, on y trouve encore les vers que les comédiens y ont substitués.

Si Voltaire, qui s'est borné à la critique de ces

chefs-d'œuvre, avait eu la témérité de corriger ces
ouvrages et d'y introduire des vers de sa façon,
qu'aurait dit M. Lepan? De quels reproches n'eût-il
pas accablé le jaloux, l'envieux, l'insolent correcteur de Corneille? Il ne s'irrite cependant point
contre les écrivains qui ont eu cette insolence ;
pourquoi donc Voltaire, qui ne l'a pas eue, est-il
seul en butte à la belle colère de M. Lepan?
Quoi! lorsque Nicomède dit à un consul romain :

> Ou Rome à ses agens donne un pouvoir bien large,
> Ou vous êtes bien long à remplir votre charge.

Lorsque dans Pompée on lit ces deux autres vers :

> Tandis qu'Achillas même, épouvanté d'horreur,
> De ces quatre enragés admire la fureur...

Voltaire n'aura pas pu blâmer le *long* et le
large, il sera même coupable quand il aura la
bonne foi de faire observer que le mot *enragé*,
qui est du bas comique, ne l'était pas du temps
de Corneille, et l'on ne dit rien des comédiens
qui, non contens de blâmer, ont corrigé et fait
d'autres vers! Sans doute M. Lepan n'a pas eu la
maladresse de choisir ces deux exemples pour déclamer contre Voltaire; mais j'espère démontrer
bientôt qu'il l'a fait cent fois aussi mal à propos.
Je n'ai cité ces quatre vers que pour prouver que
Voltaire pouvait user d'un droit qu'on accorde aux
comédiens, et qu'il est ridicule de lui interdire la

simple critique quand on a permis au premier
venu de faire même des corrections.

Mais que dirons-nous de M. Lepan, quand
nous verrons qu'il parle lui-même des vers de
Corneille plus lestement et plus insolemment que
ne le fait le jaloux et méchant Voltaire ? « *On
conviendra*, dit-il, *que les deux vers de Corneille
ne sont pas bons.* » Ailleurs : « *Ces vers ne valent
rien.* » Plus loin : « *Ce style est, à la vérité, trop
familier.* » Plus loin encore : « *Ce style est sans
doute fort négligé*, etc... etc... » Croira-t-on maintenant que ce M. Lepan, qui dit sans cérémonie :
« Ce style est fort négligé, ces vers ne valent rien, »
ose ajouter ensuite : « *Il est vraiment révoltant
d'entendre Voltaire s'écrier : Voilà bien des
fautes !* » Quoi ! le goût de Voltaire n'a pas pu
être aussi délicat que celui de M. Lepan ! Il a dû
se taire quand M. Lepan a le droit de parler, et
admirer sans doute les vers mêmes qui, selon
M. Lepan, *ne valent rien !* Je place ici des points...
et le lecteur devinera de reste ce qu'ils signifient.

Il me reste à examiner les remarques poétiques,
philologiques et dramatico-littéraires de M. Lepan;
nous allons voir si la nature l'avait formé pour
enseigner à Voltaire les règles de la tragédie et
celles de la langue française.

Je n'ai rapporté qu'une faible partie des louanges
que Voltaire donne à Corneille, et il faut convenir que des louanges de Voltaire ont un peu plus
de poids que celles de M. Lepan. Le nouveau com-

mentateur a bien prévu qu'on se servirait de ces éloges pour démontrer que l'auteur de Mérope admirait sincèrement celui d'Horace et de Cinna. « On pourra citer ces éloges, dit M. Lepan ; et je serai le premier à convenir qu'il est impossible d'en donner de plus *magnifiques*. » Ce mot *magnifiques* est une épithète qui ne me touche point, elle peut s'allier avec la mauvaise foi, et n'est qu'une précaution oratoire : ce n'est donc point parce que Voltaire jette un cri d'admiration sur le *qu'il mourût*, et sur d'autres traits sublimes, qu'il me paraît être un digne appréciateur du génie de son rival ; mais quand il dit que Corneille a tout créé en France, qu'avant lui on ne pensait pas avec force, et l'on ne s'exprimait pas noblement ; quand il défie de trouver, dans tout autre tragique, des beautés égales à celles de Corneille ; quand il dit qu'on ne peut ni ôter, ni ajouter rien à sa gloire, il m'est impossible de deviner ce que l'envie et la malveillance pourraient gagner à de pareilles déclarations. Dans cent endroits différens, Voltaire fait observer que des expressions, devenues triviales et basses, telles que le verbe *dévaler*, l'adjectif *enragé*, et d'autres et d'autres, étaient admises du temps de Corneille, et ne peuvent lui être reprochées. S'il rencontre dans un vers l'adverbe *dedans* au lieu de la préposition *dans*, il dit, une fois pour toutes, que cette substitution n'était pas une faute quand Corneille écrivait ses tragédies, et il n'avait pas besoin de répéter cette excuse chaque fois que ce mot se retrouve, comme le voudrait M. Lepan. Je ne finirais pas si je rappelais ici tous les passages où Voltaire défend Corneille contre les critiques des puristes. Ces petites discussions apologétiques prouvent plus que de magnifiques éloges; le critique malveillant et jaloux laisse passer les fautes apparentes pour qu'elles choquent le lecteur, et se garde bien de les justifier. Je reste donc dans la plus ferme conviction que Voltaire a reconnu tout le mérite de Corneille, parce qu'étant plus près de lui, il a mieux su l'apprécier.

S'ensuit-il de là que son Commentaire soit sans défauts? A Dieu ne plaise que j'entreprenne jamais de plaider une aussi mauvaise cause! Il est très-vraisemblable que Voltaire, fatigué du grand éclat dont brillait notre premier tragique et de l'idolâtrie du vulgaire qui admirait confusément les défauts comme les beautés, a eu le secret désir d'apprendre au public combien ce grand Corneille avait fait de fautes. Je reconnais qu'il a multiplié ces *fautes* autant qu'il l'a pu; qu'il a souvent fait des chicanes; qu'il a condamné des passages au moins douteux; qu'il n'a pas choisi l'édition la plus parfaite, dans la crainte de ne pas trouver assez de prétextes à la critique; j'avoue enfin, j'assure même qu'il est quelquefois tombé dans des erreurs si grossières, qu'elles m'ont servi pour le justifier sous un autre rapport. Dans le troisième acte de Nicomède, par exemple, il dit *qu'on n'a*

21.

point encore vu paraître la reine Arsinoé, tandis
qu'elle a eu trois scènes dans le premier acte. Cette
bévue, et quelques autres de la même force, prouvent de la légèreté, de l'inattention, faute impardonnable quand il s'agit de critiquer un homme
tel que Corneille ; mais elle exclut l'idée de malveillance, car on ne dit point sciemment une sottise, on ne se rend pas volontairement ridicule ; et
Voltaire fournit lui-même les moyens de le condamner, puisqu'il présente au lecteur le texte sur
lequel il se trompe si grossièrement.

Pour mieux entrer dans les vues de M. Lepan,
convenons, s'il le faut, que Voltaire a toujours
voulu décrier Corneille, et que ses éloges comme
ses critiques sont uniquement dictés par la haine
et l'envie ; en un mot, faisons de Voltaire le plus
odieux des hommes, c'est la mode aujourd'hui, et
M. Lepan s'y est complètement conformé. Il faudra bien cependant lui accorder un peu d'esprit,
à ce méchant auteur de Zaïre, un peu de goût,
quelque connaissance de la tragédie, quelque sentiment des beaux vers ; il faut même avouer qu'il
savait un peu la langue française, et qu'il ne l'é-
crivait pas très-mal soit en vers soit en prose. Il
n'a donc pas toujours dit des sottises dans son Commentaire sur Corneille, ses remarques ne sont pas
toujours des bévues, et l'envieux critique a sans
doute eu soin de présenter ses observations mali-
gnes avec assez d'art et d'adresse pour ne pas révolter le lecteur. Pour démêler la vérité dans toutes

les remarques insidieuses, il fallait avoir, ce me
semble, un goût bien sûr, une connaissance profonde de l'art tragique, de la langue et de la poésie;
il fallait être à Voltaire enfin ce que Voltaire est à
Corneille.

Ma tâche est beaucoup plus facile; il me suffit
d'être, à l'égard de M. Lepan, ce que M. Lepan
est à l'égard de Voltaire; j'espère qu'on ne m'accusera pas de trop de présomption, et qu'il me sera
permis de rechercher si la nature et l'étude avaient
formé M. Lepan pour enseigner la grammaire, la
langue poétique et l'art de la tragédie à un homme
tel que Voltaire. Remarquons avant tout que M. Lepan a présenté, dans son cinquième volume, une
espèce de poétique, sous le titre d'*Observations*
générales, et il y expose des règles, des lois gram-
maticales et poétiques, constamment en opposition avec celles de Voltaire. M. Lepan est donc un
grand professeur. Trois petits échantillons suffi-
ront pour faire connaître l'élégance de son style.
En parlant de la cinquième scène du premier acte
de Rodogune, il dit :

« On ne peut nier qu'il paraît singulier que la
même idée soit venue aux deux princes. » Ailleurs,
sur la même pièce : « Ce style est, à la vérité, trop familier; mais dire que dans ces mots, *pour le mieux*
admirer, *le* ne se rapporte à rien, c'est montrer n'a-
voir pas fait attention que Timagène répond à ce qu'a
dit Laonice : *Mais n'admirez-vous point*, etc.... »
Maintenant M. Lepan va *montrer n'avoir pas fait*

attention que huit *que* dans une phrase de trois lignes produisent une horrible cacophonie ; les voici tels qu'on les trouve à la page 106 du quatrième volume : « Nous convenons *qu'il* est au moins nécessaire *que* l'on sache *que* la scène se passe en Syrie , et *qu'il* serait à désirer *que* cela fût dit dès les premiers vers , tandis *que* ce n'est *qu'au* vingt=quatrième *qu'on* l'apprend. » Voilà le style de l'homme qui s'est établi juge entre le génie de Corneille et le goût de Voltaire.

Mais peut-être le professeur sera-t-il plus correct qu'élégant ; voyons donc quelques-uns de ses préceptes : Rodogune dit , acte III, scène IV :

> Vous croyez que ce choix que l'un et l'autre attend
> Pourra faire un heureux sans faire un mécontent ;
> Et moi , quelque vertu que votre cœur prépare ,
> Je crains d'en faire deux si le mien se déclare.

Voltaire fait ici cette seule remarque : « Elle craint d'en faire deux. On ne sait , par la construction , si c'est deux heureux ou deux mécontens. » M. Lepan commence par dire avec une naïveté charmante : « Il ne s'agit plus que d'une question purement grammaticale. Voltaire aura probablement tort. » Notez qu'il s'agit de savoir si le pronom *en* se rapporte à *heureux* ou à *mécontent*, et le professeur déclare que ce n'est pas une question purement grammaticale. Il ajoute : « Le pronom *en* se trouve plus près de *mécontent* que d'*heureux* ; *en* doit donc naturellement se rapporter à *mécon-*

tent. » Excellente règle ! Ainsi, quand un ivrogne nous dira : J'ai bu du vin, je l'ai bu sans eau, j'en ai bu trois bouteilles ; M. Lepan soutiendra que l'ivrogne a bu trois bouteilles d'eau, parce que le substantif *eau* se trouve plus près du pronom *en*. Faut-il donc apprendre au professeur Lepan que la particule *sans* est une *préposition exclusive*, et que le mot *mécontent* étant exclu par elle, il ne peut plus être le sujet de la phrase ?

Soit qu'il approuve Corneille, soit qu'il le blâme, Voltaire est la victime de M. Lepan ; en voici une preuve grammaticale. Cinna dit à Émilie :

> Là , par un long récit de toutes les misères
> Que durant notre enfance ont enduré nos pères...

Voltaire fait cette observation : « *ont enduré* paraît une faute aux grammairiens ; ils voudraient les *misères qu'ont endurées nos pères*. Je ne suis point du tout de leur avis. » Mais il sied bien à Voltaire de vouloir justifier Corneille ! M. Lepan va l'en punir ; il déclare donc que « *les misères qu'ont enduré* est une véritable faute , malgré l'avis du commentateur. » Quoi ! M. Lepan n'a pas vu que Voltaire croyait parler à des lecteurs instruits , et qu'il ne s'est pas donné la peine de motiver son opinion ! Quoi ! M. Lepan, correcteur de Corneille et de Voltaire, n'a jamais lu ni Vaugelas, ni Regnier Desmarais , ni même Restaut ! Il ignore que depuis Corneille jusqu'au milieu du dix-huitième siècle , de savans grammairiens ont établi pour règle que *quand le nominatif de la phrase vient après le participe, ce dernier est indéclinable.* Restaut cite une phrase de la traduction d'Horace par l'abbé Batteux, où les deux préceptes se trouvent réunis, parce que dans l'un des membres le nominatif précède le participe, et le suit dans l'autre membre de la phrase. Je sais bien que cette règle n'est plus adoptée, mais une locution employée par Corneille, ordonnée par Vaugelas et Desmarais, reproduite par Batteux et approuvée par Voltaire, n'est point une faute, quoi qu'en dise M. Lepan; elle était même un précepte quand Corneille écrivait.

Un homme qui place huit *que* dans trois lignes, et qui n'a pas lu les grammaires françaises, peut avoir cependant quelque connaissance de l'art dramatique. C'est ce qu'il faut examiner. Voltaire pense que la tragédie d'Horace est finie à la seconde scène du quatrième acte. M. Lepan répond : « La pièce porte le titre d'*Horace,* et tant qu'il n'y a rien de décidé sur le sort de ce principal personnage, la pièce n'est pas finie. » Cela veut dire que M. Lepan ne considère que le *personnage* et non point l'*action,* que tous les actes de la vie d'Horace pouvaient entrer dans une seule et même tragédie, et que si Athalie n'était pas tuée sur les degrés du temple, Racine pouvait faire durer cette tragédie aussi long-temps qu'il l'aurait voulu. Mais M. Lepan n'a donc pas lu Corneille, lui qui pré-

tend le venger et le commenter de nouveau? Voici
ce que dit ce grand tragique dans l'examen de sa
tragédie : « Le second défaut est que cette mort
» (celle de Camille) fait une action double, par le
» second péril où tombe Horace après être sorti
» du premier. L'unité de péril d'un héros, dans la
» tragédie, fait l'unité d'action, et quand il en est
» garanti, la pièce est finie. » Voltaire n'a pas dit
autre chose, mais il faut que Voltaire ait toujours
tort, et pour le démontrer, M. Lepan attaquera
Corneille même.

Mais voici bien autre chose! On connaît la Cléopâtre de Rodogune; Voltaire pense, avec beaucoup
de raison, qu'une femme capable de méditer et de
commettre de si grands forfaits, ne doit pas confier ses secrets à Laonice, qu'elle nomme elle-
même *âme basse et grossière*, et dont, par conséquent, elle ne peut attendre de la discrétion et
de la fidélité. Devinera-t-on jamais ce que répond
M. Lepan? Le voici littéralement copié de la p. 145:
« Ceci n'est-il pas une chicane? ne suffit-il pas que
Laonice soit confidente de Cléopâtre, pour que
cette reine lui découvre ses secrets? » Ainsi, quand
il plaît à un auteur d'écrire sur la liste des personnages : *une telle, confidente*, cela suffit pour qu'on
lui confie ce que l'on doit cacher à tout le monde.

Ai-je besoin de prouver que M. Lepan a fait sa
rhétorique comme ses *humanités?* Je me borne à
une seule remarque. Voltaire blâme, dans Nicomède, *trois sceptres.... qui parleront et ne se tairont*

pas; il s'égaie même un peu sur le pléonasme; mais le redresseur des torts tient sa lance en arrêt, et ne tarde pas à punir le téméraire. M. Lepan démontre, à son ordinaire, que la répétition *et ne se tairont pas* était INDISPENSABLE après avoir dit *ils parleront*; et quant aux sceptres qui parlent, il justifie cette hardiesse par l'exemple de Phèdre qui dit :

> Il me semble déjà que ces murs, que ces voûtes
> Vont prendre la parole, etc.......

Et M. Lepan ne voit pas qu'ici la métaphore est belle et juste, parce qu'en effet la nature a donné aux murs et aux voûtes une espèce de voix, une résonnance réelle, tandis que des sceptres n'ont rien de cela. Et c'est ainsi que l'on pulvérise Voltaire, et qu'on afflige l'ombre de Corneille!

J'entends dire que cette édition est au moins très-correcte; je conviens de la beauté du papier et de la netteté des caractères; j'avouerai même la correction quand M. Lepan aura fait disparaître de faux vers tels que ceux-ci : dans Pompée, page 238,

> Il semble qu'à parler encore il s'apprête.

Dans les remarques sur Rodogune, note *a*, p. 224,

> Allez à la princesse porter cette nouvelle.

Dans Sertorius, page 196, cet hémistiche :

> . . . . Sylla et Marius.

M. Lepan cherchera les autres.

Je n'ai cité qu'une infiniment petite partie des erreurs de M. Lepan ; je me suis même abstenu de relever le reproche d'irréligion qu'il fait à Voltaire dans l'endroit précisement où Voltaire admire le beau morceau de la tragédie de Polyeucte, en faveur des chrétiens ; je n'ai pas recherché si le nouveau commentateur a emprunté des observations à Desfontaines, à Fréron, aux deux Clément, ou à Palissot ; M. Lepan donne toutes ces remarques comme *siennes*, et je crois qu'il a raison.

ÉLOGE DE P. CORNEILLE,

Qui a obtenu la première mention honorable au jugement de la classe de la littérature et de la langue française ;

PAR RENÉ DE CHAZET.

Les détracteurs d'Homère lui ont reproché l'influence des divinités, qui accompagnent la plupart de ses héros, et diminuent ou détruisent le mérite de leurs exploits. On a fait la même critique des tragédies grecques ; les personnages, a-t-on dit, y sont toujours protégés ou accablés par quelque divinité puissante, et l'on ne peut prendre aucun intérêt à des hommes qui ne sont que des instrumens aveugles de la fatalité.

M. de Chazet s'est contenté de dire que les tragiques grecs *avaient la ressource de la fatalité et
des prestiges;* mais si son respect pour Racine l'a
empêché d'en tirer une conséquence défavorable
à ce grand homme, on voit cependant qu'il fait un
mérite à Corneille de n'avoir point imité les Sophocle et les Euripide.

Il résulterait donc, d'une part, que les Grecs
et leurs admirateurs se seraient trompés, et que
Racine aurait eu plus de tort encore de les imiter
dans ce qu'ils ont de vicieux. Mille personnes
avant moi ont traité cette question, et ont vengé
les Grecs beaucoup mieux que je ne pourrais le
faire; mais puisque dans le dix-neuvième siècle on
fait revivre cette vieille erreur, il faut bien se résoudre à la combattre de nouveau.

Je crois d'abord qu'il y a un peu de présomption
à examiner si Racine a eu raison d'admirer les
Grecs; on pourrait se contenter de dire : Racine
les admirait; et ce peu de mots serait déjà une assez
bonne autorité en leur faveur.

En second lieu, avant de rechercher si Corneille
a eu raison de ne point imiter ces anciens modèles, il faudrait examiner s'il les a consultés, et si
c'est par choix qu'il a pris une autre route. Certainement, je me garderai bien d'affirmer qu'il les
méconnaissait; mais rien dans ses tragédies ne
m'indique qu'il les ait lus. Sa Médée même est visiblement calquée sur celle de Sénèque, et n'a pas un
seul mot qui me rappelle Euripide.

Maintenant, en traitant la question en elle-même, combien de fois faudra-t-il répéter que les divinités de l'Iliade et des tragédies grecques ne sont autre chose que les passions, les vices et les vertus personnifiés, et auxquels les poètes donnent la plus grande puissance? Quand Achille s'emporte, dans le conseil, contre Agamemnon, cette Minerve qui le saisit à la chevelure et le force à être prudent, n'offre-t-elle pas une image plus poétique, plus animée que si le poète nous eût fait un beau discours sur la modération et sur le pardon des injures? Et quand Euripide nous montre *Vénus tout entière à sa proie attachée*, n'est-il pas plus admirable, plus noble, plus intéressant même, et surtout plus décent que s'il nous eût représenté une femme livrée à toute la fureur des sens, et aux désirs les plus coupables?

Le lecteur sentira tout ce que je pourrais ajouter à cet égard; il y a des choses qu'il suffit d'indiquer pour que la vérité s'y fasse reconnaître. Contentons-nous donc de dire qu'un homme tel que Racine, n'a pas mis tout son génie à traiter des sujets sans intérêt, et à nous présenter des personnages sans vices et sans vertus. Corneille est bien assez grand pour qu'on puisse le louer sans déprécier Racine, qui, quoi qu'on fasse, sera toujours pour lui un rival redoutable. Après cette digression, qui n'est peut-être pas inutile, je reviens au discours de M. de Chazet.

Nous avons tous, plus ou moins, l'habitude de

juger des hommes d'après ce qu'ils ont fait, et nous sommes toujours étonnés de les voir dépasser les limites dans lesquelles ils s'étaient renfermés pendant long-temps. Je n'aurais point été surpris de trouver dans le discours de M. de Chazet une foule de traits brillans, beaucoup de finesse, de l'esprit enfin, et de l'esprit en profusion ; il y a peu d'hommes qui aient la conversation plus spirituelle, qui sachent mieux saisir un à-propos, faire des rapprochemens ingénieux d'objets très-éloignés, ou trouver des différences fines et délicates entre les choses les plus ressemblantes ; mais, qu'il me le pardonne, je n'aurais jamais pensé que les qualités dominantes de son Éloge de Corneille seraient l'ordre dans les pensées, la clarté et la simplicité dans le style, et beaucoup de sobriété dans l'emploi des traits d'esprit. On se trompe étrangement si l'on croit que c'est par l'enflure du style, par des expressions recherchées que l'on peut se mettre à la hauteur de son sujet ; ce n'est point avec Corneille qu'il faut lutter de grandeur et d'élévation. M. de Chazet a bien senti cette vérité : « Tel est le bonheur de » mon sujet, dit-il, qu'il ne faut point d'art pour » l'embellir ; en parlant du génie, raconter c'est » louer. » La division de son discours est également simple. La voici : « Comme inventeur, Corneille » créa son art ; comme poète, il eut la plus grande » influence sur son siècle ; comme citoyen, il fut » utile à son pays. »

Dans la première de ces trois parties, je suis

fâché de trouver cette erreur : « Les Grecs, répu-
» blicains par système, et railleurs par caractère,
» humiliaient les rois qu'ils avaient vaincus ; et c'est
» la véritable origine de l'art dramatique. » Je ne
connais qu'une seule tragédie grecque (les Perses
d'Eschyle) qui paraisse avoir été composée pour
humilier un roi vaincu. Dans toutes les autres, on
trouve des rois d'Athènes, d'Argos, de Thèbes,
des Grecs enfin ; et l'on ne peut croire que les
auteurs aient eu l'intention formelle de les humilier : il serait plus juste de dire qu'en présentant
les rois malheureux ou criminels, on éteignait dans
le cœur des Athéniens tout désir de la royauté.
Mais ce ne fut point là l'origine de l'art dramatique : le théâtre a d'abord été une institution religieuse, avant qu'on ait cherché à lui donner un
but politique.

Je fais remarquer cette inexactitude, parce qu'elle
est la seule qui soit échappée à M. de Chazet, et je
me hâte d'arriver aux morceaux qui distinguent cet
Éloge de Corneille, non-seulement de ceux qu'on
n'a point cités, mais de ceux même qui ont été
plus heureux dans la distribution des honneurs
académiques.

Après avoir parlé de la modestie de Corneille,
et de la critique rigoureuse que ce grand homme a
faite de ses ouvrages en général, et du cinquième
acte des Horaces en particulier, l'orateur ajoute :
« Si pourtant il m'était permis de défendre Cor-
» neille contre lui-même, je lui répondrais : Le

» cinquième acte que vous condamnez, étincelle
» de beautés sublimes; c'est là que vous avez dé-
» ployé cette vigueur d'éloquence romaine dont
» vous aviez seul le secret; c'est là que vous nous
» offrez la raison revêtue de tous les ornemens de
» la poésie; c'est là que chaque pensée est un sen-
» timent, chaque vers une pensée. Si ce dernier
» acte ne tient pas à l'action, il attache tous les
» esprits; enfin, si l'art vous accuse, la gloire vous
» absout, et cette erreur du génie devient la source
» de nos plaisirs. »

Il était difficile de parler dignement des chutes
de Corneille; M. de Chazet, par un rapprochement ingénieux, les ennoblit en quelque sorte en
les liant aux malheurs d'un grand siècle : « A cette
» époque, dit-il, le génie de Corneille eut des
» éclipses fréquentes; comme le grand siècle où il
» vécut, il commença par des victoires, et il finit
» par des revers. »

Plus loin, l'orateur nous rappelle adroitement
tous les parallèles qui ont été faits entre Corneille
et Racine, et il a le bon esprit de ne point rabaisser
le second pour élever le premier. Tout ce paragraphe mérite d'être cité : « Ne vous attendez pas,
» messieurs, à me voir ici comparer les deux ri-
» vaux de la scène française; vous avez demandé
» un éloge, et non pas un parallèle : je ne parta-
» gerai point l'injustice d'un écrivain célèbre, lors-
» qu'aveuglé par son attachement pour un grand
» homme qui n'a pas besoin qu'on soit injuste, il

» a dit que Corneille avait plus de génie, et Racine
» plus d'esprit; comme si l'auteur de Phèdre, de
» Britannicus et d'Athalie n'avait de droit qu'à
» l'esprit! Je n'examinerai point si l'un a plus de
» pompe et d'éclat, l'autre plus de grâce et d'élé-
» gance; si Corneille a brillé dans la peinture des
» caractères, et Racine dans celle des passions; si
» l'on admire dans le premier le sublime des pen-
» sées, dans le second la délicatesse des sentimens;
» si celui-ci enfin est le poète des héros, et celui-
» là le poète des amans; mais je m'écrierai avec
» les enthousiastes du beau idéal : Heureux le pays
» qui a vu naître à une distance aussi rapprochée
» ces deux hommes extraordinaires! Heureux le
» monarque dont le règne a été honoré par leurs
» talens! Heureux le corps littéraire qui a pu,
» comme le vôtre, Messieurs, réunir à la fois dans
» son sein le génie qui invente et le génie qui
» perfectionne! »

S'il m'est permis cependant de faire une critique
vétilleuse, j'observerai qu'on ne doit pas dire *les
deux rivaux de la scène française,* parce que cette
phrase présente un double sens; on peut très-bien
dire les deux rivaux qui se partagent la scène, qui
règnent sur la scène, mais non pas *les rivaux de
la scène.*

Je terminerai par la péroraison : elle offre une
image imposante et vraiment digne du grand homme
dont l'orateur fait l'éloge; la voici : « Et quel siècle,
» Messieurs, que celui où les talens les plus variés

» se confondaient dans cette Académie pour la
» gloire de la France ! Supposez un moment que
» tous ces grands hommes dont vous voyez les
» bustes, et dont les ouvrages vivent dans notre
» souvenir, rentrent dans cette enceinte illustrée
» par leur génie. Supposez que vous voyez repa-
» raître ce Racine, peintre brillant des passions ;
» ce Balzac, écrivain élégant, l'un des créateurs de
» la prose française ; ce Pélisson, historien fidèle,
» le protégé de Fouquet surintendant, l'ami de
» Fouquet prisonnier ; ce Boileau, le législateur
» du Parnasse ; ce La Fontaine, le fabuliste de la
» nature ; enfin, supposez, Messieurs, que vous
» voyez rentrer ici tous les arts se tenant par la
» main ; il faut aussi vous représenter Corneille
» ouvrant cette marche triomphale, précédant tous
» les talens comme il a précédé son siècle, et re-
» cevant de l'admiration publique le surnom de
» Grand, non-seulement, dit l'auteur de Zaïre,
» pour le distinguer de son frère, mais pour le
» distinguer du reste des hommes. »

Ce morceau et plusieurs autres prouvent que
M. de Chazet n'est point exclusivement condamné à faire de jolies petites comédies, ou de jolis
couplets de Vaudeville.

LE TARTUFE,

AVEC DE NOUVELLES NOTICES HISTORIQUES, CRITIQUES ET LITTÉRAIRES;

PAR M. ETIENNE.

LE *Tartufe* n'est pas seulement la plus dramatique, la plus vive, la plus admirable de nos comédies, mais il est un ouvrage très-important,
très-utile à la morale et à la religion, et très-nécessaire aujourd'hui. Après une affreuse révolution
pendant laquelle nous avons vu d'anciens *dévots*
jeter le masque de la piété, et tourner en ridicule
toutes les choses saintes ; lorsque notre mémoire,
encore effrayée, nous retrace ces jours d'horreur
où des prêtres, des prélats, sont venus solen-
nellement renier Dieu et demander pardon aux
hommes de les avoir trompés, on ne peut pas
rendre au peuple un plus grand service que de
lui apprendre à distinguer la vraie piété de l'hypocrisie qui n'en est que le perfide simulacre, comme
on lui enseigne à distinguer le pouvoir légitime du
pouvoir usurpateur.

Les tartufes ont fait plus de tort à la religion
que tous les sarcasmes de Voltaire et tous les ar-

22.

gumens de Diderot. L'homme qui agit contraire-
ment à la doctrine qu'il professe, la détruit bien
plus sûrement que ne ferait un adversaire déclaré.
On peut établir cette distinction entre les incrédules et les faux dévots : les incrédules sont les
ennemis de la religion ; les faux dévots en sont les
traîtres. Combattons les premiers, exécrons les
autres. Combien donc ne devons-nous pas admirer
et chérir le génie de Molière qui, dans un siècle
religieux, et sous l'autorité d'un pieux monarque,
a su opposer une digue inébranlable à l'irruption
et aux débordemens de l'hypocrisie !

Les idées naturelles que je viens d'exposer sont
en contradiction formelle avec les idées factices
que s'efforce d'accréditer toute la troupe soldée de
la littérature polémique. Pour avoir témoigné des
craintes sur le retour des jésuites, je suis désigné
comme ennemi de la religion. Pourquoi ne pas
me déclarer athée, et me livrer comme tel au
bûcher que relève en ce moment un saint évêque
d'Espagne ? Cette calomnie vaudrait peut-être quelques centimes additionnels aux valets en robe
courte. Eh bien ! oui, je suis athée comme l'a été
le parlement de Paris, comme l'ont été dans le
siècle dernier, les rois de France, d'Espagne, de
Portugal, comme l'a été le pape Clément XIV, et
comme le sont aujourd'hui tous les hommes qui
admirent le chef-d'œuvre de Molière, haïssent les
jésuites, et ne veulent pas qu'on dépose, qu'on
juge ou qu'on assassine les rois.

Les gens de lettres qui écrivent d'après leur conviction intime, discutent, réfutent et blâment les opinions qui leur sont contraires, et ne méritent aucun reproche quand même ils se tromperaient; les écrivains qui soutiennent des opinions de commande, voient des crimes partout, ils fouillent dans les intentions, et ils attaquent le caractère de leur antagoniste, quand le défaut d'instruction, de logique et de talent les rend incapables de réfuter les écrits. Cette tactique est bien ancienne, en voici la preuve :

Sous le règne de Tibère, vivait à Rome un sénateur fort riche, si prudent en paroles, et si méticuleux dans sa conduite, que les délateurs n'avaient jamais pu lui supposer un petit crime digne d'un grand supplice. Mais il advint qu'un jour le sénateur s'emporta tellement contre un esclave qui l'avait volé, qu'il osa le frapper d'un bâton. Quelle fortune pour les délateurs ! L'esclave était un misérable, il méritait même un châtiment plus sévère, mais il portait dans sa poche une pièce de monnaie au moment où il fut frappé : or, cette pièce était empreinte de l'effigie de l'empereur; ainsi, en frappant l'esclave, on avait frappé l'empereur même. L'induction parut juste, et le sénateur fut puni de mort. Quoique je ne sois ni sénateur ni riche, je me trouve dans le cas même de ce pauvre Romain : ma plume a frappé les jésuites; or, *jésuite* signifie *religieux de la Compagnie de Jésus*; j'ai donc frappé la religion et le CHRIST

lui-même : voilà mon acte d'accusation tout rédigé.
Cependant , je n'éprouve pas une trop grande
frayeur, d'abord , parce que

Nous vivons sous un prince ennemi de la fraude ;

ensuite , parce que nos magistrats ne ressemblent
point aux sénateurs des Tibère et des Caligula ;
enfin , parce que mes pieux ennemis pourraient
bien être de ces hommes qui, dans un autre temps,
ont porté contre moi une accusation en sens tout
opposé. Je conserve donc beaucoup d'espérance,
et , en attendant qu'on instruise mon procès , je
vais continuer à exposer mes réflexions sur la comédie de *Tartufe* : ce sera toujours m'occuper de
mes honorables adversaires.

N'est-il pas plaisant, n'est-il pas heureux que
les faux dévots du temps de Molière et du nôtre,
aient regardé la représentation du *Tartufe* comme
une injure personnelle, et qu'ils aient crié comme
si on les avait attaqués nominativement ? Comment donc ces hommes si habiles à voiler leurs
turpitudes , ont-ils tout-à-coup oublié leurs rôles,
et ont-ils fait la sottise de dire : « C'est nous que
l'on insulte ? » Leur conscience, toujours si bien
comprimée, a-t-elle fait un effort assez vigoureux
pour pouvoir se produire au-dehors, ou le nom
de *Tartufe,* comme celui de *Il Bondocani,* de
l'Opéra-Comique, est-il un talisman qui les force
à lever leur masque, comme on ôte son chapeau

devant un personnage que l'on respecte? Je ne
puis, en effet, comprendre ce qui les force à se
découvrir; il leur était si facile de nous donner le
change! Cléante, personnage de cette admirable
comédie, fait le plus bel éloge des hommes véritablement pieux; il loue leur dévotion toute bien-
veillante, leur modestie, leur douceur, leur aversion pour l'intrigue; il en nomme plusieurs :

> Notre siècle, mon frère, en expose à nos yeux
> Qui peuvent nous servir d'exemples glorieux.
> Regardez Ariston, regardez Périandre,
> Oronte, Alcidamas, Polidore, Clitandre....

Comment se fait-il qu'aucun de nos hypocrites
n'ait eu assez de bon sens pour dire : « Je suis
Périandre, ou Ariston, ou Polydore? » Non; ils
ont mieux aimé s'écrier en chorus : « Nous sommes
les enfans de Tartufe, et nous vengeons notre père. »
Il n'est plus moyen de les méconnaître; l'un d'eux
vous aborde d'un air patelin, et vous dit à l'oreille :
« En vérité, le roi se conduit mal; devait-il jurer
d'observer cette charte, fruit de la rébellion? Ne
pouvait-il pas régner par sa seule toute-puissance,
sous la direction du clergé? » Un autre vient vous
dire d'un ton mélancolique : « Eh bien! concevez-
vous cette loi d'indemnité? Avec une aumône si
misérable, espère-t-on réparer de si grandes in-
justices? Il ne fallait pas d'indemnité — Qu'au-
riez-vous donc voulu? — Ce que j'aurais voulu?
ce que j'aurais voulu? faire pendre tous les acqué-

reurs de biens nationaux, et donner les biens... —
Aux émigrés, sans doute? — Non ; aux hommes
pieux qui auraient prié pour les émigrés et pour le
roi. » Un troisième, enfin, accourt vers vous d'un
air de contentement ; et dit en se frottant les
mains : « Cela ne va pas mal, cela ne va pas mal ;
nous prouverons aux philosophes que nous en
savons plus long, et que nous sommes plus fins
qu'eux. Nous avons les femmes pour nous, et
nous les tenons bien. » Mais ces femmes dont il
parle, ne les reconnaissez-vous pas? Quelle humeur
acariâtre! quelle dureté! quel langage plein d'orgueil et d'exigence! Voyez-les sortir de chez elles ;
regardez ce petit livre de prières élégamment relié,
et toujours si neuf que les pages en sont encore
vierges : elles ne le portent pas sous le bras ou
dans un sac, comme le ferait une vraie dévote ;
mais elles le tiennent par un angle, entre le pouce
et l'index, et l'élèvent jusqu'à la hauteur de l'é-
paule, ostentation qui équivaut à ces mots : « Nous
ne sommes pas assez bêtes pour *croire*, mais assez
politiques pour donner l'exemple à la canaille. »
Tels sont les ennemis de Molière et de son chef-
d'œuvre.

Ces nouveaux chrétiens, qui semblent n'être
baptisés que depuis 1814, tant leur zèle a de fer-
veur et d'âcreté, nous opposent un argument qui
leur paraît irrésistible : « La fausse piété, disent-ils,
peut ressembler tellement à la vraie, que les traits
lancés sur l'hypocrisie blessent nécessairement la

véritable dévotion.»Pour faire tomber ce raisonnement il suffit de le rétorquer. Je dirai donc :«Dans
la société un fripon peut tellement ressembler à
un honnête homme, qu'on ne peut attaquer la
friponnerie sans blesser la probité même. Ainsi,
gardez-vous de médire des fripons, car vous
offenseriez tous les honnêtes gens. » La parité est
évidente entre les deux argumens ; et, par une
conséquence forcée, si le mien est absurde, comme
j'en suis convaincu, l'autre ne peut pas être raisonnable. Mais ce n'est pas tout : on peut en dire
autant de tous les vices, puisqu'il n'y a aucun
vice qui ne puisse prendre l'apparence d'une vertu.
Ainsi, la censure des vices ne peut plus être permise, puisqu'elle blesserait la vertu même. Eh!
que feront donc les prédicateurs, dont la plus
noble fonction est celle de poursuivre et de condamner tous les vices, sans oublier l'hypocrisie ?
On résiste encore, et l'on dit que la piété est d'une
bien plus grande importance que les vertus humaines, parce qu'elle a Dieu pour objet, tandis
que les autres vertus ne sont relatives qu'aux hommes. Cela est vrai ; et c'est précisément pour cela
que l'hypocrisie doit être plus odieuse, puisqu'elle
falsifie la plus belle et la plus nécessaire des vertus.
Qu'un homme se serve du nom du roi pour me
tromper et me perdre, il me sera très-permis de
dire qu'il est un malhonnête homme. Serais-je
forcé à plus de ménagement envers lui, s'il s'était
servi du nom de Dieu ?

Voyons maintenant quelle serait la conséquence de ce raisonnement jésuitique, car c'est
un jésuite qui l'a fait. Jamais les bons rois ne
s'offenseront de la haine que les historiens, les
moralistes et les auteurs dramatiques manifestent
contre les tyrans; jamais les magistrats intègres ne
nous forceront à respecter les juges corrompus;
aucun homme vertueux ne blâmera notre haine
pour les vices; et l'hypocrisie, qui est le plus
odieux de tous, puisqu'elle outrage toutes les
vertus, aurait le privilége exclusif de l'impunité!
elle nous forcerait au silence, et peut-être même
au respect! Cela serait fort commode, je l'avoue,
et le métier d'hypocrite serait le meilleur qu'on
pût faire en ce monde. Aussi, voyez comme il y a
foule. Avant la restauration, nous avions le même
Dieu, les mêmes prêtres; nos églises étaient ou-
vertes, cependant ces messieurs et ces dames ne
les fréquentaient guère; on jouait *Tartufe,* ils ne
s'en offensaient pas, je crois même qu'ils y riaient
de bon cœur; aujourd'hui, cette comédie les rend
furieux: pourquoi donc? C'est que l'hypocrisie est
devenue une métairie excellente, et nos tartufes
ont peur que Molière ne leur coupe les vivres.

Qu'ont produit les cris des tartufes et les gémissemens des Orgons? Une comédie qui était usée
au théâtre, parce que tout le monde la savait par
cœur, et qui n'excitait plus d'enthousiasme que
sous le rapport dramatique et littéraire, a repris
toute la fraîcheur et tout le charme de la jeunesse;

on l'écoute avec plus d'attention, on y découvre de nouvelles beautés, on sent mieux que jamais la juste application des traits les plus saillans, et cet ouvrage, qui n'était considéré que comme un prodige de l'art, est devenu un traité de morale, un recueil de maximes, un dogme enfin, aussi estimé pour le bien qu'il fait, qu'admiré pour le génie qui s'y manifeste. Ainsi, les faux dévots ont eu l'imprudence de réveiller Molière; il les a reconnus, il les a montrés au doigt en riant du rire de Thalie, et ils se sont trouvés exposés à la risée publique.

Après tant de réimpressions, le chef-d'œuvre de Molière reparaît aujourd'hui au frontispice de toutes nos richesses dramatiques, à la tête de ce brillant cortége qui a tant contribué à la gloire de la France, protégé par tout ce qu'il y a d'honnête et d'éclairé dans le royaume, brillant de tout l'éclat des circonstances, et fier de toute la haine de ses ignobles ennemis.

La longue Notice qui le précède est digne d'un si noble sujet; je regrette même que M. Étienne ait eu la modestie de donner à ce morceau d'histoire et de littérature, le titre de *Notice*, mot dont on a tant abusé, et qui, des cabinets des vrais littérateurs, a passé jusque dans les boutiques ou échoppes du Parnasse. Celle de M. Étienne est une véritable discussion historique, morale et littéraire. Il ne faut pas s'attendre à y trouver une dissertation sur le style, sur les tournures de phrases, sur les fautes de langage; ces observations sont renvoyées dans les notes qui accompagnent le texte, et que l'on doit à des hommes de lettres estimés. M. Étienne a senti et a dit que *les intérêts de la morale doivent passer avant les scrupules de la grammaire;* et il s'est soumis aux conséquences de cette règle qu'il s'est prescrite à lui-même. Je n'ai pas besoin d'ajouter que cette Notice est écrite avec autant d'esprit que de raison, autant de clarté que d'élégance; ce n'est pas en traitant de pareils sujets que le talent néglige ses avantages; mais il n'est peut-être pas inutile de faire observer que ce morceau est aussi remarquable par la sagesse et la modération de l'auteur, que par la pureté d'expression et par la logique. M. Étienne a su éviter la déclamation, en louant un des plus beaux génies qui aient paru en ce monde, et le sarcasme, en parlant d'hommes qui prêtaient tant au ridicule.

Cette Notice était bien nécessaire, et plus aujourd'hui que dans tout autre temps; il faut bien connaître, en effet, tout ce qui a précédé, accompagné et suivi le succès du *Tartufe,* pour bien apprécier ce qu'il a coûté, ce qu'il vaut, et ce qu'il peut produire. Son apparition n'a pas été simplement l'acquisition d'une bonne comédie de plus, mais encore un événement historique d'une très-grande importance. Il faut voir dans la Notice quels ont été les travaux, les dangers, les inquiétudes, la constance, la patience et le courage de Molière, pour asseoir ce monument sur la scène.

française, dont il allait être la gloire, et qu'elles ont été la sagesse, la pénétration et la fermeté de Louis XIV, qui en a, pour ainsi dire, posé la première pierre, et l'a assuré sur sa base, malgré les clameurs des innombrables hypocrites qui obsédaient le prince jusque dans son palais.

Parmi les anecdotes auxquelles le *Tartufe* a donné lieu, il en est qui auront tout le charme de la nouveauté pour la plupart des lecteurs. On ignore assez généralement que Louis XIV, sans s'en douter, a fourni l'une des meilleures intentions comiques de cette pièce; on ignore aussi le singulier rapport, ou pour mieux dire la connexion qui existe entre le *Festin de Pierre* et le *Tartufe*, comédies d'ailleurs si peu comparables. Peu de personnes ont pris la peine de lire les libelles, les satires, les infamies polémiques dont on accabla Molière, et dans lesquelles il figurait, non-seulement comme mauvais écrivain, incapable de faire une comédie, mais comme impie, comme ennemi de Dieu et du roi; tactique usée qui cependant ne tombera jamais en désuétude. Je renvoie aussi à la Notice ceux qui veulent connaître les détails des événemens fâcheux ou favorables qui menacèrent ou favorisèrent cette comédie après sa représentation. Mon intention étant de stimuler et non de satisfaire la curiosité du lecteur, je terminerais ici ma tâche, si je pouvais résister au désir de citer le mot plein de sens que le prince de Condé répondit à Louis XIV.

Tandis que l'on faisait la guerre à *Tartufe*, ou jouait paisiblement à Paris une comédie intitulée : *Scaramouche*, dans laquelle un moine montait par la fenêtre chez une femme mariée, et disparaissait et reparaissait plusieurs fois, en disant : « *Questo per mortificar la carne.* » Aucun dévot ne se plaignit de ce scandale, et Scaramouche devait bien rire du procès qu'on intentait à Molière pour avoir été décent et modéré. « Je voudrais bien savoir, dit le roi, pourquoi les gens qui se scandalisent si fort de la comédie de *Tartufe* ne disent rien de celle de *Scaramouche*? — Là raison de cela, répondit le prince, c'est que la comédie de *Scaramouche* joue le ciel et la religion, dont ces messieurs ne se soucient point ; mais celle de Molière les joue eux-mêmes, et c'est ce qu'ils ne peuvent souffrir. » Si le prince de Condé revenait en ce monde, et si on lui faisait la même question, il répéterait sa réponse sans y changer un seul mot.

RÉFLEXIONS OU SENTENCES

ET MAXIMES MORALES DE LA ROCHEFOUCAULD,

AVEC UN EXAMEN CRITIQUE;

PAR L. AIMÉ-MARTIN.

LE petit livre des Maximes a fait une grande fortune, et a prouvé qu'un esprit supérieur n'a pas besoin d'un gros bagage pour aller à la postérité. On en a fait un grand nombre de critiques; on y a vu de la subtilité, trop de prétention à la finesse, et de l'affectation à présenter la même idée sous vingt faces différentes. Il a été blâmé sous d'autres rapports : c'est un étrange paradoxe, disait-on, que de faire dépendre les désirs et les déterminations des hommes d'un seul mobile. Enfin, on a reproché à l'auteur d'avoir rangé ses réflexions sans ordre et sans analogie, de sorte que le lecteur passe continuellement d'un sujet à un autre, et ne peut établir aucune liaison entre les idées que lui suggèrent les maximes renfermées dans une même page.

Je pourrais me contenter de faire observer que,

malgré ces critiques, le livre des Maximes conserve sa réputation, et reste comme un monument
dans notre littérature ; mais cette observation ne
prouverait rien contre les reproches que l'on a faits
à l'auteur. Un livre peut être justement célèbre,
quoiqu'il ait été justement critiqué : l'art d'écrire
se compose de tant de parties différentes, qu'il
est presque impossible de les réunir toutes ; ainsi,
quand bien même les Maximes de la Rochefoucauld ne seraient point exemptes des défauts qu'on
a cru y apercevoir, elles brillent par tant d'endroits, qu'elles justifieraient encore leur grande et
longue célébrité. Mais il est facile de démontrer
que toutes ces critiques manquent de justesse, et
que la plus spécieuse n'est fondée que sur une méprise. Reprenons donc ces prétendus défauts, et
examinons s'ils ne sont pas, au contraire, des qualités essentielles à la nature de cet ouvrage.

La Rochefoucauld voulant prouver que l'amour-
propre est le ressort de toutes nos passions et le mobile de toutes nos volontés, les cinq cents maximes
qui composent son livre peuvent être considérées,
dans leur ensemble, comme une analyse complète
de l'amour-propre. Or, l'analyse étant, au moral
comme au physique, la résolution d'une chose en
ses principes, et conséquemment une division
poussée jusqu'au dernier terme, cette opération
appliquée à une affection ou à une passion, exige
une grande finesse dans les aperçus et une grande
subtilité dans les moyens : on a donc eu tort de

reprocher à l'auteur d'avoir été fin et subtil; on devait, au contraire, lui en faire un mérite, puisque le succès de son travail dépendait de l'art avec lequel il saurait marquer les différences les plus légères, et saisir des nuances presque imperceptibles.

On lui a reproché plus injustement encore, comme une sorte d'affectation, son adresse à retourner une idée pour la présenter sous un grand nombre d'aspects. Cette fécondité d'idées analogues n'est point une tautologie, mais une nécessité imposée par la nature du sujet. Puisque l'auteur voulait démontrer que l'amour-propre est le mobile de toutes nos déterminations, il fallait qu'il nous montrât successivement cet amour-propre sous chacune de ses faces, pour l'appliquer à chacune de nos passions ou de nos affections. Les nuances de nos affections étant infinies, il était impossible qu'on en exagérât le nombre, et loin de les avoir multipliées inutilement, la Rochefoucauld en a omis une grande quantité, puisqu'une foule de moralistes ont moissonné ou glané après lui dans le même champ, sans l'avoir totalement dépouillé.

Le défaut d'ordre dans l'arrangement des maximes a été fort mal à propos regardé comme une négligence. Quelques éditeurs ont cru donner au livre un nouvel éclat, en rapprochant les maximes qui ont plus d'analogie entre elles, en soumettant l'ensemble à un ordre méthodique. En cela ils n'ont pas fait preuve de goût et de discernement.

D'abord, la ressemblance des idées produisait la monotonie ; mais un inconvénient plus grave résultait de cette classification : lorsque des maximes sont parfaitement isolées, chacune est un ouvrage complet qui n'a aucun rapport avec celui qui précède ou qui suit. C'est ainsi qu'en lisant un recueil de bons mots ou une suite d'épigrammes, nous n'exigeons aucune liaison entre les différens morceaux, et nous ne faisons aucun rapprochement. Mais, en présentant une suite de maximes analogues, on offre l'apparence d'un traité ; les maximes ont l'air d'autant de phrases qui concourent à un même but, et, comme leur ensemble forme un discours, le lecteur y cherche les liaisons, les transitions et les rapports qui doivent exister entre les membres d'un tout bien conformé. Or, la Rochefoucauld a écrit des maximes, et non pas un traité : il faut donc considérer chacune d'elles comme ayant été conçue, écrite et publiée isolément ; il n'existe, il ne doit exister entre elles ni liaisons, ni transitions, et vouloir les réunir sous différens chefs, comme faisant parties d'un même tout, c'est en faire sentir l'incohérence, c'est présenter un corps humain composé de membres pris à différens hommes, et détachés l'un de l'autre. Abordons maintenant le reproche le plus vraisemblable.

L'auteur n'est-il pas tombé dans une erreur grossière en nous donnant l'amour-propre pour unique mobile ? Voilà la plus spécieuse de toutes les objections que l'on a faites au système ; mais, comme je l'ai dit plus haut, elle ne repose que sur une méprise. Oh! sans doute, si par *amour-propre* nous n'entendons que ce qui tient à l'orgueil et à la vanité, la plupart des maximes deviennent fausses et même absurdes; il est des affections et des penchans dont nous tirons si peu de vanité que nous les cachons soigneusement, et nous nous offensons même quand on nous les suppose. Mais ce n'est point la faute de l'auteur si, cent cinquante ans après lui, nous avons donné au mot *amour-propre* une seule acception, si nous en avons rétréci le sens, si nous l'avons éloigné de son étymologie. Par la lecture des maximes, il est évident que la Rochefoucauld emploie le mot *amour-propre* dans le sens qu'il avait de son temps, et qu'il devrait avoir encore aujourd'hui, sens qui est formellement indiqué par le mot *propre*, *proprius*, et que nous avons altéré en le restreignant aux seules jouissances de la vanité. Amour-propre est le véritable synonyme de l'*Amor sui* des Latins, c'est l'amour de soi-même, sentiment qui n'exclut pas la bienveillance et même la générosité envers les autres hommes, mais qui se nomme égoïsme quand il se concentre en nous-mêmes à l'exclusion de toute affection, de toute pitié pour nos semblables. Ce mot, défini d'après son étymologie et sa signification primitive, comprend, non-seulement le soin de notre conservation, mais l'orgueil, la vanité, la présomption, le désir de nous distinguer, l'amour de la gloire, l'ambition, la confiance

en nos propres lumières, en notre raison, en notre
mérite, et tout ce qui peut nous donner une supériorité quelconque, ou au moins l'apparence de
la supériorité sur les hommes qui nous entourent,
Mais c'est un vice, dira-t-on : eh! sans doute c'est
un vice; aussi, la Rochefoucauld ne dit-il point
qu'il faut avoir de l'amour-propre, mais il dit que
nous en avons tous plus ou moins, et je crois qu'il
a raison. Ainsi, chaque fois que l'on trouve le mot
amour-propre dans les maximes de la Rochefoucauld, il faut le prendre dans toute l'étendue de
ses acceptions et comme synonyme d'*amour de
soi*, sentiment qu'il ne faut pas toujours confondre
avec l'égoïsme, car il serait absurde de nommer
égoïste l'homme qui préfère la santé, l'aisance et
la considération à la maladie, à la misère, et à
l'opprobre.

Les objections que je viens de réfuter, autant
que j'ai pu le faire, sont à peu près les seules que
l'on ait opposées au livre des Maximes, jusqu'à ce
que M. Aimé-Martin les ait soumises à un nouvel
examen, et les ait réimprimées avec un rigoureux
commentaire. Ce n'est plus une critique littéraire
qu'exerce M. Aimé-Martin, c'est un jugement terrible qu'il prononce contre le duc de la Rochefoucauld, après l'avoir cité au tribunal de la religion
et de la morale. S'il faut en croire ce juge inexo-
rable, *l'illustre auteur des Maximes nie, dès
l'abord, l'existence de la vertu*; puis, *débarrassé
du seul titre que nous ayons devant Dieu, il nous*

livre au néant, et marche rapidement à l'athéisme.
Après une accusation aussi grave, tous les autres
torts reprochés à l'illustre auteur ne seraient plus
que des peccadilles ; ainsi je ne transcrirai pas le
sombre réquisitoire que le commentateur a placé
avant son examen, en forme d'introduction. Arrêtons-nous donc à l'athéisme et au crime de nier
l'existence de la vertu ; en voilà bien assez pour
faire lacérer et brûler le livre des Maximes sous le
grand escalier du Palais ; c'est une exécution qui
sera bientôt faite ; il n'y manque plus qu'une petite
formalité, celle de prouver l'accusation. J'ai un
grand désir de me conformer à l'opinion d'un
homme aussi éclairé et aussi religieux que M. Aimé-
Martin ; mais j'ai une grande répugnance à damner
le duc de la Rochefoucauld : examinons donc à
notre tour les prétendus crimes du noble duc, ne
fût-ce que par égard pour ses descendans, qui aiment sans doute mieux le voir en paradis qu'en
enfer.

J'ai long-temps hésité à répondre au commentaire de M. Aimé-Martin ; j'ai tout l'air d'être
agresseur quand je ne suis que le défenseur de la
Rochefoucauld, qui, je l'avoue, n'a pas besoin de
moi : je sens combien je vais paraître présomptueux
d'oser lutter contre un homme de lettres, connu
pour avoir les meilleurs sentimens, pour professer
les doctrines les plus saines, qui n'a jamais rien écrit
que sous la dictée de la sagesse et de l'honnêteté.
mais aussi, pourquoi M. Aimé-Martin veut-il

damner le duc de la Rochefoucauld qui était un
si galant homme, qui faisait peu de cas de la bra-
voure quoiqu'il fût très-brave, qui aimait tant les
gens de lettres et qui eût adoré M. Aimé-Martin,
qui avait tant d'esprit, et qui possédait, plus que
personne, l'art de renfermer une pensée profonde
dans le plus petit nombre de mots? Voilà ce qui
me révolte contre la rigide vertu de M. Aimé-Martin,
voilà ce qui me fait prendre la plume; et, si l'on
m'accuse de témérité, je nommerai mes auxiliaires,
et l'on m'accusera peut-être ensuite de combattre
avec trop d'avantage.

D'abord, je n'ai pas entendu dire que la Sorbonne ait censuré les Maximes de la Rochefoucauld,
je ne sache pas que Rome les ait mises à *l'index*,
je n'ai lu nulle part que le parlement ait fait informer contre ce livre. Cependant ni le sacré col-
lége, ni la Sorbonne, ni le parlement n'ont jamais
badiné quand il était question d'athéisme. Peut-être
ces illustres corps n'ont-ils pas aperçu la doctrine
pernicieuse que M. Aimé-Martin vient de découvrir un siècle et demi après qu'elle a été publiée:
eh bien! soit; mais un livre qui n'a pas paru dangereux dans le siècle si religieux de Louis XIV, ne
nous fera pas grand mal aujourd'hui. Lisons donc
les maximes sans aucune crainte; il est très-vraisemblable que nous n'aurons pas plus de perspica-
cité que les hommes de génie du dix-septième
siècle, et nous ne deviendrons pas athées pour les
avoir lues.

J'ai promis de nommer mes auxiliaires; les voici : Racine et Boileau témoignaient la plus haute estime pour le caractère et les vertus du duc de la Roche-foucauld, ce qu'ils n'auraient pas fait certainement pour un homme qui aurait nié l'existence de la vertu, et qui aurait marché rapidement à l'athéisme. Madame de la Fayette, qu'on n'a jamais accusée de manquer de religion, aimait et estimait beaucoup l'auteur des Maximes. Dans vingt lettres de madame de Sévigné, le duc de la Rochefoucauld est cité avec les plus grands éloges, qui s'adressent autant à son caractère qu'à son esprit. Madame de Main-tenon, et à ce nom j'espère que M. Aimé-Martin va trembler, madame de Maintenon, qu'on accuse plutôt d'excès que de tiédeur en fait de religion, a reproché au duc de la Rochefoucauld d'avoir in-trigué dans la misérable guerre de la Fronde; mais elle ajoute, dans la même lettre : « Je n'ai pas connu d'ami plus solide, plus ouvert, ni de meil-leur conseil. » Maintenant si l'on considère la qualité des personnes qui ont fait ces éloges, et l'esprit du temps où elles ont vécu, on conviendra qu'on n'aurait pas attribué tant de vertus à l'homme qui aurait hautement nié l'existence de la vertu; et, pour pousser la supposition jusqu'à l'impos-sible, quand même tous ces grands personnages n'auraient été que des hypocrites, ils n'auraient pas osé, dans ce siècle, témoigner hautement leur estime pour l'auteur dont le livre conduirait ses lecteurs à l'athéisme, et voudrait leur prouver qu'ils n'ont à espérer que le néant pour compensation aux misères de cette vie.

Maintenant que d'illustres athlètes sortent de leur tombeau pour me prêter aide et assistance, je ne crains plus M. Aimé-Martin, et j'aurai l'audace de juger son jugement, comme il a eu celle de condamner la Rochefoucauld qui avait mérité l'estime des personnes les plus religieuses et les plus éclairées.

Le livre des Maximes en contient 504; M. Aimé-Martin en a commenté 125 : il y en a donc 379 qui sont irréprochables même aux yeux de M. Aimé-Martin ; et c'est dans les 125 autres qu'il faut chercher le poison. On sent bien que je ne les examinerai pas toutes : la discussion demandant plus d'étendue que l'exposition, je serais forcé d'opposer des volumes aux pages du commentateur. Mais pour n'être pas soupçonné d'user de subterfuge, mes observations s'appliqueront à celles des maximes qui ont le plus excité la colère de M. Aimé-Martin, et qui sont les gros péchés de la Rochefoucauld.

La proposition qui sert d'épigraphe, et qui n'est pas comptée parmi les maximes, provoque déjà le courroux du sévère moraliste, et une pensée exprimée en seize syllabes, lui fournit soixante lignes de réfutation. La voici : « Nos vertus ne sont le plus souvent que des vices déguisés. » Le commentateur répond : « Dès la première ligne, l'auteur nous met en garde contre ce qu'il y a de plus sacré

sur la terre, la vertu, etc... » Et moi, je réponds
à mon tour : Eh! non, monsieur; l'auteur n'a
point parlé de *la vertu*, mais des vertus mon-
daines, qui sont des vices déguisés, et encore a-
t-il dit : *le plus souvent*, ce qui signifie *pas toujours*.
La Rochefoucauld avait trop d'esprit et de raison
pour *vous mettre en garde contre ce qu'il y a de
plus sacré*, mais il a voulu vous prémunir contre
ce qu'il y a de plus dangereux, c'est-à-dire contre
ces vertus qui sont des vices déguisés. Et si vous
soutenez que le mot *vertus* au pluriel ne peut
jamais se prendre en mauvaise part, damnez donc
aussi Bossuet qui, tonnant contre les vices déguisés en vertus, s'écrie avec une énergie admirable :
« *Et toutes ces vertus dont l'enfer est rempli!* »
Il y a ici bien plus d'éloquence, mais c'est la même
idée que celle de la Rochefoucauld.

La maxime n° I est en quelque sorte la répétition
et l'explication de l'épigraphe ; elle dit : « Ce que
nous prenons pour des vertus n'est souvent qu'un
assemblage de diverses actions et de divers intérêts que la fortune ou notre industrie savent arranger ; et ce n'est pas toujours par valeur et par
chasteté que les hommes sont vaillans et que les
femmes sont chastes. » Dès la première ligne de
sa réponse, M. Aimé-Martin tombe encore dans
la même méprise : « Le caractère *de la vertu*, dit-
il, est d'être immuable. » Puis il développe cette
idée dans trois grandes pages qui n'ont aucun rapport avec la maxime de la Rochefoucauld. Je ré-

pondrai donc comme ci-dessus : L'auteur n'a pas
dit : La vertu n'est qu'un assemblage, etc.... ; mais
il a dit bien clairement : *Ce que nous prenons* pour
des vertus n'est *souvent* qu'un assemblage, etc....
Ainsi quand un homme tire une bourse brillante
pour donner quelques sous à un pauvre, quand
une femme résiste à nos sollicitations, quand nous
trouvons sur la table d'un magistrat un amas de
livres et de papiers, nous sommes portés à voir dans
tout cela de la bienfaisance, de la chasteté, de
l'amour pour l'étude, et il est possible que ce soit
tout autre chose. En conscience, il n'y a rien dans
cette pensée qui détruise la vertu et qui conduise
à l'athéisme.

Maxime V^e. « La durée de nos passions ne dépend pas plus de nous que de la durée de notre
vie. » Voici la réflexion que cette maxime suggère
à M. Aimé-Martin : « Si cela était juste, de quoi
nous servirait la volonté ? La volonté des hommes
fait leur caractère : c'est la puissance donnée au
génie de régner sur le monde, c'est la puissance
donnée au sage de régner sur lui-même. Nier cette
puissance, c'est nier la vertu, c'est-à-dire la possibilité des sacrifices ; c'est nier le repentir qui tourmente le coupable, et rejeter la sagesse, cette noble
faculté qui nous montre dans l'homme un dieu
déchu, mais libre encore de reprendre son rang....
etc., etc.... » Cette phrase est belle, il faut en convenir, et celles qui suivent sont peut-être encore
plus brillantes, mais je veux mourir si je devine

ce qu'elles ont de commun avec la maxime qui les a fait sortir du cerveau de M. Aimé-Martin. Si l'auteur avait dit : La résistance aux passions ne dépend pas de nous, cette proposition supposerait des penchans irrésistibles, elle anéantirait notre liberté, et nous conduirait au fatalisme ; mais il n'y a rien de cela dans la maxime. Elle dit simplement que *la durée* de nos passions est indépendante de notre volonté, mais elle ne nous enlève pas la possibilité de la résistance. La religion et la morale nous ordonnent de vaincre nos passions, mais elles ne nous commandent pas de n'en point avoir. L'homme sans passion, s'il pouvait exister, serait un automate, toujours non coupable, mais jamais vertueux. C'est donc encore une méprise du commentateur, car il a confondu la résistance avec la durée. La vertu consiste à vaincre ses passions, et le plus vertueux des hommes serait celui qui, toujours tenté, ne succomberait jamais. M. Aimé-Martin connaît certainement cette phrase latine : *Sicut leo rugiens diabolus circuit quærens quem devoret*. Il n'est pas le maître d'empêcher que le diable ne cherche *quem devoret,* mais je crois qu'il ne se laissera pas dévorer ; la durée de la tentation ne dépend donc pas de lui, mais il dépend de lui d'y résister, et j'espère que dorénavant il résistera bravement à celle de trouver toujours des pensées coupables dans les Maximes de la Rochefoucauld.

Maxime XXe. « La constance des sages n'est que

l'art de renfermer leur agitation dans leur cœur. »
M. Aimé-Martin répond : « Ainsi, la sagesse n'est
encore que de l'hypocrisie! » Quoi! c'est être hypocrite que de renfermer dans son cœur un amour
illégitime quand on a le malheur de le concevoir;
c'est être hypocrite que de réprimer sa colère quand
on a reçu une offense! Ainsi, Thémistocle, quand
il dit : Frappe, mais écoute, n'avait donc que de
l'hypocrisie, car certainement il ne lui était pas indifférent de recevoir des coups de bâton, mais il
renfermait dans son cœur l'indignation que lui inspirait un tel geste. Louis XIV ne renferma-t-il pas
aussi dans son cœur une grande agitation, quand
il jeta sa canne par la fenêtre pour ne pas commettre un acte indigne de la majesté royale! Scipion ne sut-il pas aussi renfermer ses désirs dans
son cœur quand il rendit sa belle captive au prince
qui devait l'épouser? Si cette femme ne lui eût
inspiré que de l'indifférence, on ne parlerait pas
de la continence de Scipion. Et tout cela ne serait
que de l'hypocrisie! Oh! si la Rochefoucauld avait
dit que la constance n'est que de l'hypocrisie,
comme son commentateur triompherait!

Je néglige une foule d'observations que j'avais
préparées, et je me borne à cette dernière. Dans
une maxime fort longue, et que l'on pourrait nommer un discours, la Rochefoucauld dit que le mépris qu'on affecte pour la mort, n'est jamais sincère, et que la mort est une chose épouvantable.
M. Aimé-Martin s'écrie : « La mort, loin d'être

la plus épouvantable des choses, est le plus grand des biens..... Elle est, comme dit Montaigne, une des pièces de l'ordre de l'Univers. » Eh! sans doute, elle en est une pièce, mais la foudre est aussi une pièce de l'Univers, et l'on n'a jamais dit que ce fût le plus grand des biens d'en être frappé. Au reste, que la mort soit le plus grand des biens, j'y consens; mais c'est un bien que je ne souhaite pas à M. Aimé-Martin.

Puisqu'on a cité Montaigne, je crois faire plaisir au lecteur en transcrivant un passage de ce philosophe, qui n'est pas étranger au livre des Maximes; c'est celui où Montaigne dit que, par une présomption (amour-propre) qui est *la maladie naturelle et originelle à l'homme,* nous regardons la mort comme un événement d'autant plus important que nous avons plus d'estime pour nous-mêmes. C'est ainsi qu'il exprime cette pensée dans son vieux langage plein d'énergie : « Nous entraî-
» nons tout avec nous ; d'où il s'ensuit que nous
» estimons grande chose notre mort, et qui ne
» passe pas si aisément, ni sans solemne consul-
» tation des astres : *tot circà unum caput tumul-*
» *tuantes Deos,* et le pensons d'autant plus, que
» nous nous prisons. Comment tant de science se
» perdrait-elle avec tant de dommage, sans par-
» ticulier soucy des destinées? Une âme si rare et
» exemplaire ne cousteroit-elle non plus à tirer
» qu'une âme populaire et inutile? Cette vie qui en
» couvre tant d'autres, qui occupe tant ce monde,

» qui remplit tant de place, se déplace-t-elle
» comme celle qui tient à un simple nœud? Nul
» de nous ne pense assez n'être qu'un. » N'est-ce
pas ainsi que parle l'amour-propre? N'est-ce pas
là du la Rochefoucauld tout pur?

Cependant je ne veux pas me brouiller avec
M. Aimé-Martin; il damne l'auteur des Maximes;
moi, je voudrais de tout mon cœur l'envoyer au
ciel, mais, par amour pour la paix, je consens à
transiger. J'avoue que dans plusieurs maximes il y
a un peu trop de misanthropie, qu'il donne quelquefois trop de puissance à l'amour-propre, que
plusieurs de ses pensées sont plus brillantes que
justes, mais tout cela n'est pas de l'athéisme et ne
mérite pas l'enfer. Partageons donc le différend,
mettons le duc en purgatoire, et que tout soit fini.

ÉLOGE DE MONTAIGNE.

DISCOURS DE MM. VILLEMAIN, JOSEPH DROZ ET JAY.

DANS la préface des *Essais de Montaigne,* écrite
par mademoiselle de Gournay, *sa fille d'alliance,*
on trouve une réflexion aussi juste que fine, et qui
semble appartenir à Montaigne même; la voici,
dégagée de tous ses accessoires : Si l'on nomme

César, nous concevons tout de suite l'idée du plus vaillant homme, du plus grand capitaine, d'un excellent écrivain, et d'un héros aussi admirable qu'aimable; mais si nous n'avions jamais entendu parler de César, et qu'on nous fît voir toutes ses actions privées et publiques; si l'on nous rendait témoins de sa vie et de ses exploits, quelque admiration, quelque étonnement que ce spectacle nous causât, l'effet qu'il produirait sur nous n'approcherait pas de ce que le seul nom de César présente à notre imagination. On en peut dire autant de tous les grands hommes dont la gloire a été mûrie par le temps. J'ai beaucoup modifié cette supposition, dont mademoiselle de Gournay exagère le résultat, et je crois qu'ainsi présentée elle peut très-bien s'appliquer à Montaigne. Notre opinion sur cet écrivain est très-différente de celle qu'on en avait dans le seizième et le dix-septième siècles; nous avons certainement raison, mais nos prédécesseurs n'avaient pas tort.

Montaigne était philosophe dans le temps où tous les genres de superstition asservissaient la raison humaine; il fut sceptique, et même pyrrhonien, à l'époque où le plus petit doute était un crime; il se moqua de la philosophie, des sciences et de l'érudition, lorsque les érudits et les docteurs voulaient régenter le monde avec la férule scolastique; il humilia constamment l'orgueil de l'homme, dans un siècle où, plus ignorant, l'homme n'était pas moins orgueilleux : s'étant pris lui-même pour le sujet de son livre, il *enregitra* toutes ses idées sages ou folles, vraies ou fausses, profondes ou futiles, orthodoxes ou audacieuses, sans s'inquiéter de l'opinion ni des scrupules de ses lecteurs ; plus occupé des pensées que du style, il écrivait, sans dessein, sans plan, sans liaison, sans correction, dans un temps où la langue commençait à s'épurer, et où l'on attachait plus d'importance à l'arrangement des mots qu'au fond des choses. Faut-il s'étonner que le désordre de ses Essais ait déplu aux méthodistes, que son style vigoureux, mais négligé, ait choqué les oreilles délicates qui ne s'ouvraient complaisamment qu'à l'harmonie et à l'élégance, et que son scepticisme ait armé contre lui le zèle un peu farouche des solitaires de Port-Royal? Je serais étonné, au contraire, que Montaigne ait paru dans le dix-septième siècle ce qu'il nous paraît aujourd'hui.

Pendant la vie des grands hommes en tout genre, on examine partiellement chacune de leurs actions ou de leurs pensées ; cet examen critique se prolonge et les poursuit au-delà du tombeau ; mais, après quelques générations, leur réputation se présente en masse ; tout se compense, et l'avantage d'avoir traversé l'intervalle des siècles n'est pas à nos yeux le moindre de leur mérite. Le scepticisme de Montaigne ne nous effarouche plus ; le désordre de ses chapitres ne nous déplaît pas ; nous admirons l'abondance, la profondeur, la finesse et l'étonnante variété de ses pensées ; nous

aimons la vieille énergie de ses expressions si con-
cises et si justes, et nous ne reprochons pas quelques erreurs à l'écrivain qui ne voyait qu'erreur,
ignorance ou folie dans l'humaine sagesse. Autrefois Montaigne était jugé comme l'homme qui
écrit; nous l'écoutons aujourd'hui comme l'homme
d'esprit qui cause, nous instruit, nous amuse, et
nous plaît par les défauts même reprochés à l'é-
crivain.

Pourquoi donc ses panégyristes ont-ils altéré
les traits caractéristiques de son portrait? Pourquoi, en faisant son éloge, ont-ils nié, dissimulé
ou atténué le scepticisme qui distingue cet écrivain
de tous ceux de son temps et de tous ceux du dix-
septième siècle? Il faut l'avouer franchement,
Montaigne doute de tout; j'en trouve la preuve
dans chaque page de ses Essais; son livre n'est, en
quelque sorte, que la paraphrase de cette maxime:
Vanitas vanitatum, et omnia vanitas. Mais sans
doute il n'est point dogmatique; il n'est ni orgueilleux, ni affligeant. Montaigne n'a vu que faiblesse
dans la raison humaine, et il a douté des jugemens qu'elle prononce. Plein de candeur, et ami
de la vérité, il s'est jugé lui-même comme il jugeait tous les hommes : je me trompe, il se jugeait
plus sévèrement. Chez d'autres philosophes, le
doute est une jactance; dans Montaigne, il est un
aveu.

Dans un discours, très-estimable d'ailleurs,
M. Jay n'ose aborder la question du scepticisme :

à peine l'effleure-t-il dans deux phrases un peu
obscures ; il semble s'être dit : *Incedo per ignes
suppositos cineri doloso.* M. Droz a fait une faute
plus grave ; il a supposé que Montaigne n'était
point sceptique, mais qu'il s'est couvert du manteau
du scepticisme, par haine pour les dogmatistes et
les scolastiques, dans l'intention de concilier sa
tranquillité personnelle avec le désir d'éclairer les
hommes, ou par cette timide prévoyance qui veut
écarter tous les dangers. Rien n'est plus contraire
au caractère et au génie de Montaigne ; personne
jamais ne fut plus indépendant et ne mit plus de
soin à l'être. M. Droz lui-même en convient. Montaigne aimait tant la liberté, que, si on lui eût
interdit *l'accès d'un petit coin des Indes, il en
aurait vécu plus mal à son aise.* Eh quoi ! pendant quarante années il se serait enveloppé d'un
manteau, il se serait couvert la figure d'un masque,
lui le plus franc, le plus courageux des écrivains !
Partout il attaque les novateurs, qui étaient nombreux et puissans autour de lui ; partout il déteste
la *nouvelleté* et l'*étrangeté ;* partout il recommande
l'obéissance aux lois religieuses, politiques et civiles ; et dans un temps où il était si dangereux de
se déclarer ami de l'ordre, quand le parlement de
Bordeaux faisait pendre ou brûler de prétendus
sorciers, Montaigne osait écrire : « Ces pauvres
« diables sont à cette heure en prison, *et porte-
» ront la peine de la sottise commune ; et ne sçay
» si quelque juge se vengera sur eux de la sienne...*

« Je leur eusse plutôt ordonné de l'ellébore que
» de la ciguë. » Lorsque des ambitieux préparaient
une révolution, lorsque l'attachement aux lois et
au prince était un crime, il disait hautement :
« Rien ne presse un État que l'innovation ; le
» changement donne forme à l'injustice et à la
» tyrannie. Quand une pièce se démanche, on
» peut l'étayer ; mais d'entreprendre de refondre
» une si grande masse, c'est de faire à ceux qui
» pour décrasser effacent, qui veulent amender les
» défauts particuliers par une confusion univer-
» selle, et guérir les maladies par la mort. » Est-ce
là le ton d'un homme timide, est-ce là le style de
l'écrivain qui se couvre d'un masque par ménagement pour les préjugés?

M. Villemain a franchement avoué le scepticisme de Montaigne, mais il ajoute que cet excellent homme a toujours respecté les principes et
les liens de l'ordre social. Il est en effet très-évi-
dent que Montaigne n'a livré que son esprit au
doute ; son cœur était tout entier à l'humanité et
à la justice ; et si quelque pyrrhonien, rétorquant
contre lui les phrases de ses Essais, lui avait dit :
« Rien n'est certain dans ce monde : religion,
ordre et justice ne sont pas des vérités ; » c'est
donc mieux que la vérité, eût répondu Montaigne,
puisque le bonheur des hommes en dépend.

Je sais gré aux trois orateurs dont j'annonce les
discours, d'avoir voulu excuser ou justifier Montaigne ; mais ne pouvait-on louer l'auteur des

Essais sans attaquer Pascal; et le pieux solitaire pouvait-il juger autrement le philosophe du Périgord?

Il voyait dans Montaigne, non-seulement un sceptique, mais un véritable pyrrhonien, puisqu'il doute même du témoignage des sens. Il disait que *science et créance ne sont autre chose que sentiment;* que *tout nous vient des sens, et ne nous vient que falsifié;* que *la science commence par eux et se résout en eux;* qu'*ils nous trompent sans cesse et sur tout* : il doute même que nous ayons le nombre de sens nécessaire pour juger des objets; peut-être, dit-il, nous en fallait-il *huit, dix ou davantage.* Ayant fait un faux pas sur le bord de ce précipice, Montaigne a dû rouler jusqu'au fond : il n'est donc pas étonnant qu'il ait douté des vérités métaphysiques, puisque la physique même n'avait rien de certain à ses yeux. Dès lors il avoue que l'immortalité de l'âme ne peut être saisie ni par son esprit ni par sa raison; qu'en examinant l'homme sans le flatter, il n'y voit que la mort et la terre; que la vie future et la béatitude éternelle sont *somnia non docentis, sed optantis;* que l'homme ne diffère en rien des animaux; qu'un oison peut dire aussi : « La terre me porte, le ciel me couvre, le soleil m'éclaire, tout est fait pour moi; » il va jusqu'à écrire que les lois de la conscience, *que nous disons naître de nature, naissent de la coutume.* Et ce ne sont pas seulement des phrases jetées au hasard, ce sont des chapitres entiers étayés de toute la dialectique du doute.

Maintenant, rétrogradons d'un siècle et demi ; mettons-nous à la place de Pascal, entourons-nous des mêmes circonstances, et jugeons de bonne foi s'il a dû être moins sévère. Quant à Mallébranche, je l'abandonne aux défenseurs de Montaigne ; il attaque non-seulement en lui le philosophe, mais même l'homme et l'écrivain, et il fait des efforts, heureusement inutiles, pour nous prouver que Montaigne était un *pédant*.

Comment louer Montaigne et disculper Pascal ? L'auteur des Essais va lui-même aplanir cette difficulté ; il nous dit, avec cette candeur qui l'excuse et le fait aimer : « Ce que je tiens aujourd'huy, et ce » que je croy, je le tiens et je le croy de toute ma » croyance ; tous mes outils et tous mes ressorts » empoignent cette opinion et m'en répondent sur » tout ce qu'ils peuvent. Mais ne m'est-il pas ad- » venu, non une fois, mais cent, mais mille, et » tous les jours, d'avoir embrassé quelque autre » chose avec les mêmes instrumens, et que depuis » j'ai jugée fausse ?... Si je me suis trouvé si souvent » trahy sous cette couleur, quelle assurance puis-je » prendre à cette fois plus qu'aux autres ? N'est-ce » pas sottise de me laisser tant de fois piper à un » guide ? » Montaigne ne doute donc que parce qu'il a la conscience de sa faiblesse, mais il répète cent fois qu'il reçoit *de Dieu et de la foi* ce que sa raison ne peut affirmer, parce qu'elle ne peut le

comprendre. Il dit encore : « Si philosopher c'est
» douter, à plus forte raison, niaiser et fantasti-
» quer, comme je fais, doit être douter; car c'est
» aux apprentifs à enquerrir, et au cathédrant à
» résoudre. Mon cathédrant, c'est l'autorité et la
» volonté divine qui nous règle, et qui a son
» rang au-dessus de ces humaines et vaines con-
» testations. » Ce passage, et plusieurs autres que
je pourrais transcrire, sont d'assez bonnes excuses
à nos yeux; mais Pascal a pu, peut-être même il a
dû être moins indulgent.

J'ai insisté sur le scepticisme de Montaigne,
parce qu'il est son trait caractéristique, parce qu'il
est le fond et le résultat des Essais. Les orateurs,
en éludant ou en dénaturant cette question, se
sont privés d'une grande ressource, et n'ont pas
assez bien présumé de la philosophie de leurs juges.

M. Jay a surtout considéré Montaigne comme
moraliste et ami des hommes; M. Droz s'est plus
étendu sur la philosophie et le talent de l'écrivain;
M. Villemain l'a également présenté sous les trois
rapports. Les discours des deux derniers offrent de
grandes ressemblances. Ils adoptent la même division, quoique l'un des deux annonce qu'il ne divi-
sera pas; ils s'élèvent tous deux contre Pascal; ils
ont les mêmes idées sur le style de Montaigne,
sur sa métaphysique et sa morale; ils finissent tous
deux par une apostrophe à ce philosophe. On remarque dans les trois discours, de la raison, de la
sagesse et un grand soin de ménager les scrupules,

vrais ou simulés, des lecteurs. Après avoir été aussi
sobre de philosophie dans l'éloge d'un philosophe,
M. Villemain ne devait pas s'attendre à être accusé d'impiété pour avoir employé une expression
métaphorique aussi belle qu'elle est juste. Le reproche est si ridicule, que je ne ferai aucun effort
pour le repousser : je ne citerai pas même la phrase
dont on fait un crime à M. Villemain, et je me
contenterai de dire que ses critiques, *privés du
flambeau de la raison*, ont été *précipités dans
l'erreur*.

Les deux premiers de ces concurrens ont très-
bien connu le style de Montaigne, ils en ont senti
tout le mérite, sans regretter son vieux langage ;
et, s'ils en ont fait l'éloge un peu trop généralement, ils n'ont cependant pas excédé l'exagération
permise aux panégyristes. Comme ici je ne fais pas
un éloge académique, j'ai le droit de dire toute la
vérité.

Ce n'est point le style de Montaigne qu'il faut
admirer, c'est sa profonde raison, son imagination
brillante, sa *causerie* pleine de charmes, l'étonnante variété de ses idées, l'énergie et la justesse de
ses expressions ; mais tout cela ne compose pas le
style proprement dit. Selon Montaigne, *bien dire
c'est bien penser;* mais bien penser n'est pas toujours bien dire ; et en louant le style de Montaigne
sans restriction, on égarerait les jeunes écrivains,
on leur ferait croire que la pensée et la justesse de
l'expression sont les seules parties importantes,

tandis que la correction, le goût et l'élégance ne
seraient que les accessoires de l'art d'écrire.

Ne nous étonnons plus de l'indifférence et même
du mépris que quelques écrivains du siècle de
Louis XIV ont témoigné pour le style de Montaigne, lors même qu'ils estimaient toutes ses
autres qualités. Il faut étudier l'auteur des Essais,
s'approprier ses richesses, mais se garder de l'imiter. Ses périodes qui souvent n'ont point de résolution, ses parenthèses dans des parenthèses, ses
ellipses obscures à force d'être hardies, ses phrases
coupées par des membres incidens qui en retar-
dent et en gênent l'intelligence, ce mélange de
mots gascons, périgourdins et semi-gaulois, cette
alliance d'images gracieuses et d'idées nobles avec
des expressions et des comparaisons triviales ou
obscènes, cette diffusion de phrases et d'idées jetées
sans ordre, quoique chaque phrase en particulier
soit d'une concision remarquable; cette nonchâ-
lance enfin, cette *incurie* qui ne permettaient pas
à Montaigne de s'occuper de correction et d'élégance, cette violation continuelle des règles mêmes
qu'il paraît s'être formées, tout cela justifie ou excuse le dégoût de quelques lecteurs délicats. Mais
si leur amour pour la pureté et l'élégance leur ont
fait méconnaître la raison et le génie de Montaigne, ils ont fait en sens contraire la faute dans
laquelle tombent les panégyristes enthousiastes,
quand ils veulent nous faire tout approuver dans
l'écrivain qu'ils admirent.

M. Jay a compris Balzac dans le nombre des détracteurs de Montaigne ; et quoiqu'il n'exprime cette opinion que dans une note, je crois devoir relever ce qu'elle a d'inexact. Balzac a reproché à Montaigne quelques mouvemens de vanité ; il s'est moqué de son *page*, du soin que prend ce philosophe de nous faire savoir qu'il était gentilhomme, de sa *mairie* de Bordeaux, de son silence sur sa charge de conseiller au parlement de cette ville ; mais il l'apprécie fort bien comme écrivain, et personne, je crois, n'a mieux jugé le style de Montaigne. Voici ce que dit Balzac dans ses *Entretiens*, qui ont été imprimés après sa mort :

« Cet auteur, qui veut imiter Sénèque, commence partout et finit partout. Son discours n'est pas un corps entier, c'est un corps en pièces, ce sont des membres coupés ; et quoique les parties soient proches les unes des autres, elles ne laissent pas d'êtres séparées : non-seulement il n'y a point de nerfs qui les joignent, il n'y a pas même de cordes qui les attachent ensemble. M. de Montaigne sait bien ce qu'il dit ; mais, sans violer le respect qui lui est dû, il ne sait pas toujours ce qu'il va dire. S'il a le dessein d'aller en un lieu, le moindre objet qui lui passe devant les yeux le détourne de son chemin ; mais ses digressions sont très-agréables : quand il quitte le bon, d'ordinaire il rencontre le meilleur... Son âme était éloquente ; elle se fait entendre par des expressions courageuses ; il y a dans son style des grâces et des beau-

tés au-dessus de la portée de son siècle. Ce serait
une espèce de miracle qu'un homme eût pu parler
purement le français, dans la barbarie du Quercy
et du Périgord. Un homme qui est assiégé des mauvais exemples, qui est éloigné du secours des bons,
pourrait-il être assez fort pour se défendre tout
seul contre un peuple tout entier, contre sa femme,
contre ses parens, contre ses amis, qui sont autant d'ennemis du bon français. » Ces expressions
peuvent être celles d'un critique, mais certainement elles ne sont pas celles d'un détracteur.

MM. Villemain et Droz répondent avec beaucoup de justesse et d'esprit aux déclamations de
quelques écrivains qui regrettent le vieux langage,
et pensent que nous nous appauvrissons en nous
épurant. Je suis cependant étonné que ces deux
orateurs aient négligé de rechercher la cause du
plaisir que fait ce vieux langage au vulgaire des
lecteurs ; ce charme n'est pas absolument fantas-
tique, et il ne peut être détruit que par la réflexion.
Les expressions les plus vives, les plus énergiques
et les plus brillantes s'affaiblissent ou se ternissent
par un long usage. Par une fréquente apparition,
elles perdent aux yeux du lecteur leur premier mérite, je veux dire l'étonnement qu'elles ont causé
lorsqu'elles étaient neuves. Quand une langue
reste stationnaire pendant un siècle, les mêmes
expressions, les mêmes tournures se reproduisent
sans cesse et n'excitent plus l'attention du lecteur,
quelque heureusement qu'elles soient employées.

Les tournures et les expressions de Montaigne sont redevenues neuves à force d'être vieilles ; chaque phrase de cet écrivain cause une surprise ; outre l'esprit, la raison et la finesse, on y trouve l'originalité des mots et des constructions ; on les croit plus énergiques par cela même qu'ils sont inusités ; ils paraissent plus éclatans, parce qu'ils semblent se montrer pour la première fois. Tel lecteur qui ne remarquera pas le mot *nouveauté*, sourit à la *nouvelleté* dont se plaint Montaigne ; celui qui ne ferait aucune attention à l'*insouciance*, s'arrête complaisamment sur l'*incuriosité*. Mais il est facile de prévoir que tous ces mots si heureux, si naïfs, si expressifs en apparence, perdraient ce charme imaginaire s'ils rentraient dans la circulation.

Je ne puis faire mieux apprécier le style des trois orateurs, qu'en citant des fragmens des trois discours. Je sais que ces échantillons séparés de la pièce sont souvent trompeurs ; mais, pour faciliter la comparaison, je choisirai ceux qui ont un rapport égal au génie et au style de Montaigne.

« Montaigne, dit M. Jay, consulte les livres ; il y trouve quelques vérités ensevelies sous un amas d'erreurs. Il interroge ses contemporains : la voix du préjugé lui répond ; alors, se repliant sur lui-même, il observe la marche des passions, en étudie les mouvemens dans son propre cœur, cherche à démêler en lui, et autour de lui, ce qui est l'ouvrage de l'art, et ce qui appartient à la nature. Il soumet tout à l'examen, les temps, les hommes et

les choses. Enfin, éclairé par l'expérience et la méditation, désabusé des chimères *qui nous font oublier la vie*, il commence avec lui-même cet entretien sublime où le génie est simple et sans art
comme la vérité, où le cœur de l'homme est mis
pour la première fois à découvert, où se trouvent
les germes des grandes conceptions dont le développement doit honorer plusieurs siècles. » Plus
loin : « Il avait besoin d'un langage ferme, il osa
le créer. Il s'empare de cette langue inanimée,
l'enflamme et lui donne la vie. Il lui imprime un
caractère antique de hardiesse et d'indépendance,
lui apprend des mouvemens inaccoutumés, découvre de nouveaux rapports d'expressions à mesure qu'il aperçoit de nouveaux rapports d'idées,
et trouve dans la nature entière les images sensibles
et les couleurs de ses pensées. »

Il fallait sans doute beaucoup d'esprit et de
talent pour donner, dans deux paragraphes fort
courts, une idée juste de la philosophie et du style
de Montaigne. Écoutons maintenant M. Droz :

« ...... Montaigne philosophe est encore cet
heureux enfant dont les travaux se changeaient en
plaisirs.

» Le hasard semble avoir décidé l'ordre de ses
chapitres : ils sont incomplets ; les idées qu'ils renferment sont dépourvues de liaisons entr'elles ;
mais ses idées, justes, neuves, spirituelles et profondes, excitent plus à la réflexion qu'un traité
méthodique. Du mélange quelquefois bizarre de

tant de pensées, de faits et de citations, de tant
de phrases pittoresques, naïves, énergiques, résulte un livre singulier qui plaît aux gens du monde,
et qu'étudient les sages. Sa forme permet de le
parcourir comme un de ces recueils destinés à
d'oisifs lecteurs ; et c'est un des plus attachans ouvrages que la philosophie ait offerts à la méditation
des hommes. La négligence même, en ajoutant au
naturel de cet ouvrage unique, lui donne souvent
un charme nouveau. Que dis-je ? le livre disparaît,
Montaigne est près de vous. Quand je le lis, je le
vois. La candeur et l'assurance se peignent sur son
front, son œil est à la fois doux et vif ; j'entends
son accent animé ; je vois jusqu'à son costume,
dans lequel on l'accusait d'affecter un peu de singularité. Souvent nous contestons ; je lui reproche
quelques sophismes, quelques opinions fausses,
dangereuses en morale ; mais si je veux le condamner, sa bonne foi est son excuse. Me semble-t-il un
peu long et diffus ? je lui prête encore toute mon
attention, certain que bientôt une idée juste, vivement exprimée, me fera connaître le Montaigne
que j'aime. Il me dit une foule de ces secrets du
cœur que l'on sait vaguement, et qu'on a seulement assez aperçus pour sentir le mérite de l'observateur ingénieux et vrai qui les met au grand
jour....... »

Dans ce paragraphe, où l'on ne remarque d'abord
que de la raison et de la simplicité, l'auteur semble
ne s'occuper que d'un livre ; puis tout à coup il

nous fait voir Montaigne lui-même, et il finit par
une observation aussi juste qu'elle est fine et ingénieuse. C'est-là, si je ne me trompe, de l'éloquence sans enflure, de l'esprit sans affectation,
et de la grâce sans apprêts. Passons maintenant à
M. Villemain, dont on conçoit déjà une haute
idée, quand on sait qu'il a triomphé de deux adversaires qui ne sont pas peu redoutables. Voici
comme il peint Montaigne :

« Penseur profond, sous le règne du pédantisme,
auteur brillant et ingénieux dans une langue informe
et grossière, il écrit avec le secours de sa raison et
des anciens : son ouvrage reste, et fait seul la gloire
littéraire d'une nation ; et lorsqu'après de longues
années, sous les auspices de quelques génies sublimes qui s'élancent à la fois, arrive enfin l'âge
du bon goût et du talent, cet ouvrage, long-temps
unique, demeure toujours original ; et la France,
enrichie tout-à-coup de tant de brillantes merveilles, ne sent pas refroidir son admiration pour
ces antiques et naïves beautés. » Ailleurs : « L'ouvrage de Montaigne est un vaste répertoire de
souvenirs et de réflexions nées de ces souvenirs.
Son inépuisable mémoire met à sa disposition tout
ce que les hommes ont pensé. Son jugement, son
goût, son caprice même lui fournissent aisément
des pensées nouvelles. Sur chaque sujet, il commence par dire ce qu'il sait, et, ce qui vaut mieux,
il finit par dire ce qu'il croit..... Il parle beaucoup
de morale, de politique, de littérature ; il agite à

la fois mille questions, mais il ne propose jamais un système. Sa réserve tient à sa paresse autant qu'à son jugement. Il lui en coûterait de poser des principes, de tirer des conséquences, et d'établir, à force de raisonnemens, la vérité, ou ce qu'on prend pour elle..... Il aime mieux se borner à ce qu'il voit au moment où il parle, et semble vouloir n'affirmer qu'une chose à la fois. Ce n'est pas le moyen de faire secte ; aussi jamais philosophe n'en fut plus éloigné que Montaigne. Il dit trop naïvement le pour et le contre. Au moment où vous croyez tenir sa pensée, vous êtes déconcerté par un changement soudain, qu'au reste il ne prévoyait pas lui-même plus que vous. »

Je n'ai point cité ces passages sous le rapport de l'éloquence ; à cet égard, M. Villemain a fait ses preuves dans d'autres parties de son discours ; mais j'ai choisi ce qui fait autant connaître, en Montaigne, l'esprit de l'homme que l'esprit de l'écrivain. On remarque d'ailleurs, dans cet exposé, une simplicité, une clarté et un naturel qui deviennent fort rares partout, et plus rares encore dans les discours d'apparat. M. Villemain est très-jeune, et personne ne l'aurait deviné en le lisant. Qu'un jeune homme l'emporte sur ses rivaux par la chaleur, par l'élévation de son style et par la vivacité des images, cela se conçoit ; mais qu'il soit éloquent sans déclamation, qu'il ne franchisse jamais les limites que lui prescrivent la raison et le goût, qu'il résiste aux séductions de l'esprit pour n'écou-

ter que les conseils de la sagesse, voilà ce qui étonne
et ce qui double la gloire de l'écrivain comme
l'estime de ses lecteurs. M. Villemain serait bien
coupable de tromper les hautes espérances qu'il
nous donne. Ce qui embellit sa victoire dans ce
concours, c'est qu'elle n'a pas été facile ; l'orateur
que l'Académie place immédiatement après lui, la
lui a disputée de manière à embarrasser les juges
du combat. M. Jay, en suivant une autre route,
a produit des beautés d'un autre genre, et il suit
de bien près ses deux rivaux. En général, il n'y
a pas grande inégalité de mérite dans ces trois discours, et c'est plutôt dans les fautes qu'il faut chercher la cause d'un succès inégal. M. Jay me paraît
s'être renfermé dans un cercle trop étroit ; son
exorde est pris de trop loin, et il a un certain air
de prétention qui contraste un peu trop avec le
sujet. L'idée d'ailleurs n'en est pas juste : il est vrai
que les révolutions, les troubles civils font éclore,
ou plutôt font connaître de grands orateurs, peut-
être même des poètes ; mais jamais les troubles
politiques n'ont produit un génie calme et un juge
impartial tel qu'était Montaigne. M. Jay n'a pas
été plus heureux en terminant son discours ; sa
dernière page est une fin, et non pas une péroraison ; je la trouve même un peu froide, quoique
l'orateur y emploie la figure assez vive de l'apostrophe.

M. Droz n'a, ce me semble, d'autre reproche
à se faire que celui d'avoir un peu défiguré Mon-

taigne en le couvrant du *masque* du scepticisme ;
mais, du côté du style, il ne mérite que des éloges.
Une seule phrase m'a choqué ; il dit : *Je suis sceptique sur le scepticisme de Montaigne;* ce jeu de
mots n'est pas digne du talent de ce littérateur. La
faute est bien petite, je l'avoue ; mais sur une belle
étoffe la moindre tache se fait remarquer.

M. Villemain lui-même a payé un léger tribut à
la faiblesse humaine. Je ne lui reprocherai point
son parallèle entre Montaigne et Voltaire : ces lieux
communs ont encore de l'éclat, lors même qu'ils
manquent de justesse ; mais il a fait une faute plus
grave, en nous faisant voir Montaigne empruntant
ou imitant les diverses manières des écrivains de
l'antiquité, même celle de Cicéron. Je ne crois
pas qu'il ait jamais existé deux écrivains plus différens que Cicéron et Montaigne. Le premier attachait le plus d'importance à la partie que l'autre
négligeait le plus, je veux dire à l'élocution, que
le vulgaire confond avec l'éloquence.

Félicitons-nous donc d'avoir à la fois trois ouvrages aussi bien écrits, dans un temps où un nouveau mauvais goût nous assiége, nous calomnie,
et veut, à force d'injures, nous forcer à l'admirer.

Mme. DE MAINTENON

PEINTE PAR ELLE-MÊME.

Avec cette épigraphe :

> La voilà telle qu'elle était, et c'est elle-même qui
> vient se montrer à vous.

JAMAIS titre ne fut plus simple, jamais livre ne fut plus conforme à son titre. Madame de Maintenon y est bien peinte par elle-même, mais était-ce un pareil peintre qu'il fallait charger du portrait, si l'on désirait qu'il fût parfaitement ressemblant? L'auteur a craint que le lecteur ne s'en rapportât pas au titre, car il ajoute, dans sa préface, que les lettres et le récit des entretiens familiers de madame de Maintenon, sont presque les seuls Mémoires dont il ait fait usage. Il a cru que cette déclaration augmenterait notre confiance, et, si je ne me trompe, elle l'a beaucoup diminuée. Sans doute des entretiens familiers, des lettres confidentielles décèlent ordinairement le caractère du personnage, et révèlent des secrets ignorés du public; mais une femme aussi habile, parvenue à une fortune inespérée, assise près du trône et presque dessus, ne dit rien et n'écrit rien qui puisse la compromettre. Elle savait très-certainement que ses lettres exciteraient une vive curiosité, et feraient une grande sensation ; elle n'a donc pas écrit, comme le vulgaire des femmes, tout ce qui lui passait par la tête ; elle savait aussi qu'elle était enviée, observée, haïe même, quoique fort injustement, et dès-lors elle a dû mettre la plus grande circonspection dans ses entretiens les plus familiers. Sur le grand théâtre où elle était placée, on interprète les discours les plus simples, les regards, le silence même, et l'œil des courtisans pénètre jusqu'aux plus secrètes pensées. Madame de Maintenon, qui les connaissait bien, a dû chercher à se rendre impénétrable ; et cette contrainte continuelle à laquelle elle était forcée, a peut-être été la première cause des dégoûts et des chagrins qui la rendaient si malheureuse au comble de la fortune. *Madame de Maintenon*, dit Voltaire, *semble avoir prévu que ses Lettres seraient un jour publiques* ; il suffit d'en lire quelques-unes pour adopter l'opinion de Voltaire, et pour regarder comme une certitude ce qu'il présente comme une probabilité. Quelle exactitude, quel soin minutieux dans le style, quelle symétrie dans l'arrangement des mots, quel choix dans l'expression, et surtout quelle exagération dans les sentimens nobles, quel faste de vertu, de générosité et de bienfaisance !

Je suis loin d'adopter tout ce que dit Voltaire

sur cette femme célèbre ; je m'attache encore moins
aux *Mémoires secrets*, *Anecdotes* et libelles du
siècle de Louis XIV ; je rejette aussi, comme trop
suspects, les écrits des protestans français réfugiés
en Hollande ; mais je suis persuadé que Duclos a
très-bien jugé madame de Maintenon, dont il a
parlé fort sobrement. Il avoue qu'elle a été calom-
niée : il lui reconnaît quelques vertus vraies : mais
il convient aussi qu'elle en avait beaucoup de fausses
et d'affectées ; qu'elle avait une ambition insatiable,
un orgueil excessif, un fonds d'ingratitude, et fort
peu d'attachement pour le roi.

L'ouvrage que j'annonce n'est pas seulement
une apologie, mais un véritable panégyrique : on
l'attribue à une femme de beaucoup d'esprit, et la
lecture confirme cette prévention. J'ajouterai qu'il
fallait plus que de l'esprit pour plaider avec succès
une pareille cause ; car il ne s'agissait pas de moins
que de montrer la perfection absolue dans madame
de Maintenon. La veuve de Scarron et de Louis XIV
aimait beaucoup les choses difficiles, son panégyriste a la même ambition ; car l'idée de nous présenter cette femme célèbre comme un modèle
parfait, comme le beau idéal, comme la vertu personnifiée, était peut-être une entreprise plus difficile que toutes celles de madame de Maintenon.
Dans une espèce d'avant-propos qui précède la
préface, on lit cette phrase qui justifiera un peu
mon incrédulité : « J'ai beau parcourir l'histoire,
regarder autour de moi, recueillir tous mes sou-

venirs, *un plus parfait modèle d'esprit, de raison,*
de générosité, de bonté et de vertu, ne vient point
s'offrir à ma pensée. » N'est-ce pas là un Socrate
femelle ? Mais, que dis-je ? Socrate avait des défauts, il en est convenu, il a fait des fautes ; et
madame de Maintenon, si l'on en croit son panégyriste, n'a pas eu le plus petit tort à se reprocher :
« Elle a été noble dans la pauvreté, ferme dans le
malheur, belle sans coquetterie, fière dans la dépendance, modeste dans les grandeurs, désinté-
ressée au milieu des trésors de la fortune, dévote
sans intolérance et sans superstition, calme et pure
au centre de l'intrigue et de la corruption, fidèle à
tous ses devoirs, tendre et simple dans l'amitié. »
La Grèce n'a pas eu de sage, le paradis n'a point
de saint qui ne rougît d'un pareil éloge.

Qui le croirait cependant ? après s'être imposé
une tâche aussi difficile, l'auteur l'a remplie avec
tant d'adresse, il a employé des raisonnemens si
spécieux, il a si bien excusé les fautes, il a donné
tant d'éclat aux vertus, qu'il a fait naître le doute
chez les incrédules, et qu'il a complètement séduit
ceux qui ne demandent qu'à croire et qu'à admirer. J'ai eu le malheur de résister à tant de charmes,
mais mon obstination ne m'aveugle point sur le
mérite de l'ouvrage ; je le traiterai donc comme un
système auquel je ne crois pas, mais qui est présenté avec beaucoup d'art, défendu avec beaucoup
de talent, et qui, très-vrai dans plusieurs de ses
parties, est encore très-spécieux dans celles mêmes

qui me paraissent fausses. J'avouerai, avec l'auteur, qu'en parcourant l'histoire, je n'y rencontre pas un plus parfait modèle ; mais c'est parce que les personnages historiques ont été peints par des historiens, car ils seraient vraisemblablement tous aussi parfaits que madame de Maintenon, si on leur avait laissé le soin de se peindre eux-mêmes.

J'ai fait un grand nombre de remarques critiques sur ce livre ; ne pouvant les faire entrer ici, je me bornerai à deux points principaux : je veux parler de la conduite de madame de Maintenon à l'égard de madame de Montespan, et de celle qu'elle a tenue dans les affaires publiques. Je déclare d'avance que je n'alléguerai que les faits avoués par l'auteur.

Mademoiselle d'Aubigné, pauvre et sans ressources, est présentée à Scarron ; ce poète burlesque, mais honnête, est enchanté de son esprit, touché de son infortune : Voulez-vous être religieuse? lui dit-il, je paierai votre dot ; voulez-vous vous marier? je ne puis vous offrir que des infirmités et une fortune très-bornée. Madame de Maintenon accepte le dernier parti, et jamais dans sa plus haute prospérité, elle n'a été généreuse avec autant de franchise et de simplicité que Scarron l'avait été pour elle. Devenue veuve, elle se retrouve dans un état voisin de l'indigence, et elle est près de s'expatrier pour suivre une princesse en Portugal, lorsqu'elle est présentée à madame de Montespan. Notez bien qu'elle va librement chez cette maîtresse du roi, à qui dans la suite elle reprochera si aigrement sa conduite, dont elle ne parlera qu'avec mépris : mais à présent elle a besoin d'elle, elle la traite avec plus d'égards. Madame de Montespan est séduite par madame de Maintenon, et s'y attache ; elle sollicite le roi en sa faveur, l'importune même pour cette protégée, et la nomme gouvernante de ses enfans, fonction que la dévote accepte, quoique dans la suite elle doive s'en trouver humiliée. Ce n'est pas tout, madame de Montespan la fixe à la cour, et l'approche de Louis XIV ; enfin, soit par amour-propre, soit par confiance, elle ne néglige rien pour faire paraître avec le plus d'avantages celle qui doit la supplanter. A mesure que le roi prend du goût pour la veuve Scarron, celle-ci devient moins complaisante envers madame de Montespan. La fierté a déjà succédé à la reconnaissance, l'aigreur succède à la fierté. Les querelles surviennent ; la bienfaitrice ose lui dire un jour que ce n'est point à la gouvernante de ses enfans à la contredire, et celle-ci lui répond : *S'il est honteux d'être leur gouvernante, que sera-ce d'être leur mère?* L'auteur admire cette répartie : mais que de choses madame de Montespan n'avait-elle point à répliquer à l'ancienne amie de Ninon! S'il était si honteux d'être la maîtresse du roi, pourquoi votre haute vertu n'a-t-elle pas répugné à accepter une fonction dont elle aurait dû se révolter? Pourquoi........ Si l'on disait tout, cela ne finirait pas. Cependant, madame de Montespan,

que l'on dit si méchante, si vindicative, bien loin
de garder un ressentiment qui serait excusable, se
trouvant en couches, écrit à sa fière protégée :
« J'ai besoin de vous voir ; mais, au nom de Dieu,
ne venez pas jeter vos grands yeux noirs sur moi,
dans l'état où je suis. » Quelque temps après, madame de Maintenon conseille à madame de Montespan d'abandonner le roi et la cour ; n'était-ce
pas dire : ôtez-vous de là que je m'y mette ? Le conseil ne réussit point : aussi celle qui l'avait donné
écrivit-elle : « Je l'ai prise par tous les endroits
imaginables : le fonds n'en vaut rien : elle n'est
bonne que par boutades, et sa vertu même est un
caprice. » Cette phrase n'est pas trop chrétienne ;
et si l'on dit que la vertu ne doit aucun ménagement au vice, pourquoi cette vertu était-elle plus in-
dulgente quand elle sollicitait un bienfait, et quand
elle employait le vice même pour l'obtenir ? Enfin,
un jour que la querelle se renouvela entre les deux
rivales, le roi survint inopinément, et madame de
Maintenon l'ayant prié de passer dans un cabinet,
elle déclama hautement contre sa bienfaitrice, et
le pressa vivement de la quitter. Si c'est là de la
vertu, elle est fort peu attrayante ; et quand on
voit Louis-le-Grand jouer un si petit rôle entre
quatre femmes (la reine, madame de Montespan,
mademoiselle de Fontanges et madame de Maintenon), il faut avouer que la dernière est celle qui
intéresse le moins.

Relativement aux affaires publiques, on se défiera toujours de la sagesse et des bons conseils de la dernière femme de Louis XIV, quand on observera que les malheurs de la France et les fautes du monarque ont commencé avec la faveur de madame de Maintenon, et que les calamités et les fausses mesures n'ont été qu'en empirant jusqu'à la fin de cette liaison. L'auteur répondra que madame de Maintenon n'était point écoutée, ou qu'elle ne se mêlait point des affaires d'État, ou qu'on ne la consultait qu'à condition qu'elle approuverait tout ; et cependant il a dit ailleurs *qu'elle avait le plus grand empire sur l'esprit du roi*; et cependant *c'était dans son appartement que le roi travaillait avec ses ministres*, et cependant le monarque l'interrogeait souvent, en lui disant : *Qu'en pense votre solidité?* Et cependant, elle dit un jour à madame de Glapion : « J'ai plus de liberté avec le roi qu'avec personne : je l'avertis du mal qu'il fait ou qu'il permet, la vérité ne l'offense point, et ma franchise ne lui paraît pas indiscrète. » Et cependant enfin, elle écrivait : « Je suis persuadée qu'il est du bien de l'État de donner une nouvelle face au commandement des armées ; c'est vous dire que si je le puis, etc......... » Tout cela prouve-t-il qu'elle ne se mêlait de rien? Et si elle a eu tant d'empire sur l'esprit du prince, pourquoi tous les vertueux amis de madame de Maintenon sont-ils tombés dans la disgrâce?

Si nous examinons maintenant sa tolérance en matière de religion, nous apprendrons qu'elle fit enlever un enfant à ses parens pour le convertir par force ; et que, par une contradiction bien singulière, elle écrivait à un nouveau catholique : « Vous êtes converti, ne vous mêlez point de convertir les autres. » Ailleurs, en parlant du fils naturel de son frère, elle dit un peu indiscrètement : *Charlot est un original, il ne sait pas croire du tout.* Cette phrase, la seule où elle ne se soit pas observée, est sans doute celle qui lui a valu depuis quelque temps les éloges de tous les journaux philosophiques.

Quant à sa modestie, il faut s'en rapporter à elle-même ; elle convient qu'elle a souvent agi par des vues purement humaines, et qu'elle avait l'orgueil du démon ; ainsi l'on peut dire que toute sa modestie consistait à avouer son orgueil.

L'auteur dissimule très-adroitement sa conduite envers Chamillard, et il raconte d'une manière moins défavorable sa retraite à Saint-Cyr, avant la mort de Louis XIV ; on sait cependant qu'elle quitta le roi à l'agonie ; qu'elle revint, parce que ce prince, qui recouvra la connaissance, se plaignit de sa fuite et la fit redemander, et qu'elle l'abandonna une seconde fois avant qu'il eût rendu le dernier soupir. Cette fidèle épouse avait pourtant formé le vœu de mourir avant le roi, et d'aller au ciel intercéder pour lui.

VOYAGES

EN FRANCE ET AUTRES PAYS;

Par Racine, La Fontaine, Regnard, Chapelle et Bachaumont, Hamilton, Voltaire, Piron, Gresset, etc.

Tout le monde connaît le Voyage de Chapelle et Bachaumont; mais tout le monde ne sait pas que plus de trente littérateurs distingués ont imité plus ou moins heureusement le Voyage en prose et en vers de Bachaumont et Chapelle. On est tout étonné de trouver parmi ces imitateurs, des noms tels que ceux de Racine, La Fontaine, Gresset, Piron, etc... On est bien plus surpris encore de reconnaître que les premiers poètes dont la France s'honore, ont été surpassés, dans ce genre, par deux épicuriens qui ont su se faire une réputation littéraire avec un badinage plein d'esprit et plein de négligences. Racine et La Fontaine, placés en seconde, et même en troisième ligne, ne sont pas une petite singularité; on ne peut cependant leur accorder une place plus brillante, quelque respect que l'on ait pour ces grands noms : cette fois, ils sont vaincus par Lefranc de Pompignan, par le chevalier Bertin, par le jeune Desmahis, et même par un capucin qui a fait aussi un petit Voyage en prose et en vers, où l'on trouve de la galanterie, de l'esprit fin, et quelque petite dose de malice.

Il faut cependant que je m'explique sur cette espèce d'humiliation qu'éprouvent des hommes tels que La Fontaine et Racine : mon embarras, je l'avoue, n'est pas médiocre, et j'hésite entre le désir de dire ce que je pense, et la crainte de choquer les opinions reçues. Si le genre d'esprit qui est à la mode est véritablement de l'esprit, s'il n'y a de bons vers que ceux qui ont du *trait*, et de bonne prose que celle où chaque phrase présente une allusion fine ou une antithèse brillante, certainement Racine et La Fontaine ont manqué d'esprit en écrivant leurs Voyages en Languedoc et en Limousin. Le chevalier de Bertin, au contraire, l'oratorien Bérenger et plusieurs autres, ont eu l'*esprit* par excellence, et ont laissé bien loin derrière eux l'auteur d'*Athalie* et le *fablier* inimitable.

Racine et La Fontaine n'étaient pas *des gens du monde;* ils voyageaient par le coche, ce qui est de très-mauvais ton, et ils causaient familièrement avec les bourgeois que le sort leur donnait pour compagnons de voyage. Le premier veut écrire à son ami, le second à sa femme; l'un ne pense pas que dans une lettre familière il doive faire paraître le génie qui a présidé aux grandes compositions dramatiques; l'autre écrit comme il parle dans la conversation; et s'il lui échappe quelque trait fin

ou malin, il est tellement enveloppé de bonhomie,
qu'un sot le prendrait pour une bêtise.

Nos beaux-esprits auraient honte d'une pareille
simplicité. En voyageant par le coche d'Auxerre,
ils transforment cette baraque flottante en un magnifique navire dont les zéphirs enflent les voiles;
s'ils rencontrent une marchande de pommes ou de
raisin dans une frêle nacelle, c'est la nymphe de la
Seine, qui pérore comme les héroïnes de Scudéry,
ou comme un coryphée de l'Athénée des Dames.
Ils ne parlent que des perdrix *aux brodequins
rouges et gris*, qu'ils ont tuées ou mangées; que du
Champagne qu'ils ont sablé, que des comtes et des
marquis avec lesquels ils voyagent : *l'aurore, la
rose, le zéphir, le clair de la lune, l'azur des cieux*,
leur fournissent encore des madrigaux : ce qui est
bien étonnant après tous ceux qu'on a faits sur de
pareils sujets; *l'âme, le cœur, le sentiment et la
nature* attendrissent leurs hémistiches, et donnent
à leur prose *cette teinte de mélancolie* qui est la
dernière mode du Parnasse.

Oh! combien le style de Racine est plat quand
on le compare à la prose sémillante et aux vers pé-
tillans des modernes voyageurs! S'il rend compte
à La Fontaine des objets qui l'ont frappé dans son
voyage, il ajoute tout bonnement : « Tout cela ne
» m'a point empêché de songer toujours autant à
» vous que je faisais lorsque nous nous voyions
» tous les jours. » S'il veut exprimer l'embarras
qu'il éprouve à se faire entendre dans le Dauphiné,

il nous raconte qu'ayant envoyé acheter des broquettes dont il avait besoin, on lui apporta trois
paquets d'allumettes : certainement aucun auteur
moderne ne dérogera au point de faire entrer les
allumettes et les broquettes dans un Voyage en
prose et en vers.

Le pauvre Jean Racine a bien un autre travers
que personne assurément ne sera tenté d'imiter ;
il s'avise d'être modeste. « Je suis, dit-il, en danger d'oublier *le peu de français que je sais*. J'ai
cru qu'Ovide vous faisait pitié, quand vous son-
giez qu'un si galant homme que lui était obligé à
parler scythe lorsqu'il était relégué parmi ces barbares ; cependant il s'en faut beaucoup qu'il fût si
à plaindre que moi. Ovide possédait si bien toute
l'éloquence romaine, qu'il ne la pouvait jamais
oublier.... ; au lieu que *n'ayant qu'une petite teinture du bon français*, je suis en danger de tout
perdre, et de n'être plus intelligible si je reviens
jamais à Paris. » Si Racine *n'a eu qu'une petite
teinture du bon français*, il faut le plaindre, et
nous féliciter de ce que nous avons maintenant
plus de mille auteurs qui possèdent parfaitement
la langue française, qui ne se trompent jamais, et
qui n'ignorent rien, comme ils nous le prouvent
tous les jours, quand nous avons la méchanceté,
l'injustice de leur reprocher quelque faute légère
qui sans doute n'existe pas.

Les vers de Racine sont simples comme sa prose.
Veut-il peindre la beauté du ciel et la douceur du

climat dont on jouit en Languedoc, il dit sans effort :

> Le soleil est toujours riant
> Depuis qu'il part de l'Orient
> Pour venir éclairer le monde,
> Jusqu'à ce que son char soit descendu dans l'onde. ...
> . . . .
> Les ruisseaux respectent leurs rives,
> Et leurs naïades fugitives,
> Sans sortir de leur lit natal,
> Errent paisiblement, et ne sont point captives
> Sous une prison de cristal. ...
> Enfin, lorsque la nuit a déployé ses voiles,
> La lune, au visage changeant,
> Paraît sur un trône d'argent,
> Et tient cercle avec les étoiles :
> Le ciel est toujours clair tant que dure son cours,
> Et nous avons des nuits plus belles que les jours.

Il n'y a dans ces vers aucune inversion, les rimes n'y sont pas en épithètes, et à l'exception de la lune qui tient cercle avec les étoiles, on n'y trouve pas un trait d'esprit. J'aurai bientôt l'occasion de prouver que les voyageurs modernes ont écrit tout autrement, et qu'ils ont fait des tours de force dont Racine était incapable. Je me contenterai d'abord de donner une idée générale de ce recueil.

Au milieu de la stérile abondance qui règne sur notre Parnasse, parmi les fréquentes et nombreuses entreprises typographiques, il faut avouer que les libraires font de temps à autre de fort heureuses spéculations. On peut regarder comme l'une des plus sûres cette collection de voyages faits et écrits par les hommes les plus célèbres et les plus spirituels des deux derniers siècles. Quoique la plupart de ces voyageurs ne sortent pas de la France, quoique plusieurs passent et repassent sur les mêmes lieux, on n'y trouve aucune monotonie, et à la fin de chaque voyage on regrette que l'auteur soit arrivé si tôt à sa destination. Le talent très-différent de ces divers observateurs, leur teinte d'esprit particulière, la différence des temps où ils ont vécu et des sociétés qu'ils fréquentaient, donnent à toutes ces relations un air d'originalité, et font reconnaître au lecteur que ces prétendues imitations du voyage de Chapelle, ne sont que des imitations de formes, et ont toutes une physionomie distincte et un caractère particulier.

Racine nous offre de la simplicité, de la raison, de la poésie; La Fontaine, cette naïveté piquante qui a fait dire à Boileau : Le bon homme est plus malin que nous; Bérenger, des notices curieuses sur tous les lieux qu'il parcourt, des tableaux agréables, des descriptions pleines de coloris, des réflexions philosophiques, de la prétention, et quelquefois cette fausse gaieté d'un penseur qui s'excite à rire; Lefranc de Pompignan, de l'esprit à foison, des traits plaisans, des tirades agréables, mais des tours de force sans nombre, des rimes redoublées jusqu'à l'affectation, des rimes rares et baroques en *if*, en *ecte*, en *esque*, en *oc* : puérilités très-difficiles sans doute, mais pour me servir d'un mot connu, je voudrais qu'elles fussent impossibles; Desmahis, des vers charmans, une prose agréable; Bertin, de l'esprit, et toujours de l'esprit; Piron, une grosse gaieté, beaucoup de mauvaises plaisanteries, et un ton grivois qui paraîtrait bien ignoble aux beaux esprits de nos salons; Regnard, Fléchier, Gresset, rien qui soit digne d'eux; Voltaire, cet esprit sans effort, cette clarté, cette finesse, ce brillant, ce charme qui caractérisent son style, soit en prose, soit en vers; M. de Parny, de la grâce, de l'élégance; M. de Boufflers, de la finesse, de la gaieté de bon ton, des épigrammes piquantes, quoique sans âcreté; d'autres auteurs moins célèbres contribuent, soit à orner, soit à affaiblir ce recueil; et à la tête de tous, Chapelle et Bachaumont se distinguent par cette franche gaieté, par ces négligences aimables, par cet esprit sans prétention que nos auteurs modernes appellent *du laisser aller*.

Il n'est pas étonnant que dans cette agréable collection, les plus grands auteurs aient quelquefois du désavantage : un ouvrage de ce genre était une bagatelle pour un grand homme, et une composition importante pour un écrivain médiocre; le premier n'y employait que son esprit en repos, le second y met tout son talent, toute sa chaleur, tout son génie. Le petit genre convient peu au grand talent; les mains robustes saisissent mal les objets frêles et délicats :

Tel Hercule filant, brisait tous ses fuseaux.

Je suivrai l'ordre établi par les éditeurs, en me dispensant toutefois de parler du voyage de Chapelle et Bachaumont, qui est trop connu pour qu'on ait besoin d'y rappeler l'attention du lecteur.

Après Chapelle et Bachaumont, on trouve dans ce recueil le *Voyage en Languedoc et en Provence*, de Lefranc de Pompignan. Cette réunion immédiate n'est pas adroite : d'abord, parce que ce sont deux voyages dans les mêmes provinces ; et en second lieu, parce que de tous les poètes voyageurs, Lefranc de Pompignan est celui qui a mis le plus d'affectation à imiter Bachaumont et Chapelle ; mais il s'en faut bien qu'il ait leur facilité, leurs grâces naturelles et leurs négligences pleines d'agrément. On ne trouve dans ce second voyage en Languedoc que des tirades de vers qui paraissent avoir été faites par gageure. Lefranc de Pompignan fait un tel abus de la rime redoublée, qu'il en devient fatigant et pénible. Il paraît même s'être attaché aux rimes bizarres de préférence : cette manière serait aujourd'hui regardée comme une preuve de talent ; mais outre que les bons écrivains ne font pas de ces tours de force, il est presque impossible qu'une pareille affectation ne détruise pas l'élégance, la clarté et le charme de la poésie ; elle détruit aussi la gaieté. Quel plaisir, en effet, le lecteur peut-il trouver à lire des vers tels que ceux-ci ?

> Offrant un culte romanesque
> A ces lieux dérobés aux coups

De la barbarie arabesque ;
Et même échappés au courroux
De ce pourfendeur gigantesque
Qui des Romains fut si jaloux,
Que sa fureur détruisit presque
Ce que le temps laissait pour nous ;
Examinant à deux genoux
Un débris de peinture à fresque,
Et d'un œil anglais ou tudesque
Dévorant jusques aux cailloux.

Presque toutes les stances ont cette âpreté, et
je n'ai cité que la plus courte. C'était bien la peine
de se mettre l'esprit à la torture, pour devenir si
dur et presque inintelligible ! Il y a sans doute
quelques morceaux qui offrent une facilité plus
aimable et de l'esprit sans prétention ; mais ils
sont en petit nombre, et ce sont précisément
ceux où l'auteur n'a pas ambitionné le mérite de
la difficulté vaincue. Tel est celui-ci, où il compare le Comtat d'Avignon au paradis terrestre :

Tel fut sans doute, ou peu s'en faut,
Le lieu que la main du Très-Haut
Orna pour notre premier père :
Jardin où notre chaste mère,
Par le diable prise en défaut,
Trahit son époux débonnaire :
Par quoi ce doyen des maris
Vit ses jours doublement maudits,
Et murmura, dit-on, dans l'âme,
D'être chassé du paradis
Sans y pouvoir laisser sa femme.

26.

Dans le Voyage de Fléchier, il y a peu de vers, et c'est tant mieux, car ils sont au-dessous du médiocre ; on en trouve même quelques-uns tels que celui-ci :

La verdure *émaillée* de fleurs.

La prose est plus agréable ; mais elle n'offre rien de piquant, si ce n'est un tableau que l'auteur voit dans le cloître des Jacobins, à Clermont en Auvergne. Ce tableau représentait un Jacobin tenant une balance où il y avait d'un côté un panier chargé des plus beaux fruits, et de l'autre ces mots : *Dieu vous le rende ;* et ces quatre mots étaient si lourds qu'ils emportaient l'autre bassin de la balance. Cette manière hiéroglyphique d'exciter la charité des fidèles, avait paru un trait de génie aux RR. PP. Jacobins.

Le Voyage d'Éponne, par Desmahis, est l'un des plus agréables du recueil ; les vers surtout y ont une grâce naturelle, et paraissent plutôt avoir été trouvés que travaillés. Je ne puis résister au plaisir d'en transcrire deux morceaux qui feront la critique de tous ceux où la gaieté n'est qu'une grimace, et où l'esprit se montre avec effort. Voici une apostrophe au Silence, écrite dans une forêt qui paraît consacrée à ce dieu :

Silence, frère du repos,
Habitant de la solitude,
Ami des arts et de l'étude,

Qui fuis la pourpre et les faisceaux,
Toi par qui le sage se venge
Des critiques, des cabaleurs,
Des ignorans et des railleurs,
Reçois cet hymne à ta louange,
Et me garantis, en échange,
Du commerce des grands parleurs.
. . . .

Après avoir, par la parole,
Amusé le sot genre humain,
La science toujours frivole,
Et le bel-esprit toujours vain,
Privés du renom qui s'envole,
Vont se reposer dans ton sein.
Tu peins les amoureuses flammes
Mieux que les plus galans propos;
Les plus ingénieux bons mots
Ne valent pas tes épigrammes.
Tu conserves l'honneur des femmes,
Et tu tiens lieu d'esprit aux sots.

Dans le tableau d'une noce champêtre, on trouve cette tirade agréable :

Pour trois jours reine du hameau,
Ayant un bouquet pour parure,
Pour couronne un petit chapeau
Qui se perdait dans sa coiffure,
Pour trône un siége de verdure,
Et pour dais un humble arbrisseau,
La jeune épouse de la veille,
Tout à la fois pâle et vermeille,
Avait encor l'air étonné;
Et tout ensemble heureuse et sage,
Laissait lire sur son visage
Le plaisir qu'elle avait donné.

. . . .
Pour finir ce groupe champêtre,
Quelques vieillards sont à côté,
Qui dans leurs cœurs sentant renaître
Des étincelles de gaieté,
Comme en hiver on voit paraître
Quelques heures d'un jour d'été,
Racontent ce qu'ils ont été,
Oubliant qu'ils vont cesser d'être.

Trois voyages de Bérenger contribuent à jeter
une grande variété dans cette collection. Il ne fait
pas des vers sur toutes les mesures qu'il rencontre,
mais il nous donne en fort bonne prose une description rapide et curieuse de tous les lieux qu'il
parcourt. Le chemin de Paris à Lyon, par le
Bourbonnais et par la Bourgogne; des détails piquans sur Marseille, sur la Fête-Dieu à Aix; la
route de Paris à Bordeaux; des notices historiques; des réflexions justes, sur lesquelles il ne
s'appesantit point, et un tableau charmant d'une
navigation sur la Saône : tels sont les objets qu'il
présente au lecteur, et qu'il sait revêtir de couleurs agréables, quoiqu'il s'éloigne un peu trop de
la simplicité qui caractérise le style des voyageurs
du siècle précédent.

J'ai déjà dit quelques mots des deux morceaux
du chevalier de Bertin : ils pétillent d'esprit. L'auteur a tant de goût pour les métamorphoses, qu'il
transforme quatre chevaux normands, qui tirent
le coche d'Auxerre, en zéphyrs qui enflent les

voiles du navire. Au surplus, on ne peut s'empêcher de convenir qu'il n'y ait aussi un assez grand
nombre de vers bien tournés.

Après lui, vient un capucin nommé le P. Venance. Le sujet de son voyage est exprimé dans ces
quatre vers :

> Chaque individu séraphique,
> Docile au vœu que nous faisons,
> S'en-va, penché sur sa bourrique,
> Quêter du bled et des affronts.

Le P. Venance a beaucoup d'esprit et un fort
bon ton : sa prose vaut mieux que ses vers, où il
oublie quelquefois son habit et sa quête. Le dernier trait de son voyage est plus que bizarre : un
capucin qui veut graver le nom de son *amie* sur
l'écorce d'un myrte, présente une image si grotesque, que Téniers n'aurait osé la placer dans
ses tableaux.

Je ne puis parler des autres voyageurs, qui
sont fort nombreux; mais les noms de la plupart
d'entre eux suffisent pour exciter la curiosité du
lecteur : ce sont Racine, La Fontaine, Regnard,
Voltaire, Piron, Gresset, M. de Boufflers, etc.

HISTOIRE

DE LA VIE ET DES OUVRAGES DE VOLTAIRE,

Suivie des jugemens qu'ont portés de cet homme célèbre divers auteurs
estimés ; par L. PAILLET DE WARCY, capitaine décoré, et membre
de plusieurs sociétés savantes et littéraires.

PASSER le but c'est le manquer : une injustice
évidente diminue les torts réels de l'homme envers
lequel on se la permet. Toute exagération, toute
déclamation qui décèle un parti pris et une intention malveillante, devient une source d'intérêt en
faveur de l'accusé, quelles que soient d'ailleurs les
fautes qu'il ait pu commettre. C'est ce que nous
éprouvons dans les débats des Cours d'assises où
le plus grand criminel devient intéressant quand le
public découvre dans l'accusation ou dans les té-
moignages d'autres motifs que ceux de dire la vérité :
c'est ce qu'on éprouve également à nos représentations dramatiques où une injuste rigueur a suffi
plus d'une fois pour faire obtenir une apparence
de succès à l'auteur qui méritait une chute : c'est
ce qu'on éprouvera sans doute aussi à la lecture
de l'ouvrage que j'annonce, ouvrage plus propre
à faire multiplier les éditions de Voltaire qu'à di-

minuer la réputation de ce grand écrivain. L'auteur de cette Histoire de Voltaire a pris pour épigraphe cette phrase dont la forme est connue : « *J'ai vu le scandale des spéculations de mon temps, et j'ai publié ce livre.* » Je propose cette variante : « J'ai vu les spéculations de mon temps, et j'ai fait une spéculation. » Il m'est, en effet, très-facile de prouver que ce livre, composé de fragmens de cent autres livres, n'est en réalité qu'une spéculation, à moins que l'auteur n'aime mieux avouer qu'il est une réfutation maladroite.

Comme royaliste, comme ami des mœurs et de la religion, M. Paillet de Warcy a voulu prémunir les jeunes gens contre la séduction qu'exercent la grande réputation et les talens de Voltaire ; il a voulu éteindre ou au moins diminuer en eux le désir de connaître les ouvrages de cet homme célèbre, et il a espéré sans doute que les écrits de Voltaire seront bien moins recherchés quand ils auront été condamnés par M. Paillet. J'avoue que l'intention est louable, et je fais tous mes efforts pour la croire sincère. Mais le bon sens me crie que quand on veut faire oublier un homme, on n'écrit pas sa vie en deux gros volumes ; on ne présente pas la nomenclature de ses nombreux ouvrages ; on ne parle pas longuement des relations qu'il a eues avec les personnages les plus illustres, avec des princes et des rois ; on ne donne pas un double *fac simile* de son écriture ; et on ne place pas au frontispice du livre qui le condamne, cinq

portraits, cinq! tracés à différens âges, d'un écrivain qui ne mérite pas d'être lu. Oh! très-certainement si j'avais pu vivre jusqu'aujourd'hui sans
connaître une seule page de Voltaire, le livre de
M. Paillet me forcerait à en acheter une édition
complète.

Dans un opéra de Métastase, on entend Caton
(d'Utique) raconter à sa fille tous les crimes de
César, pour lui inspirer toute la haine que mérite
le destructeur de la liberté romaine ; mais ces crimes sont des exploits, et Caton déclame avec tant
d'exagération, que la pauvre fille devient encore
plus amoureuse de l'homme qu'on veut lui faire
détester. Je crains bien que le livre de M. Paillet
n'ait un succès pareil, s'il en obtient un quelconque.

La partie de cette histoire que l'auteur intitule :
Voltaire devant ses juges, se compose d'un grand
nombre de fragmens, en prose et en vers, extraits
de différens ouvrages dans lesquels Voltaire est
condamné ; et madame la comtesse de Genlis est
président de ce tribunal. M. Paillet, il faut en
convenir, a été très-sobre dans les emprunts qu'il
a faits, car il pouvait grossir vingt volumes de tout
ce qui a été écrit contre Voltaire, et il s'est contenté
de quatre-vingts pages : mais tous ces auxiliaires
appelés par l'anti-voltairien, tous ces fragmens
disparates où l'on réunit les décisions de madame
de Genlis à celles de Palissot, et les jugemens de
la Harpe à ceux de Buonaparte, m'ont fait faire
une observation à laquelle sans doute l'auteur ne

s'attend pas : c'est que les hommes véritablement
pieux n'ont été que justes envers Voltaire, tandis
que les dévots de circonstance n'ont négligé ni le
mensonge ni la perfidie pour grossir leurs déclamations. Oui, quelque étonnant que cela paraisse,
et dussent en murmurer messieurs les libéraux, il
est très-vrai que les abbés, les prêtres et les prélats
ont parlé de Voltaire avec plus de dignité et plus
de justice que ne l'ont fait des écrivains obscurs,
pour qui la religion n'est qu'une mode nouvelle,
et que l'on voit, selon l'expression de Pindare-
Lebrun,

> Burlesquement roidir leurs petits bras,
> Pour étouffer si haute renommée.

Prenons pour exemple M. de Montillet, archevêque d'Auch, et cité par M. Paillet : ce prélat,
qui avait été lui-même en butte aux sarcasmes de
Voltaire, ne confond point le talent de l'écrivain
avec les torts du philosophe, et il lui reproche avec
sévérité l'abus qu'il a fait *des dons de Dieu et de la
nature*. M. l'abbé Gallard avoue que Voltaire s'é-
lève autant au-dessus des autres ennemis de la religion *par l'éminence de ses talens* que par son
zèle pour l'impiété. Un autre écrivain, qui n'est
point ecclésiastique, mais dont la piété n'est pas
douteuse, s'exprime ainsi : « Un homme unique,
Voltaire, puisqu'il faut le nommer, à qui l'enfer
avait remis ses pouvoirs, se présenta dans cette
nouvelle arène, et combla les vœux de l'impiété.

Jamais l'arme de la plaisanterie n'avait été maniée d'une façon aussi redoutable... Jusqu'à lui le blasphème, circonscrit par le dégoût, ne tuait que le blasphémateur; dans la bouche du plus coupable des hommes, il devient contagieux en devenant *charmant*, etc.... » Voilà de la sévérité, mais voilà aussi de la justice; et un homme assez impartial pour trouver du talent jusque dans des ouvrages impies, l'aurait reconnu à plus forte raison dans ceux où le même écrivain a respecté la religion et les mœurs. Les exemples cités par M. Paillet, et qu'il aurait dû imiter, suffisent pour tracer une ligne de démarcation entre les hommes réellement pieux et ceux qui veulent le paraître. Les premiers ne pensent pas que le zèle pour la religion autorise l'injustice; ils n'ont pas cru que les ouvrages d'un auteur dussent être solidaires l'un pour l'autre, et qu'il fallût, par exemple, proscrire les odes et les poésies sacrées de J.-B. Rousseau, parce que ce poète a fait des épigrammes obscènes où il fait figurer des ministres de la religion.

Voyons maintenant comment M. Paillet de Warcy a été juste envers Voltaire. Dans un beau corollaire qui termine le premier volume de cet ouvrage, l'auteur résume ainsi toutes les qualités de son héros : « On doit conclure, dit-il, que Voltaire » fut mauvais fils, mauvais citoyen, ami faux, en- » vieux, flatteur, ingrat, calomniateur des vivans » et des morts, intéressé, intrigant, peu délicat; » vindicatif; ambitieux de places, d'honneurs et de

» dignités; hypocrite, avare, intolérant, méchant,
» inhumain, despote, impie, blasphémateur, sa-
» crilége, menteur, violent....... Ces défauts et ces
» vices, sans compter bon nombre d'autres, nous
» les avons tous *prouvés* dans l'histoire de sa vie. »

Il semblerait que cette kirielle dût suffire pour
fixer l'opinion du lecteur sur le caractère du philosophe de Ferney; mais M. Paillet a voulu rendre
l'homme aussi vil qu'odieux; et d'ailleurs, dans la
longue énumération qui précède, il n'est pas encore question du mérite de l'écrivain; il faut donc
ajouter quelques traits qui compléteront la ressemblance. M. Paillet nous apprend que Voltaire a
été souffletté par un comédien, bâtonné par un
gentilhomme, rebâtonné par un libraire; qu'il a été
chassé de chez son père, chassé de l'étude d'un pro-
cureur et chassé de la Hollande; qu'à l'âge de trente-
quatre ans il fut encore menacé *de la canne*, et qu'il
demanda pardon par un joli quatrain; qu'en revenant de Prusse, voulant changer en argent de
France l'argent d'Allemagne qu'il rapportait, il
essaya de friponner un juif *sur le compte et la qualité des pièces;* que voulant placer une somme en
viager, il feignit d'être dangereusement malade, et
couvrit sa cheminée de drogues et d'ordonnances,
pour tromper un usurier, et en obtenir de meilleures conditions : je m'arrête ici, car je crains de
rendre Voltaire trop séduisant; et je renvoie le lecteur à l'ouvrage même où il trouvera beaucoup
d'autres gentillesses soigneusement recueillies, et

très-sincèrement affirmées par M. Paillet. Je viens
de montrer l'homme tel que l'a fait le biographe;
je vais m'occuper de l'écrivain.

En réunissant les opinions de M. Paillet et celles
d'un grand nombre d'auteurs, mais adoptées par
M. Paillet, on voit d'abord que Voltaire, dont le
bagage littéraire paraît si volumineux, n'a presque
rien tiré de son propre fonds, et que ses meilleurs
ouvrages sont de véritables plagiats. Il a emprunté
sa tragédie de Brutus à mademoiselle Bernard ou
à mademoiselle Barbier, car le biographe nous
laisse le choix; il n'est, selon M. Paillet, que l'*arrangeur* des pièces de Crébillon; l'Orphelin de la
Chine *est une faible réminiscence* d'Athalie, ou
une copie de Polyeucte; tout ce que Voltaire a
écrit contre les livres saints, n'est qu'un recueil
d'objections qu'il a dérobées à dom Calmet; la
Henriade est un tissu de plagiats, Mérope est un
composé de la Mérope de Maffei et de l'Amasis de
la Grange-Chancel; Oreste, Sémiramis et Rome
sauvée sont *pillés* des tragédies de Crébillon; Alzire a été dérobée à M. de Pompignan; Nanine à
Fontenelle; Zaïre est empruntée de Shakespeare;
il serait trop long, disent encore M. Paillet et compagnie, d'énumérer tous les plagiats dont Voltaire
a composé ses pièces fugitives, mais il en doit les
plus jolies idées à Voiture, à Dryden, à madame
de Villedieu et à *Saint-Paul*. Ce corsaire enfin a
pillé les mauvais écrivains comme les bons, depuis
Corneille jusqu'à Duryer.

Après avoir expédié le voleur, voyons quel usage
il a fait de son butin. M. Paillet a la naïveté de nous
apprendre que ce Voltaire, ce mauvais citoyen,
cet ingrat, cet intrigant, ce méchant, cet impie, ce
plagiaire, ce fripon, fut mis à l'âge de dix ans chez
les jésuites, *ces grands soutiens des bonnes études,
et si justement célèbres* PAR LES EXCELLENS SUJETS
QU'ILS ONT FAITS. Il cite M. Legros de Boze, qui
a si bien deviné en prédisant *que Voltaire ne serait jamais un personnage académique :* pauvre
M. Legros, que de gens ignorent que vous avez
été vous-même académicien! M. Paillet rapporte
encore une phrase dans laquelle le bon abbé de
Mably dit, qu'en fait d'histoire, Voltaire *débite
des sottises avec emphase, et qu'il n'y voyait pas
jusqu'au bout de son nez.* Cela prouve, au moins,
que le nez de Voltaire était d'une belle longueur,
et que l'abbé de Mably était un peu camus. Je
vois ensuite que Voltaire a écrit des *inepties* qui
auraient couvert de ridicule tout autre que lui; cette
phrase étonne d'abord, mais on apprend qu'elle
est de madame de Genlis, et on se contente de sourire. M. Paillet enfin exhume Napoléon Buonaparte pour lui faire dire que Voltaire est *plein de
boursoufflure et de clinquant.* Voltaire boursouflé!
c'est sans doute en revenant de Moscou que Buonaparte a dit cela.

Mais, de tous les juges de Voltaire, sans en excepter madame de Genlis, il n'en est pas un qui
puisse être comparé à M. Paillet de Warcy, sous

le rapport de la logique, du goût, de l'érudition, de l'exactitude et de la bonne foi. C'est ce que je vais démontrer par un petit nombre d'observations qui seront plus que suffisantes. J'admets que Voltaire ait voulu tromper un juif sur le compte et sur la qualité des pièces de monnaie dont il voulait faire le change. Cette anecdote est en effet très-vraisemblable; les juifs ne savent pas compter, et ils ne se connaissent point en matières d'or et d'argent : ainsi, le poète, qui avait déjà 60,000 livres de rentes, a dû être tenté de gagner quelques écus sur un brocanteur plein d'ignorance et d'ingénuité. Mais ayant l'intention de voler le juif, Voltaire n'a sûrement pas appelé de témoins à cette belle opération, et vraisemblablement il ne s'est pas vanté d'avoir eu cette tentation. Ce n'est donc que par le juif même que le fait a pu être connu; et c'est ici qu'éclate l'impartialité de M. Paillet, car, en bon chrétien, il s'est cru obligé d'en croire un juif sur sa parole.

Voici un autre point sur lequel il ne me sera pas aussi facile de louer M. Paillet. En parlant de la versatilité de Voltaire, il dit que le poète, après avoir flatté le grand Frédéric, le traita moins bien par la suite, et il ajoute (remarquez bien cette phrase) : « Mais ces reproches généraux et indirects ne sont rien en comparaison de ce qu'il écrivit *quand Frédéric mort ne fut plus à craindre*. » Quoi! M. Paillet a vu des vers de Voltaire écrits après la mort de Frédéric, qui est mort six ans

après Voltaire! Ah! M. Paillet devrait bien nous
les montrer, car ce seraient des vers miraculeux.
Non, il ne les montrera pas; mais quelque écolier
lui apprendra que Voltaire, mort en 1778, n'a
point écrit en 1784. C'est cependant un juge de
Voltaire, c'est son historien qui tombe dans cette
lourde méprise, et qui part de là pour déclamer
contre les erreurs, les anachronismes et les men-
songes de Voltaire.

M. Paillet cite ailleurs le livre des *trois Impos-*
teurs, comme un ouvrage qu'il connaît, puisqu'il
le caractérise *un très - mauvais ouvrage, d'un*
athéisme grossier, sans esprit et sans intérêt. Or,
personne n'a jamais dit avoir vu ce livre, et l'on
pense assez généralement qu'il n'a jamais existé.
Cependant, comme M. Paillet en parle pertinemment, je veux bien croire qu'il l'a lu, comme il a
lu les vers que Voltaire a faits après la mort de
Frédéric.

Le redoutable M. Paillet a cru sans doute que
le *Dictionnaire philosophique,* les *Questions sur*
l'Encyclopédie, la *Pucelle,* et cent brochures anti-
chrétiennes, n'étaient pas des titres suffisans pour
constater l'impiété de Voltaire, et il a cherché ses
preuves dans des écrits que personne n'avait im-
prouvés. Voltaire ayant dit, ce qui est très - vrai,
que nous donnons des noms païens aux jours de
la semaine, M. Paillet prend acte de cet aveu, et
dit, avec la plus aimable ignorance : « Serait-ce par
une inconséquence de ce système que Voltaire écri-

vait *Auguste* et non pas *Août?* Ainsi, Mars et Jupiter, Saturne et Vénus, étaient les saints de son almanach. » Faut-il donc encore envoyer un écolier à M. Paillet, pour qu'il lui apprenne que le mot *août* est le même que le mot *Auguste*, que la cité d'Aost est la cité d'Auguste, que Augsbourg est la contraction d'*Augusti burgum*, et Autun, la contraction d'*Augusto dunum?* De quel étonnement cet érudit, juge de Voltaire, ne sera-t-il pas frappé, quand il apprendra que tous les chrétiens et le pape lui-même, donnent aux jours de la semaine des noms païens, et que mardi, mercredi, jeudi et vendredi, signifient jour de Mars, jour de Mercure, jour de Jupiter et jour de Vénus? Je sens que je fais ici des observations bien misérables; mais ces misères devraient être connues, ce me semble, d'un écrivain qui prétend juger un homme tel que Voltaire.

M. Paillet de Warcy termine sa biographie par cette phrase : « Le lecteur voudra bien nous permettre de porter sur notre ouvrage le jugement que Montaigne portait du sien : *C'est ici un livre de bonne foi.* » Une seule citation prouvera, non pas que M. Paillet ait quelque chose de commun avec Montaigne, mais que son ouvrage est un livre de bonne foi. Fidèle au système de voir de l'impiété dans tout ce qu'a écrit Voltaire, M. Paillet en trouve jusque dans les stances adressées à madame du Deffant. La dernière de ces stances est celle-ci :

Nous naissons, nous vivons, bergère,

Nous mourons sans savoir comment;
Chacun est parti du néant :
Où va-t-il? Dieu le sait, ma chère.

M. Paillet ne cite que les deux derniers vers, qu'il dénonce comme *un trait de matérialisme.* Je vois qu'un troisième écolier doit aller enseigner à ce maître que le mot *néant* ne peut pas indiquer le matérialisme, car les matérialistes n'admettent pas le néant, puisqu'ils soutiennent que la matière est éternelle et infinie. Et quel nouvel étonnement éprouvera M. Paillet, quand il apprendra que ce sont les orthodoxes, les chrétiens, les hommes religieux qui reconnaissent le néant, puisqu'ils croient que Dieu a créé l'univers *en le tirant du néant!* Ainsi, la stance de Voltaire est irréprochable. Mais M. Paillet voulait absolument que cette stance fût impie, et qu'a-t-il fait pour qu'elle le devînt en apparence? Il a subtilement supprimé ces mots : *Dieu le sait,* et il a écrit :

Chacun est parti du néant :
Où va-t-il?....

Cela n'empêche pas sans doute que l'ouvrage de M. Paillet ne soit un livre de bonne foi; mais je déclare que si l'on me donne la liberté d'escamoter deux ou trois mots dans chaque phrase, je m'engage à démontrer qu'il y a mille impiétés dans l'Évangile.

27.

Je n'ai point encore parlé du bon goût de
M. Paillet ; je m'afflige beaucoup de voir que le
défaut d'espace m'empêche d'en citer de nombreux
exemples : au moins j'en offrirai un en affirmant
qu'il y en a beaucoup de la même espèce.

Il est tout naturel que M. Paillet préfère Crébillon à *l'arrangeur* des pièces de Crébillon. Cette
prédilection peut se justifier jusqu'à un certain
point, et les hommes qui n'ont aucun sentiment
de la poésie peuvent mettre Crébillon au-dessus de
Voltaire, comme on a placé Virgile au-dessous de
Lucain ; mais cette préférence, juste ou injuste,
n'autorisait pas M. Paillet à dire que la *Sémiramis*
de Voltaire réussit, *malgré l'horreur du spectacle
qu'elle présente* ; car, en conscience, la coupe
d'Atrée n'est pas plus anacréontique et plus gracieuse que le dénoûment de *Sémiramis*. Il y a
dans le jugement de M. Paillet un excès de bon
goût ou un excès de bonne foi, et il faut, dit un
apôtre : *Sapere ad sobrietatem*.

HISTOIRE

DE LA VIE ET DES OUVRAGES DE J.-J. ROUSSEAU,

Composée de documens authentiques, et dont une partie est restée inconnue jusqu'à ce jour; d'une Biographie de ses contemporains considérés dans leurs rapports avec cet homme célèbre; suivie de Lettres inédites.

———

Il n'y a dans cet ouvrage rien d'aussi remarquable que son existence même. L'intention, les motifs de l'auteur, en composant ce livre, sont exposés dans trois lignes de son Introduction, il dit, en parlant de Rousseau : « Il était intéressant de savoir si sa conduite et son langage, sa morale et ses actions étaient en harmonie, depuis l'époque où il nous avait parlé de nos devoirs, etc...... » Qui le croirait? c'est pour nous donner la solution de ce *si* dubitatif qu'un homme d'esprit, très-instruit et très-patient, a écrit deux volumes de plus de cinq cents pages chacun, en lignes très-serrées, et en caractères dignes d'une édition compacte. Onze cents pages pour nous prouver que Rousseau n'a jamais menti! Et la politesse me force à dire que dans ces onze cents pages il n'y aura pas le plus petit mensonge. Oh! que l'enthousiasme est une belle chose!

Quoique la sincérité, la sagesse, la perfection morale de Rousseau fussent bien démontrées aux yeux de l'auteur, il a cependant senti qu'il serait fort difficile de nous inoculer une parfaite conviction, car il a rassemblé tous les instrumens de la dialectique, de la polémique et de la bibliographie pour conduire à bien cette opération délicate. Il a d'abord commenté les *Confessions* de Jean-Jacques; il en a tiré, non pas une apologie, son héros dédaignerait de descendre jusque-là, mais un véritable panégyrique, et c'est bien ce qu'on peut appeler *ex fumo dare lucem*. Il a ensuite pris la peine d'analyser neuf cent soixante-deux lettres écrites par Jean-Jacques, à quelques hommes connus, et à d'autres personnes uniquement illustrées par la réception d'une ou deux de ces lettres. Ces analyses sont curieuses par leur admirable concision. En voici quelques exemples :

« A SA TANTE. Il la prie de venir au secours d'une demoiselle F..... dont elle est d'ailleurs la belle-mère; regrets sur la mort de l'oncle Bernard. — A M. MICOUD. Il se plaint de son silence et de celui de son ami. — A M. MOULTOU. Il lui propose de faire une édition de ses écrits, et, à son défaut, de s'adresser à M. Roustan. — A M. DE GINGINS. Il le remercie de l'intérêt qu'il lui a témoigné, et des consolations qu'il lui a données. — A M. GUY. Il le prie d'envoyer chez madame La Tour un exemplaire du recueil de ses ouvrages qu'il vient de faire imprimer. — A MADAME DE

Luze. Il ne peut aller la voir qu'au retour du printemps. — A M. Lalliaud. Il lui enverra son profil par la première occasion. — A M. Grandville. Il envoie savoir de ses nouvelles. — Au même. Il lui envoie du gibier. — A Mademoiselle Dewes. Il ira la voir lundi, etc., etc..... »

Il est bien évident, pour moi, que si dans ce livre il eût été question de Voltaire, l'auteur aurait analysé la lettre dans laquelle le patriarche de Ferney dit : « Vous m'achèterez deux almanachs, » et celle où j'ai lu avec le plus vif intérêt : « Vous » donnerez 12 fr. à Baculard. » Un trop grand nombre de ces notices sur la correspondance de Rousseau, sont de cette importance et de cette étendue. Il s'en trouve sans doute de plus intéressantes, et cela n'est pas difficile à croire ; il y en a même de curieuses, et sans cela, moi, qui lis tout jusqu'à Mathieu Laensberg, je serais tombé d'épuisement avant la neuf cent soixante-deuxième analyse ; neuf cent soixante-deux ! Ah ! *qué fa trembla*, dirait un Provençal !

Un peu de patience, je vous prie, je n'ai encore indiqué jusqu'ici que la moindre partie du travail de l'auteur. Après ce bataillon d'analyses, il fait paraître la redoutable phalange de sept cent trente-sept contemporains de Rousseau, et il consacre à chacun d'eux une notice biographique, tantôt de plusieurs pages, tantôt de quelques lignes. Je n'ai pas besoin de citer tous les hommes remarquables du dix-huitième siècle ; ils sont assez connus, et j'avoue

avec un grand plaisir que dans les articles qui les
concernent, j'ai trouvé souvent des jugemens très-
sains, des réflexions justes et piquantes, des aperçus pleins d'esprit et des anecdotes curieuses. Mais
bien souvent aussi, et j'en fais mon acte de contri-
tion, j'ai maudit l'auteur quand je l'ai vu obstiné
à m'apprendre ce qu'avaient été dans ce monde
MM. Ballot, Bergeon, Borlin, Bovier, Cartier,
Chassot, Fagoaga, Follau, Garçon, Gatier, Gustin,
Guyenet, Guyot, Marteau, Masseron, Mathas,
Maty, Micoud, Palu, Parent, Pelico, Perrotet,
Pissot, Réguilat, Reydelet, Rolichon, Vêpres,
Verrat, madame Mazet, mademoiselle Gotton et
mademoiselle Madelon. Grand Dieu! me suis-je
ecrié, si toutes les Gotton, si toutes les Madelon
qui se sont approchées de nos grands hommes
obtiennent les honneurs de la notice, quelle for-
tune pour les faiseurs de biographies!

A cette effrayante biographie succède, non pas
l'analyse de tous les ouvrages de Rousseau, mais
l'historique de tous ces ouvrages qui, grands ou
petits, sont au nombre de quatre-vingt-quatre;
on n'a pas même négligé la tragédie intitulée : *la
Découverte du Nouveau-Monde*, que Rousseau a
jetée au feu. Ainsi, tandis qu'une foule d'écrivains
ont tant de peine à produire un ouvrage qui leur
survive, les auteurs célèbres ne peuvent pas nous
dérober la connaissance de leurs fautes; de cruels
amis, d'indiscrets enthousiastes nous révèlent les
faiblesses des grands hommes; ils notent avec une

déplorable exactitude combien de fois leur héros
a bronché dans la carrière, combien de fois le
génie s'est éteint, combien de fois l'écrivain supérieur est tombé au-dessous du médiocre. Est-ce
par respect pour l'idole, est-ce par un aveugle
enthousiasme, ou plutôt par le désir de faire un
gros livre, que l'on veut éterniser le souvenir des
platitudes comme celui des chefs-d'œuvre?

L'auteur nous a bien dit quelle avait été son intention en écrivant ces deux énormes volumes; il
voulait prouver contre les assertions des ennemis
de Rousseau, que l'auteur d'Émile avait été vraiment philosophe dans sa conduite comme dans
ses écrits, que ses intentions avaient toujours été
droites et pures; qu'en nous apprenant nos devoirs
il ne s'était jamais écarté des siens; qu'en se retirant du monde il voulait sincèrement se dérober
aux inconvéniens de la gloire, et qu'il ne se cachait
pas pour être vu, comme la Galatée de Virgile;
qu'il était exempt de toute espèce de charlatanisme,
et que toute sa vie, enfin, depuis le moment où
il a commencé à écrire, a été employée à justifier
complètement sa fameuse épigraphe : *Vitam impendere vero.* Dieu soit loué! Voilà donc un
homme parfait, un véritable philosophe qui a toujours eu raison, qui n'a pas menti une seule fois
depuis 1734 jusqu'en 1778; et si quelque tartufe
veut faire faire à Jean-Jacques un purgatoire, ne
fût-ce que de huit jours, il faut que ce fanatique soit
damné comme le plus obscurant des calomniateurs.

Mais je me trouve dans un cruel embarras, car je suis très-philosophe aussi; je ne veux affliger les mânes d'aucun de mes confrères, et cependant je vois une troupe de philosophes acharnés sur ce pauvre Jean-Jacques, et le déchirer *unguibus et rostro.* Jean-Jacques est la sagesse, la perfection même, et les philosophes Voltaire, Diderot, Grimm, Hume, Mably, La Harpe, Marmontel, d'Alembert, Galiani, Suard, Horace Walpole, Tronchin, Servan, Palissot, de La Borde, Helvétius et Adanson soutiennent que Jean-Jacques est un imposteur, ou tout au moins un charlatan. L'auteur, dont j'annonce l'ouvrage, a pris un parti courageux, mais bien cruel; au philosophe Jean-Jacques il immole dix-huit philosophes. Je ne suis pas si brave; les révolutions m'ont appris à me ranger du côté du grand nombre. Dix-huit voix contre une seule sont à mes yeux une majorité fort imposante; je ne ferai pas à l'esprit du siècle l'injure de croire qu'il a pu exister dix-huit imposteurs parmi les philosophes du dix-huitième siècle, et si mon auteur me force d'avouer qu'il y a eu du charlatanisme jusque dans la philosophie, j'aime mieux croire au moins qu'il n'y a eu qu'un seul charlatan. La conclusion est dure pour Rousseau, mais elle est fondée sur le calcul des probabilités, et d'autres considérations se joignent à ce calcul numérique. Rousseau n'était pas un malhonnête homme, j'en suis convaincu; pour le venger sur ce point, je me joindrais volontiers à son pané-

gyriste ; et voilà justement ce qui cause ma perplexité, car Marmontel, Suard, Mably, Tronchin,
Servan, et presque tous ceux que j'ai nommés,
étaient de fort honnêtes gens ; Helvétius était la
bienfaisance même ; Voltaire, après avoir médit
de Jean-Jacques, aurait mis sa gloire à lui rendre
service ; je crois que d'Alembert était incapable
d'une noirceur, et l'audacieux Diderot lui-même
avait le cœur généreux ; de mes dix-huit philosophes enfin, je n'abandonne que le baron de
Grimm et l'abbé Galiani, et, puisqu'il faut une
victime, je frappe à regret le Contrat social plutôt
que de brûler une bibliothèque tout entière.

Mais voici bien une autre difficulté : Rousseau
s'est plaint de tout le monde, s'est brouillé avec
tout le monde, et même avec la fameuse Thérèse
qu'il a épousée philosophiquement entre la poire
et le fromage, car un dîné a été la cérémonie,
une table a été l'autel de ce bel hyménée. Rousseau
a occupé plus d'appartemens en différentes villes,
que les *Ciceroni* de Rome ne donnent de maisons
de campagne à l'orateur romain ; que nos savans
n'accordent de salles à manger au fameux Lucullus.
En quittant Genève, notre philosophe demeure
successivement à Bossey, à Annecy, à Turin,
à Lyon, à Lausane, à Neuchâtel, à Paris, rue
des Cordiers près de la Sorbonne, à Chambéry,
aux Charmettes, à Montpellier, à Paris encore,
hôtel Saint-Quentin, à Venise, à Paris, une troisième fois, rue de Grenelle-Saint-Honoré, à

Passy, à l'Hermitage, à Montmorency, à Yverdun, à Motiers-Travers, à l'île de la Motte, à Bienne, à Strasbourg, à Paris encore (au Temple), à Londres, à Chiswick, à Wooton, au château de Trie, à Bourgoin, à Monquin, à Paris une cinquième fois, rue Plâtrière, et à Ermenonville où il est mort quarante-deux jours après s'y être établi. De presque tous ces domiciles chacun devait être sa dernière retraite, et en y entrant il semblait dire : *Sit meæ sedes utinam senectæ;* cependant il a toujours eu des querelles avec les habitans de l'endroit, avec les voisins, et même avec ses bienfaiteurs. S'il a toujours eu raison contre les philosophes, n'a-t-il jamais eu tort envers tant de gens qui n'étaient pas philosophes? Non, je ne veux pas me rendre ennemi de tout le genre humain, pour placer le seul Jean-Jacques au septième ciel; et puisqu'il faut qu'un journaliste décide quelque chose, je réponds aux questions qui me sont adressées : Non, Jean-Jacques n'était pas un méchant homme; il n'était pas un imposteur, comme les philosophes ont voulu le faire croire; il n'était pas un monstre, comme Hume l'a écrit; mais j'ai l'intime conviction qu'il était un peu charlatan, *quod sic probo.*

Son panégyriste affirme que, dans tout ce qu'on a écrit sur Rousseau, *on a manqué de bonne foi, et qu'on a eu l'intention d'en manquer.* Quand on fulmine un pareil arrêt contre tout ce que le dix-huitième siècle a eu de plus remarquable, quand

on accuse d'imposture les plus illustres coryphées
de la philosophie, il faut bien se tenir en garde
soi-même contre l'enthousiasme, toujours un peu
menteur, et se montrer avec cette bonne foi que
l'on refuse à tant d'hommes célèbres. Voyons donc
si l'avocat de Rousseau n'a pas fait, en sens contraire, ce qu'il reproche aux ennemis de Jean-
Jacques. Il réunit dans son gros *factum* des fragmens de tous les éloges qui ont été prodigués au
philosophe de Genève par ses plus ardens admirateurs; l'emploi de ces matériaux est très-légitime,
ce sont les pièces du procès; mais, comme un
avocat n'est pas tenu de rapporter ce qui peut
nuire à *sa partie*, notre anonyme écarte soigneusement des fragmens qu'il emprunte, les aveux qui
ont été arrachés aux adorateurs du grand homme.
Prenons pour exemple M. le comte d'Escherny :
ce n'est pas pour rien que je choisis ce bon gentilhomme suisse, prussien, wirtembergeois et français; son admiration pour Jean-Jacques était un
véritable culte, et tout ce qu'a écrit le comte n'est
en quelque sorte qu'un commentaire, une longue
paraphrase des écrits politiques de Rousseau; il a
été le contemporain, le compagnon de voyage, le
commensal, l'ami, que dis-je? le très-humble
serviteur du philosophe; il a souffert sa mauvaise
humeur, ses dédains, ses brusqueries, ses rebuf-
fades, avec une résignation vraiment édifiante; et,
pour prouver que son adoration n'avait point de
bornes, M. le comte d'Escherny, homme de beau-

coup d'esprit, a bien voulu descendre jusqu'à l'absurdité quand il s'est agi de combattre pour son idole. Rien n'est plaisant comme les argumens par lesquels il repousse les réproches adressés à Rousseau : si vous lui parlez des contradictions du philosophe, il ne les nie pas, mais il soutient que Rousseau devait se contredire, *puisqu'il considé-rait les objets sous plusieurs faces.* Si on lui ob-jecte le petit charlatanisme qui a fait du bruit dans le monde sous le nom de *lapidation,* il ne peut le contester, puisqu'il était témoin du fait, mais il dit que le grand homme voulait sortir de Motiers-Travers comme Mahomet de la Mecque, et faire de cette fuite une nouvelle hégire.

Le comte d'Escherny était un homme bien pré-cieux aux yeux du panégyriste de Rousseau ; aussi, ce dernier n'a-t-il pas manqué d'emprunter vingt belles pages extraites des OEuvres philosohiques du comte. Eh bien ! j'accepte le témoignage de M. d'Escherny. J'ai eu l'honneur de le connaître personnellement ; c'était un fort honnête homme, très-instruit, et très-incapable de mentir, même pour disculper l'objet de son admiration. Je vais donc rétablir ici les vérités que cet ami de Jean-Jacques laisse tomber à regret de sa plume, et que le panégyriste a pris le soin de négliger. Voici ce que raconte M. d'Escherny du séjour qu'il a fait à Motiers-Travers avec Rousseau :

« ..... Ce fut Rousseau et moi qui les premiers atteignîmes le sommet de la montagne (le Chasseron); nos compagnons étaient restés en arrière, et je me souviens toujours que M. du Peyron, qui était excédé et ne pouvait plus se traîner, lorsqu'il nous aperçut sautant et cabriolant, s'étendit à terre... *C'est dans ces temps-là même que Rousseau entretenait l'Europe de ses souffrances et de ses infirmités. Je ne l'ai jamais vu incommodé : ils jouissait de la meilleure santé, il cheminait, gambadait, et mangeait de fort bon appétit.* » Autre anecdote : Après une course dans le canton de Fribourg, nos voyageurs reçoivent l'hospitalité dans un chalet; « le lendemain matin, comme on se demandait, selon l'usage, *avez-vous bien dormi? Pour moi*, dit Rousseau, *je ne dors jamais.* Le colonel de Pury l'arrête, et d'un ton leste et militaire : *Parbleu, monsieur Rousseau, vous m'étonnez! je vous ai entendu ronfler toute la nuit; c'est moi qui n'ai pas fermé l'œil*, etc..... ». A cette apostrophe, le philosophe put dire alors comme on l'a dit depuis, que *le militaire n'est pas civil.* Voilà de bien petites circonstances, répondra le panégyriste; oui, sans doute, mais si elles avaient confirmé le *vitam impendere vero*, je suis bien certain qu'elles auraient été fort importantes.

En voici une beaucoup plus sérieuse. Écoutons encore M. d'Escherny, qui est le moins suspect des admirateurs de Jean-Jacques: « Il y avait long- » temps que Rousseau voulait quitter Motiers.... » Les grands hommes ne font rien comme le com- » mun des mortels. Ils aiment à occuper d'eux le

» public, à exciter sa curiosité, à devenir le sujet
» des conversations..... Il s'agissait donc de faire
» du départ de Rousseau un événement, de lui
» donner l'apparence d'une fuite *pour se soustraire*
» *à la persécution*, fuite qui pût devenir célèbre,
» faire époque, et à laquelle on pût donner un nom,
» comme par exemple *Fuite du philosophe de Mo-*
» *tiers-Travers à l'île de Saint-Pierre*; ce qui rap-
» pellerait *celle du prophète de la Mecque à Mé-*
» *dine.* Comment s'y prendre? Attendrons-nous du
» hasard l'événement, ou l'obligerons-nous d'ar-
» river? Dans l'un ou l'autre cas, cet événement
» s'est réduit à une vitre cassée pendant la nuit.
» Le jour suivant on sonne le tocsin. « On a voulu
» assassiner Jean-Jacques, le lapider; sa chambre
» est remplie de pierres; c'est le ministre fana-
» tique du village qui avait ameuté ses parois-
» siens..... » C'est ainsi, continue M. d'Escherny,
» témoin oculaire, qu'*un petit trou* fait à un car-
» reau de vitre par une pierre lancée à dessein
» ou sans dessein, *est aussitôt converti en véritable*
» *lapidation.* »

L'auteur de la vie de Rousseau connaît très-
bien le passage que je viens de transcrire; pourquoi donc présente-t-il la farce de Motiers-Travers
comme une *véritable lapidation?* Pourquoi persiste-t-il trois fois sur cette anecdote qu'il aurait dû
redouter? pourquoi persiste-t-il à nous montrer
le prêtre et les paroissiens de Motiers comme des
fanatiques et des assassins? J'ai encore un *pourquoi*

à lui demander, et c'est celui qui l'embarrassera davantage : Pourquoi va-t-il citer M. d'Escherny ?

Revenons donc à cette *bonne foi* dont ont manqué tous les adversaires ou ennemis de Rousseau. Était-ce bien pour se dérober aux regards des hommes que le philosophe portait un turban et un habit arménien ? Plaisant moyen, sans doute ! Autant vaudrait s'habiller en polichinelle pour n'être remarqué de personne. Quand Rousseau se plaignait de la foule qui le suivait partout, quand il paraissait furieux d'être l'objet de tous les regards, était-il bien sincère ? Dans ce cas, son panégyriste lui aurait joué un fort mauvais tour, car il nous apprend que le philosophe alla souvent dans un café, fort éloigné de sa demeure, pour procurer des chalands à la limonadière à qui il voulait du bien. Je ne vois là qu'un acte de bienveillance ; mais je n'y vois pas le désir de se cacher.

J'aurais pu, sans doute, multiplier les anecdotes désobligeantes et les argumens défavorables, mais je me suis imposé la loi de combattre avec les armes mêmes employées par l'auteur ; je n'ai allégué que les faits rapportés par lui, et j'ai accepté le témoin très-irréprochable qu'il a lui-même appelé au tribunal. Je terminerai par une réflexion bien simple : Tout ce qu'on dira pour et contre la personne de Rousseau ne pourra jamais influer sur sa réputation littéraire. Rousseau sera lu tant que la langue française subsistera. Ses détracteurs mêmes admirent son génie, sa prose brûlante, son adroite dialectique, et son coloris plein de charmes. Ses paradoxes sont loin de pouvoir être tous convertis en vérités, mais ils sont présentés avec un rare talent et un prodigieux artifice ; on peut le réfuter, mais il est difficile de le quitter quand on a commencé à le lire. Tenons-nous-en là ; et, en voulant déifier ce grand écrivain, ne donnons pas aux incrédules le droit de fouiller dans les faiblesses humaines dont Rousseau, comme tant d'autres, a eu sa bonne part. On admire Bacon, et l'on ne cherche point à en faire un Socrate ; on lit Salluste avec délices, et l'on ne vante pas son gouvernement de Numidie. L'auteur, qui a voulu nous faire admirer la personne de Rousseau, me paraît très-capable de bien apprécier son talent ; qu'il entreprenne cette tâche, et alors je ne lui reprocherai plus la grosseur de ses volumes.

ŒUVRES COMPLÈTES

DE L'ABBÉ ARNAUD,

Membre de l'Académie française et de celle des Inscriptions et Belles-Lettres.

QUAND on nous a donné les *Œuvres complètes* de tant d'écrivains, il serait bien étonnant que l'on eût négligé celles de l'abbé Arnaud : quoiqu'elles se composent d'ouvrages très-courts, elles méritent d'être non-seulement distinguées de la foule des œuvres qu'on réimprime, mais d'être remarquées parmi celles des auteurs les plus accrédités. Ceux qui n'estiment les écrits que par leur étendue, et d'après leur importance apparente, ne jugeront pas comme moi de ceux de l'abbé Arnaud. En effet, il ne nous a presque rien laissé de complet, et l'on peut considérer la plupart des pièces qui composent ce recueil, comme des fragmens précieux, des matériaux excellens que l'auteur destinait sans doute à former quelque grand ouvrage qu'il projetait sans cesse, et qu'il n'avait jamais le courage d'achever.

L'abbé Arnaud, avec une imagination extrêmement vive et un caractère facilement irascible, n'a jamais eu assez de constance pour terminer ce qu'il entreprenait. Il semble n'avoir jamais écrit que par élan, par inspiration soudaine; ardent à concevoir, il s'effrayait bientôt de la tâche qu'il s'était imposée. Autant que j'en puis juger par ses écrits, son horreur pour le travail égalait l'activité de sa pensée et la chaleur de son imagination; ainsi, sans vouloir faire une antithèse forcée, on peut dire qu'il était un paresseux très-actif, et lui appliquer cette exclamation du poète anglais Cooper : Que d'occupations variées remplissent la vie de celui que le vulgaire appelle oisif! Tous les opuscules de l'abbé Arnaud commencent de manière à vous faire croire qu'il va entrer dans les plus grands détails, et pré-

senter les plus amples développemens ; mais bientôt vous sentez que sa plume se fatigue , quoique
sa pensée conserve toute sa vigueur : ne voulant
pas renoncer à ce qu'il a commencé , et ne pouvant
se résoudre à travailler ce qu'il a conçu, il accu-
mule les idées, il économise les phrases, il presse
les conséquences des principes qu'il a établis , et se
contentant de se faire deviner, il termine en quelques pages le volume imaginaire qu'il avait osé
projeter.

Il faut avouer cependant que sa paresse n'allait
pas jusqu'à laisser informes les fragmens qu'il se
décidait à publier. Son style, d'une correction sévère et d'une rare pureté, prouve qu'il attachait
une grande importance à cette partie de la littérature ; et je fais cette remarque, parce que l'abbé
Arnaud vivait à une époque où l'on commençait à
déprécier le style, et où de graves penseurs avaient
établi ce principe , qu'*il faut s'occuper des choses,
et non des mots,* croyant ou feignant de croire que
le style ne consiste que dans les subtilités de la
grammaire, et comme si l'arrangement des *mots*
n'était pas nécessaire pour nous faire entendre les
choses, et leur donner du prix.

Ce n'est pas seulement sur le style que l'abbé
Arnaud a résisté à la séduction de l'exemple : malgré la fougue de son imagination et l'énergie de
son caractère, il est resté sage et véritablement
philosophe dans un temps où les beaux-esprits
professaient hautement une philosophie destruc-

tive de tout gouvernement et de toute société. Il
écrivait dès l'année 1759 : « Il est singúlier que ce
» soit du sein de la république des lettres que par-
» tent aujourd'hui les traits les plus funestes à la
» tranquillité de l'État. Depuis qu'un homme s'est
» fait une réputation immortelle pour avoir re-
» monté jusqu'aux sources des lois, pour en avoir
» démêlé les rapports et développé l'esprit, pres-
» que tous nos écrivains s'érigent en législateurs ;
» et détournent effrontément le respect qui est dû
» à la sainteté des lois, pour en revêtir leurs dé-
» lires et leurs extravagances ; et ces hommes se
» disent conduits par l'amour de la vérité! Philo-
» sophes petits et superbes, qu'a-t-on à faire de
» vos recherches et de vos observations? La société
» vit de vertus, et non de vérités. » Ce dernier
trait prouve que l'abbé Arnaud n'était ni cagot, ni
crédule ; ainsi ce n'était que par raison et par une
véritable philosophie qu'il condamnait les principes des sophistes dangereux, et la prétendue raison du philosophisme.

L'abbé Arnaud aurait pu prendre pour épigraphe
ce vers de La Fontaine :

Les longs ouvrages me font peur.

Les trois volumes que j'annonce sont composés
de quatre-vingt-dix morceaux différens, sans y
comprendre un discours préliminaire de M. Bou-
dou, un éloge historique de l'abbé Arnaud, par
M. Dacier, et une longue lettre où M. Suard fait

parfaitement connaître l'auteur et le caractère de son talent. On sent bien que je ne puis rendre compte d'ouvrages si multipliés sur tant de sujets divers ; je me bornerai donc à recueillir quelques-uns des traits qui m'ont paru le plus dignes de l'attention des lecteurs.

Quoique les diverses réflexions de l'abbé Arnaud sur la musique soient éparses dans ces trois volumes, et se présentent sous des titres différens, je vais en extraire quelques passages, en les réunissant sous un même point de vue. Cela est d'autant plus facile, que cet auteur n'a jamais varié dans ses opinions sur ce bel art. On parle généralement de lui comme d'un glukiste enthousiaste, mais tout le monde ne sait pas que l'abbé Arnaud connaissait parfaitement la musique, qu'il en avait fait une longue et profonde étude ; qu'il était plus que personne sensible à ses charmes, et capable d'en apprécier les beautés : on ignore sur-tout qu'il aimait avec passion la bonne musique italienne, et que s'il a paru se déclarer contre elle dans une dispute trop fameuse, c'est qu'il savait distinguer la musique dramatique de la musique de pur agrément, et le bel art d'exprimer les passions, de l'art superficiel dont tout l'effet se borne à flatter l'oreille sans rien dire au cœur ni à l'esprit.

J'invite tous les musiciens à lire et à méditer la lettre de l'abbé Arnaud au comte de Caylus, son discours sur les langues, une autre lettre sur un ouvrages italien intitulé : *Il Teatro alla moda;* une

dissertation courte sur l'imitation dramatique, un
essai sur le drame lyrique, des réflexions sur la
tragédie grecque, et toutes les lettres qui terminent
le second volume. Ces petits ouvrages sont remplis de vérités utiles et incontestables; on y trouve
les seuls principes de la musique dramatique : ces
préceptes, présentés avec clarté, fondés sur une
saine logique, et revêtus des charmes du style,
prouvent que l'auteur n'a pas voulu faire l'apologie de son goût particulier, mais qu'il a écrit d'a-
près une conviction intime et une profonde connaissance de la matière qu'il a traitée.

Les amateurs exclusifs de la musique italienne,
ceux qui se vantent de l'aimer avec passion (car il
y a souvent de la jactance dans le goût que l'on
affiche); ceux enfin qui proclament son excellence,
sans examiner si la musique italienne d'aujour-
d'hui ressemble à celle d'autrefois, ne manqueront
pas de m'objecter que l'abbé Arnaud était Français, qu'il avait une oreille française, et qu'il faudrait entendre ce que lui répondraient les maîtres
de l'Italie, s'ils entraient en discussion sur la prée-
minence de leur musique. Quel sera l'étonnement
de ces amateurs, quand ils apprendront que les
principes de l'abbé Arnaud sont ceux des Italiens
les plus estimés par leur goût et par leur savoir,
et qu'ils ont consigné ces principes dans des écrits
célèbres en Italie même ! Ce n'est donc point le
goût d'un amateur français qu'on oppose à celui
d'un Italien habile : mais ce sont des Italiens ins-

truits qui condamnent les ignorans amateurs du mauvais goût italien.

Métastase écrivait à M. Mattei : « Nos musiciens, » contens d'avoir, dans leurs airs, chatouillé les » oreilles avec une *sonatina di gula*, ont fait de » notre théâtre un amas d'invraisemblances hon- » teux et intolérable. » Le célèbre Beccaria dit dans une dissertation : « Oh! combien de fois devrions- » nous adresser à nos airs le mot de Fontenelle : » *Musique, que me veux-tu?....* On paie les dan- » seurs de corde pour étonner; on paie les musi- » ciens pour émouvoir, et nos musiciens veulent » faire les danseurs de corde. » Mais, dira-t-on, je cite là deux hommes de lettres, et ils ne sont pas juges compétens en musique : soit; citons donc des hommes qui connaissaient parfaitement cet art, et qui ont prouvé leur savoir dans des écrits estimés par les Italiens. Le père Martini dit dans son His- toire de la musique : « Nos airs consistent dans un » assemblage hétérogène d'idées qui n'excitent, » dans l'âme des auditeurs, qu'un mélange de sen- » timens opposés, dont on ne peut attendre ni » plaisir raisonnable, ni émotion. Il est à désirer » qu'il se présente quelque professeur doué d'un » rare talent, lequel, sans se mettre en peine des » propos impertinens de tous ses rivaux, fasse re- » naître, à l'imitation des Grecs, l'art d'émouvoir » les passions, et délivre enfin les auditeurs de l'en- » nui que leur fait éprouver la musique de nos » jours. » Notez que le père Martini écrivait ces lignes lorsque les théâtres de l'Italie avaient déjà retenti des productions des Jomelli, des Traetta, des Piccini, etc...... Maintenant, je le demande, que dirait-on d'un Français qui parlerait avec cette irrévérence des *sonatine di gula* de nos beaux chanteurs, ou des admirables pasticci de l'opéra buffa ? Poursuivons nos citations. L'abbé Conti, dans une dissertation sur la musique italienne, s'exprime ainsi : « Quel nom donner à une musique où le » chanteur et le compositeur disputent à qui confondra le sens des paroles ? Quand je vais à l'église ou à l'Opéra, ce n'est point le chant des » oiseaux que je veux entendre, mais la voix d'un » homme qui parle à mon esprit, à mon imagination, à mon cœur. » Enfin, D. Eximeno, dans son Traité *dell' Origine e delle Regole della Musica*, déplore la barbarie et le mauvais goût de la musique dramatique en Italie, et il s'écrie : « Quel » plaisir peut-on avoir à ces sortes de spectacles ? » La preuve la plus certaine de l'ennui qu'on y » éprouve, c'est le bruit qu'on ne cesse d'y faire. » Il est vrai qu'à la fin de l'air, lorsque la cadence » arrive, il règne un profond silence, et qu'après » que le chanteur a parcouru d'une haleine une » longue suite de sons qui ne signifient rien, le » théâtre retentit de cris et de battemens de mains : » les musiciens ne pourraient-ils pas s'excuser en » alléguant ces deux vers : »

E poichè paga il volgo sciocco, è giusto
Scioccamente cantar per dargli gusto?

Ces deux vers signifient : Puisque le sot public paie, il faut bien chanter sottement pour l'amuser. Telle était l'opinion de trois Italiens qui ont écrit sur la musique italienne ; ainsi, il était bien permis à l'abbé Arnaud, tout Français qu'il était, de préférer la musique vraiment dramatique, qui ajoute à l'expression des paroles, qui déclame avec justesse, et qui prosodie avec exactitude, à celle qui ne fait que chatouiller l'oreille, qui ne dit rien au cœur, et qui révolte l'esprit.

L'abbé Arnaud, qui sentait très-vivement et s'exprimait de même, voyait avec un dépit mêlé de chagrin que l'art le plus séduisant et le plus universellement goûté, se réduisît à ne procurer que des sensations fugitives, et négligeât ses plus grands, ses plus nobles avantages. Il ne pouvait concevoir qu'un peuple éclairé se passionnât pour des amusemens frivoles et puérils, et qu'il s'obstinât à ne vouloir mettre ni raison ni esprit dans ses plaisirs. Il voulait bien que la musique étalât toutes ses fausses richesses, ses pompons, ses colifichets, lorsqu'elle n'était pas associée à la poésie, et lorsqu'elle n'ambitionnait que la gloire de chatouiller l'oreille par des sons inarticulés et insignifians ; mais il ne lui permettait plus son luxe ridicule et ses agrémens sans esprit, lorsqu'elle s'unissait à la poésie, et lorsque, devenant une langue, dans le poëme dramatique, elle se chargeait d'exprimer la pensée et d'embellir l'esprit même et le sentiment. Pour satisfaire l'abbé Arnaud, il aurait fallu que le musicien fût homme de lettres, ou du moins qu'il possédât parfaitement sa langue ; qu'il connût la déclamation et la prosodie qui en est une partie nécessaire, et qu'il sentît bien qu'Achille, sur le théâtre, ne doit pas s'exprimer comme Céladon. Malheureusement les jeunes gens d'alors, comme ceux d'aujourd'hui, se croyaient musiciens dramatiques dès qu'ils étaient musiciens : celui qui avait fait une romance ou un rondeau, se disait compositeur, demandait un poëme, et aurait indifféremment accepté *les Chasseurs et la Laitière*, ou *Iphigénie en Tauride*, parce que, dans son opinion, un poëme est un poëme, comme la musique est de la musique, et parce que le jeune artiste qui sait jouer du piano, et qui a composé seize mesures sans faute, ne peut plus rien ignorer ; dès ce moment il connaît à fond la langue, la poésie, la déclamation et l'art dramatique.

L'abbé Arnaud s'éleva avec force, et même avec humeur, contre les abus qui tendaient à avilir cet art, dont les véritables charmes et la puissance sont encore méconnus. Il déclama sur-tout contre les grands musiciens qui cherchaient des triomphes faciles, et contre les gens de lettres assez maladroits pour défendre le mauvais goût, et pour laisser mutiler la poésie par la musique ignorante. Il se déclara le partisan de Gluck, parce que Gluck était alors le seul musicien tragique qui soumît la musique aux règles sévères de la déclamation et du drame, et le seul qui sût parler français en

musique ; quoi qu'il fût Allemand. Il attaqua vivement la musique italienne , parce qu'alors elle
n'était déjà plus ce qu'elle avait été , et qu'elle avait
perdu tout sentiment des convenances , de la poésie , de la déclamation. Il faut se rappeler ici ce que
j'ai déjà dit, c'est-à-dire, que les Italiens les plus
estimés pour leur goût et leurs connaissances , tels
que les Métastase , les Beccaria , l'abbé Conti ,
D. Eximeno et le P. Martini, pensaient sur la musique italienne comme l'abbé Arnaud , et comme
tous les amateurs de la musique de Gluck. Les
Allemands les plus instruits ont manifesté la même
opinion ; et M. Wieland a fait de Gluck un éloge
plein d'esprit et de sens, lorsqu'il a dit que ce
compositeur A PRÉFÉRÉ LES MUSES AUX SYRÈNES.

J'ignore encore ce que l'entêtement du mauvais
goût a pu faire répondre à un amateur de *sonatines*,
lorsque l'abbé Arnaud lui dit : « Ah ! monsieur,
» au nom d'Apollon et de toutes les Muses, laissez
» à la musique ultramontaine les colifichets et les
» extravagances qui la déshonorent. Gardez-vous
» de porter envie à ces misérables richesses , et
» n'invoquez pas une manière proscrite par tout
» ce qu'il y a de gens d'esprit et d'amateurs éclairés
» en Italie. Quoi ! vous trouverez bon qu'au mo-
» ment même où l'on devrait porter au plus haut
» degré l'émotion à laquelle on avait préparé votre
» âme, l'acteur *s'amuse à broder des voyelles, et*
» *reste, comme par enchantement, la bouche*
» *ouverte au milieu d'un mot, pour donner pas-*

» *sage à une foule de sons inarticulés!* Que diriez-
» vous d'un acteur qui, déclamant une scène tra-
» gique, entremêlerait ses gestes des *lazzi* d'Arle-
» quin, ou d'un orateur qui, ayant à tonner, à
» foudroyer, à bouleverser son auditoire, enfilerait
» bout-à-bout toutes les figures badines de la
» rhétorique? »

L'abbé Arnaud attaque ailleurs les musiciens
qui, avec un véritable talent, veulent faire entrer
dans la pratique toute l'étendue des connaissances
qu'ils ont dans la théorie. Il compte Rameau au
nombre des compositeurs qui font abus de la science,
comme les Italiens abusent des ornemens frivoles;
et il dit de lui qu'il a trop souvent *substitué la
science à l'art, et l'art au génie;* phrase très-
laconique, mais dont le sens est très-étendu.

Je vais transcrire un autre passage qui peut servir de leçon, non-seulement à nos amateurs, mais
même à nos auteurs de musique, et surtout à nos
chanteurs. Ce passage me paraît d'autant plus important, qu'il combat une erreur fort accréditée
aujourd'hui : « Je sais, dit l'abbé Arnaud, que
» des personnes de beaucoup d'esprit prétendent
» qu'il n'y a point de *chant* dans un opéra quand
» on n'y trouve pas de *cantabile*. Venons au se-
» cours des faibles. Il faut distinguer dans tout air
» de musique les notes essentielles et constitutives
» du chant d'avec les notes d'ornement et de pas-
» sage; dans les *cantabile*, le compositeur, pour
» laisser au chanteur la liberté de faire briller son

» organe et son habileté, ne place les premières
» qu'à des distances très-considérables les unes des
» autres, en sorte qu'à proprement parler, le *can-*
» *tabile* n'est autre chose qu'une mélodie étendue
» et délayée. Pour s'en convaincre, il suffit de jeter
» les yeux sur une partition; partout où les notes
» constitutives de la mélodie se trouvent plus rap-
» prochées, et rendent le chant plus substantiel et
» plus plein, vous verrez les basses changer à
» chaque instant de situation, au lieu que dans les
» *cantabile* elles demeurent sur la même note
» l'espace de trois ou quatre mesures. Les mor-
« ceaux de ce dernier genre peuvent convenir à
» l'Italie, où l'on n'assiste jamais à une action théâ-
» trale, où l'on va à l'Opéra comme à un concert,
» c'est-à-dire pour entendre deux ou trois airs,
» sans jamais s'occuper ni de ce qui suit, ni de ce
» qui précède; mais en France, où le spectateur
» demande un intérêt continu, il faut attacher et
» intéresser continuellement le spectateur; et vous
» sentez à quel point ces ornemens excessifs et re-
» cherchés contrarieraient et refroidiraient l'ac-
» tion. »

Ce paragraphe, plein de raison et de vérité, est
sans doute oublié ou méconnu; car nos amateurs
sont toujours ou se disent grands partisans du *can-*
tabile. Les chanteurs font ce qu'ils peuvent pour
le soutenir; il en est plus d'un qui, sous l'habit
d'un valet ou d'un paysan, nous déroulent bien
lentement un *cantabile* bien noble, et qui trou-

vent très-raisonnable de donner au plus bas bouffon le doucereux *andante*, ou l'éternel *adagio*.

La logique et la raison n'ont pas été les seules
armes de l'abbé Arnaud, dans sa lutte contre le
mauvais goût; l'ironie, le sarcasme et l'épigramme
l'ont fait souvent triompher des enthousiastes qui
avaient résisté aux attaques régulières du savoir et
du raisonnement. Pour porter le dernier coup à
ses adversaires, il traduisit et commenta un petit
ouvrage italien, intitulé : *Il Teatro alla moda*,
dont l'auteur est Benedetto Marcello, noble vénitien, qui, de l'aveu des plus savans musiciens de
l'Italie, possédait, dans un degré supérieur, toutes
les parties de la science et de l'art de la musique.
Ainsi, les autorités citées par l'abbé Arnaud sont
toutes italiennes : ce qui ôte à ses adversaires le
droit de lui supposer le goût français, ou plutôt
ce qui prouve que le prétendu mauvais goût français est celui de tous les Italiens qui ont eu de
l'instruction, de l'esprit et du bon sens. Mes lecteurs s'apercevront bientôt de la ressemblance qui
existe entre les amateurs de ce temps et ceux d'aujourd'hui : et *il Teatro alla moda* de Benedetto
Marcello, serait plus que jamais le théâtre à la mode.

Le noble vénitien commence par donner des
préceptes au poète : l'auteur d'opéra se gardera
bien d'étudier les anciens auteurs, mais il lira les
modernes avec la plus grande attention : il lui sera
permis de citer dans sa préface Sophocle, Euripide, Aristote et Horace; mais il affirmera qu'il

faut abandonner toute règle pour se conformer
au génie de son siècle et aux caprices du musicien.
Avant de se mettre à l'ouvrage, il aura soin de
s'informer près des comédiens quel est le genre
qu'ils aiment, quels sont le nombre et la qualité
des scènes qu'ils voudront bien agréer. Il ne demandera pas si les acteurs sont intelligens, habiles,
mais si le directeur est pourvu d'un bon ours,
d'un bon lion, de bons éclairs, d'un bon tonnerre.

Il tâchera de dédier son poëme à quelque grand
seigneur bien riche et bien ignorant; il s'adressera
pour cet effet au cuisinier ou à l'intendant de la
maison; il aura soin de prodiguer, dans l'épître
dédicatoire, les termes de générosité, de libéralité,
de bienfaisance, et finira par baiser très-respec-
tueusement *les sauts des puces des pieds des chiens
de son excellence.* La première partie de ce paragraphe peut être vraie partout; mais la fin ne s'applique pas à la France.

L'auteur d'opéra emploiera le plus souvent possible les *emprisonnemens*, le *poignard*, le *poison*,
les *lettres*, la *chasse aux ours*, les *tremblemens
de terre*, les *apparitions.* Benedetto Marcello est
sans doute venu à Paris, et il avait un esprit pro-
phétique.

Si deux époux se trouvent en prison, et que
l'un en sorte pour aller à la mort, l'autre doit in-
dispensablement rester pour chanter son ariette,
dont la musique peut être gaie ou triste au gré du
compositeur. Si un virtuose prononce mal, il se

gardera bien de le corriger; car si la prononcia-
tion était exacte, la pièce imprimée ne se vendrait
pas; enfin, il expliquera ainsi les trois unités : *tel
théâtre*, voilà *le lieu; depuis huit heures jusqu'à
minuit*, voilà *le temps; la ruine de l'entrepreneur*,
voilà *l'action*.

Voici maintenant une partie des conseils qu'il
donne au compositeur : l'auteur de musique ne
connaîtra ni la quantité, ni la qualité, ni la propriété des modes ou des tons; il confondra tous
les genres; il ignorera que le chromatique ne di-
vise que les tons, et que la propriété de l'enhar-
monique est de diviser seulement les semi-tons
majeurs.

Il n'aura aucune teinture de poésie; il ne sentira ni la force des scènes, ni l'esprit de la pièce.
S'il sait toucher du clavecin, il ne cherchera pas à
connaître l'énergie et la propriété des instrumens
à archet ou à vent.

Il recommandera au poète de lui faire copier la
pièce en caractères bien lisibles; surtout de bien
marquer les points et les virgules, à quoi cependant il ne fera aucune attention quand il mettra
les paroles en musique. Si le mètre et la quantité
des vers résistent à ses idées, il tourmentera le
poète jusqu'à ce que celui-ci ait gâté ses paroles.

Il ne fera point d'ariettes qui ne soient accompagnées de tout l'orchestre..... Oh! pour cette fois,
Benedetto Marcello est venu à Paris, car nos or-
chestres ont toujours été très-pleins, soit pour

accompagner un chœur de guerriers, soit pour accompagner une *ingénuité* ou une soubrette. Suivons : Lorsque le chanteur arrivera à la cadence, le compositeur fera taire tous les instrumens pour laisser au virtuose la liberté de gazouiller tant qu'il voudra. Le musicien détruira, tant qu'il pourra, le sens des paroles, et il placera les notes les plus expressives sous les pronoms, les adverbes, les particules, et sous les mots qui ne signifient rien; enfin, il retardera ou précipitera le mouvement de ses airs, selon le bon plaisir des chanteurs, parce que sa réputation et sa fortune sont entre leurs mains.

N'avais-je pas raison de dire que le théâtre de Benedetto Marcello est encore le théâtre à la mode?

Si l'abbé Arnaud était paresseux à produire, il avait un grand amour pour l'étude; car son érudition était très-vaste et très-variée : il possédait parfaitement les langue grecque, latine, italienne et allemande; et ces divers idiomes n'ont pas empêché qu'il n'écrivît le français avec une grande pureté et une rare élégance. Cette observation paraîtra singulière, parce qu'il est reconnu que les meilleurs écrivains français sont aussi ceux qui ont le mieux connu les langues anciennes. Je le sais; mais on remarque aussi que les hommes profondément versés dans les langues savantes ou étrangères, ont ordinairement la prétention de faire passer dans la langue française les tournures et les expressions de celles qu'ils ont étudiées, soit pour faire briller leur érudition, soit dans l'intention de nous rendre propres toutes ces richesses qui souvent nous appauvrissent. Il est très-rare en effet qu'un helléniste profond, un latiniste renforcé, ne laissent pas apercevoir quelque prétention à la science, et une certaine roideur pédantesque, lorsqu'ils écrivent en français. L'abbé Arnaud a su se préserver de cette ambition si commune aujourd'hui, de montrer tout ce qu'on sait dans chaque ouvrage que l'on compose. Son style toujours naturel, et souvent énergique, s'écarte rarement de cette belle simplicité dont les anciens lui ont fourni le modèle.

Il n'a cependant pas entièrement échappé au danger de l'érudition : son enthousiasme pour les beautés de la langue grecque, l'a peut-être rendu injuste envers la nôtre. Le parallèle qu'il en fait serait capable d'effrayer quiconque entreprend d'écrire en français, si les excellens ouvrages que nous possédons ne nous rassuraient assez sur la prétendue pauvreté de notre langue. L'*Année Littéraire* s'éleva fortement contre le discours qui servait de *prospectus* au Journal étranger (1), et dit avec beaucoup de raison que quand on a lu Bossuet et Corneille, on n'a pas le droit d'accuser notre langue de faiblesse. Je vais transcrire ce que l'abbé Arnaud répondit à cette critique ; ce paragraphe est curieux ; et sans adopter aveuglément

(1) Ce Journal était rédigé par l'abbé Arnaud.

toutes les idées de l'auteur, on ne peut s'empêcher
de reconnaître qu'il l'emporte sur ses adversaires
par la force de sa logique et le poids de ses raisonnemens : « Il ne s'agit pas, dit-il, de savoir si
» Bossuet était éloquent, si Rousseau était har-
» monieux, si Crébillon a peint avec force les
» sanglans effets de la vengeance ; je demande
» seulement si une langue sourde, pleine d'amphi-
» bologies et d'entraves, qui ne peut se passer ni
» de pronoms ni d'articles, à laquelle manquent
» les particules, qui sont au discours, comme je
» l'ai dit autrefois, ce que les fibres sont au corps,
» qui n'a, pour ainsi dire, qu'une seule manière
» de procéder ; je demande si une telle langue
» peut jamais être aussi rapide, aussi souple, aussi
» harmonieuse, aussi pittoresque que des langues
» dont les terminaisons désignent et distinguent
» les affections essentielles et particulières de chaque
» mot, dont les syllabes ont une mesure connue
» et certaine, dont tous les mots sont nombreux
» et sonores, et dont enfin les procédés et les
» formes peuvent se varier à l'infini. » Il n'y a pas
de doute que s'il ne s'agit que de la prééminence,
l'abbé Arnaud n'ait raison ; mais il ne faut pas en
conclure que les étrangers soient en droit de mépriser la langue des Corneille et des Racine, quoiqu'elle soit *sourde, pleine d'entraves et d'amphi-*
bologies, et qu'elle ne puisse se passer de pronoms
ni d'articles. Ces reproches, dont on ne peut se
dissimuler la vérité, doivent augmenter notre ad-

miration pour nos grand écrivains qui ont surmonté
de si grands obstacles, et notre estime pour les
traducteurs qui sortent avec honneur d'une lutte
si inégale et si dangereuse.

L'amour de l'antiquité a donné à l'abbé Arnaud
le goût de la période. Personne peut-être, chez
les modernes, n'a fait entrer dans une même phrase
autant d'idées différentes sans les confondre, et sans
produire la moindre obscurité ; il sait si bien ménager les demi-repos, il établit une gradation si
naturelle dans la succession des idées, il propor-
tionne si bien les membres de la période et les
incises de la phrase, qu'on ne s'aperçoit pas de la
longueur, et qu'on n'en éprouve aucune fatigue.
Certes, je ne prétends pas approuver cette manière
d'écrire, qui est si souvent contraire au génie de
notre langue ; mais l'abbé Arnaud l'a employée si
heureusement, qu'il l'a justifiée si ce n'est qu'une
hardiesse, et qu'on doit l'excuser si c'est un défaut.

Dans des *réflexion sur les sources et les rapports
des beaux-arts et des belles-lettres*, on trouve d'excellens préceptes, des aperçus neufs, présentés
avec clarté, et fondés sur une excellente logique.
L'auteur y examine la question, s'il faut imiter,
et comment il faut imiter la nature : matière qui
avait grand besoin d'être éclaircie ; car combien
d'écrivains et d'artistes ne se sont-ils pas égarés en
recherchant cette imitation, comme si la nature
proprement dite était la nature des hommes en
société! On y trouve aussi de bonnes observations

sur l'abus de *l'harmonie imitative*, *de la méta-*
phore et de l'allégorie. Quant à cette dernière, il
fait une réflexion très-judicieuse : c'est que le peintre
ne doit employer que des allégories claires, et dont
les signes soient avoués et connus ; et *vice versâ*,
il faut que le spectateur soit au fait des usages de
l'allégorie, et ne fasse pas au peintre des objections
trop subtiles ; autrement il n'y aurait aucune allégorie exempte de fausses interprétations. **Par**
exemple, nous peignons la Justice avec une balance, un glaive et un bandeau ; une personne à
qui cette convention ne serait pas connue, ne
pourrait-elle pas dire qu'on a voulu peindre l'Injustice, qu'elle a les yeux fermés sur la loi, qu'elle
pèse les présens dans une balance, et qu'elle menace de son glaive quiconque voudrait lui arracher
son bandeau ? En général, tout ce morceau mérite
d'être offert à la méditation des gens de lettres et
des artistes.

Tous les morceaux qui composent ce recueil
sont curieux et instructifs ; mais ne pouvant les
passer tous en revue, parce qu'ils sont en trop
grand nombre, je m'arrête sur ceux qui m'ont
paru plus piquans par leur tournure et par la
nouveauté du sujet. L'abbé Arnaud a traduit et
commenté un petit ouvrage allemand, intitulé :
du Sublime et du Naïf dans les Belles-Lettres.
Mille fois les rhéteurs ont parlé du *sublime*, et ont
tâché de le définir ; mais je ne sache pas qu'aucun
d'eux en ait tracé les limites, et en ait déterminé

la nature. Ici, l'auteur nous explique comment et pourquoi tel passage, telle phrase, telle expression, sont sublimes. Ce traité, beaucoup trop court, offre des observations extrêmement fines, et qui me semblent parfaitement justes. L'opinion de l'auteur se réduit à ce principe, que pour produire le sublime, il faut éloigner toute idée, toute expression abstraites, et leur substituer celles qui intéressent nos sens, et qui nous présentent les images les plus vives et les plus frappantes. Un exemple éclaircira cette pensée que j'ai rendue obscure, par la nécessité où je suis d'en retrancher les accessoires : « Ces mots, *ce que Dieu voulut* » *exista*, renferment cette haute et sublime idée » que nous admirons dans ce passage si connu : » *Dieu dit : Que la lumière se fasse, et la lumière* » *se fit.* Mais là chaque mot est abstrait, et par con- » séquent, privé de mouvement et de chaleur ; » au lieu que cette action sensible, *Dieu dit*, et » l'objet particulier, *la lumière*, présentent une » image pleine de force et de vie. »

J'ajouterai un autre exemple du même genre. Quand le poète a dit : *Jovis cuncta supercilio mo-ventis*, si au mot *supercilio* vous substituez *mente* ou *voluntate ;* si au lieu de *moventis* vous lisez *regentis*, en changeant les idées sensibles en idées abstraites, vous voyez le sublime s'évanouir, et la froide raison le remplacer. L'auteur parcourt ainsi les plus beaux passages de nos grands poètes ; et en les soumettant à la même expérience, il en tire

la même conclusion. Tout ce morceau, trop peu
connu, est du plus grand intérêt pour les poètes
et pour les orateurs.

Il s'en faut de beaucoup que je sois aussi con-
tent de la partie de cet ouvrage qui traite du *naïf.*
Je suppose que l'expression allemande qui corres-
pond à ce mot, a quelque nuance qui présente
une autre idée, car la définition de l'auteur me
paraît très-vicieuse. Il dit : « Quand un objet qui
» a de la grandeur, de la beauté, ou qui est pré-
» senté sous un aspect intéressant, est exprimé par
» un signe simple, cette expression est naïve. » Il
résulte de cette définition, que le naïf et le sublime
ne sont qu'une même chose, ce qui est faux : et le
qu'il mourût du vieil Horace, et le vers de Joad,

Je crains Dieu, cher Abner, et n'ai point d'autre crainte,

ne seraient que des naïvetés. Sans doute je ne
pense point comme Fontenelle, que le *naïf* ne
soit qu'une nuance du *bas;* mais très-certainement
aucun homme de goût n'a prétendu confondre le
naïf et le sublime.

Je recommande surtout à l'attention du lecteur
un *Mémoire sur la prose grecque;* il est plein
d'érudition et de goût. On y verra pourquoi les
Grecs, dans la prose même, avaient un rhythme
et une espèce de mélodie qui sont interdits à
notre langue, et pourquoi il leur était permis
d'écrire des *poëmes en prose,* qui ne peuvent pas

exister en français. Je dois cependant avouer qu'ici,
comme dans tous les ouvrages de l'abbé Arnaud,
il y a un peu d'exagération. Son enthousiasme pour
la pureté et l'élégance du style, va souvent jusqu'à
l'idolâtrie. Il semble qu'il compte la pensée pour
rien, et l'expression pour tout, comme si l'expression n'était pas destinée à revêtir des objets
d'une valeur réelle. Je pense, comme lui, qu'un
auteur sans style n'est jamais qu'un méchant écrivain ; mais je ne dirai pas, avec Denys d'Halicar-
nasse, *qu'il vaut mieux devenir obscur en suppri-
mant des mots dont le sens ne peut se passer, que
de courir le risque, en les employant, de porter
atteinte aux lois de la mélodie et du rhythme.* Je
ne pousserai pas le purisme au point de louer le
peuple d'Athènes, qui refusa de l'argent dont il
avait besoin, et qu'on voulait lui prêter, parce
que le prêteur fit une faute de langue en le lui
offrant. Mais l'abbé Arnaud est inflexible quand il
s'agit d'élégance et de correction ; il outre le principe en l'établissant ; il a toujours raison quand il
discute ; mais souvent il a trop raison, et l'on peut
dire que la maxime *sapere ad sobrietatem* ne l'a
pas guidé dans la composition de ses ouvrages.
Cette exagération se remarque surtout dans ses
réflexions sur l'éloquence romaine : il prétend que
Cicéron, si noble, si vigoureux, quand il tonne
contre les scélérats, dans le sénat ou devant le
peuple, *perd sa hardiesse, ses forces et* FAIT PITIÉ,
quand il s'adresse à César, et quand il le flatte pour

obtenir la grâce de Marcellus ou de Ligarius. Ne fallait-il pas que Cicéron irritât César, qu'il lui prodiguât les noms de tyran et d'oppresseur, pour l'engager à pardonner à ses ennemis? Fallait-il qu'il sacrifiât l'intérêt et la vie de ses amis à un mouvement oratoire? Et quand l'abbé Arnaud fait consister toute l'éloquence dans *l'élocution*, il oublie que, selon Aristote même, *la véritable éloquence consiste à prouver.*

Je n'ai parlé que d'une très-petite partie des ouvrages de cet académicien; les autres sont également remarquables par des idées neuves et brillantes, par une logique serrée, et surtout par un style d'autant plus estimable, qu'il devient tous les jours plus rare.

ŒUVRES

DE DENIS DIDEROT,

Faisant partie de la Collection des prosateurs français.

LA réputation de Diderot est la preuve la plus incontestable de l'étrange révolution qui s'est opérée dans l'esprit humain depuis un demi-siècle. Rappelons-nous ce qu'on disait de ce philosophe

avant la révolution : c'était l'apôtre de l'athéisme,
le destructeur de toute morale, l'écrivain le plus
audacieux, le plus dangereux qui eût jamais existé ;
il déclamait avec emportement en faveur du système que Spinosa expose avec une ennuyeuse pro-
lixité et une obscurité glaciale ; il soutenait, disait-
on, avec une chaleur d'énergumène qu'il n'y a *ni
juste ni injuste,* ni bien ni mal moral en ce monde,
triste maxime que Hobbes avait laissé tomber de
sa plume avec une espèce d'indifférence ; Diderot,
enfin, était le Diagoras des temps modernes ; et
quand le *Système de la Nature* parut, on ne man-
qua pas de lui attribuer ce chef-d'œuvre pour le-
lequel Voltaire a témoigné beaucoup de mépris.
J'étais fort jeune quand Diderot jouissait de cette
belle célébrité ; la jeunesse est audacieuse : je fis
tous mes efforts pour me procurer quelques-uns
des ouvrages du grand homme, et quand je n'y
trouvais pas ces *vérités éternelles,* ces grands principes de philosophie transcendante qui devaient
me révéler le secret de l'univers, ou, comme dit
Voltaire, me donner *le mot de l'énigme,* je me
consolais en pensant que je les découvrirais dans
quelque autre livre du même auteur ; car j'étais
décidé à être philosophe, mais je voulais des autorités, et tout ce que je lisais de Diderot ne me paraissait ni assez clair, ni assez fort, ni assez con-
cluant.

Aujourd'hui, que tous ses écrits sont entre mes
mains, quelle est ma surprise, quelle est ma honte

d'y voir presque partout le plus ardent amour de
la vertu, le plus profond respect pour la morale,
et même pour les simples convenances; car il a
écrit spécialement quelques pages sur cette matière : ici, je trouve des raisonnemens sans nombre
en faveur de la religion chrétienne; là, il argu-
mente pour nous prouver la nécessité de nous soumettre à la révélation; et, sur le grand dogme de
l'existence de Dieu, il ne se contente pas d'exposer
toutes les preuves puisées dans le sentiment de
l'homme, ou fondées sur le raisonnement, il va
jusqu'à dire que l'existence de Dieu peut être prouvée *par la géométrie,* proposition qui eût étonné
la Sorbonne! Je n'ai donc pas l'espoir de devenir
philosophe, puisque le plus audacieux des sophistes
me ramène à ce qu'on nomme *la grande superstition.* Que dis-je? il ne m'ordonne pas seulement
de croire, il devient intolérant et fanatique : si vous
avez le malheur d'admettre la *fatalité* et de nier le
libre arbitre, écoutez l'arrêt qu'il prononce contre
vous : « La ruine de la *liberté* renverse avec elle
tout ordre et toute police, confond le vice et la
vertu, autorise toute infamie monstrueuse, éteint
toute pudeur et tout remords, dégrade et défigure
sans ressource tout le genre humain. *Une doctrine
si énorme ne doit point être examinée dans l'école,
mais punie par les magistrats.* » Cette phrase ne
suffisait-elle pas pour envoyer Diderot à la guillo-
tine? Vouloir captiver la pensée, armer les magistrats contre la liberté de la presse, nous empêcher

de renverser tout ordre et toute police, que de chefs d'accusation!

Mais une seule citation ne prouve rien, vont dire les grands génies qui ont placé Diderot dans le panthéon philosophique; une erreur échappe aux meilleurs esprits, et les plus grands courages peuvent éprouver une faiblesse. Une erreur, dites-vous? Je puis en citer mille de cette espèce, et vous accabler sous le poids de ses phrases anti-philoso-phiques et anti-libérales. C'est dommage, il faut en convenir, car le nom de Diderot figurait bien dans le dictionnaire de vos hommes illustres.

Dès le verso du premier feuillet je lis cet apo-phthegme qui semble avoir été placé à la tête du livre pour indiquer l'esprit dans lequel l'auteur a écrit tous ses ouvrages : « *Point de vertu sans re-ligion, point de bonheur sans vertu.* »

Les *Pensées philosophiques* de Diderot ont fait beaucoup de bruit dans le temps, et le parlement les condamna au feu. C'était un grand honneur alors que d'avoir fait un livre brûlé par la main du bourreau; on assure même qu'on a quelquefois sollicité de pareils arrêts comme une faveur; car le bourreau donnait une patente de philosophie et un brevet de célébrité. Mais aujourd'hui nous sommes bien plus philosophes que Diderot, et nous sourions d'une gloire qu'il a usurpée si facilement. Quel est, en effet, le but de ses pensées philoso-phiques? C'est de prouver l'existence de Dieu; et s'il n'est pas toujours orthodoxe dans sa manière

d'argumenter, il faut avouer au moins que jamais
on n'a combattu l'athéisme avec une logique plus
profonde et plus victorieuse. Il développe admirablement les propositions suivantes : 1° Que l'étude
des sciences physiques, bien loin de conduire à
l'athéisme, fournit au contraire les preuves les plus
claires et les plus fortes de l'existence de Dieu ;
2° que l'organisation d'un insecte démontre aussi
bien une intelligence suprême que le mécanisme
de l'univers ; 3° que cette intelligence éclate encore
mieux dans l'aile d'un papillon ou dans l'œil d'une
mouche que dans les œuvres du grand Newton,
*parce que le Monde formé est encore une meilleure
preuve que le Monde expliqué.* Convenons maintenant que Diderot jouait de malheur : se voir condamné quand on écrit contre l'athéisme !

Sa *Lettre sur les Aveugles* eut un résultat plus
fâcheux encore ; l'auteur fut arrêté. On y trouve
un dialogue fort curieux entre le ministre Holmes
et l'aveugle Saunderson. Il roule sur cette difficulté
que *l'ordre et la beauté de l'Univers, allégués
par le pasteur comme des preuves de l'existence
de Dieu, devenaient nuls pour un aveugle, et ne
prouvaient rien à son esprit.* C'est une pure subtilité ; car la privation de la vue n'empêche pas le
toucher de connaître des formes qui révèlent à
l'esprit le secret de l'ordre et de la beauté, d'une
manière moins étendue sans doute, mais plus sensible et plus certaine que les yeux ne peuvent le
faire. Quelque vicieuse que fût la métaphysique de

Diderot, on aurait tort d'en rien conclure en faveur de l'athéisme. Les argumens qu'il prête à Saunderson n'attaquent pas le dogme de l'existence de Dieu, mais seulement l'espèce de preuve que l'on veut lui faire admettre, quand il ne peut les comprendre. Les raisonnemens qu'il oppose au docteur ne sont pas une réfutation du principe, puisque Saunderson s'écrie en mourant : *O Dieu de Clarke et de Newton, prends pitié de moi!* et Diderot s'écrie à son tour : « Quelle honte pour des gens qui n'ont pas de meilleures raisons que lui! (Il ne trouvait donc pas ces raisons bonnes.) pour des gens qui voient, et à qui le spectacle étonnant de la nature annonce, depuis le lever du soleil jusqu'au coucher des moindres étoiles, l'existence et la gloire de son auteur! » Les phrases suivantes confirment le sentiment exprimé par cette exclamation. Ainsi, malgré la hardiesse apparente de cette controverse métaphysique, l'auteur y prouve qu'il n'est point athée; et grâces aux progrès des lumières, nos grands docteurs ne verront en lui qu'un demi-philosophe, et peut-être un superstitieux.

Que diront-ils donc de cette autre phrase qui termine un long paragraphe de l'*interprétation de la nature?* « La religion nous épargne bien des écarts et bien des travaux : si elle ne nous eût point éclairés sur l'origine du Monde et sur le système universel des êtres, combien d'hypothèses nous aurions été tentés de prendre pour le secret de la nature! Ces hypothèses, étant toutes également fausses, nous auraient paru toutes à peu près également vraisemblables. La question *pourquoi il existe quelque chose* est la plus embarrassante que la philosophie pût se proposer, et il n'y a que la révélation qui y réponde. » Diderot qui parle de la révélation, qui la préfère à toutes les hypothèses des philosophes! Il faut l'excuser : quand il écrivait, les sciences physiques étaient encore au berceau ; un savant ne s'était pas encore servi du bras d'un polype ou de l'antenne d'un insecte pour détrôner l'Être-Suprême ; on n'avait pas encore vu dans la formation du Monde un produit de la crystallisation ; personne n'avait deviné que l'intelligence et la pensée sont des compositions chimiques, et on n'avait pas fait un livre en deux volumes pour prouver que le calorique est le seul dieu de l'Univers. Aujourd'hui que nous savons tout cela, nous avons pitié de la philosophie de Diderot ; et ce dix-huitième siècle, tant vanté pour son audace, n'est plus à nos yeux qu'un reste du moyen âge.

L'éditeur des Œuvres de Diderot pense que ces hommages rendus à la religion, ne sont que des précautions oratoires, ou des hommages forcés ; il ajoute que l'*Essai sur le Mérite et la Vertu* est le seul ouvage où l'auteur ait professé le christianisme. Il y a deux observations à faire sur ce passage : le gouvernement le plus sévère et le plus ombrageux peut bien empêcher un écrivain de publier des ouvrages contraires à la religion et à l'ordre public, mais jamais auteur n'a pu être forcé d'écrire en faveur du christianisme, de discuter, de disputer, de fournir des preuves, et de déclamer contre les philosophes qui ont attaqué la vérité et la divinité de ce dogme. Or, c'est ce qu'a fait Diderot, non-seulement dans l'*Essai* que je viens de citer, mais dans tous les articles de l'Encyclopédie qui ont un rapport quelconque avec la religion chrétienne.

Voyez, à l'article *Bible*, le magnifique éloge qu'il fait de la théologie et des théologiens célèbres : « Quel respect, dit-il, quelle vénération ne méritent pas de tels hommes! » Et plus loin : « Nous espérons que ceux à qui l'honneur de notre nation et de l'Église de France est cher, nous sauront gré de cette espèce de digression. Nous remplissons par là un de nos principaux engagemens, celui de chercher et de dire, autant qu'il est en nous, la vérité. » Diderot n'a pu être forcé à écrire ces lignes, puisqu'il fait une digression pour remplir son engagement de *dire la vérité.*

Au mot *Charidotès*, l'un des surnoms de Mercure, était-il obligé de terminer par cette phrase une discussion purement mythologique : « C'est le christianisme qui a banni tous ces faux dieux, et tous ces mauvais exemples, pour en présenter un autre aux hommes, qui les rendra d'autant plus saints, qu'ils en seront de plus parfaits imitateurs. »

Des philosophes avaient avancé que le paganisme était plus favorable à l'ordre public et à la

prospérité des États, parce que ses différentes
sectes, se tolérant réciproquement, n'allumaient
jamais de guerres de religion. Si Diderot pensait
comme ces philosophes, et s'il se croyait cependant
forcé de les combattre, il avait assez d'adresse pour
les réfuter de manière à laisser percer sa propre
opinion ; sa réponse, au contraire, est un mélange
d'indignation et de mépris que rien au monde ne
l'obligeait à faire éclater. En voici le début :

« Ces éloges qu'on prodigue au paganisme, dans
la vue de rendre le christianisme odieux, ne peuvent venir que de l'ignorance profonde où l'on est
sur ce qui constitue deux religions si opposées
entre elles par leur génie et par leur caractère.
Préférer les ténèbres de l'une aux lumières de
l'autre, c'est un excès dont on n'aurait jamais cru
des philosophes capables, si notre siècle ne les
eût montrés dans ces prétendus beaux-esprits, qui
se croient d'autant meilleurs citoyens qu'ils sont
moins chrétiens. L'intolérance de la religion chrétienne vient de sa perfection..... etc.... »

Ce n'est pas seulement ici que Diderot s'élève
contre la philosophie du dix-huitième siècle. Le
lecteur jugera si les phrases suivantes sont des précautions oratoires : « Nous vivons dans un siècle
philosophique, où l'on fait tout pour soi et rien
pour la postérité. » Cent pages plus loin, après
avoir pulvérisé tous les systèmes philosophiques
sur la formation de notre globe, il ajoute : « Soutenir toutes ces choses, c'est abandonner l'histoire

pour se repaître de songes, c'est substituer des opinions sans vraisemblance aux vérités éternelles que Dieu attestait par la bouche de Moïse..... On ne peut s'empêcher de remarquer ici combien la philosophie est peu sûre dans ses principes et peu constante dans ses démarches..... » Ouvrons un autre volume ; j'y trouve ces phrases trop simples et trop naturelles pour qu'on y suppose un sous-entendu : « Il n'y a rien qui coûte moins à acquérir aujourd'hui que le nom de *philosophe*. Une vie obscure et retirée, quelques dehors de sagesse, un peu de lecture, suffisent pour attirer ce nom à des personnes qui s'en honorent sans le mériter. *D'autres, en qui la liberté de penser tient lieu de raisonnement, se regardent comme les véritables philosophes, parce qu'ils ont osé renverser les bornes sacrées posées par la religion.* » Cent autres passages pourraient également servir à l'apologie de Diderot ; et si l'on m'objecte encore qu'il était forcé de respecter la religion, on conviendra du moins que rien ne l'obligeait à médire de ses confrères les philosophes.

Ne nous hâtons pas cependant de placer Diderot au rang des saints ; je ne crois pas que jamais il soit question de le canoniser ; je conviens même que, dans ce cas, l'avocat du diable gagnerait facilement sa cause. Notre philosophe est loin d'être orthodoxe, quoiqu'il n'ait jamais varié, dans ses écrits au moins, sur le fondement de la morale et le principe de toutes les religions. Je reconnais en

30.

lui un grand penchant au scepticisme ; mais on le
calomnie, ou, pour parler selon l'esprit du siècle,
on le vante quand on en fait un athée. Je puis
même démontrer que ses propositions mal son-
nantes et sentant l'hérésie philosophique, ne for-
meraient pas la vingtième partie de ses ouvrages,
tandis que tout le reste est irréprochable sous le
double rapport de la religion et de la morale.
Faisons encore cette différence essentielle, que dans
les écrits où l'auteur est condamnable, ses torts
ne vont que jusqu'au doute, ce qui doit nous paraître bien prudent et bien modeste aujourd'hui
que nous ne doutons plus ; et partout, au contraire, où Diderot rentre dans la bonne voie, il
affirme, il discute, il fournit des preuves ou plutôt
des armes contre son propre scepticisme. On l'a
jugé différemment quand il vivait, je le sais et je
l'ai dit ; mais alors une petite impiété faisait grand
bruit, produisait un grand scandale ou procurait
un grand honneur. La révolution, qui nous a fait
faire des pas de géant, a singulièrement rappetissé
la réputation de Diderot : ce que nous avons lu
depuis trente ans, ce que nous lisons encore aujourd'hui fait descendre notre sceptique du haut
rang où le dix-huitième siècle l'avait placé, et ce
Diagoras moderne n'est plus aux yeux des adeptes
qu'un philosophe méticuleux, plus propre à faire
rétrograder l'esprit humain qu'à le porter au point
de perfectibilité vers lequel nous tombons si rapidement. Ainsi, comme je l'ai fait observer, l'an-

cienne réputation de Diderot et celle qu'il mérite aujourd'hui, donnent la mesure du progrès de nos lumières et du bonheur qui nous menace.

Les personnes qui ont lu les Œuvres de ce philosophe dans l'édition publiée par Naigeon, son ami, trouveront trop indulgent, peut-être même absolument faux, le jugement que j'en ai porté. Une courte explication conciliera l'opinion que l'on a de Diderot avec celle que je m'en suis faite d'après la lecture de ses ouvrages. On sait que M. Naigeon avait poussé la philosophie jusqu'à l'athéisme, c'est-à-dire jusqu'à la *perfection*. L'amitié qui le liait à Diderot pourrait bien me faire soupçonner que ce dernier s'était laissé séduire par une si belle doctrine, et, pour me servir de l'expression d'un autre philosophe, il avait trop *d'esprit* pour ne pas voir que tout est *matière;* mais je ne dois pas compte au public des sentimens de Diderot, quand même ils me seraient connus; je ne dois examiner que ses ouvrages, et encore ne les considérer que dans l'édition que j'annonce, non que je la croie *emendata*, mais parce que j'ai des raisons de me défier de celle de M. Naigeon. Celui-ci a beau m'assurer que Diderot s'est conformé aux *préjugés* du vulgaire par amour pour la paix, ou par crainte des persécutions, cela ne m'autorise pas à lire les phrases de Diderot avec la lunette de Naigeon, et d'y sous-entendre le contraire de ce que j'y vois. Que le philosophe ait eu l'intention de supprimer tout ce qu'il avait écrit d'orthodoxe, pour y substituer ce qu'il pensait réellement, qu'il se soit plaint d'un scélérat de libraire qui a osé retrancher de magnifiques impiétés, je plains à mon tour le grand homme que l'on mutile au point d'en faire un honnête homme; mais cela ne change rien au livre que j'ai sous les yeux, et je ne puis y voir qu'un philosophe poltron, versatile, fort indigne de figurer parmi ceux qui s'occupent de notre régénération.

M. Naigeon redoutait ce malheur; il frémissait quand il songeait que son ami léguerait à la postérité des ouvrages capables de plaire aux honnêtes gens. Pour lui sauver cette honte, il déclare que *Diderot s'exprimait avec beaucoup de prudence dans les articles où il prévoyait que ses ennemis iraient chercher sa profession; mais que dans d'autres articles détournés, dont les titres n'annonçaient rien de philosophique, il foule aux pieds les préjugés qu'il avait été forcé de respecter ailleurs.* Diderot était donc perdu de réputation si son ami n'avait affirmé sur son honneur que le grand philosophe mentait continuellement à sa conscience.

Mais ne nous y trompons pas; cette confidence de Naigeon n'est qu'un mensonge officieux, car, loin d'avoir trouvé dans les Œuvres de Diderot une preuve de cette ruse philosophique, j'y ai vu souvent, au contraire, des phrases, des paragraphes, des digressions en faveur de la religion, et des sarcasmes contre les philosophes, placés dans des articles où l'on n'attendait rien de semblable. Que le philosophe ait dit le contraire de ce qu'il pensait, ce n'est point mon affaire; et, comme je n'ai pas été son ami, je ne me crois pas obligé à le déclarer athée pour relever son mérite. Ainsi, lorsque je lis dans la dernière édition : « Jésus-Christ débitait ses propres pensées; » et dans l'édition naigeonienne : « Jésus-Christ débitait ses propres *rêveries;* » quand Diderot, parlant d'un prétendu prodige opéré par Juda, dit simplement: Ce miracle est fabuleux; tandis que M. Naigeon fait ajouter : Fabuleux *comme tous les miracles;* je fais honneur à M. Naigeon de tous les ornemens de cette espèce, et de cent jolis blasphêmes qu'il prête à son ami pour réhabiliter sa mémoire; car, d'après la déclaration de M. Naigeon lui-même, Diderot s'exprimait avec beaucoup de prudence dans tous les articles où il savait qu'il serait épié, et certainement ses *ennemis* n'auraient pas négligé ceux où il est question de Jésus-Christ.

Au reste, je désignerai plus tard ceux des ouvrages de ce philosophe qui sont entièrement irréprochables, ceux où l'impiété prend le masque du scepticisme, et ceux, en très-petit nombre, où il pousse la philosophie jusqu'à satisfaire M. Naigeon sans pouvoir cependant l'égaler. Mais si nos esprits forts ont le droit de le mépriser comme un philosophe pusillanime, nos publicistes libéraux trouveront peut-être dans sa politique de ces aperçus lumineux, de ces traits de génie, de ces vérités

éternelles qui annoncent le grand siècle, la révolution française et le bonheur du genre humain.
Je vais leur épargner la peine de chercher.

Diderot ne s'est occupé de la politique et du
gouvernement des États que dans deux ouvrages
assez courts. L'un est l'article *Hobbes* dans le
Dictionnaire encyclopédique ; l'autre est intitulé :
Principes de politique à l'usage des souverains.
Dans le premier, ce sont les maximes de Hobbes
que Diderot transcrit et qu'il approuve, ce qui
me donne le droit de les considérer comme celles
de Diderot même. Dans le second, il suppose que
l'on a trouvé un Tacite sur lequel un grand souverain avait fait des notes, écrites à la marge ; et,
parmi ces notes, Diderot en rejette quelques-unes
comme exprimant des pensées *abominables*, mais
il en désigne d'autres comme excellentes et propres
à maintenir l'ordre parfait dans un État. Je vais
extraire de l'un et de l'autre ouvrage les maximes
qui sont approuvées par notre philosophe, et qui
sont très-applicables au moment présent. J'indi-
querai par une *H* celles qui appartiennent à Hobbes, et par un *D* celles de Diderot :

« La nature a donné à *tous* le droit de *tout*,
même avec offense d'un autre ; car on ne doit à
personne autant qu'à soi. *H.*

» Dans l'état de nature, *tous* ayant droit à *tout*,
sans en excepter la vie de son semblable, tant que
les hommes conserveront ce droit, *nulle sûreté
même pour le plus fort. H.*

» De là, une première loi générale, dictée par la raison, de chercher la paix, ou d'emprunter du secours de toute part. *H.*

» Une seconde loi de raison, c'est de se départir de son droit à tout, et de ne retenir de sa liberté que la portion qu'on peut laisser aux autres sans inconvénient pour soi. *H.*

» La concession des droits est ce qu'on appelle un contrat. *H.*

» Celui qui cède le droit à la chose, abandonne aussi l'usage de la chose. *H.*

» La société se forme par institution, lorsque des hommes cèdent à un seul, ou à un certain nombre d'entre eux, le droit de commander, et vouent obéissance. *H.*

» On ne peut ôter l'autorité souveraine à celui qui la possède, *même pour cause de mauvaise administration. H.*

» Quelque chose que fasse celui à qui on a confié l'autorité souveraine, il ne peut être coupable envers celui qui l'a conférée. *H.*

» Puisqu'il ne peut être coupable, *il ne peut être ni jugé, ni châtié, ni puni. H.*

» *Que le peuple ne voie jamais couler le sang royal pour quelque cause que ce soit. Le supplice public d'un roi change l'esprit d'une nation pour jamais. D.*

» L'autorité confiée à un seul ou à plusieurs est aussi grande qu'elle peut l'être, quelque inconvénient qui puisse en résulter ; car rien ici-bas n'est sans inconvénient. *H.*

» La monarchie est préférable à la démocratie, à l'aristocratie, à tout autre forme de gouvernement mixte. *H.*

» L'exercice de la bienfaisance, la bonté, ne réussissent point avec des hommes ivres de liberté, *ou envieux d'autorité :* on ne fait qu'accroître leur puissance et leur audace. *D.*

» C'est aux souverains que je m'adresse : lorsque les haines ont éclaté, toutes les réconciliations sont fausses. *D.*

» *N'attendre jamais le cas de la nécessité; le prévoir et le prévenir. Lorsque la majesté n'en impose plus, il est trop tard.* (Cette maxime, ajoute Diderot, qui est excellente sur le trône, n'est pas moins bonne dans la famille et dans la société.)

» Lorsque le peuple s'écrie : Donnons l'Empire à César, le peuple ment. C'est un adulateur qui cède à la nécessité. *D.*

» *Un État chancèle quand on ménage les mécontens. Il touche à sa ruine quand la crainte les élève aux premières dignités. D.*

» Celui qui n'est pas maître du soldat, n'est maître de rien. *D.*

» Dans les émeutes populaires, chacun est souverain et s'arroge le droit de vie et de mort. *D.*

» Les factieux attendent les temps de calamité, de disette, de guerres malheureuses; ils trouvent alors le peuple tout prêt. *D.*

» Un souverain faible pense ce qu'un souverain fort exécute. *D.*

» *Il n'y a nul inconvénient à voir le péril tou-jours urgent. D.*

» Il n'appartient ni aux docteurs, ni aux philo-sophes d'interpréter les lois de la nature : *c'est l'af-faire du souverain. H.*

» *Ce n'est pas la vérité, mais l'autorité qui fait la loi. H.*, etc..... »

Dans un autre ouvrage, Diderot parlant des *Lettres d'un fermier de Pensylvanie,* brochure in-fectée de l'esprit révolutionnaire, ajoute cette ré-flexion remarquable par sa justesse et sa simplicité : On nous permet la lecture de ces choses-là, et l'on est étonné de nous trouver, au bout d'une dixaine d'années, d'autres hommes! Pauvre Diderot, que dirais-tu donc aujourd'hui ?

Terminons enfin les citations par ce court pa-ragraphe : « L'Histoire ancienne et moderne ne nous fournit que trop d'exemples de souverains tués par des sujets furieux. La religion chrétienne, cet appui inébranlable du trône, défend aux sujets d'attenter à la vie de leurs maîtres. La raison et l'expérience font voir que les désordres qui accom-pagnent ou suivent la mort violente d'un roi, sont plus terribles que ne le seraient les effets de ses déréglemens et de ses crimes. » Observons ici que l'audacieux philosophe condamne le régicide, dans la supposition même d'un roi coupable de déré-glemens et de crimes : comment se serait-il exprimé s'il s'était agi d'un roi vertueux ?

Si je n'avais pas fait connaître les sources où

j'ai puisé les maximes de politique et les réflexions que je viens de transcrire, les docteurs des clubs s'écrieraient sans doute avec leur politesse habituelle : « Quel est le *calotin*, quel est l'*ultrà*, quel est le fanatique stupide ou l'aristocrate encroûté de féodalité, qui peut présenter de pareilles sottises à la lumière du grand siècle? Eh! messieurs, leur répondrais-je, mes auteurs ne sont ni prêtres, ni ultras; ils étaient de fort mauvais chrétiens, et je pense, avec M. Naigeon, qu'ils ne croyaient pas en Dieu plus que vous : ils étaient philosophes jusqu'au bout des ongles; ils aimaient l'argent autant que vous l'aimez, et ils aimaient la liberté autant que vous avez aimé le despotisme utile; cependant ils ne seraient pas vos frères, car ils avaient un esprit supérieur et une prodigieuse instruction. Ces deux facultés qu'ils possédaient éminemment, leur ont fait voir, abstraction faite de toute considération religieuse ou morale, que le bonheur d'hommes réunis en société dépend uniquement du maintien de l'ordre, de la ferme volonté du souverain, et de l'entière obéissance des sujets. Ils n'ont employé que des raisonnemens purement mondains, et cependant il y a plus de substance dans le peu de lignes que j'ai citées, qu'on n'en trouverait dans les innombrables pamphlets de vos adeptes. Hobbes et Diderot sont atteints et convaincus d'avoir été des impies très-audacieux, ainsi vous ne pouvez récuser leur témoignage; vous êtes donc condamnés par ceux même que vous invoquez sans cesse comme

des oracles. Il faut donc conclure de deux choses
l'une : ou que vous n'êtes pas philosophes s'ils l'é-
taient, ou qu'ils ne l'étaient pas si vous l'êtes.

Les personnes les plus timorées, les plus scru-
puleuses, peuvent lire sans appréhension ceux des
articles que Diderot a composés pour le Dictionnaire encyclopédique, et qui ont été recueillis
dans cette nouvelle édition. Que le philosophe y
ait été sage par persuasion, comme semblent l'indiquer les nombreux hommages qu'il y rend à la
religion et à la morale, ou qu'il ait été seulement
circonspect, comme son ami Naigeon veut nous
le persuader, ces articles n'en sont pas moins irréprochables ; et quand un auteur s'est renfermé
dans les bornes du devoir, les intentions qu'il ne
révèle point, les pensées qu'il réprime, ne sont
justiciables d'aucun tribunal humain, et les erreurs qu'il a consignées dans d'autres écrits ne
peuvent influer sur l'ouvrage qui en est exempt.
Les obscénités de la Pucelle ne nous autorisent
pas à condamner la Henriade, et, quand on admire les odes de Rousseau, on oublie qu'il a fait
des épigrammes. Observons d'ailleurs que les articles encyclopédiques de Diderot sont extrêmement variés, mieux pensés que bien écrits, et que
plusieurs d'entre eux sont remarquables par la
manière dont ils sont traités, par le talent et l'instruction qu'ils supposent. Ces seuls articles composent le tiers des *OEuvres complètes*.

On lira même, non-seulement sans crainte, mais

avec beaucoup de plaisir, *les mélanges de littérature et de philosophie,* ainsi que les articles de critique, répandus dans le premier volume. On y
trouvera des paradoxes; mais que ce mot ne nous
choque point : la vérité est un paradoxe avant
qu'elle soit reconnue. Je comprends la *lettre sur
les Sourds et Muets* parmi les ouvrages littéraires
du philosophe, parce que, très-différente de la
Lettre sur les Aveugles, elle n'offre au lecteur
qu'une discussion sur le mécanisme des langues et
sur les beautés de l'éloquence et de la poésie. Diderot, toujours enthousiaste, ne blâme point et
n'approuve point à demi; admirateur des anciens,
il dissèque des vers d'Homère, de Virgile et d'Horace pour y faire remarquer la valeur d'une syllabe,
l'harmonie d'un mot, et dans ses recherches minutieuses il découvre une foule de beautés qui éton-
neraient sans doute les auteurs mêmes; mais cette
surabondance, cette exagération du philologue, ne
doit pas nous fermer les yeux sur la justesse de ses
observations et sur les aperçus neufs dont cette
lettre est remplie. Il y examine, avec son talent
ordinaire, la question des *inversions* dans le langage, et il nous fait voir combien nous nous trompons quand nous pensons que la phrase la plus
droite est celle qui est le plus conforme à l'ordre
des idées. Si nous plaçons la *qualité* après la *chose,*
le *régime* après le *verbe,* nous construisons ou
nous croyons construire une phrase conforme à
l'ordre dans lequel les idées jaillissent de notre en-

tendement; mais si le *substantif* ne nous est connu
que par sa qualité ou par son *adjectif*, si le *régime*
se présente à notre esprit avant le *verbe*, l'inversion est alors l'ordre naturel, et ce que nous nommons la phrase *droite* serait une inversion. Un objet
se présente au loin; nous ne pouvons le reconnaître, mais nous voyons déjà qu'il est *figuré*, *co-
loré*, *étendu*; les notions des qualités précèdent
donc alors dans notre esprit celles du corps même.
Si quelqu'un va, sans s'en apercevoir, marcher sur
un reptile, et si vous lui criez *serpentem fuge*, vous
ne faites point une inversion, car d'abord la fuite
n'est qu'un effet de la peur que cause le serpent,
et ensuite, le mot *serpent*, par l'horreur qu'il inspire, est plus pressant que le simple mot *fuyez*. De
ces petits exemples si nous passons aux longues
périodes, nous reconnaîtrons, avec Diderot, que
telle phrase, sans y rien changer, est *invertie* dans
une circonstance, tandis qu'elle ne l'est point dans
une autre. La première phrase du discours pour
Marcellus commence par le génitif *diuturnii silen-
tii*, et, pour en comprendre le sens, il faut entendre cet autre membre de phrase: *Hodiernus dies
finem attulit*. Voilà sans doute ce que nous nommons inversion; mais, pour le sénat romain, la
première idée qui a dû se présenter, quand on a
vu Cicéron à la tribune, a été celle du long silence
qu'il avait gardé, et ensuite celle du motif qui le
lui faisait rompre. Dans cette phrase invertie, Cicéron suivait donc l'ordre naturel des idées, et non

pas l'ordre d'*institution*. J'ai insisté sur ce petit ouvrage, parce qu'il traite un sujet neuf pour la plupart des lecteurs, et qu'il peut être utile à tous les
gens de lettres, en leur apprenant l'usage qu'ils
doivent faire des inversions, non-seulement pour
l'élégance du style, mais encore pour donner plus
de clarté, plus de force, plus de logique au discours.

Reprenons la nomenclature des ouvrages innocens du dangereux Diderot. Ses drames, au nombre
de trois : le Fils Naturel, le Père de Famille, le
Joueur ; ses critiques fort longues, fort minutieuses
sur le Salon d'exposition des tableaux, pour les années 1761, 1765, 1766, 1767, 1769; son *Essai
sur le Mérite et la Vertu*, j'en ai déjà parlé ; ses
Mémoires sur les mathématiques, où l'on trouve
des *principes d'acoustique* fort curieux pour ceux
qui s'occupent de la théorie des sons, mais fort
inutiles pour les musiciens; son *Essai sur les règnes
de Claude et de Néron*, ouvrage où il n'est presque
pas question de Néron et de Claude, mais des écrits
de Sénèque, dont Diderot fait l'apologie avec son
enthousiasme habituel : c'est encore ici que Diderot peut paraître exagéré, mais il l'est beaucoup
moins à mon sens que les détracteurs de Sénèque,
et je lui pardonne de tout mon cœur l'estime qu'il
témoigne pour cet écrivain. Malgré les lumières de
notre siècle, et nos prétentions à toute supériorité,
un Sénèque qui paraîtrait aujourd'hui rapetisse-
rait bien nos grands philosophes et donnerait de
bonnes leçons à nos réformateurs.

Je n'ai plus à citer que différentes pièces sur l'art dramatique et sur l'art théâtral. Diderot s'était passionné pour le genre que nous nommons *drame*, et il chérissait son *Fils naturel* autant que Piron aimait ses *Fils ingrats*. Il a fait une poétique à l'occasion de ce drame, dont deux représentations ont fait justice. Tous les argumens qu'il prodigue en faveur de ce genre reposent sur un malentendu. On ne lui a jamais contesté qu'un drame ne puisse être intéressant et mêler du comique à l'intérêt; son Père de Famille démontrait cette vérité mieux encore que le Fils naturel; mais le bon goût n'a jamais pu reconnaître dans ce mélange de ris et de pleurs une conception égale en mérite aux chefs-d'œuvre de Racine et de Molière. C'est là qu'est toute la question; et ni les Diderot, ni les Sedaine, ni les Mercier, ni même le baron de Grimm, ne la feront décider en faveur des dramaturges. Mais passons à notre philosophe ce goût tant soit peu dépravé, nous serons forcés de convenir que sur les principes généraux de l'art dramatique il a eu des idées très-justes et souvent tout-à-fait neuves. Là surtout, il énonce de ces paradoxes qui pourraient n'être que des vérités méconnues. Achevons le procès-verbal de ses nombreux ouvrages, et parlons d'abord de ceux où il n'est que cynique.

Ses romans se présentent en première ligne : les Bijoux indiscrets, Jacques le Fataliste, la Religieuse, l'Oiseau blanc. Je ne dirai rien du premier, quoiqu'il ne soit nulle part plus indécent

que dans le titre ; le second n'offre des passages
trop libres qu'à de longs intervalles, et il est varié
par des épisodes dont un surtout est fort intéressant. Tout le monde connaît le talent qui éclate
dans la Religieuse, mais quelques pages y présentent des tableaux d'autant plus dangereux pour les
mœurs, qu'ils sont tracés de main de maître. Les
personnes qui ne connaissent point ce roman, auraient tort de croire que l'auteur y attaque la religion. L'héroïne y est, au contraire, d'une piété aussi
sincère que touchante, et le prêtre que l'auteur
fait intervenir dans l'action, y est peint sous des
dehors respectables, ce qui étonne un peu dans
un écrivain tel que Diderot : l'Oiseau blanc est un
conte auquel je n'ai rien compris, parce qu'il fait
la critique d'un ordre de choses qui n'existe plus,
et qui est peu digne de nous occuper. Au surplus,
il n'y a rien de cynique, et je ne le place ici que
parce qu'il a la forme d'un roman.

Je ne vois plus rien d'indécent dans les œuvres
de l'encyclopédiste que le *Supplément au Voyage
de Bougainville*. L'auteur semble avoir écrit ce
fragment pour prouver que nous avons tort d'attacher des idées morales à certaines actions physiques, ou, en d'autres termes, de voir de l'indécence dans ce qui est très-naturel. On sent où nous
conduirait une pareille doctrine ; et il y aurait de
l'indécence même à la réfuter.

Les seuls ouvrages dans lesquels Diderot s'est
donné carrière et a manifesté clairement son aver-

sion pour le christianisme, se réduisent aux *Pensées philosophiques*, à l'*Introduction aux grands Principes*, à l'*Entretien d'un Philosophe avec la Maréchale de****, et à une partie de la *Lettre sur les Aveugles*. J'y ajouterai, si l'on veut, les *Principes philosophiques sur la matière et le mouvement*, opuscule où l'auteur présente le mouvement comme nécessairement inhérent à la matière, que peu de personnes liront, qu'elles n'entendront guère après l'avoir lu, et qui est peut-être fort indifférent au christianisme, quoique les matérialistes puissent en abuser. Les écrits que je viens de citer dans ce dernier paragraphe occupent tout au plus deux cents pages, et sont tous compris dans le premier volume. C'est donc dans ce petit arsenal que sont entassés tous les foudres du Briarée de la philosophie moderne! Partout ailleurs il est non-seulement orthodoxe, mais il fait des professions de foi, et entasse, en faveur de la religion, une foule de preuves qu'on ne lui demandait pas. Ce sera, si l'on veut, *le Diable que Dieu force à louer les Saints*; mais cet hommage, sincère ou forcé, suffit à la critique. Observons d'ailleurs que, dans ses boutades anti-chrétiennes, il s'exprime avec tant de circonspection, il les expie par des protestations si formelles, par des homélies si touchantes, il les contredit par de si nombreuses et de si bonnes argumentations, que son ami Naigeon en était tout honteux, et nos régénérateurs peuvent en toute conscience le regarder comme un capucin. N'avais-je pas raison de dire que l'ancienne réputation de ce philosophe, comparée à celle qu'il mérite aujourd'hui, démontre le prodigieux progrès des lumières? Quelle différence immense entre le maître et ses disciples! Diderot eût été infailliblement condamné par certain tribunal où la plupart de ses élèves étaient très-dignes de siéger.

Mais je m'aperçois que ma tâche n'est point remplie : j'oubliais les poésies de Diderot, c'est-à-dire que je faisais ce que l'éditeur aurait dû faire. Ces poésies, dit-il, sont d'*agréables badinages*; badinages, j'y consens; mais supprimez l'épithète. Je connais, en effet, peu de vers plus dépouillés d'élégance, d'harmonie et même d'esprit que ceux de Diderot. Si quelqu'un ose me contredire, je le condamne à lire ces pièces fugitives, qui heureusement ne sont pas en grand nombre; mais la vengeance serait trop forte; j'aime mieux en présenter quelques échantillons; voici un fragment de l'épître par laquelle notre philosophe poète complimente un certain François, le jour de sa fête :

. . . . On vous dirait comment
D'être mangé des poux François fit le serment;
Serment auguste, où du saint personnage
On vit éclater le courage
Et le grand sens. On vous détaillerait
L'aventure de la stigmate
Qu'on lui remarque à chaque patte
De son côté fendu. Puis l'on vous parlerait
De ses ardeurs, du rare privilége

De brûler sur le sein d'une femme de neige,
Privilége qu'il eut : mais l'on vous ennuierait.
Arrêtons-nous ici, etc. . . . .

Le lecteur dira sans doute comme le rimeur : *Arrêtons-nous ici.* Ah! si Voltaire n'avait fait que des vers pareils, il pourrait être impie impunément.

Parmi ces poésies, il est une pièce à jamais mémorable, en ce qu'elle contient deux vers qui ont été célébrés, corrigés et commentés par les grands hommes de 1793.; ils sont extraits d'un dithyrambe intitulé *les Eleuthéromanes,* mot que Diderot écrit, je ne sais pourquoi, par un T simple, mais qui signifie : *les furieux de la liberté. Furieux* est l'expression juste, comme on va le voir : l'auteur y peint avec complaisance l'homme de la nature,

Implacable ennemi de toute autorité..

Ce *toute* n'est pas une cheville ; car nous savons combien l'homme est juste, humain, raisonnable et heureux, quand il s'affranchit de *toute* autorité. Mais voici la strophe admirable :

J'en atteste les temps; j'en appelle à tout âge :
    Jamais au public avantage
L'homme n'a franchement sacrifié ses droits;
S'il osait de son cœur n'écouter que la voix ,
    Changeant tout-à-coup de langage ,
Il nous dirait, comme l'hôte des bois :
« La nature n'a fait ni serviteur ni maître,
» Je ne veux ni donner ni recevoir des lois. »

Et ses mains ourdiraient les entrailles du prêtre,
A défaut d'un cordon, pour étrangler les rois.

Ces deux vers soulignés sont ceux qui ont assuré
à Diderot l'estime et l'admiration de nos Éleuthé-
romanes; ils les ont mis en chanson; et leur goût
délicat, s'apercevant de la difficulté qu'il y aurait à
ourdir des entrailles, y a substitué le joli mot de
boyaux. Convenons maintenant que la strophe,
avec ou sans la variante, est bien digne d'un *homme
des bois*, ou d'un philosophe *qui ne sacrifie pas
ses droits au public avantage;* l'élégance des vers
y dispute la palme à la grâce de l'image et à la noblesse de la pensée. Soyons justes cependant : cette
grossière sottise est la seule de ce genre que l'on
rencontre parmi les mauvais vers de Diderot. Je
conçois qu'elle ait été citée avec éloge, j'avoue même
qu'elle serait une excellente épigraphe à placer à
la tête de quelques écrits périodiques; mais elle ne
doit pas nous prévenir contre tant d'autres ouvrages où ce même Diderot est un penseur profond,
un véritable érudit, un philosophe raisonnable, un
excellent critique, et même un bon littérateur.

ŒUVRES COMPLÈTES

DE M. PALISSOT.

M. PALISSOT est du petit nombre des écrivains
du siècle dernier qui sont toujours restés fidèles
aux bons principes, soit en littérature, soit en morale. Ses réflexions sur l'art dramatique sont du
goût le plus pur, son style est constamment correct
et élégant; il s'est préservé de la contagion du faux
esprit et du jargon philosophique, et il a toute sa
vie tâché d'opposer une digue au torrent du mauvais goût, et aux principes destructeurs des penseurs audacieux. Plein de respect pour la vraie
philosophie, il n'a cessé de faire la guerre aux
hommes qui se disaient philosophes. Il prévoyait,
long-temps avant la révolution, les maux que cau-
serait un jour cette fureur d'inspirer au peuple le
mépris de toute morale et de toute religion. Dès
l'année 1760 il faisait dire, dans sa comédie des
Philosophes :

Ces abus (pardonnez à mes pressentimens)
Devenus trop communs, tolérés trop long-temps,
Semblent nous menacer de quelques catastrophes,
Et, franchement, j'ai peur de tant de philosophes:

Les ouvrages de M. Palissot sont presque tous du genre polémique ; il ne faut pas s'étonner s'il a eu beaucoup d'ennemis. Il ne néglige rien pour nous persuader qu'il n'a fait que se défendre ; mais s'il est vrai qu'il n'ait jamais été l'agresseur, il faut avouer que ses adversaires lui ont constamment fourni l'occasion de développer un genre de talent qu'il avait reçu de la nature : car la satire paraît lui convenir admirablement, et se reproduit dans presque tout ce qui est sorti de sa plume. Je ne sais pas trop pourquoi il fait tant d'efforts pour prouver qu'il est né pacifique, et qu'il ne se serait jamais permis un trait malin, s'il n'avait été injustement attaqué. Comme il ne s'est élevé que contre le mauvais goût et la mauvaise philosophie, il serait honorable pour lui d'avoir pris l'offensive ; mais il résulterait de sa déclaration, que s'il n'avait jamais été provoqué, il n'aurait pas été l'ennemi des méchans écrivains et des méchans philosophes. Qu'il ne prenne donc plus la peine de se justifier, il est absous sur l'intention : peu nous importe que les encyclopédistes l'aient persécuté, et l'aient forcé à s'armer de la satire ; tout ce que nous demandons, c'est que cette satire soit juste et plaisante ; et, il faut en convenir, ces deux qualités se rencontrent fort souvent dans les écrits de M. Palissot.

Depuis le temps que l'on disserte sur la critique, on a mille fois répété qu'il fallait respecter les personnes, et n'attaquer que les écrits ; mais personne n'avait fixé avec précision les limites du style polémique, et distingué avec justesse ce qui pouvait passer pour une personnalité condamnable. M. Palissot a résolu cette difficulté avec autant de clarté que de raison. Je ne puis résister au désir de transcrire ce passage remarquable, et j'invite les auteurs à le consulter, toutes les fois qu'il leur prendra l'envie de se plaindre de la critique : « Le gouver- » nement exige de tout citoyen des mœurs et de » la probité. Il doit, par conséquent, protéger qui- » conque est attaqué sous l'un ou l'autre de ces » rapports. Les lois seules ont le droit de le diffa- » mer ; et quelle circonspection n'apportent-elles » pas quand il s'agit d'infliger cette peine! Mais il » est très-indifférent à l'administration que tel ou » tel citoyen fasse bien ou mal des vers, et qu'il » ait plus ou moins de ce qu'on appelle talens » agréables. Le bel esprit est un luxe, de même » que les arts d'agrément. Il est libre à chacun » d'afficher ce luxe ; mais sous la condition ta- » cite d'être puni par le ridicule, si l'affiche ne » paraît qu'une ostentation téméraire et présomp- » tueuse. »

Ce paragraphe renferme une pensée juste, parfaitement exprimée ; mais il faut que la satire ait bien des charmes, ou que la vengeance soit bien séduisante, puisque les écrivains même qui ont fixé les limites de la critique, n'ont pu s'empêcher de les franchir quelquefois. M. Palissot a payé ce tribut à la faiblesse ou à la malignité humaine ; plusieurs traits de sa Dunciade s'égarent jusqu'à

tomber sur les mœurs de quelques gens de lettres,
et nous prouvent que l'auteur ne s'est pas toujours
rappelé les sages préceptes qu'il nous donne.

Les ouvrages de M. Palissot font déjà partie de
la vieille littérature, et, par cette raison, ils pourraient être inconnus, pour la plupart, aux gens du
monde qui affectionnent particulièrement les *nouveautés*, et qui sont toujours étonnés de n'y rien
trouver de neuf. C'est pour eux principalement
que je vais passer en revue les différentes pièces
de cette collection. Je ne prétends rien apprendre,
à cet egard, aux gens de lettres, de qui M. Palissot est bien connu, et par qui cependant il a été
jugé d'une manière si contradictoire. Il est peu
d'écrivains dont on ait dit plus de bien et plus de
mal; ce qui prouve un mérite réel; car si la médiocrité peut être quelquefois prônée avec enthousiasme, au moins jamais elle n'excite une haine
violente; et les ennemis de M. Palissot l'ont haï
de manière à lui faire beaucoup d'honneur.

Le Théâtre de cet écrivain a une physionomie
particulière, et trace, en quelque sorte, une nouvelle route dans la carrière dramatique; mais il faut
un grand courage et une rare constance pour oser
l'y suivre; et nos auteurs, effrayés des dangers qui
accompagnent cette espèce de gloire, ont cherché
des succès plus faciles dans la comédie de *bon ton*.

M. Palissot paraît avoir voulu ramener la comédie à son institution primitive, et, à l'exemple
d'Aristophane, traduire sur le théâtre tous les

hommes dont les écrits et les actions pouvaient être dangereux sous le rapport des mœurs, de la religion et du gouvernement. Ses ennemis, et ils dûrent être nombreux, le nommèrent Aristophane; et cet honneur, que l'auteur osait à peine ambitionner, lui fut décerné par la haine.

Une fête donnée en Lorraine, pour l'érection de la statue de Louis XV, fournit à M. Palissot l'occasion de faire connaître son talent dans le genre de la comédie. Il fit, pour cette solennité, le Cercle, ou les Originaux, petite pièce où il introduisit un philosophe, sous le masque duquel on crut reconnaître Rousseau de Genève. Ce personnage ne paraît que dans une scène, et cette scène seule influa sur toute la vie de l'auteur, en le livrant à la haine de tout le parti, et en donnant à M. Palissot le droit ou le prétexte de se venger des persécutions qu'il éprouvait, par d'autres comédies qui lui attirèrent des persécutions nouvelles. C'est ainsi qu'un événement peu important en lui-même peut avoir des suites très-graves; mais s'il ne contribua pas au bien-être de l'auteur, il lui indiqua le véritable genre de son talent, et lui fournit amplement les moyens de le développer.

La comédie des *Philosophes* annonça aux Encyclopédistes un ennemi plus redoutable qu'ils ne l'avaient cru d'abord. Cet ouvrage fut le signal d'une guerre dont le bruit retentit dans tous les lieux publics, dans tous les salons, et jusque dans le cabinet des ministres. Il n'est pas inutile de faire

observer que le parti philosophique était alors dans
toute sa force ; que sa puissance était à son plus
haut période; qu'elle rivalisait hautement avec celle
du trône et de la magistrature ; que dans le gouvernement et à la cour, il y avait des personnes
assez peu prévoyantes pour tolérer et protéger
même les écrits dirigés contre la cour et le gouvernement : ajoutons à cela qu'aucun événement,
aucune catastrophe n'avait démontré le danger de
tout dire ; et nous sentirons combien il fallait, je
ne dis pas seulement de courage, mais d'audace,
pour oser ridiculiser sur les théâtres des hommes
qui se disaient les sages par excellence, et les précepteurs du genre humain.

On peut juger quelle a été l'affluence des spectateurs à la première représentation des Philosophes. Des personnes, qui n'allaient jamais aux
spectacles y coururent ce jour-là; des évêques ne
se firent aucun scrupule de s'y montrer; et, ce
qui est sans exemple, il fut question de cette comédie dans un sermon, où M. l'abbé de la Tour-
du-Pin dit, en parlant des sophistes du siècle : ils
viennent enfin d'être livrés au ridicule qu'ils mé-
ritaient sur les théâtres de la nation! Cette pièce,
d'ailleurs, produisit une multitude incroyable de
pamphlets, libelles, critiques, apologies, gravures
et caricatures, et elle eut l'honneur de fournir plusieurs passages à des réquisitoires et à des man-
demens.

Une pièce qui a fait tant de bruit, qui a excité

lant de haine, doit avoir été bien mal jugée. Il faudrait même maintenant, pour l'apprécier à sa juste
valeur, pouvoir espérer que les lecteurs actuels
n'ont pas hérité des passions et de l'esprit de parti
qui firent autrefois de cet ouvrage un brandon de
discorde. Je n'entreprendrai pas cette tâche difficile, où la raison serait un tort, et où le succès
même me serait durement reproché. Mais en oubliant pour un instant la pièce de M. Palissot, supposons qu'un homme de lettres vienne aujourd'hui
me faire la confidence qu'il travaille à une comédie des Philosophes, en supposant aussi qu'elle
n'existe point encore. Voici ce que je lui dirais :

Les philosophes ne me paraissent point des personnages comiques : si vous ne montrez que des
ridicules, vous manquerez votre but, qui est de
prouver combien ces hommes sont dangereux sous
le rapport de la morale et de la religion ; si, au contraire, vous les présentez sous une forme odieuse,
vous ne ferez point une comédie : on ne rit point
des dangers réels, et les dangers dout on rit ne
peuvent donner une leçon utile ; vous tomberez
donc nécessairement dans l'un de ces écueils, ou
de ne pas prémunir les spectateurs contre le danger du *philosophisme*, ou de ne point l'amuser si
vous lui débitez des vérités trop graves. Ne vous
autorisez pas, ajouterais-je, de l'exemple de Tartufe. Dans cette pièce, Molière fait clairement voir
qu'il n'attaque pas la piété religieuse, mais uniquement la fause dévotion. Ne pouvant rendre un

hypocrite comique par lui-même, il a rendu comique tout ce qui l'environne: Vous n'aurez pas
cette ressource : d'abord, parce que vous intro-
duisez trois philosophes, tandis que Molière n'a
montré qu'un Tartufe, et qu'en multipliant vos
personnages sérieux, vous diminuerez le nombre
de vos personnages plaisans. En second lieu, la
fausse dévotion, l'hypocrisie, sont de nature à être
senties de tout le monde, tandis que la bonne et
la mauvaise philosophie ne sont distinguées que
par un petit nombre de personnes. Mais Molière,
me direz-vous, a mis en scène les *Femmes savantes*, et cependant il est clair qu'il n'a pas voulu
jeter de ridicule sur la véritable science. Cet exemple,
répondrais-je, ne prouve rien en faveur de vos
philosophes; la science, même réelle, passe déjà
pour un ridicule dans une femme, tandis que la
vraie philosophie ne rendra jamais un homme ridicule. On rirait au théâtre de madame Dacier,
quoiqu'elle fût véritablement érudite, et l'on n'y
rirait jamais d'un véritable sage. Observez d'ailleurs que le titre de *Femmes savantes* a déjà quelque chose de plaisant, tandis que celui d'*Hommes
savans* n'offrirait rien de comique. Enfin, conti-
nuerais-je, vous vous imposez une difficulté qui
me paraît insurmontable; car vos trois philosophes
diront les mêmes choses, et alors on vous reprochera la stérilité; ou bien ils s'égareront dans les
différentes routes de la philosophie, et ils devien-
dront inintelligibles au peuple; et ce peuple, très-

disposé à rire d'une femme savante ou d'un hypocrite, ne voit pas encore ce qu'il peut y avoir de
ridicule dans l'abus d'une science à laquelle il ne
comprend rien.

Voilà les réflexions que j'aurais faites à l'auteur
qui se serait proposé de mettre en scène les philosophes. Mais si mes conseils, comme il arrive ordinairement, ne l'avaient point détourné de son
projet; si sur ce sujet, qui me paraît ingrat, il avait
fait une comédie très-agréable à lire, écrite d'un
style toujours pur, correct, élégant, fort de raison,
semé de traits vifs et piquans; si plusieurs scènes
offraient un très-bon comique; si l'action, quoique
peu vive, était toujours raisonnable et conduite
avec assez d'art; si cet ouvrage d'ailleurs avait l'a-
vantage de donner une leçon utile; si cette pièce
surtout obtenait au théâtre un succès qui serait plus
mérité encore à la lecture; si enfin l'auteur avait
déployé autant de talent que M. Palissot en a mis
dans la comédie des Philosophes, je le féliciterais
sur son courage, sur son mérite littéraire et sur
son succès, mais je n'en persisterais pas moins dans
mon opinion sur ce sujet, qui me paraît vicieux.
Maintenant c'est au lecteur à décider si les Philosophes doivent être considérés comme une véritable comédie, ou comme un de ces ouvrages où
le talent de l'auteur demande et obtient grâce pour
un sujet qu'il n'aurait pas dû traiter.

Les cabales qui s'élevèrent contre la comédie des
Philosophes, les libelles qui accablèrent l'auteur,

les tracasseries qu'on lui suscita, ne firent qu'exciter sa verve et redoubler son courage. Il lança à ses ennemis la comédie du *Satirique*, qui est encore un philosophe. Cette pièce, qui a fait moins de bruit que la première, me paraît cependant supérieure pour le style, et même pour la conduite. Il est fâcheux que l'auteur lui ait donné le même dénoûment que celui des Philosophes; dans l'une et dans l'autre, le personnage odieux est démasqué par un écrit qui tombe entre les mains de la personne contre laquelle il est dirigé. Un autre défaut a pu aussi influer sur l'opinion du public; le personnage vicieux de cette comédie y a presque toujours raison. M. Palissot se défend de ce reproche, en disant que le Méchant de Gresset dit souvent des vérités; mais on entend avec peine la raison dans la bouche d'un homme odieux; d'ailleurs il est bon d'observer que le Méchant de Gresset n'est, à proprement parler, qu'un tracassier, tandis que le Satirique de M. Palissot est le véritable Méchant.

Cette pièce avait dû paraître sous le voile de l'anonyme, et elle passait même pour être dirigée contre l'auteur; mais un acteur ayant cru reconnaître le style de M. Palissot, il divulgua ses soupçons, et la comédie fut défendue le jour même où elle devait être jouée. Elle a été représentée depuis avec succès, dans un temps où les circonstances n'ajoutaient plus rien au mérite de l'ouvrage. Si mon opinion était de quelque poids, je n'hésiterais

pas à affirmer que c'est une des meilleures productions de l'auteur, malgré le défaut dont je viens de
parler, et que j'ai cru y apercevoir.

Cette comédie a été aussi le sujet de plusieurs
écrits, qui sont d'autant plus curieux qu'ils nous
font connaître l'esprit qui régnait alors, et qu'ils
nous apprennent plusieurs anecdotes intéressantes.

M. Palissot était plus fait que personne pour
ramener l'art dramatique à sa véritable institution, si les progrès du mauvais goût avaient été
moins rapides, et si de bruyans succès dans un
malheureux genre n'avaient rendu le mal irrémé-
diable. On ne peut trop méditer les excellentes réflexions que ce littérateur a semées dans tous ses
ouvrages critiques, et notamment dans le discours
préliminaire qu'il adresse à madame la comtesse
de la Marck. Il y déplore amèrement la décadence
de notre théâtre, décadence qui ne faisait que s'annoncer; et que n'eût-il pas ajouté à ces plaintes,
s'il avait prévu la naissance du mélodrame, les
succès des vers sucrés, de la comédie de boudoir,
du couplet à pointe, du style à trait, et le triomphe
du calembour! Il avait alors de grands abus à
combattre; mais au moins c'étaient les abus de
l'esprit, tandis que nous sommes malheureusement
tombés dans l'abus de la sottise. Et ces auteurs
qui ne cessent de répéter les mots de bienfaisance,
de nature, d'humanité, de générosité, de sensibilité, pour faire voir qu'ils connaissent au moins
les noms de ces vertus; et ces poètes freluquets qui

sèment le théâtre de fleurs, et qui dessinent leurs
scènes en guirlandes ; et ces auteurs enluminés
qui peignent tout à l'azur et au vermillon ; et ces
rimeurs doucereux qui distillent le lait et le miel,
et se disant les médecins de Thalie, ne lui prescrivent que les juleps, les loks, les sirops et l'eau
de poulet ; et ces rimeurs en paillettes qui ne veulent que du brillant, du scintillant, de l'éblouis-
sant, et méprisent tout style qui n'a pas ces trois
qualités essentielles, *le trait, la pointe* et *la riposte ;*
et tant d'autres auteurs qui ont imaginé des beautés
inconnues à Molière, tels sont aujourd'hui les
usurpateurs du Parnasse dramatique ; et quand
nous osons vanter la bonne et franche comédie,
nous sommes des Goths, des barbares, des fanatiques ; ils nous traitent comme M. Palissot a été
traité par les demi-philosophes.

Le mal était moins grand, sans doute, quand
l'auteur de la Dunciade tonnait contre le mauvais
goût ; mais les causes de corruption existaient
depuis long-temps, et leur influence n'a fait que
s'accroître. Celles auxquelles M. Palissot attribue
spécialement la perte de l'art dramatique, sont :
1º Cette affectation de sensibilité qui a produit le
drame ; 2º la prétention d'ennoblir la scène, d'où est
provenue la petite comédie dite de *bon ton ;* 3º cette
rigoureuse décence, ou plutôt cette pruderie qui
a banni la gaieté du théâtre : du temps de Molière,
les femmes étaient assez franches pour rire de ces
petites libertés, ou assez prudentes pour ne pas

faire voir qu'elles savaient tout. Aujourd'hui la gaze la plus épaisse ne peut rien leur dérober dans ce genre ; et lorsqu'elles crient au scandale sur une indécence très-cachée qu'elles découvrent très-bien, je ne sais trop si c'est par pudeur ou par naïveté ; 4° enfin, M. Palissot regarde comme le coup le plus funeste qui ait été porté au théâtre, cet abandon presque général de la partie du dialogue, et ce tissu de perpétuelles épigrammes, qui n'est pas moins déplacé dans la comédie que cette foule d'antithèses et de maximes qu'on étale sur la scène tragique, et qui ont presque anéanti chez nous le bel art de la déclamation. C'est dans l'ouvrage même qu'il faut voir l'auteur développer ses excellens principes ; mais quelles que soient sa logique et son éloquence, je crains bien qu'il ne se soit fatigué vainement en prêchant des hommes qui ne veulent point entendre : le mauvais goût a trop de charmes, il trouve trop d'amateurs, il promet des succès trop faciles pour qu'il ne soit pas chéri, adopté et prôné dans nos coteries littéraires.

La comédie des Philosophes avait fait grand bruit à sa représentation ; celle des Courtisanes fit plus de bruit encore, parce qu'elle ne fut point représentée. Les comédiens la refusèrent, contre l'opinion de Le Kain, et motivèrent leur refus sur ce que *l'extrême indécence de la pièce était incompatible avec la* DIGNITÉ *du Théâtre Français.* Il est bon de faire observer ici qu'il n'existe peut-

32.

être pas de comédie plus décente que celle des Courtisanes ; que l'auteur semble s'être imposé l'obligation d'être d'autant plus sage et plus circonspect que son sujet était plus difficile et plus dangereux, et qu'il y présente un contraste frappant entre le bon ton de son dialogue, et le mauvais ton que le titre paraissait annoncer. Il est donc clair que les comédiens, en déclarant que cette pièce, par son *extrême indécence,* était incompatible avec la DIGNITÉ de leur théâtre, déclaraient implicitement l'exclusion des pièces de Molière, dont aucune n'offre, à beaucoup près, autant de décence que celle des Courtisanes. M. Palissot ne se tint pas pour battu ; il porta sa comédie à la censure ; et quand il fut muni de l'approbation légale, il se représenta aux comédiens, auxquels il adressa un discours bien méchant sans doute, car il était plein de raison et de vérité. Il leur fit sentir que leur devoir était *de juger des convenances théâtrales, mais qu'il n'appartenait qu'au magistrat de prononcer sur les convenances morales d'un ouvrage.* N'est-il pas bien ridicule, en effet, de voir les comédiens s'ériger en précepteurs de morale ? Lorsque la police ne voit rien de répréhensible et d'indécent dans un ouvrage, des actrices auront-elles le droit de proscrire ce que le magistrat a permis ? Et pour comble d'humiliation, les gens de lettres seront-ils forcés d'aller à l'école des coulisses pour y apprendre à distinguer ce qui est décent et honnête ? Je ne puis m'empêcher d'ajou-

ter à ces réflexions ce que M. Palissot dit à ce
sujet dans une autre partie de ses ouvrages : « Eh
» quoi! s'écrie-t-il, le grand Corneille pouvait
» avoir pour JUGE une actrice qu'un joli minois
» venait de tirer d'une antichambre, ou dont le
» noviciat peut-être avait été moins honnête en-
» core! » Le discours de l'auteur ne fit qu'irriter
les comédiens, qui persistèrent dans leur refus. Il
est présumable qu'ils furent surtout choqués de
cette phrase : « Vous avez craint, leur disait M. Pa-
» lissot, que le public n'établît une sorte d'identité
» entre les personnages des Courtisanes et les ac-
» trices chargées de les représenter. » Il faut avouer
que ce n'était pas là le moyen de faire accepter la
pièce ; mais dans cette occasion, comme dans les
autres, l'auteur a prouvé que s'il avait le talent
flexible, il n'avait pas le caractère souple. Indigné
de l'obstination des comédiens, il se décida à leur
intenter un procès. Le Mémoire à consulter et la
Consultation qui le suit sont deux morceaux extrêmement curieux. Dans le premier, on trouve cet
exorde vigoureux, écrit *ab irato* : « Si quelque
» chose pouvait avilir aux yeux de la nation les gens
» de lettres qui se sont dévoués à la carrière du
» théâtre, ce serait sans doute l'espèce de corres-
» pondance forcée qui s'est établie entre eux et
» les comédiens. Autant cette correspondance était
» honorable pour ces derniers, autant elle est de-
» venue injurieuse pour les autres. Trop jaloux
» peut-être d'ajouter au mérite de leurs ouvrages.

» l'illusion brillante de la scène, les auteurs dra-
» matiques ont acheté les complaisances des co-
» médiens par un abandon de leurs droits qui n'a
» d'exemple qu'en France. Ils ont eu la faiblesse
» de se donner pour maîtres *des gens qui n'avaient*
» *d'existence que par eux, et qui n'étaient que*
» *les échos de leurs pensées.* »

Dans la Consultation sur ce singulier procès,
on trouve ces deux passages remarquables : « La
» propriété des ouvrages de génie, la plus recom-
» mandable de toutes peut-être, forme, du vivant
» des auteurs, le patrimoine le plus naturel dont
» ils puissent jouir. *Cette propriété n'est ni moins*
» *sacrée, ni moins digne que toutes les autres de*
» *la protection immédiate des lois.* » Voilà donc
les ouvrages littéraires regardés comme une propriété sacrée et digne de la protection des lois,
tandis que des financiers refusent aux auteurs toute
propriété littéraire. Notez que cette Consultation
est signée, Mallet, de Noprats, Sérée et François
de Neufchâteau.

Voici l'autre passage sur les prétentions des
comédiens : « En vain cette troupe réclamerait-elle
» ses usages, ses réglemens, et l'espèce de pos-
» session où elle est, à la honte de la littérature,
» de prononcer despotiquement sur le mérite et le
» sort des productions dramatiques. Cette posses-
» sion est un abus ; ces usages sont des usurpa-
» tions ; tous ces réglemens sont nuls, du moins
» en ce qui regarde les gens de lettres, qui n'ont

» été ni consultés pour la rédaction de ces préten-
» dues lois, ni appelés pour leur enregistrement;
» qui ne sont pas même censés les connaître,
» puisque personne ne s'est présenté de leur part
» pour y stipuler leurs intérêts, et pour y veiller à
» la conservation de leurs droits. »

Malgré ces excellentes raisons, malgré les droits
et les cris de l'auteur, les Courtisanes ne furent
point reçues, et les actrices ne voulurent point
qu'on les jouât. Mais quelques années après, les
comédiens devinrent moins difficiles : la pièce fut
représentée; mademoiselle Contat eut le bon esprit
d'y accepter le principal rôle, et elle contribua
puissamment au succès de la pièce, en y déployant
ces grâces, ce talent, qui n'ont fait que croître
depuis, et que nous regrettons encore tous les jours.

Les Courtisanes sont écrites avec autant d'esprit
et d'élégance que les autres pièces de M. Palissot;
le dénoûment en est plus piquant et plus comique,
et cet ouvrage offre aux jeunes gens une excellente
leçon. L'auteur a eu sans doute raison de l'écrire
décemment; mais, s'il m'est permis de le dire, il a
poussé ce soin jusqu'au scrupule, et cette sévérité
constante, cette stricte observation des plus petites
bienséances, contraste un peu trop avec le sujet,
et diminue beaucoup le comique que le titre semble
promettre aux spectateurs. Je suis cependant bien
éloigné de lui en faire un reproche, et je sens que
ce titre même était pour l'auteur une obligation de
ne laisser aucune prise à la malignité et à la pruderie.

La comédie des Tuteurs est une des plus gaies de ce recueil; mais où peut-on rencontrer des ridicules pareils à ceux que M. Palissot présente dans cette pièce? Ici, l'invraisemblance me paraît excéder celle qui est permise au théâtre. Le moyen par lequel l'amant trompe les trois tuteurs, est plaisant sans doute; mais est-il croyable? ce trait, que j'ai lu dans je ne sais quel roman est beaucoup trop romanesque pour la scène. A cela près, cette comédie amusera beaucoup ceux qui pourront se faire illusion sur les moyens. La lecture que l'auteur fit de cette pièce aux comédiens italiens, nous fournit encore une petite anecdote. L'un des trois tuteurs est un antiquaire, et le plus fou de tous les amateurs de l'antiquité. L'amant se présente à lui sous un habit ridicule dont l'étoffe et la façon, dit-il, remontent jusqu'au temps du déluge; et le valet Crispin ajoute,

Que Noé le portait le dimanche et les fêtes.

A ce vers, une actrice indignée s'écria que la comédie ne recevrait pas une pièce où l'on tourne en ridicule les patriarches. Ainsi M. Palissot serait impardonnable s'il n'était pas décent et bon chrétien, car il a eu d'excellens maîtres : les actrices de la Comédie Française lui ont enseigné la décence, et les actrices italiennes, la religion.

Les Nouveaux Ménechmes de M. Palissot offrent une nouvelle preuve de son talent pour la comédie. Le style de cette pièce est beaucoup plus pur et

plus châtié que celui de Regnard ; mais je la trouve
beaucoup moins plaisante, malgré les efforts que
fait l'auteur pour persuader le contraire. Les Ménechmes de Regnard sont plus invraisemblables,
je l'avoue, mais ils sont plus gais. Les personnages
de M. Palissot ont meilleur ton, j'en conviens,
mais ils sont plus raisonnables que comiques : la
situation y est souvent plaisante, mais le dialogue
y est trop souvent sérieux. Regnard a senti que ce
sujet ne serait jamais raisonnable, et il n'a songé
qu'à le rendre amusant. M. Palissot a voulu diminuer l'invraisemblance et ennoblir le caractère des
personnages : il y a réussi ; mais ce n'a été, si je ne
me trompe, qu'aux dépens de la gaieté. Cependant
cette pièce mérite d'être lue et étudiée pour les
excellentes choses qu'elle contient. Elle a d'ailleurs
le grand avantage de permettre au même acteur de
jouer les deux rôles de Ménechmes, et de faire disparaître l'invraisemblance choquante qui résulte
de deux physionomies très-différentes qui sont
supposées se ressembler.

Si M. Palissot a été persécuté, comme il s'en
plaint assez amèrement, il a eu au moins la conso-
lation de ne point ignorer la cause de la haine
qu'on lui portait. Il n'a pas pu dire : Qu'ai-je fait?
Pourquoi m'attaquez-vous? Outre qu'il a été l'a-
gresseur, il était homme à rendre dix coups pour
un ; et dans cette longue lutte contre de nombreux
ennemis, il est resté le dernier sur le champ de
bataille. Sa Dunciade suffisait pour soulever contre

lui presque tous les écrivains du temps ; *genus ir-ritabile vatum*, tandis que ses comédies allumaient la colère des philosophes qui ne sont guère moins irascibles que les poètes. Il faut même avouer que les ennemis de M. Palissot n'ont pas tous été aussi vindicatifs qu'on aurait pu le craindre. Voltaire, que la comédie des Philosophes devait irriter, puisqu'on l'avait déclaré chef du parti, Voltaire, dis-je, se contenta de répondre à l'auteur qui lui envoya sa pièce : « Votre lettre est extrêmement plaisante » et pleine d'esprit. Si vous aviez été aussi gai dans » votre comédie des Philosophes, ils auraient dû » aller eux-mêmes vous battre des mains ; mais » vous avez été sérieux, et voilà le mal. » J. J. Rousseau poussa le stoïcisme beaucoup plus loin : M. de Tressan s'était déchaîné contre la comédie du Cercle, où le philosophe de Genève était tourné en ridicule : Rousseau, bien loin d'attiser la colère de ce protecteur, lui écrivit : « Si le crime de cet » auteur est d'avoir exposé mes ridicules, c'est le » droit du théâtre ; je ne vois rien en cela de répré-» hensible pour l'honnête homme, et j'y vois pour » l'auteur le mérite d'avoir su choisir un sujet très-» riche. » Que cette modération fut simulée ou réelle, cela ne fait rien à l'affaire, et la lettre du philosophe est toujours une bonne leçon pour ces auteurs médiocres qui s'irritent de la plus légère critique, quand un homme comme Rousseau ne croyait pas devoir se plaindre d'avoir été persiflé en plein théâtre.

La Dunciade est trop connue, et a été trop célèbre pour que j'aie besoin d'en rendre compte. Il
me suffira de dire que l'auteur y a fait des additions
où l'on trouve la même verve, le même esprit,
mais où malheureusement il n'y a pas la même
gaieté que dans l'ancien poëme. Comment, par
exemple, M. Palissot a-t-il pu croire que les horreurs de la révolution figuraient agréablement dans
un poëme badin? Quand le lecteur a ri des *ailes
inverses* de Fréron, et de Marmontel qui éteint
un incendie en y jetant son Bélisaire, il ne s'attend
guère à voir entrer en scène Marat, et Robespierre,
et Saint-Just, et Couthon. Sans doute la révolution s'est souvent présentée sous des traits bien
ridicules, mais ces ridicules ne sont point plaisans.
La déesse qui figure dans la Dunciade étant la sottise personnifiée, l'auteur ne devrait y montrer
que les sottises qui font rire; il y a d'ailleurs un
défaut de justesse dans cette application; car dans
la révolution française la sottise n'était pas du côté
de ceux qui la faisaient, mais bien chez ceux qui
la laissaient faire.

À propos de ce poëme, M. Palissot rapporte
une anecdote plus maligne peut-être que la Dunciade. Quand il eut terminé cet ouvrage, il le lut
à presque tous les auteurs qui y étaient maltraités;
mais il avait toujours soin de supprimer à chaque
lecture les traits qui portaient sur l'auditeur. Il
arriva de là que chacun des auteurs se croyant épargné, s'amusa beaucoup des méchancetés qui tom-

baient sur ses confrères, et allait partout vantant l'ouvrage comme un chef-d'œuvre de goût et de style. Quand le poëme parut, les rieurs furent étonnés de se trouver parmi les ridicules ; et je laisse à deviner s'ils continuèrent à vanter le bon goût, le style et l'esprit de M. Palissot. On lit dans les Annales des Voyages une anecdote du même genre. Giraud le Gallois, ayant maltraité les moines dans son *Itinerarium Cambriæ*, les religieux de chaque ordre eurent soin de supprimer de cet ouvrage tout ce qui leur était injurieux ; mais ils copièrent avec une maligne fidélité tout ce qu'il y avait d'offensant pour les autres ordres, de sorte que leur malice respective a conservé jusqu'à nous ce monument de leur honte commune. L'approbation que chaque auteur donnait à la Dunciade de M. Palissot, ressemble beaucoup au travail que les moines ont fait sur l'ouvrage de Giraud le Gallois.

Dans le troisième volume de ces Œuvres complètes, on lit avec plaisir l'histoire des premiers siècles de Rome. Je ne dissimulerai pas cependant que j'ai été fort étonné d'y trouver autant d'intérêt. Le discours qui précède ce fragment historique ne m'avait point préparé à approuver l'ouvrage. L'auteur y établit en principe que l'historien ne doit pas se contenter de faire réfléchir le lecteur, mais qu'il doit faire lui-même toutes les réflexions et tous les rapprochemens que les événemens peuvent lui fournir. On sent combien il serait facile

d'abuser d'une pareille méthode. Il n'est aucun
fait, aucun événement qui ne puisse donner lieu
à de nombreuses réflexions et à de fréquens rapprochemens. D'après les principes de M. Palissot,
le règne le plus court fournirait aisément plusieurs
volumes, et ce qu'il est important de savoir se
trouverait noyé dans ce qui souvent est fort inutile.
Si le lecteur a de l'instruction et de l'esprit, il
saura bien faire lui-même les réflexions et les rapprochemens nécessaires ; s'il manque de critique,
d'esprit et de connaissances, il importe peu qu'il
ne réfléchisse point. Les grands historiens s'arrêtent
quelquefois pour nous faire apercevoir des rapports
qui nous échapperaient ; mais ils usent avec beaucoup de sobriété de cette faculté qui peut si aisément dégénérer en abus, et rendre fastidieuse
l'histoire la plus intéressante. Il faut avouer que
M. Palissot n'a pas suivi à la rigueur les préceptes
qu'il donne ; et quoiqu'il raisonne un peu trop
souvent dans le cours de cette histoire, quoiqu'il
pousse le goût des rapprochemens jusqu'à parler
de l'Amérique quand il est question des rois de
Rome, il a l'art d'intéresser le lecteur par un style
noble, élégant, facile, et beaucoup plus rapide que
ses principes sur l'histoire ne semblaient devoir le
permettre. Ce fragment historique est suivi d'un
grand nombre de lettres et de morceaux détachés,
parmi lesquels on trouve beaucoup de choses curieuses et piquantes.

Les Mémoires littéraires de M. Palissot n'ont

pas fait moins de bruit que sa Dunciade. C'était
une tâche pénible et dangereuse que celle de juger
tous les auteurs morts et vivans, et de fixer leur
mérite respectif. J'ose dire qu'une pareille entreprise, fût-elle exécutée avec le goût le plus parfait
et l'impartialité la plus rigoureuse, ne peut guère
procurer à son auteur qu'une gloire contestée et
de nombreux ennemis. Il est bon de faire observer
ici que M. Palissot témoigne un grand mépris pour
les journalistes ; il ne connaît rien de plus vil que
ce métier. Si cet arrêt est juste, tant pis pour lui !
car ses Mémoires littéraires et la plupart de ses
ouvrages ne sont qu'un long journal. C'est sans
doute dans un accès de remords qu'il a prononcé
cet anathème contre les journaux qu'il semble as-
similer à ses propres écrits. Les nombreux désagrémens qu'il a éprouvés, le repentir d'avoir
souvent frappé plus-fort que juste, lui ont fait
prendre en aversion le style polémique, et confondant la critique avec la satire, il a pris le parti
de mépriser l'une et l'autre : je ne puis du moins
expliquer autrement cette haine pour la critique,
dans un homme qui pendant soixante ans a dis-
tribué si libéralement ce que l'on peut-appeler de
la critique amère. Je profite du moment où il semble
s'en repentir, pour lui faire observer la différence
qui existe entre un journal et ses Mémoires littéraires. Un journaliste examine un ouvrage, et soit
qu'il blâme, soit qu'il approuve, il motive bien ou
mal sa critique et ses éloges sur les défauts ou les

beautés qu'il aperçoit ou qu'il croit apercevoir dans
le livre dont il rend compte. Supposons même,
pour rentrer dans l'opinion de M. Palissot, que
ce journaliste soit un ignorant, un homme de mauvaise foi, tout ce que l'on voudra de pis, au moins
faut-il qu'il parle de l'ouvrage qu'il annonce, qu'il
se renferme dans les bornes de cet écrit, qu'il
motive de manière ou d'autre son opinion ou son
jugement, et par-là même il donne les moyens
de le contredire, de le combattre, de le confondre, s'il y a lieu. Il n'en est pas de même dans
les Mémoires littéraires. L'auteur s'y dispense
presque toujours de motiver ses jugemens ; il ne
cite presque jamais rien à l'appui de ses critiques ;
il juge souvent, en une page, toutes les productions d'un auteur, quelque nombreuses qu'elles
soient ; il consacre quelquefois de très-longs articles à des auteurs médiocres, et dit à peine quelques mots des écrivains estimés ; des hommes d'un
talent réel y sont trop souvent traités avec une sévérité qui tient de l'injustice, tandis que la louange
est prodiguée à des auteurs très-inférieurs en mérite. L'article de Collin-d'Harleville, entr'autres,
me paraît dur, injuste et déraisonnable..... Mais
je m'aperçois que je fais un peu trop le journaliste,
et que je cours grand risque d'être méprisé de
M. Palissot. Je ne puis cependant quitter ces Mémoires littéraires sans avouer qu'on y trouve souvent des articles très-bien faits, des jugemens sains,
un style qui prouve que l'auteur avait le droit de

juger du style, et surtout d'excellens principes sur la littérature et sur la morale. Mais je voudrais que M. Palissot en eût toujours fait une application plus juste ; car à quoi servent les bonnes lois si elles sont mal appliquées ?

En général, ce n'est point dans les écrits polémiques qu'il faut s'attendre à trouver de l'impartialité et des jugemens équitables. Quand M. Palissot a composé ses Mémoires, il ne se souvenait que trop sans doute des tracasseries qu'il avait éprouvées, et des hommes qui, selon ses expressions, avaient été ses persécuteurs. Comment persuader au public que l'on jugera les auteurs avec justice, quand on a été toute sa vie en guerre ouverte avec la plupart de ces auteurs ? Si, par son talent, M. Palissot était propre à ce genre d'ouvrage, par ses longues querelles, et peut-être par son caractère, il était de tous les hommes celui qui dût le moins y songer. Partout où il n'est pas stimulé par le ressentiment ou la vengeance, il écrit avec une pureté rare, et il raisonne avec une grande justesse ; je citerai pour preuve tous les articles de ses Mémoires où l'on ne peut pas lui supposer le désir de récrimination, et les ouvrages où il est purement littérateur. Je recommande surtout à l'attention du lecteur une dissertation excellente, mais trop courte, sur les progrès des connaissances humaines : l'auteur y venge les anciens du reproche d'ignorance que nous leur faisons un peu trop indiscrètement, et il y prouve que s'il s'est toujours

déclaré l'ennemi des faux philosophes, il a toujours été le sectateur le plus zélé de la bonne et
utile philosophie. On ne peut donc trop regretter
que M. Palissot ait été jeté dans les tracasseries
littéraires, et qu'il leur ait donné assez d'importance pour leur consacrer la plus grande partie de
sa vie et de son talent. Il doit lui-même en être
plus fâché que personne, et plus d'une fois sans
doute il s'est écrié avec Voltaire : « Le sort des gens
» de lettres est bien cruel! Ils se battent ensemble
» avec les fers dont ils sont chargés. Ce sont des
» damnés qui se donnent des coups de griffes. »

ŒUVRES COMPLÈTES

DE RIVAROL,

Précédées d'une Notice sur sa vie.

LA nature avait prodigué tous ses dons à Rivarol; une taille élégante, la figure la plus aimable,
une grâce admirable dans les gestes, dans tous les
mouvemens; un son de voix plein d'accent et de
mélodie; une physionomie où la vivacité et la finesse n'excluaient pas la sensibilité; un esprit pé-
nétrant, délicat, propre à tout; de la justesse dans

le goût, de la solidité dans le raisonnement, et par-dessus tout cela le don de la parole porté jusqu'au prestige de la séduction.

Rivarol était fort au-dessus de ce qu'on appelle vulgairement un homme d'esprit. La capitale four-mille de ces hommes sémillans qui ont un babil agréable, qui donnent tous les jours une nouvelle édition de leurs bons mots, et dont, pour me ser-vir de l'expression à la mode, la conversation a toujours *du trait* : ils font les délices des sociétés, ils y lisent des vers qui sont charmans, jusqu'à l'impression exclusivement ; ils condamnent nos grands hommes sans les rapetisser ; ils élèvent les petits sans les grandir ; ils décident de tout ; ils sont fêtés partout, et cependant ils ne jouissent d'au-cune considération, quoique tout le monde en parle avec éloge, et qu'on n'ait rien à leur repro-cher. C'est à eux qu'on a donné particulièrement le titre d'hommes d'esprit, quoiqu'on pût les nom-mer plus justement les petits-maîtres de la littérature.

J'ai cru devoir faire ce tableau pour distinguer Rivarol, qui n'avait rien de commun avec les hommes superficiels que je viens de désigner. Son esprit, capable de méditation, était aussi propre à la métaphysique qu'à la littérature ; et son aptitude à concevoir les mystères des hautes sciences en aurait fait un savant, si une cause générale, et que j'expliquerai, ne l'avait rendu incapable d'une ap-plication constante et soutenue à quelque étude que ce pût être.

Parmi les qualités brillantes et solides qu'il possédait à un haut degré, celle à laquelle il dut une grande partie de sa réputation, était cette étonnante facilité avec laquelle il pouvait conter, discuter, pérorer même des heures entières sur les sujets les plus variés, les plus difficiles, et sur les matières qui semblaient devoir être les plus étrangères à ses connaissances. Dès qu'on lui présentait une idée, il s'en emparait comme si elle lui eût été propre : il la retournait dans tous les sens, la considérait sous toutes les faces, et en tirait des conséquences qui, sans être toujours justes, avaient une telle vraisemblance qu'on les prenait pour des vérités. Ses grâces naturelles aidaient beaucoup au prestige ; et un homme d'esprit me dit un jour : *Pour ne pas être dupe de Rivarol, il ne faut pas le regarder quand il parle.* Il improvisait un discours, une discussion, comme on improvise des vers en Italie. Il ne passait pas pour logicien, parce que sa logique était toujours élégante ; on ne le croyait pas métaphysicien, parce que dans sa bouche la sécheresse des argumens était déguisée sous les grâces de l'élocution. Il est cependant certain que la principale qualité de son esprit était le raisonnement, et sa véritable vocation la philosophie ; mais comme l'esprit est toujours ce qui frappe le plus et ce qu'on apprécie le mieux en société, la réputation de Rivarol n'était que celle d'un homme de beaucoup d'esprit.

Il avait un goût pur, incapable de se laisser sé-

33.

duire par le faux brillant, ou par l'attrait de la nouveauté; son admiration pour nos grands écrivains était franche et raisonnée; l'esprit philosophique ne lui faisait pas mépriser la bonne littérature; il aimait dans la discussion les phrases fortes de pensées, et dans la poésie les vers forts d'images et d'expression. Il disait que Virgile est supérieur à Lucain, et Racine à Voltaire, parce qu'on doit préférer une lumière constante à l'alternative de l'éclat et des taches.

Le lecteur me demandera maintenant comment, avec tant de qualités éminentes, Rivarol n'a pas laissé quelque ouvrage d'un ordre supérieur; pourquoi étant destiné par la nature à devenir l'un de nos grands modèles, il est cependant resté de beaucoup au-dessous d'eux; et pourquoi enfin toutes ses œuvres ne lui donnent pas le droit d'espérer une réputation durable? La lecture de ses ouvages mêmes résoudra ces difficultés; mais on peut y répondre aussi par des considérations tirées du caractère de l'auteur.

Rivarol était, comme dit Figaro, paresseux avec délices; il ne se levait jamais avant midi, et il passait le reste de la journée ou en société, ou dans un lieu public, ou au spectacle. Dans quel temps s'occupait-il donc? L'éditeur de ses Œuvres nous apprend qu'il consacrait la nuit à l'étude et au travail, et il faut bien l'en croire; car, sans cette supposition, il serait difficile de deviner où l'auteur a puisé toutes les connaissances qu'il avait ou qu'il paraissait avoir. On ne peut même s'empêcher de soupçonner que toutes ces connaissances étaient superficielles ; et quoiqu'il parle assez bien des Grecs, des Latins, des Italiens, des Anglais et de leur littérature ; quoiqu'il fasse souvent d'heureuses incursions dans le pays des sciences, et qu'il mette à contribution les mathématiques, la chimie, la physique, la politique et l'histoire, il paraît impossible de concilier tant d'érudition avec la vie oisive et dissipée de cet homme extraordinaire.

Cette énigme cesse pourtant d'être inexplicable quand on a connu le personnage. Il joignait à une grande pénétration d'esprit et au coup d'œil le plus prompt, la mémoire la plus sûre, la plus méthodique et la plus inaltérable. Une courte analyse d'un livre, et la lecture de quelques pages, lui suffisaient pour en parler avec une adresse qui ressemblait à une parfaite connaissance. Il s'enrichissait de tout ce qu'il recueillait dans ses conversations avec les gens de lettres, et l'on reconnaissait très - souvent les idées de ceux - ci commentées, augmentées et embellies par Rivarol. Je suis très-persuadé qu'il n'a pas lu le quart des livres qu'il cite ; et je pourrais dire que j'en suis convaincu, car cela serait impossible. Mais il avait si bien classé dans sa mémoire tous les extraits, tous les fragmens, toutes les parcelles détachées des meilleurs écrivains, et il les coordonnait avec tant d'art, que dans la conversation il paraissait être, en quelque sorte, une encyclopédie vivante.

Trois causes l'ont empêché de produire des ouvrages vraiment estimables, quoiqu'il possédât tous les moyens de le faire : ce sont la paresse, le défaut de connaissances approfondies, et son irrésolution continuelle.

Il réunissait deux qualités entièrement opposées, l'horreur du travail, et une imagination aussi vaste que féconde; il pouvait écrire à chaque instant, et écrire bien; il écrivait rarement, et ne se donnait jamais la peine de corriger. On retrouve dans tous ses ouvrages les phrases éparses de ses conversations : il les place rarement dans le cadre qu'il leur destinait; et si elles sont dans tel endroit plutôt que dans tel autre, c'est moins parce qu'elles y sont convenables que parce qu'il ne voulait pas les perdre. C'est ainsi qu'il fait entrer dans son discours sur le langage, les idées qui lui avaient servi à combattre le livre *sur l'Importance des Opinions religieuses* de M. Necker; c'est ainsi qu'il place dans un examen des synonymes français, un faible extrait d'un plus grand ouvrage qu'il projetait, et qu'il n'a pas eu le courage d'entreprendre. Son imagination lui faisait tous les jours concevoir de nouveaux projets et tracer de nouveaux plans; mais dès qu'il avait commencé à se livrer à la méditation, une idée moins connue le détournait de la première, et il se livrait à une nouvelle spéculation, dont il se dégoûtait avec la même facilité. Ce défaut de fixité se remarque dans tous ses écrits; et comme Montaigne, il oublie souvent le titre et le sujet de ses chapitres. On peut donc dire sans injustice, que quoiqu'il ait écrit, par-ci par-là, de fort bonnes choses, ce qu'il nous a laissé n'est rien en comparaison de ce qu'il pouvait faire ; et on peut le comparer à tel cultivateur qui est moins riche que ses voisins, quoiqu'il ait une plus grande quantité de terres à faire valoir.

Avant la révolution, Rivarol était l'un des grands apôtres de la philosophie. Dans le temps où il ne prévoyait pas encore les conséquences des idées trop libérales, il combattait M. Necker, qui n'osant nous proposer sa religion, voulait au moins démontrer la nécessité d'une religion quelconque. Il lui écrivait alors : *La vie, le sentiment, la pensée, voilà la trinité qui me paraît régir le monde... Je vois qu'il n'y a de mortel sur la terre que cet assemblage d'idées que vous nommez esprits et âmes... Je suis plus sûr de l'immortalité des corps que de celle des esprits... La Providence n'est que le nom de baptême du hasard.... Les fondateurs des religions s'adressèrent au peuple et aux habiles ; ils demandèrent au peuple le sacrifice de sa raison, et aux habiles celui de leur bonne foi : les uns, plus politiques, s'attachèrent à l'utilité, et eurent tout crédit ; les autres s'attachèrent à la vérité, et ne gagnèrent au partage que le nom de philosophes ;* INJURE HONORABLE, *que peu d'hommes ont méritée.* Ailleurs, il attribuait l'invention des religions à l'extrême inégalité des fortunes, et il disait : *Quand on a rendu ce monde insupportable aux*

hommes, il faut bien leur en promettre un autre.
Il voulait substituer *la morale* à toutes les idées
religieuses ; il prétendait que les hommes les plus
religieux, sans l'étude de la morale, n'étaient que
des monstres ou des fous : comme si toutes les religions, même les plus absurdes, n'avaient pas la
morale pour base ! *A la Chine,* disait-il alors, *on*
voit, d'un côté, les chefs de l'État, la vertu, la
science et l'incrédulité; de l'autre, la populace,
l'ignorance, la religion et tous les vices... Qu'on
n'ignore pas, ajoutait-il, *que la morale peut se*
passer des religions; et il terminait sa discussion
philosophique par cette phrase trop remarquable :
A quoi servent la célébrité, la considération, la
fortune et tous les leviers de l'opinion, si on ne les
applique qu'à soutenir un vieil édifice qui, bâti
jadis par la superstition et l'intérêt, croule de
toutes parts sous les efforts du temps et de la rai-
son ? Et il finissait par inviter les hommes supérieurs à ne plus s'opposer *à la nature des choses*
et au cours des lumières.

Je pourrais transcrire un grand nombre de pages
écrites dans ce sens coupable, et je n'ai extrait ici
que les phrases les moins indiscrètes ; mais la grande
catastrophe qui menaçait la France ne tarda pas à
prouver à l'auteur combien était réelle l'importance du joug mystérieux qu'il avait voulu briser.
Les ouvrages qu'il composa dans la suite, sont le
contre-poison des principes dangereux qu'il n'avait
pas craint de publier. J'ignore pourquoi l'éditeur

a interverti l'ordre naturel des œuvres de Rivarol; le rang d'ancienneté nous aurait prouvé combien la prétendue sagesse des hommes est soumise à l'influence des événemens et aux leçons du malheur. Quoi qu'il en soit, cet auteur si hardi avant l'orage, écrivait quelque temps après, en parlant des révolutionnaires qui ont péri victimes de leur doctrine : « Les voilà donc au fond de leurs tom-
» beaux, devenus, à leur insu, les pères d'une fa-
» mille de philosophes qui ont pris la nouveauté
» pour principe, la destruction pour moyen; qui
» se sont armés des passions du peuple en même
» temps que le peuple s'armait de leurs maximes.
» On les a vus tour à tour s'enivrer de popularité
» et de souveraineté, jusqu'à ce qu'enfin, de cet
» accouplement de la philosophie et du peuple, il
» soit sorti une nouvelle secte, monstre inexpli-
» cable, nouveau sphinx qui s'est assis aux portes
» d'une ville déjà malade de la peste, pour ne lui
» proposer que des énigmes et le trépas. Le genre
» humain a-t-il souffert de toutes les guerres de re-
» ligion, autant que de ce premier essai du fana-
» tisme philosophique? » Plus loin : « On entend
» par philosophe, l'homme qui secoue des pré-
» jugés sans acquérir des vertus. » Ailleurs : « Les
» instrumens de la destruction sont simples; les
» vers, qui détruisent presque tout, sont les ins-
» trumens les plus simples de la nature : on pour-
» rait appeler les philosophes *les vers du corps*
» *social.* » L'ouvrage entier, dont j'extrais ces pas-

sages, est une satire contre les philosophes, une preuve de la nécessité de la religion, et conséquemment la réfutation de tout ce que l'auteur avait écrit avant 1789.

L'instabilité de l'esprit de Rivarol se remarque dans tout ce qu'il nous a laissé. Ses ouvrages ne sont en général que des esquisses, des fragmens, des commencemens d'ouvrages plus complets dont l'étendue et l'importance ont effrayé l'auteur; on peut dire de ses œuvres ce que Virgile a dit des édifices de Carthage naissante, *pedent opera interrupta.* Il avait projeté un grand travail *sur le beau idéal;* il l'a abandonné, et l'on retrouve dans ses écrits les idées éparses qu'il avait rassemblées pour en composer ce premier livre. Une autre fois il voulut déterminer méthodiquement la ligne où l'on doit s'arrêter dans les arts d'imitation, et le point jusqu'où l'on doit s'approcher de la vérité et de la nature; cette recherche fit long-temps le sujet de ses conversations, mais l'ouvrage est resté tout entier dans sa tête. Il conçut enfin le trop vaste plan d'un Dictionnaire français où il devait *décrire exactement les choses matérielles, et définir les intellectuelles; indiquer l'analogie des idées, et la suivre dans les familles de mots; régler la place de l'épithète, noter les oppositions vraies ou fausses; ne négliger aucun mot dans son passage du propre au figuré; citer les auteurs classiques; n'omettre aucune des règles et des difficultés.* De cette immense entreprise il ne nous est resté qu'un *prospectus* de quelques pages, foible simulacre du colosse qu'il annonçait, mais qui cependant nous présente quelques idées neuves, beaucoup d'autres brillantes et utiles, et surtout une critique fort juste du dictionnaire de l'Académie.

Quant au défaut d'érudition réelle, je n'en parlerais pas avec autant d'assurance si je n'avais pas connu l'auteur ; car il fait un si heureux emploi des idées, des fragmens, des connaissances partielles et des traits saillans qu'il a pris de côté et d'autre ; il profite si adroitement des emprunts qu'il fait ; les richesses dont il s'empare sont si variées, et il les amalgame avec tant d'adresse avec celles de son propre fonds, qu'on est tenté de le regarder comme un écrivain très-studieux et très-érudit. Il se trahit cependant quelquefois ; car on ne peut pas toujours avoir de l'adresse, et le défaut d'instruction solide se décèle assez souvent malgré l'art que l'auteur emploie à le déguiser.

Après son *prospectus d'un nouveau Dictionnaire*, on trouve dans ses œuvres un discours assez long sur *la nature du langage en général*, suivi d'une *récapitulation* aussi longue que le discours. J'ai dit que Rivarol oubliait souvent le titre et le sujet de ses chapitres ; son discours sur le langage est une preuve bien évidente de cette assertion, car il n'y est presque pas question du *langage ;* mais l'auteur s'y jette dans le labyrinthe de la métaphysique pour disserter sur le *sentiment,* sur les *sensations*, sur l'*association* de l'âme et du corps, sur l'*âme des animaux*, sur les *idées*, les *images et nos facultés*, sur le *temps vague* et le *temps mesuré*, sur les *nombres*, et une foule d'autres êtres abstraits, tous également éloignés du *langage*, qui devait être son unique sujet. Il a très-bien pressenti le reproche qu'on pouvait lui faire à cet égard ; et quoiqu'il n'énonce pas son intention, on la devine, quand on lui entend dire qu'*un titre n'est qu'un prétexte pour un homme de génie.* Je ne parlerai donc plus du titre, et je me contenterai de faire observer que ce discours, souvent éloquent et rempli d'idées subtiles, n'est, à proprement parler, qu'un traité du *sentiment*. Rivarol cherche à établir une moyenne proportionnelle entre Aristote, Descartes, Locke et Condillac ; et l'expression dont je me sers indique le goût de l'auteur pour les termes mathématiques, qu'il transporte un peu trop souvent dans la métaphysique, et même dans la pure littérature.

Ce prétendu discours sur le langage est très-propre à mettre en évidence le grand talent de l'auteur et en même temps ses grands défauts : il y a un tel mélange de bon et de mauvais goût, d'expressions justes et d'expressions bizarres, de clarté et d'obscurité, qu'on ne peut s'empêcher de concevoir un peu d'humeur contre ce qu'il a fait, en voyant tout ce qu'il aurait pu faire. Il faut avouer cependant que les bonnes choses l'emportent en nombre sur les mauvaises ; et peut-être ces der-

nières ne choquent tant que parce qu'on est étonné
de les rencontrer.

Outre le défaut de ne pas savoir se renfermer
dans son sujet, Rivarol a souvent celui de l'affectation, du faux brillant et de l'emphase. On a déjà
observé que souvent, chez lui, quand l'idée était
simple, l'expression ne l'était pas : cela est vrai ;
mais l'inverse de ce reproche serait également juste,
car souvent son expression est claire, simple et élégante quand son idée est fausse ou obscure. En
parlant du temps, il dit : « Les événemens don-
» nent au temps cette énorme consistance qu'il a
» dans la mémoire : c'est là qu'il paraît emporter
» dans son cours, et la vie des hommes, et les des-
» tinées des empires, et la foule et le fracas des
» siècles ; c'est là que, réunis aux époques, les
» événemens paraissent au loin comme des phares
» placés sur les frontières de l'oubli. » Plus loin :
« La mémoire est le sentiment devenu proprié-
» taire de ses propres sensations. » Ailleurs : « Quoi-
» que la raison soit si souvent détrônée, ses droits
» n'en sont pas moins imprescriptibles ; et quand
» la volonté, ministre des passions, la condamne
» à l'exil, elle se réfugie dans le repentir. » Dans
un autre endroit, en parlant des affinités chimiques, il se sert de cette étrange expression : « La
» nature formant et bénissant sans cesse de nou-
» veaux hymens, n'est en effet qu'un grand et
» perpétuel sacerdoce. » En voici une autre du
même genre : « Pour le riche ignorant, le temps,

» trésor de l'homme occupé, tombe comme un
» impôt sur le désœuvrement. »

Il serait injuste de laisser soupçonner au lecteur
que Rivarol ait été un écrivain maniéré ou emphatique ; ces défauts ne sont chez lui que des acci-
dens assez rares ; et en cela son inconstance l'a
bien servi, car dès qu'il a cédé au mauvais goût,
il ne tarde pas à s'en lasser, et il rentre dans la
bonne route, ne fût-ce que pour changer de manière. Après avoir donné quelques échantillons de
mauvais style, je crois devoir présenter quelques
exemples de son style habituel. Il veut prouver que
l'étude des sciences exactes ne nuit point à la littérature et à la poésie, paradoxe qui prête à l'attaque et à la défense, et il dit : « Non-seulement
» les nombres n'ont point diminué l'univers, mais
» ils n'ont ni appauvri, ni attristé son image,
» comme on affecte de le dire. Quoique tout soit
» mesure, calcul, et froide géométrie dans la na-
» ture, son auteur a pourtant su donner un air
» de poésie à l'univers. Que l'entendement ouvre
» son compas sur le côté géométrique du monde,
» l'imagination étendra toujours ses regards, et le
» talent ses conquêtes et ses espérances sur les
» formes ravissantes et sur le riant théâtre de la
» nature. Que le prisme dissèque les rayons du so-
» leil, ou que le télescope l'atteigne dans la pro-
» fondeur de ses espaces, ce père du jour aura-t-il
» rien perdu de sa pompe et de sa puissance ? Ne
» fournira-t-il pas toujours cette inépuisable cha-

» leur qui ranime et féconde la terre et tout ce qui
» l'habite, et les fleurs qui la décorent, et le poète
» qui la chante? Oui, sans doute ; le génie volti-
» gera toujours sur cette brillante et riche draperie
» dont les plis ondoyans nous cachent tant de le-
» viers et tant de ressorts ; et s'il découvre dans
» les entrailles du globe, ou dans l'application du
» calcul à ses lois, sa vaste charpente, les monu-
» mens de son antiquité et les promesses de sa
» durée, il ne voit au dehors que sa grâce et sa vie,
» et sa fertile verdure, et tous les gages de son im-
» mortelle jeunesse. »

Voici une idée fort juste et très-bien exprimée :
« Les gens de goût sont les hauts-justiciers de la lit-
» térature ; l'esprit de critique est un esprit d'ordre :
» il connaît des délits contre le goût, et les porte
» au tribunal du ridicule ; car le rire est souvent
» l'expression de sa colère ; et ceux qui le blâment
» ne songent pas assez que l'homme de goût a reçu
» vingt blessures avant d'en faire une. » Voici une
idée hardie, mais profonde : « La raison est un
» composé de l'utile et du vrai : ce qui la distingue
» de la vérité pure. La raison n'exclut pas les bons
» préjugés : ce qui lui donne le droit de parler haut.
» La vérité les exclut : ce qui la condamne à la ré-
» serve, au mystère, et souvent au silence. » Rivarol aurait bien dû se pénétrer de ce principe, et
suivre dans tous les temps le sage conseil renfermé
dans cette espèce d'apophthegme.

La réflexion suivante est singulière, et il serait

difficile de prouver qu'elle n'est pas juste : « En
» général, les hommes aiment mieux être insolens
» qu'heureux, et opprimés qu'humiliés ; voilà pour-
» quoi les égards font moins d'ingrats que les ser-
» vices, parce que les égards parlent à la vanité,
» et que les services ne s'adressent qu'aux besoins. »
Plus loin, il veut faire sentir le ridicule des novateurs qui voulaient *éclairer le peuple*, et rendre
toute une nation philosophe : « La nature éternelle
» des choses, dit-il, s'est d'abord opposée à de si
» vastes prétentions. Les lumières s'élèvent et ne
» se répandent point ; elles gagnent en hauteur, et
» non pas en surface ; elles se font connaître au
» vulgaire par de plus nombreux résultats, jamais
» par leurs théories ; et semblables à la Providence,
» les arts s'entourent de plus de bienfaits, sans
» rien diminuer de leur difficulté ; au contraire,
» c'est toujours de plus haut qu'ils versent la lu-
» mière. » La force n'est pas plus étrangère à Rivarol
que la raison et l'élégance ; il réunit ces trois qualités dans le paragraphe suivant : « D'autres que
» moi peindront *ce règne de la terreur*, où pour
» l'éternelle humiliation des ambitieux sans génie,
» on vit le plus obscur satellite de la philosophie
» moderne s'élever au pouvoir absolu par un sen-
» tier que les philosophes lui avaient ouvert de
» leurs mains et jonché de leurs têtes : époque où,
» sur une surface de trente mille lieues carrées,
» six cent mille Français se trouvèrent tout-à-coup
» sans asile et sans issue, où chaque loi ajoutait à

» la lâcheté plus encore qu'au désespoir, où l'on
» ne savait plus que gémir, payer et mourir.......
» L'agonie de ce peuple a duré quatorze mois; et
» il n'a pas tenu aux ennemis de l'humanité que
» le dernier des Français ne se soit enfin trouvé
» en présence du dernier bourreau. »

MÉMOIRES HISTORIQUES,

LITTÉRAIRES ET CRITIQUES DE BACHAUMONT,

DEPUIS L'ANNÉE 1762 JUSQU'A 1788;

PAR J.-T.-M., E.

Il est très-difficile de rendre compte d'un livre
qui n'aurait pas dû voir le jour ; on ne peut louer
ce qu'il a de bien, parce que ce bien est d'un
genre que réprouvent la décence et l'honnêteté ;
on ne sait comment blâmer ce qu'il a de mal,
parce qu'on ne peut administrer des preuves sans
blesser la délicatesse du lecteur. Ici la critique produit un effet contraire à son but : plus elle sera
juste, plus elle excitera la curiosité ; et les raisons
qui auraient dû condamner ces *Mémoires* à l'oubli
vont malheureusement leur donner de la publicité, et peut-être de la réputation.

Annoncer qu'il y a du scandale et de la méchanceté dans un livre, c'est presque dire, achetez-le ; ajouter qu'une foule de personnes encore existantes y sont ridiculisées, noircies, calomniées, c'est lui donner une valeur inappréciable. L'éditeur pourra bien être humilié de notre article, mais le libraire triomphera ; pour lui l'ouvrage qui se vend est toujours un bon ouvrage.

Depuis long-temps on ne fait aucune façon pour tromper le public ; on lui promet dans un titre fastueux ce qu'il cherche vainement dans le livre : toujours dupe des annonces brillantes, il se laisse toujours séduire ; sa confiance est inébranlable, comme l'audace des éditeurs. C'est une vérité si reconnue, que des libraires achètent un manuscrit sur le titre, sans avoir lu deux lignes de l'ouvrage ; ils vont même jusqu'à substituer des titres faux à ceux que les auteurs avaient voulu présenter. Jusqu'ici il n'y a que de la fraude ; mais dans les prétendus *Mémoires de Bachaumont* on trompe le public, et l'on se moque de lui.

L'éditeur nous dit dans un avertissement que ces Mémoires sont un extrait des *Mémoires secrets de la République des Lettres ;* que ce dernier ouvrage contenait jusqu'à trente-six volumes, qu'ils ont d'abord été réduits à deux, et que, dans ces deux derniers, il a fait un choix sévère pour en composer ceux qu'il offre au public, en y ajoutant des pièces rares et curieuses qui n'existaient pas dans les premières éditions.

Quels étaient donc les trente-six volumes, puisque, réduits en deux petits recueils, *ils laissaient beaucoup à désirer, et semblaient n'avoir été faits que pour amuser des enfans ou des oisifs,* comme le dit le nouvel éditeur?

Les deux que nous annonçons ne sont donc que le choix d'un choix, la réduction d'une réduction, et en un mot la quintessence de tout ce qu'on a dit, fait ou écrit de curieux ou d'agréable depuis l'année 1762 jusqu'à 1788 : voilà du moins ce que l'on promet.

Avec de si brillantes espérances on entreprend la lecture : dès les premières pages on trouve l'article de Chévrier, et l'on conçoit une très-bonne opinion du compilateur quand on lit cette sentence prononcée contre *le Colporteur,* honteuse production d'un auteur méprisé : « Le gouverne- » ment n'a point voulu en tolérer l'introduction » en France, ce qui désole les libraires, l'ouvrage » étant assuré du plus grand débit, par les atroces » médisances ou calomnies dont il est *farci.* L'im- » pudent écrivain *y nomme, sans égards, les gens* » *par leurs noms.* » Un homme qui exprime ainsi son mépris pour un *impudent écrivain,* et son horreur pour la calomnie, aura sans doute grand soin d'éviter de pareils excès ; voilà du moins ce qu'on a le droit d'espérer. Le compilateur reproche aussi à l'auteur du *Compère Mathieu,* de n'avoir respecté ni les mœurs, ni la décence, ni la religion, et il en conclut que ce livre n'aura

34.

d'attrait que pour les libertins. Maintenant si l'on rapproche ces jugemens des promesses de la préface, on aura les probabilités suivantes en faveur des Mémoires de Bachaumont : le choix des matières y sera fait avec autant d'esprit que de goût ; le recueil sera purgé des personnalités odieuses et des atroces calomnies ; les gens n'y seront pas *nommés par leurs noms*; enfin, les mœurs, la décence et la religion y seront constamment respectées.

Mais le lecteur ne tarde pas à s'apercevoir que l'éditeur s'est complètement moqué de lui, que ces prétendus Mémoires sont une véritable chronique scandaleuse, aussi impudente que *le Colporteur* de Chévrier, plus indécente que *le Compère Mathieu*; que non-seulement les personnes, mais les choses les plus obscènes y sont *nommées par leurs noms*; et que cet extrait de tant d'autres extraits, n'est qu'une compilation sans goût, où des anecdotes sans intérêt sont mêlées à des vers licencieux, et où l'on ne trouve un mot plaisant que dans un fatras de choses plates, insipides ou révoltantes.

Tout ce qu'il y a de bon dans ce recueil a déjà paru dans mille autres recueils; et il était fort inutile d'y transcrire des vers de Voltaire, de M. de La Harpe, de M. de Boufflers, et d'autres que l'on sait par cœur, ou que l'on trouve dans tous les journaux, dans toutes les collections et dans tous les almanachs. On peut diviser en trois classes les

matières contenues dans ces Mémoires : satire
contre la cour, satire contre les gens de lettres,
satire contre les comédiens. Cette dernière partie
y domine ; car, sur dix aventures, il y a au moins
six anecdotes de coulisses. Les personnages qui
y jouent les plus grands rôles sont les courtisans, madame Pompadour, madame Dubarry, le
parlement de Maupeou, Voltaire, le cardinal de
Rohan, Diderot, d'Alembert, mademoiselle Ar-
nould, le maréchal de Richelieu, M. de La Harpe,
le prince de Soubise, Mirabeau, Beaumarchais et
Cagliostro. L'ordre bizarre que nous leur donnons
ici, désigne assez bien la confusion qui règne dans
ces Mémoires. Nous n'imiterons pas la coupable
indiscrétion de l'éditeur en nommant les personnes
qui vivent encore, et qui sont diffamées ou ridiculisées dans cette chronique : vouloir les venger,
serait leur faire un outrage de plus. Il y a des
paquets à toutes les adresses, mais les comédiens
y reçoivent les plus gros et les plus lourds. Rien
n'égale le mépris avec lequel l'auteur s'exprime à
leur égard : il leur prête libéralement tous les vices,
et n'épargne pas même le véritable talent. Plusieurs
des actrices qu'il calomnie, sans doute, font encore aujourd'hui le charme de nos théâtres, et y
jouissent d'une réputation méritée. Il prétend nous
révéler toutes leurs turpitudes ; car il donne pour
certaines des aventures qui passent toute croyance.
Heureusement l'exagération détruit l'effet de la
calomnie; et le lecteur rejette ce qu'il peut y avoir

de vrai, parce que la plupart des inculpations y sont trop odieuses pour être vraisemblables. Il est fort difficile d'extraire quelque chose de cette monstrueuse chronique, parce que l'auteur y respecte aussi peu la décence que les personnes. Voici cependant une anecdote dépouillée de ce qui pourrait blesser la pudeur.

Une de nos grandes actrices avait besoin d'une somme de dix mille livres (car il est encore plus vrai pour les comédiens que pour les autres hommes, que plus on est riche, plus on a besoin d'argent) : cette actrice attendait la visite d'un très-grand seigneur. Pour rendre cette visite fructueuse, elle fait fabriquer une fausse assignation portant l'ordre rigoureux de payer dix mille francs sans délai, et elle laisse le papier sur sa cheminée, comme par négligence. Le grand seigneur vient, voit le papier et veut le lire ; on feint de s'y opposer, il l'arrache, le parcourt, et dit en le mettant dans sa poche, qu'il se charge de l'affaire. Le lendemain il envoie... un arrêt de surséance pour un an. Nous avons choisi cette plaisanterie, parce qu'elle est du petit nombre de celles qui sont honnêtes. Une autre actrice non moins célèbre, et très-bien portante aujourd'hui, y est présentée d'une manière si scandaleuse, qu'il est impossible d'offrir à nos lecteurs un seul trait du tableau. L'auteur y entre dans des détails dignes de Pétrone ou de Martial. L'homme qui nous retrace les infamies des Lesbiennes modernes, n'a-t-il pas bonne grâce quand il trouve *le Compère Mathieu* obscène, et *le Col-porteur* impudent ?

Les gens de lettres n'y sont pas présentés sous un jour plus favorable. En effet, est-il bien inté-ressant pour nous d'apprendre (en supposant que cela soit certain) que M. de La Harpe était fils d'un porteur d'eau et d'une ravaudeuse, qu'il a épousé la fille d'un limonadier, que cette fille était grosse de plusieurs mois, et que l'auteur de *Warwick* était éperdûment amoureux d'une fille publique ? N'est-il pas odieux d'attaquer les mœurs de femmes qui consacrent leurs plumes au triomphe de la vertu et de la religion ? Enfin, le respect que l'on doit au malheur, même à l'égard de ses ennemis, ne devait-il pas aussi empêcher l'éditeur de ré-veiller la malignité publique, et de troubler les cendres de personnages illustres qui ont été vic-times de la révolution ? Cette observation indique assez le genre d'anecdotes que nous voulons dési-gner : il n'y a point de péché qu'une révolution n'expie ; il n'y a plus de haine légitime envers ceux qui ont été au comble du malheur ; dans ce cas, la plaisanterie est coupable, et le sarcasme est odieux.

Les nombreuses pièces de poésie fugitive qui se trouvent dans ces Mémoires se partagent en deux classes ; celles qui sont connues de tout le monde, et celles qui ne méritent pas de l'être. Le compilateur a recueilli fidèlement toutes les chan-sons des rues, et celles même que l'on n'oserait

chanter dans aucune rue de la capitale. Il rapporte
aussi un grand nombre de bons mots; mais il y
en a peu qui méritent ce nom donné trop libéralement à des réparties qui n'ont souvent rien de
plaisant, ni de spirituel.

Si, malgré notre avertissement, il se trouvait
quelque lecteur moins sévère pour qui les gros
mots n'eussent rien de choquant, pour qui les
méchancetés fussent agréables quand elles ont la
forme de la plaisanterie, il peut acheter et lire les
Mémoires de Bachaumont; il y verra figurer des
personnages qu'il rencontre tous les jours dans la
société; il apprendra à ne voir les hommes que par
leur mauvais côté; il rira de mille traits qui ne
feront pas rire tout le monde; et s'il ajoute foi à
tout ce que rapporte l'auteur, il finira par mépriser
ou haïr des personnes pour lesquelles il a maintenant de l'estime et de la considération. Quelque
succès enfin que ces Mémoires puissent obtenir,
on n'y verra jamais rien de plus étonnant que
leur publicité.

TABLE DES MATIÈRES

CONTENUES DANS CE VOLUME.

LITTÉRATURE ÉTRANGÈRE.

LITTÉRATURE FRANÇAISE.

FIN DE LA TABLE.

www.ingramcontent.com/pod-product-compliance
Lightning Source LLC
Chambersburg PA
CBHW061021030726
47504CB00002B/207